I0778315

# NADINA
## o la atracción del vacío

## MARISA SICILIA

Editado por Harlequin Ibérica.
Una división de HarperCollins Ibérica, S.A.
Núñez de Balboa, 56
28001 Madrid

© 2018 María Luisa Sicilia
© 2018 Harlequin Ibérica, una división de HarperCollins Ibérica, S.A.
Nadina o la atracción del vacío, n.º 239 - 1.5.18



I.S.B.N.:978-84-9170-889-6
Depósito legal: M-5528-2018

*A Lidia y a los que, como ella, aún piensan
que merece la pena ser honesto,
ser leal a tus principios, ser valiente.
Que la fortuna siempre favorezca a los audaces.*

*El vértigo es algo diferente del miedo a la caída.*
*El vértigo significa que la profundidad que se abre ante*
*nosotros nos atrae, nos seduce, despierta*
*en nosotros el deseo de caer.*

MILAN KUNDERA. *La insoportable levedad del ser*

—¿En serio te tienes que marchar ya? ¿Tan temprano?

Mathieu interrumpió lo que estaba haciendo: comprobar que los cierres de la mochila estaban asegurados y no se dejaba nada que más tarde pudiese echar en falta. Catherine llevaba puesta una de sus camisas y nada más debajo. Ni siquiera alguno de sus conjuntos de lencería de Agent Provocateur o La Perla o cualquier otra marca, cuya sola visión desataba en él los más bajos instintos. Los bajos y todos los demás. Aunque había una explicación para que Catherine hubiese renunciado a la ropa interior, la que lució la noche anterior había quedado inservible. No es que lo lamentase y ella estaba, si cabe, incluso más bella y provocadora así, con la camisa entreabierta y exhibiéndose sin pudor.

—Sabes que sí —murmuró.

Había tratado de no hacer ruido para no despertarla, pero no lo había conseguido y ahora la tenía allí, tan cerca que debía recurrir a toda su capacidad de autocontrol para no comenzar a acariciarla. Tan suave, tan cálida… Recién levantada, los vestigios del sueño todavía en el rostro, la melena castaña revuelta y enmarañada, pero que le gustaba aún más que cuando la llevaba peinada y alisada. Y eso ya era decir mucho. Le encantaba cómo olía su pelo y, cuando pensaba en el sexo con Catherine, era aquel roce sedoso y perfumado lo que con más fuerza se le presentaba. Catherine dejaba a su paso un débil pero identificable rastro de flores que inevitablemente le empujaba a ceder al deseo de ir tras ella. Por lo común conseguía dominarlo. Estaba en su naturaleza y, por si no fuera suficiente, se había entrenado para ello: para evitar las acciones impulsivas.

—Armand llegará en veinte minutos y los demás nos están esperando en el refugio. No puedo retrasarme.

—¿Y si somos rápidos?

Se acercó aún más, apoyó los brazos sobre sus hombros y las manos en su nuca y lo besó sin ninguna prisa. Sus labios dulces y sus senos apretando contra su camiseta, su vientre desnudo contra la abotonadura del pantalón tipo cargo que vestía. A eso se le llamaba poner las cosas difíciles.

No intentó resistir más. Le abrió la camisa y la cogió por la cintura mientras su boca tomaba una iniciativa que Catherine no dudó en cederle. Tampoco ella perdió el tiempo. Apresurada y a bruscos tirones, le arrancó la camiseta.

La levantó a pulso. Ella enlazó las piernas por detrás de sus caderas. Sus cuerpos estrechamente unidos. Sabía que aquello le gustaba. También a él. Tras su apariencia formal y cuidada, Catherine ocultaba un lado más vibrante y exigente. La primera noche que pasaron juntos, cuando se quedó desnudo ante ella, tuvo la sensación de que acababa de pasar un examen. La mirada de Catherine decía que no se habría conformado con menos.

Después de todo era muy bella, pensó al contemplar su rostro, sus labios llenos y sensuales, en el momento exacto en el que el placer hizo que los entreabriera húmedos y apetecibles.

No midió el tiempo. No conscientemente, no era tan ruin. Pero no pudo ser casualidad que cuando ya reposaban sobre la cama deshecha, su reloj le avisase de que faltaban solo cinco minutos para su cita.

Los brazos de Catherine aún le rodeaban el cuello. Mathieu notó al instante cómo la languidez desaparecía y se ponía en tensión.

—Vas a irte, ¿no es así? Vas a hacerlo de todos modos.

De nuevo tuvo una de esas certezas que a menudo le sobrevenían cuando estaban juntos: la de haber cometido un error.

Se incorporó, todavía sin alejarse demasiado.

—Escucha, ¿por qué no vienes con nosotros? No tienes que quedarte aquí sola.

Lo miró como si le hubiese pedido que lo acompañase a la luna dando un paseo.

—¿A ascender por un desnivel vertical de quinientos metros?

—Podrías hacerlo. Estás en forma. Podrías conseguirlo si te lo propusieras.

Lo dijo de veras. No lo habría afirmado si no pensara que era cierto. Pero la actitud de Catherine se tornó a la defensiva. También compartían eso. Los dos tenían un carácter fuerte.

—No voy a escalar montañas solo porque tú necesites encontrar a cada momento nuevas ocasiones de jugarte la vida. Te lo dije desde el principio.

Advirtió el peligro. Lo mismo que en otros ámbitos, si se arriesgaba, no era porque ignorase las posibles consecuencias, era porque pensaba que podía mantenerlas bajo control.

No quiso entrar en su juego. Se centró en lo inmediato.

—También yo te avisé de que este fin de semana iba a subir el macizo de Sialouze y aun así decidiste acompañarme.

—¡Son los primeros días libres que te tomas en seis meses!

El aviso de mensajería instantánea del móvil puso un punto y aparte nítido y cortante al reproche.

La frialdad impermeable que adquirió su expresión hizo que el arrebato de Catherine se esfumase tan pronto como había aparecido. Bajó el rostro como si diese la discusión por perdida. Mathieu sabía que entre sus muchas virtudes estaba la de ser una mujer inteligente. Se arrepintió. Quizá ella tenía razón y estaba actuando de un modo egoísta. Llevaban ocho meses juntos y ambos eran conscientes de que se encontraban en un momento delicado. Debían decidir si realmente estaban dispuestos a intentarlo o arrojaban la toalla.

—Ven conmigo —dijo suavizando la voz—. Avisaré a los chicos y les diré que no me esperen. No subiremos a Sialouze. Buscaremos una pared más sencilla. Tú y yo. Solos. Juntos.

Era lo más parecido que se le ocurría a un acuerdo de paz y era justo para los dos. Le suponía una renuncia. Los dedos le ardían cuando pensaba en acariciar el muro de roca de Sialouze. El esfuerzo que requería la ascensión, su cuerpo abrazado a la piedra, la atracción del vértigo, la inmensidad del vacío. No era fácil de explicar a quien no lo había vivido. Pero tenían por delante un bonito día de primavera y estaban en los Alpes, en plena Provenza. Había multitud de posibilidades, escaladas más asequibles, sendas a través de cañones, piragüismo…

—¿Qué me dices? ¿Lo intentamos?

Sus compañeros de cordada habían iniciado la ruta la víspera. Ellos se quedaron en Avignon, visitando la fortaleza y paseando por las murallas. Catherine se veía radiante y él también había disfrutado del día. Alquilaron un coche para llegar a Mont Ventoux y pasaron la noche en un exclusivo hotel rural que Catherine había descubierto gracias a una revista de viajes. Las habitaciones estaban pintadas en alegres colores vivos y el mobiliario había sido escogido con mimo. Había jarros de lavanda recién cortada en todas las esquinas y un SPA a disposición de los huéspedes. Estaba dispuesto a renunciar al Sialouze, aunque era la razón por la que habían ido hasta allí. Pero ni siquiera por Catherine y toda su perfecta y deslumbrante belleza, se quedaría encerrado entre las cuatro paredes del hotel los únicos días auténticamente libres de los que podría disfrutar en meses, como muy bien había señalado ella. Por mucho encanto que tuvieran.

Catherine alzó el rostro y respondió:

—No se trata de eso.

El aviso de mensaje volvió a repetirse. No le gustó cómo sonó, no el mensaje, sino el tono de Catherine. Recogió su camiseta del suelo y se la puso. Ella continuaba en la cama con solo la camisa, pero también comenzó a buscar su ropa interior en el cajón de una de las mesillas.

Había una butaca junto a la cama. Mathieu se sentó. Los codos apoyados en los muslos y los dedos pinzando el puente entre las cejas. Lo hacía a veces, cuando necesitaba descargar la tensión. Fue solo un segundo, enseguida se soltó y la miró a los ojos.

—Entonces, ¿qué es?

—No puedo seguir adelante de este modo. Creí que podría, que podríamos, pero me equivoqué.

A pesar de sus imprevisibles y en apariencia espontáneos arranques de pasión, en el fondo siempre tuvo el convencimiento de que era fría. No se le ocultaba que todos sus pasos eran medidos, que no dejaba nada al azar. No si podía evitarlo. No lo había considerado un factor irresoluble. En cierto sentido, también él era así y por eso había creído que podrían encajar.

No solo Catherine se había equivocado.

Sus ojos brillaban. Nunca la había visto llorar. El móvil volvió a pitar. Los dos habían perdido, pero al menos en ese punto, sería ella quien se saliese con la suya.

Le quitó el sonido, pero antes de dejarlo sobre la cómoda y hacerle a Catherine la pregunta que estaba aguardando, tecleó un breve mensaje.

*Subid sin mí.*

Le enseñó la tarjeta de identificación al vigilante de turno. El gendarme la introdujo en el lector y la barrera se elevó permitiéndole el acceso. Dejó la motocicleta, una Yamaha Hyper Naked MT-10 de color negro con solo algunos detalles en aluminio, en el espacio reservado para el personal y fue a su taquilla a cambiarse. No estaba de servicio activo, así que se trataba de ropa cómoda y adecuada para entrenar.

En los vestuarios solo había hombres, pero la visita habría resultado como mínimo interesante para las mujeres. Los agentes del GIGN —el Grupo de Intervención de la Gendarmería Nacional— dedicaban todas las horas de su jornada laboral a ejercitarse, entrenamiento exhaustivo de alto nivel físico y militar. Excepto cuando surgía una emergencia, por supuesto.

—¡Eh, chicos! Mirad quién ha venido. Pensábamos que a estas alturas estarías en Cannes o en Niza con tu chica Catherine-soy-demasiado-pija-para-sudar. ¡Te rajaste, tío! Eso no se le hace a un compañero.

Philip, cabeza rapada al cero, uno noventa y cinco de altura, y noventa kilos de puro músculo y fibra, le arrojó su camiseta sudada. Mathieu la esquivó.

—No lo pagues con él —terció Jean, uno de sus mejores amigos dentro del cuerpo y también fuera, mientras se ataba las botas—. Cuando salías con aquella tatuadora que era como la hermana gemela de Eduardo Manos Tijeras estabas tan dócil que parecías su perrito.

Los hombres rieron, pero Philip se revolvió agresivo.

—¿De qué coño estás hablando? Las mujeres me suplican a mí, yo no suplico a ninguna mujer. Además, yo no soy el problema, el problema es él —dijo señalando a Mathieu—. La próxima vez que traigas a tu novia, asegúrate de que no nos jode el plan.

En el vestuario se hizo un silencio tenso. Solía ocurrir. Demasiada testosterona junta. Nadie quería agachar la cabeza. Y en parte, Philip tenía razón. Había un código no escrito y una de sus reglas era no dejar colgado a un compañero, ni siquiera por tu propia madre.

—Déjalo estar, Philip —medió Jean. Era otra regla: no disputas, pero Mathieu no necesitaba ayuda. Podía resolver sus propios asuntos.

—Ya no es mi novia. Hemos cortado —dijo secamente.

—«¿Estás diciendo que quieres que lo dejemos?».

Fue lo que le preguntó. Catherine respondió escueta: «Sí». Aunque no terminó ahí la cosa. Luego vinieron reproches, intentos de reconducir la situación, lágrimas, despedidas... Demasiado tiempo y esfuerzo para algo que los dos tenían claro que no podrían salvar. Resultaba más y más evidente con cada palabra que pronunciaban. Después de la discusión aún tuvo que llevarla al aeropuerto de Avignon. Todo eso en una mañana.

Escuchó exclamaciones de sorpresa, incluso algún taco. Uno de ellos proveniente del mismo Philip.

—Joder. Vaya, tío. No tenía ni idea. Perdona —dijo más bajo, y le tendió la mano como gesto de buena voluntad—, siento haber sido tan capullo.

Mathieu se la estrechó.

—No tiene importancia. Olvídalo.

Los demás también murmuraron algunas palabras amistosas. Mathieu solo quería que se olvidaran del tema y pasaran a otro asunto. Por suerte en unos minutos empezarían con las prácticas de simulación y nadie volvería a traer a colación el tema de su vida sentimental.

Jean le echó una mano.

—Te habría gustado, Mathieu. Hicimos cima en cinco horas y doce minutos. Y qué pared. No hay otra como Sialouze. Al día siguiente fuimos a Les Calanques y también estuvo bien, pero ni punto de comparación.

—Lo sé —respondió—. La subí el domingo. —En cuatro horas y cincuenta y ocho minutos. Pero eso no lo dijo.

Otra vez todas las miradas se dirigieron hacia él.

—¿Tú solo? —preguntó Jean.

Levantó el rostro y los enfrentó.

—Sí.

Jean no dijo nada, pero Philip sacudió la cabeza.

—Estás loco, Girard, y lo sabes.

Lo reconocía. Se merecía la reprimenda. Nunca se debía acometer una ascensión en solitario, menos una de grado 7a y extrema dificultad como el macizo de Sialouze. Los agarres estaban recibidos en la roca y los anclajes y las cuerdas te protegían de una caída. Pero podías lesionarte al resbalar, abrirte la cabeza contra el muro de piedra, sufrir un desvanecimiento o que te cayera encima un alud de rocas. También podías ir caminando por una acera de París una tranquila tarde de mayo y que un andamio mal asegurado se desplomase justo cuando pasabas por debajo. La vida estaba llena de riesgos. Había intentado explicárselo a Catherine, pero no había resultado lo bastante convincente.

Philip, Jean y los demás eran distintos. Eran como él. Aunque ante todo debían respetar las reglas, sabía que podían entenderle.

—Quizá —dijo respondiendo a Philip con una pequeña sonrisa—, pero os aseguro que no me arrepiento. Fue impresionante. Llegar allá arriba, sin nadie más… Volvería a hacerlo ahora mismo.

Vio sus miradas de reconocimiento. Sí, ellos le entendían. Los ánimos volvieron a relajarse.

—¿Cuánto tardaste? —preguntó Philip.

—No te lo voy a decir porque no quiero que llores.

—Cabrón… —dijo a la vez que le daba un fuerte empellón en el hombro. Mathieu no se lo tomó a mal. Era su forma amistosa de decir: te envidio—. Un día tenemos que subir solos tú y yo. Sin estas nenazas.

Esa vez los golpes cayeron sobre Philip. La sirena suspendió los amagos de pelea. Los hombres salieron al campo de entrenamiento y empezaron a calentar. Jean se quedó junto a él.

—¿Así que es definitivo lo de tu chica?

—Definitivo. Ya no es mi chica.

Jean sacudió la cabeza.

—No hagas caso a esos idiotas, y no actúes como un idiota tú también. Hay vida más allá de esto. No sé cuál era el problema, pero esa mujer…. No es para alguien como Philip, claro —dijo mirando al aludido que a unos pocos pasos escupía en la hierba—, pero tú tampoco eres como él. Podías haber dejado esto atrás.

Mathieu se revolvió. Aquello se parecía mucho a lo que le había dicho Catherine.

—«Tienes una licenciatura en derecho internacional, hablas cuatro idiomas, ¿por qué tienes que conformarte con ser un simple policía?».

Ahí fue cuando terminó la discusión, pero que lo dijera Jean le molestó aún más.

—¿Tú también crees que lo que hacemos no vale la pena?

Jean torció el gesto.

—No es eso. Solo digo que, a veces, cuando estoy en casa con mi mujer y mis hijos y tengo que marcharme porque han vuelto a subir el nivel de alerta, bien, pues en algunas ocasiones, cuando eso ocurre, me alegraría que fuese otro quien ocupase mi lugar. —Jean hizo una pausa antes de continuar—. De hecho, estoy pensando en pedir el traslado, ¿te parece mal?

Habían comenzado a correr, así que no veía el rostro de Jean, pero era un buen tipo y un buen amigo. Tenía un niño de tres años y una niña de pocos meses esperándole en casa. Su mujer era profesora y había pedido una excedencia para ocuparse del bebé ese año. ¿Cómo iba a parecerle mal que Jean también quisiera estar con ellos?

—Hazlo si es lo que deseas. Si te sirve de algo, tienes todo mi apoyo.

Jean le dirigió una corta sonrisa sin interrumpir la carrera.

—Sí que sirve. Por eso escúchame, de amigo a amigo. Si de verdad te gusta esa chica, llámala y dile que estás muy arrepentido y acepta un puesto de asesor en alguna de las empresas de su familia. Si no lo haces por ti, hazlo por mí. Así podré ir algún día a verte y pedirte que me devuelvas el favor. Me conformaría con ser jefe de seguridad o escolta privado.

—Eres un mamonazo.

Jean soltó una carcajada y apretó la carrera. Mathieu dejó que se adelantase. Sabía que no hablaba en serio, pero aun así la sugerencia no le había hecho maldita gracia. La familia de Catherine tenía dinero y no solo dinero. Poseían poder, influencias, ocupaban puestos en consejos de administración de importantes *holdings* empresariales… Ella iba de independiente y decía que su trabajo como analista de mercados en una de las mayores entidades bancarias del país se lo había ganado solo gracias a sus propios méritos —que él no le negaba—. Pero lo primero que había hecho a las pocas semanas de comenzar a salir juntos, era proponerle una oferta muy parecida a la que acababa de sugerir Jean.

Él le había dejado claro que no tenía ninguna intención de dejar el GIGN. Mathieu pensó entonces que no se había dado por vencida. También supo que nada de lo que dijese o hiciese Catherine le haría cambiar de opinión.

Subió el ritmo de carrera, pero apenas había dado media vuelta al campo, cuando su localizador personal comenzó a sonar. Y el de Jean, el de Philip... Muchos hombres por todo el campo y fuera de él, en las salas de tiro o en la torre de pruebas, recibieron el aviso.

El mensaje era idéntico para todos. Por aquel día, el entrenamiento se daba por concluido.

*—Uno o más individuos armados mantienen retenidos en un supermercado a un grupo de entre doce a quince personas, entre ellos un niño de seis años. Se han efectuado disparos y el propietario ha resultado muerto o herido grave. Varios testigos afirman haberle visto caer al suelo tras escuchar un disparo. Aún no ha podido ser atendido por personal sanitario. El agresor o agresores no han sido identificados. No se descarta un posible ataque yihadista.*

Las palabras se sucedían con rapidez y el transmisor las dotaba de un timbre metálico cargado de estática. La voz y los datos llegaban con frialdad, limpios de toda emoción, aunque tras el tono neutral se percibía la tensión. Situación del supermercado, accesos, planes de evacuación y otras contingencias. Los hombres permanecían sentados en la trasera del furgón, portando sus armas, silenciosos y en estado de máxima concentración.

Una mañana cualquiera de martes en París. Un asalto a un supermercado *kosher* en el tranquilo barrio de Bercy, al sureste de la ciudad. Doce o más personas que a aquellas horas podían estar muertas. Quién sabe si habría más en riesgo en otros puntos. El *modus operandi* habitual en los atentados islamistas. Que el asalto se hubiese producido en un establecimiento dedicado a la venta de alimentos considerados puros por los judíos más ortodoxos, había hecho saltar todas las alarmas.

—*Treinta y dos minutos desde que se oyeron los primeros disparos.*

Veintiséis desde que sonó la alerta en el busca. Doce para ponerse el uniforme reglamentario: botas, pantalón, chaqueta, pasamontañas, guantes protectores, chaleco antibalas, casco con visera, los correajes para las armas cortas, la munición y el fusil de asalto. Otro más para subir al furgón blindado. Veintidós, según la previsión oficial, para atravesar París a toda velocidad con las sirenas puestas y sin detenerse en semáforos ni cruces gracias a los motoristas que abrían el camino por delante de ellos y les dejaban vía libre. Podía parecer poco o mucho, según la óptica de quien observase. Cuarenta minutos esperando una posible sentencia de muerte eran sin duda demasiados, pero en las situaciones límite el tiempo cobraba una dimensión distinta, perdía consistencia, resultaba complicado ceñirse a una escala. No importaba tanto el tiempo, lo que contaba era el resultado.

—*Llegada prevista en un minuto.*

El furgón se detuvo con un frenazo seco. Mathieu accionó el mando de la puerta y bajó cuando todavía estaban en movimiento. El vehículo con otra de las brigadas llegó a continuación y aparcó en paralelo.

Los gendarmes habían acordonado la zona. A una distancia prudente, pero suficiente para permitir la observación se encontraban periodistas, vecinos, familiares alarmados, curiosos, muchos coches oficiales y sanitarios. Ambas brigadas se mantuvieron al margen, convertidos en el centro de atención de todas las esperanzas y las miradas.

Su mera visión ya era intimidante. Vestidos por completo de negro, fuertemente armados, perfectamente sincronizados, con cientos de horas de entrenamiento intensivo a sus espaldas. Parecían escapados de alguna película de acción futurista. Una visión oscura y nada confortadora. No era un efecto a subestimar.

Los GIGN, la unidad de élite de la policía francesa. Ni siquiera en las fuerzas armadas había muchos otros cuerpos que alcanzasen su nivel de especialización en situaciones de crisis. La liberación en 1994 de un Airbus con más de doscientos pasajeros a bordo, en las que las únicas víctimas mortales fueron los secuestradores, constituía una de sus acciones más conocidas y exitosas. Mil balas disparadas en el reducido espacio del Airbus. Trece efectivos del GIGN heridos. Cuatro terroristas armados con fusiles AK-47 y ametralladoras UZI abatidos. Ninguna víctima mortal entre los civiles durante el asalto.

Cuando sucedió, Mathieu solo tenía siete años. Siguió el secuestro en las noticias, los tres días, sin despegarse del televisor hasta que se produjo la liberación. Su padre estaba dentro de aquel avión. Viajaba a Argelia por cuestiones de trabajo. Era ingeniero en una de las plantas de extracción de gas. Después le contó que todo fue tan rápido que apenas recordaba cómo ocurrió, cómo fue cuando aquellos hombres uniformados invadieron el avión. Solo que estaba seguro de que moriría, que todos morirían. Pero no murió. Ellos le salvaron.

En cuanto finalizó los estudios de Derecho comenzó a prepararse para acceder al cuerpo de policía. Se lo había prometido a su madre, terminaría la carrera y luego decidiría. La decisión fue seguir adelante. Ni la incomprensión feroz de su madre ni el afecto preocupado de su padre pudieron impedirlo. Aprobó las pruebas de acceso y, tras dejar transcurrir los dos años reglamentarios, presentó la solicitud para ingresar en el GIGN. Se la concedieron a la primera. Pronto haría tres años.

Desde entonces había vivido en primera persona numerosas intervenciones con rehenes, siempre protagonizadas por delincuentes comunes. Atracadores atrincherados en bancos puestos hasta las cejas de drogas sintéticas. Padres de familia que desencadenaban un escenario de horror en los cuartos de estar de sus propias casas y amenazaban con quitarse la vida, pero siempre fracasaban, no así con sus hijos o sus esposas. Enfermos aquejados de trastornos mentales severos que almacenaban verdaderos arsenales debajo de sus camas y decidían un buen día emplearlos contra sus vecinos.

Ningún atentado terrorista. Ninguna auténtica situación de caos y emergencia nacional, como la masacre del Bataclan o la crisis del semanario *Charlie Hebdo*. Por aquel entonces ya formaba parte del GIGN, pero tenía como destino asignado Lille, no París. Sin embargo, no se consideraba un novato. Estaba preparado.

—*Brigada Alfa, puerta de acceso principal. Brigada Bravo, accesos interiores.*

Mathieu formaba parte de la brigada Bravo. Habían ensayado el protocolo cientos de veces hasta convertirlo en una coreografía ejecutada al milímetro. Dos hombres agazapados y protegidos con escudos a ambos lados de la puerta principal. Tres más tras cada uno de ellos a muy corta distancia. Los unos inmediatamente a continuación de los otros. Las viseras de los cascos bajadas. El rostro oculto por el pasamontañas. Armas cortas y largas en posición de ataque. Lanzagranadas de humo dispuestos y equipos térmicos diseñados para permitir la visión a través de los gases. Listos y esperando solo una orden. Dispuestos a arriesgar sus vidas porque ese era su trabajo. El trabajo que no le gustaba a Catherine. De ahí la discusión y finalmente la ruptura. No se trataba de la montaña, era todo lo demás.

—*Brigada Alfa lista y en posición.*

Desde las calles y los bloques vecinos sus movimientos eran registrados por decenas de cámaras. Una y otra vez los portavoces de la policía insistían en la necesidad de mantener el secreto de las actuaciones, pero las advertencias resultaban inútiles. En aquel mismo instante las imágenes pasaban de móvil a móvil a una velocidad exponencial, diez, cien, diez mil, revelando posiciones y tácticas, cantidad de hombres y armas. Seguramente también Catherine habría oído ya las noticias.

—*Brigada Bravo accediendo a las entradas interiores.*

El supermercado compartía aparcamiento subterráneo con el resto de viviendas y oficinas del edificio. Los gendarmes habían bloqueado los ascensores y se habían ocupado de desalojar a los civiles. Solo tenían que preocuparse de los rehenes. Liberarlos y devolverlos a sus hogares sanos y salvos. Neutralizar a los atacantes. También sobre aquello existía un protocolo de actuación. Disparos al hombro u otras zonas no vitales siempre que no implicase riesgo para la vida de los rehenes ni de los agentes. Mathieu había pasado horas y horas practicando en los ejercicios de tiro. Tenía una efectividad del noventa y nueve por ciento con un objetivo estático.

—«¿Lo harías?» —había preguntado ella en una ocasión—. «¿Dispararías a matar?».

No le gustó lo que vio en su expresión: la condena por adelantado, como si le acusase ya del delito de erigirse en juez y verdugo.

—«Supongo que no lo sabré hasta que llegue el momento».

—«Me gustaría que no tuvieses que hacerlo. No querría estar en tu lugar. No querría tener que tomar esa decisión».

Tampoco él. Pero no trató de justificarse ni intentó que lo entendiera. En realidad, por aquel entonces ya había comenzado a admitir que su relación con Catherine no tenía futuro.

—*Los análisis de las grabaciones de las cámaras de seguridad de los comercios vecinos han facilitado una posible identificación positiva. Se trata de Dominique Bouadla, veintiséis años, francés, hijo de emigrantes argelinos, delincuente común. Antecedentes por atraco y robo con fuerza. Los servicios de información no tienen constancia de su vinculación al DAESH. Aparentemente entró en solitario en el establecimiento, se desconoce si tiene algún cómplice en el interior.*

La información llegaba con fluidez. La situación parecía más sencilla de lo que inicialmente se temía. Un único asaltante, quizá un atracador que se había puesto nervioso y no sabía cómo salir del lío en el que se había metido. Solo tendrían que entrar, evitar que siguiera siendo un peligro y devolver al resto de implicados a su rutina.

La puerta del almacén estaba cerrada con llave. Un agente desmontó la cerradura en menos de veinte segundos y sin hacer ningún ruido. Los demás le rodeaban con las armas en alto, listos para intervenir.

—Brigada Bravo. Acceso posterior habilitado. Solicitamos autorización —comunicó Vincent Ledoux, treinta y ocho años, grado de mayor y uno de los hombres en activo con más experiencia en el cuerpo.

—*Autorización concedida, brigada Bravo. Procedan a intervención según código 3.*

—Código 3 operativo —replicó Ledoux antes de volverse hacia Mathieu—. Girard, vienes conmigo. Los demás, manteneos alerta.

No tuvo que responder. Bastó con una mirada y un leve asentimiento. Ledoux abrió la puerta. Muy despacio empujó la hoja desde el quicio, utilizando el resguardo de la pared. Esperaron en tensión, las pistolas y los rifles apuntando hacia el vacío. Estaba oscuro. No se oía nada.

—Ahora.

Hileras de estanterías metálicas, cajas, botellas, olores intensos y mezclados que se colaban incluso a través del casco. Las luces estaban apagadas y a ninguno de los dos se le pasó por la cabeza encenderlas.

Avanzaron con lentitud, midiendo cada paso, evitando tropezar y delatar su presencia. El almacén era de dimensiones reducidas, no más de cuatro metros de ancho y siete u ocho de largo, pero el espacio estaba aprovechado al máximo. Los envases de detergente se apilaban formando torres inestables y torcidas. Las cajas vacías se amontonaban desordenadas en un rincón.

Algo se movió con rapidez frente a ellos.

Apuntaron a la vez y en la misma dirección. Un gato de pelaje tan negro como sus uniformes se escabulló entre los embalajes de cartón.

—Joder —musitó Ledoux con voz casi inaudible.

Aguardaron sin hacer un solo movimiento, con la vista fija en la estrecha franja de luz que se filtraba a través de una rendija. La puerta que les conduciría al supermercado y a Bouadla.

Cruzaron una mirada. Ledoux asintió y continuaron el avance conforme al plan establecido.

Código 3, un perfil de actuación bajo. Entrada discreta, tratando de sacar el máximo partido del factor sorpresa. Se empleaba cuando el número de rehenes era elevado, no así el de secuestradores. Si el asaltante era solo uno, no sería difícil reducirle, incluso para dos únicos agentes. Si intervenían con una fuerza mayor —un asalto por la puerta principal, como el secuestrador estaría aguardando— era más probable que se produjeran heridos entre los civiles.

Solo tenía un inconveniente: el riesgo era aún mayor para los hombres que hacían de avanzadilla.

Mathieu estaba tranquilo, aunque no era esa la palabra que mejor lo describiría. Se sentía sereno, concentrado, expectante, en tensión. No tenía miedo. Quizá era absurdo y se debía a que aún no había vivido suficientes experiencias duras, aunque en los años que llevaba en el cuerpo —y también fuera, en la montaña— había acumulado unas cuantas situaciones críticas. Catherine le había dicho que era de locos o de inconscientes, que cualquier persona con dos dedos de frente evitaría poner en peligro su vida y no se dedicaría a buscarlo a diario. Él había tratado de defenderse. No porque tratase de convencerla, sabía que sería en vano, sino porque no era justo. Claro que había un riesgo, pero no se trataba de locura ni de inconsciencia, era una incertidumbre bajo control. Llevaban los chalecos, tenían el entrenamiento, sabía cómo actuar en cada circunstancia, escoger la opción más ventajosa. Era como en la montaña. «Sigue los pasos, respeta las normas, prepárate a conciencia y luego hazlo». También era cierto que, igual que en la montaña, o en el deporte de competición, o en cualquier actividad extrema y arriesgada, existía una parte de desafío personal, de reto ante ti y ante los demás. Requería de la tenacidad precisa para seguir adelante.

Llegaron a la puerta. Mathieu sintió el flujo del torrente sanguíneo circulando con más fuerza en las sienes y en el cuello. Había estudiado las respuestas químicas del organismo ante las situaciones de estrés. Eran beneficiosas y actuaban en su favor. Crecía la producción de adrenalina y cortisol, subían las pulsaciones, se ensanchaban los capilares, las pupilas se dilataban y se extremaba la capacidad de alerta y respuesta.

Ledoux se situó contra la pared. Mathieu se quedó ante el umbral. La mirada fija en aquella puerta que su superior comenzó a entornar. La respiración controlada. El MP5 a la altura del hombro. Cada cargador tenía treinta balas y podía dispararlas a una velocidad de ochocientas por minuto con un alcance de seguridad de hasta cien metros. Pese a tanta eficiencia letal, la prioridad era no usarlas a la ligera, no causar bajas innecesarias, salvaguardar a toda costa las vidas que trataban de proteger. Esa era la razón por la que Ledoux había escogido a Mathieu y no a cualquier otro. Por su habilidad como tirador.

Todos los agentes destacaban por sus cualidades físicas. Debían pasar unas duras pruebas antes de ser admitidos, adiestrarse en la desactivación de explosivos, hacer prácticas de paracaidismo y submarinismo, lucha cuerpo a cuerpo, artes marciales; además debían disparar mejor que bien, con excelencia. Si querían pertenecer a los GIGN debían ser los mejores en todo, pero una vez que estaban dentro cada uno tenía asignada una misión dentro del área en la que destacara. Mathieu Girard sobresalía como tirador. Mes tras mes los informes le clasificaban entre los diez primeros. Era el primer sorprendido. No lo buscaba, no lo pretendía. Simplemente ocurría.

En los tres años que llevaba en el cuerpo había actuado como tirador avanzado en numerosas intervenciones reales. Había disparado a cuatro hombres. Con los cuatro procedió del mismo modo: disparo al hombro derecho y avance hasta apuntar a quemarropa contra el pecho. Si se hacía bien, era efectivo: soltaban el arma, el brazo quedaba inutilizado y, si apreciaban su vida —¿y quién no la apreciaba?—, no se les ocurría hacer ni un solo movimiento. Los cuatro se recuperaron tras la intervención quirúrgica y no les quedaron secuelas graves.

Sin embargo, era lo que peor sobrellevaba, peor que la ansiedad por llegar demasiado tarde, que la posibilidad de resultar herido, gravemente herido, una lesión medular, algo que le imposibilitase continuar con la vida tal y como la entendía. Podía controlar todo aquello, pero le inquietaba que llegara el día en que tuviera que decidir y escogiera la alternativa incorrecta. Le preocupaba equivocarse, bien por una vacilación o por una acción precipitada.

Catherine le habría respondido que lo dejase, que abandonase antes de que tuviera que arrepentirse de no haberlo hecho antes.

Pero era otra de las cosas que nunca había llegado a contarle.

Ledoux alzó el pulgar de su puño derecho en una silenciosa cuenta atrás. Así hasta tres. Primero cruzó Ledoux e inmediatamente lo hizo él.

Un recuadro estrecho, un refrigerador con bebidas, un mostrador repleto de frutas y verduras, estanterías impidiendo la visión de la zona de entrada y las cajas. Ningún hombre armado, ningún rehén, ningún herido. Sonidos confusos. Costaba discernirlos a través del casco. Llegaban bajos, amortiguados. El llanto sofocado de un niño, ruegos suplicantes y angustiados: «Por favor, por favor, déjenos marchar», un hombre hablando en árabe, rezando en árabe. Era uno de los idiomas en los que Mathieu se defendía. Varios veranos los había pasado en Argelia con su padre. Pero, aunque no hubiese sido así, igualmente habría podido reconocer aquella frase.

*En el nombre de Allah, el misericordioso, el compasivo…*

Bouadla era francés, pero hijo de argelinos. Se obligó a repetirse que eso no quería decir nada, el siete por ciento de la población practicaba la fe en el islam. No era un delito ser musulmán ni tampoco rezar. Sí lo era asaltar un supermercado, disparar al dueño, retener y amenazar de muerte a los clientes. Pero los GIGN no eran ejecutores, no eran soldados, no eran jueces.

No si no era estrictamente necesario.

Avanzó por el pasillo lateral, pegado a las estanterías. Ledoux lo hizo por otro en paralelo. Estaban solos, pero sabía que bastaría una única palabra para que todos los efectivos entrasen en tromba en el local. Podían haberlo llenado todo de humo, arriesgarse a introducir un dron, pero los analistas de crisis habían diagnosticado que el caso no presentaba complicaciones. Un único agresor, un atracador reincidente.

Se detuvo al final del pasillo y utilizó la mira integrada en el cañón del fusil y conectada al visor interno del casco. Hombres y mujeres tendidos en el suelo, un niño acurrucado junto a su madre, el dueño con un disparo en el vientre, sangrando, la mano cubriéndole la herida; aún respiraba, aunque con dificultad. Un joven con una cazadora negra de cuero, en pie y de espaldas, con la cabeza inclinada sobre el pecho. Él era quien rezaba.

*Allah akbar. Allah akbar.*

No le veía las manos, no sabía con qué amenazaba a los rehenes ni cuál era el brazo que empuñaba el arma. No podía abatirle por la espalda sin asegurarse de que siguiera siendo una amenaza, a no ser que le disparase a la nuca.

No iba a dispararle a la nuca.

Mathieu vaciló. Podía esperar, aguardar a que se volviera. Solo un poco más. Algunos segundos. Quizá Ledoux tuviese un ángulo mejor.

Entonces lo hizo, se giró. Bouadla se dio la vuelta y Mathieu vio la pistola, una Griazev de fabricación rusa, capaz de atravesar los chalecos antibalas. También vio por la cazadora entreabierta el cinturón de explosivos plásticos adosados a su cuerpo, el móvil que accionaría la detonación.

—*La ilaha illa Allah…*

Abandonó el resguardo de la estantería. Registró la sorpresa en los ojos de Bouadla, las pupilas agrandándose, el mínimo amago de movimiento de su brazo. No tuvo tiempo de nada más. Mathieu efectuó un único disparo. El hombre cayó hacia atrás empujado por la violencia del impacto.

Mathieu cerró los ojos, solo una décima de segundo. Luego los abrió y contó, esperando la detonación. Tres. Dos. Uno.

No ocurrió. El cuerpo de Bouadla se golpeó contra el suelo, pero no se produjo la explosión. Los rehenes gritaban aterrados. La mujer abrazaba a su hijo y lo cubría con su cuerpo. Ledoux apareció a su espalda, cubriendo los flancos en previsión de la posible presencia de más cómplices.

—Agresor abatido. Porta explosivos C4 conectados a un dispositivo electrónico —comunicó Ledoux por la línea interna.

La brigada apostada en la puerta principal irrumpió en el local. Comenzaron a evacuar a las víctimas. Algunos echaron a correr en cuanto sonó el disparo, pero otros se mostraban aturdidos, necesitaban ayuda para incorporarse y caminar. Philip cargó con la mujer y con su hijo en sus propios brazos, el MP5 a la espalda y la pistola enfundada en la cartuchera. Los demás registraban todos los rincones. Abrían puertas de aseos y buscaban cualquier lugar donde alguien más hubiera podido esconderse.

—Evacuación completada. ¡Rápido, todos fuera excepto Montand! —ordenó Ledoux.

El artificiero se aproximó al cadáver de Dominique Bouadla.

—Buen trabajo, Girard. Ya me encargo yo. Salid todos.

Ledoux le estrechó por el hombro. Aquel mínimo gesto consiguió relajar un poco la tensión que atenazaba todos los músculos de su cuerpo. Antes de abandonar el supermercado dirigió un último vistazo al rostro desfigurado por la bala.

Al menos por aquella vez no había resultado tan difícil tener que decidir.

Se apoyó contra el lateral del furgón, fuera del alcance de cámaras y curiosos, y se quitó el casco y el pasamontañas. Agradeció el aire fresco en el rostro. Si Bouadla hubiese detonado los explosivos no habría vuelto a respirar nunca más. Ni el chaleco, ni el casco ni las armas habrían servido de nada. A esas alturas estarían hechos pedazos junto con los escombros del supermercado.

Esa había sido la verdadera duda. El problema que había tenido que procesar en las décimas de segundo que transcurrieron desde que vio los explosivos hasta que accionó el disparador. Podía haberse precipitado y hacer que saltasen por los aires. A veces la única opción era tratar de negociar. Pero la expresión de Bouadla —y la experiencia, la lógica, la intuición, el sentido común— le advirtieron de que su intención era inmolarse y llevárselos a todos consigo. Que hubiese llegado tarde para impedirlo y en el momento oportuno para convertirse en otra de sus víctimas era algo que no cabía rectificar.

El tiempo se había ralentizado mientras aguardaba la detonación.

No había visto pasar su vida ante sus ojos. Solo había esperado, sintiendo el latido de su corazón, cada pulsación retumbando fuerte en su cabeza, en su pecho, como si también fueran a estallar de un segundo a otro.

—Estaba aguardando a que entrásemos para detonar los explosivos. Los rehenes lo han confirmado —dijo Jean acercándose a Mathieu a la vez que también se quitaba el casco—. «Esperaré a que entren los policías y luego se acabó. Recibiremos el juicio de *Allah*» —apostilló dando a sus palabras un leve acento del Magreb y un marcado toque de sarcasmo.

Jean, igual que Philip y otros cuantos más, formaba parte de la brigada Alfa. La que se encontraba apostada junto a la puerta, la que habría recibido todo el impacto de la explosión si hubiesen optado por la intervención frontal y directa.

—Gracias, Jean. Es bueno saberlo. —No se había permitido poner en duda la seguridad de que había hecho lo correcto, pero al fondo del todo persistía cierto asomo de inquietud. ¿Y si el cinturón de explosivos hubiese sido falso? Si solo se hubiese tratado de una imitación bien conseguida. Otro chalado tratando de conseguir su inefable minuto de fama.

Philip también se les unió. Le palmeó en la espalda con fuerza. Venía de buen humor.

—Relájate, Girard. Eres la estrella de la semana. Hasta tu chica se arrepentirá después de esto e irá a chupártela esta noche a tu apartamento. Math, Math, eres mi héroe… —dijo entre jadeos en una mala imitación femenina.

Rompió a reír a carcajadas y algunos más le corearon. Sobre Mathieu llovieron golpes, abrazos y empellones cariñosos. Él lo soportó todo con una sonrisa. Si la decisión del mando operativo hubiese sido otra, en aquel momento estarían tratando de rescatar los cuerpos de aquellos mismos compañeros de entre los restos humeantes del supermercado. Había buenas razones para sentirse eufóricos.

—Vamos, señores —dijo Ledoux poniendo un poco de seriedad al grupo—. Se acabó la fiesta. Volvemos a casa.

El dispositivo adosado al cinturón de Bouadla era sencillo y los artificieros habían conseguido desactivarlo sin mayores problemas. Ahora otro equipo especializado se encargaría de transportar y almacenar en un lugar seguro los explosivos.

El trayecto de regreso fue mucho más relajado que el de ida. Las bromas y las risas continuaron. La reacción habitual después de la tensión.

—Tarde libre para todos los que han participado en el operativo. Mañana a las ocho, reunión de trabajo para analizar la capacidad de respuesta y las posibles mejoras a introducir. Hasta entonces diviértanse. Abracen a sus hijos. Los que los tengan —añadió Ledoux anticipándose al comentario obsceno que Philip musitó entre dientes y que hizo soltar más risas a los que tenía cerca—. Y gracias a todos por su contribución.

Se pusieron en marcha. Todavía tenían tareas pendientes antes de regresar a sus casas. Depositar las armas en la armería, deshacerse del uniforme... El informe podrían elaborarlo desde su propio ordenador y adjuntarlo más tarde al expediente. Cuando todo estuvo en orden, Mathieu terminó de vestirse y recogió el móvil de la taquilla.

Desbloqueó la pantalla sabiendo lo que iba a encontrarse. Docenas de llamadas perdidas y mensajes. De su madre, de su padre, otros familiares, amigos… Catherine.

No tenían la seguridad de que estuviese entre los que participaban en el operativo. Había ochenta efectivos del GIGN en París, y solo veinticuatro habían participado en la operación. Pero siempre que ocurría algún incidente, una noticia que saltaba a los medios, el móvil se le colapsaba. Aunque sucediese en Burdeos y él estuviese en Lille. Cada vez que se anunciaba una nueva alerta llovían los mensajes preguntando si estaba bien, si se encontraba a salvo, si había razones para temer un nuevo peligro.

Reenvió a todos las mismas palabras tranquilizadoras. *Estoy bien. No os preocupéis.* Más tarde llamaría a su madre, a su domicilio de Lyon, y le explicaría lo sucedido. Imaginó su reacción. El silencio que se haría, luego musitaría que había hecho bien. Al menos eso esperaba. También llamaría a su padre en Laghouat, y él respondería antes y después volverían a tener la misma conversación que tantas otras veces habían mantenido, que Occidente no podía responder al problema aislándose y mirándose el ombligo, que la solución no pasaba por la fuerza y la violencia.

Mathieu no podía estar más de acuerdo.

Deslizó la pantalla y se detuvo en el último número que apareció en el visor. Pulsó la rellamada. Catherine respondió al tercer toque de aviso.

—¿Mathieu? ¿Eres tú? ¿Estás bien? —La voz tensa, nerviosa. No costaba reconocer la inquietud.

—Sí, soy yo. Disculpa que no haya contestado antes. Hasta ahora no he podido mirar el móvil.

—Me enteré por las noticias —dijo aún alterada—. Están diciendo que llevaba suficientes explosivos como para volar todo el edificio. ¿Estabas allí? ¿Estabas entre ellos?

Tardó un poco en contestar. Le dio tiempo a coger el casco de la moto, a subirse la cremallera de la cazadora y a decidir que tampoco se lo iba a contar a Catherine. No por teléfono.

—Estaba allí y también los demás, Jean, Philip… Todo el grupo de Mont Ventoux. Los conoces.

—¿Philip es ese tipo alto y rapado que parece tener ocho años de coeficiente mental y catorce de edad hormonal?

Mathieu rio y Catherine también al otro lado de la línea. Era bueno oírla. Le recordó algunas madrugadas cuando los dos olvidaban el trabajo, los respectivos trabajos, y solo eran ella y él, desnudos y desvelados entre las sábanas.

—Ese es. No es mal tío, es solo su forma de ser. En realidad, es como un gran oso de peluche —dijo recordando a Philip cargando con la mujer y el niño a cuestas. Sabía que los habría defendido con su vida. A veces la actitud era solo una máscara. Una forma de ocultar la vulnerabilidad.

—Eh, Girard, casi diría que te gusta. ¿Es que quieres ponerme celosa?

La broma de Catherine le hizo sonreír. Era preciosa, sexy, sugestiva. Los ocho meses que habían pasado juntos habían merecido la pena. Con uno u otro sin querer ser nunca el primero en dar el brazo a torcer, pero Mathieu podía con ello. No necesitaba una mujer que le dijera que sí a todo. No le importaba que le desafiaran. Si por él hubiese sido, aún continuarían juntos.

—¿Funcionaría? —Y no pudo evitar que aquella simple palabra sonase cálida ni apagar los restos de la llama que se resistía a desaparecer.

Esa vez fue la respuesta de Catherine la que se hizo de rogar.

—Estaba preocupada, Mathieu, preocupada de veras.

Bajó la cabeza mientras caminaba por el aparcamiento. No se veían, pero la conversación no habría sido muy distinta si la hubiese tenido enfrente.

—Lo sé, Catherine. Pero estoy bien. Estoy aquí. No me ha ocurrido nada.

—Ni siquiera sabía si debía o no preocuparme —dijo como si no le hubiese escuchado—. Me decía: quizá no esté entre ellos, quizá esté subiendo a la dichosa torre de ejercicios o haciendo una de esas simulaciones de policías y malos. ¿Sabes lo idiota que me sentía?

La animosidad de Catherine iba subiendo por momentos, palabra a palabra.

—Lo entiendo. Sé lo que se siente. También he pasado por eso. Sé lo duro que es.

Al otro lado de la línea se hizo el silencio. Mathieu aguardó. No quería presionarla. Quería que entendiese.

—No lo creo. Crees que lo sabes, pero no es igual. Si lo supieses, no lo harías —respondió con auténtica desolación. Mathieu tuvo la certeza de que había vuelto a hacerla llorar.

—Cat, Cat —suplicó—, no me hagas esto. No terminemos así. Hablemos. Quedemos mañana para tomar un café. O puedo ir a buscarte ahora si quieres. Nos han dado la tarde libre. Podemos almorzar juntos. Podría estar ahí en veinte minutos.

Esperó. Tanto que tuvo que volver a preguntar.

—¿Catherine?

—Es mejor que no. No, Math. Tú no vas a dejar el GIGN

y no creo que yo pueda soportarlo. No puedo estar cada día esperando a oír las noticias para saber si te ha ocurrido algo, si estás o no entre ellos.

No quería decirlo, pero no pudo callar más. También él tenía sentimientos, aunque Catherine a veces pareciese querer pensar lo contrario. También le dolía que lo apartase de su vida, así sin más, solo porque no era conveniente estar enamorada de él.

—Se salvaron doce personas. Todos menos el hombre que iba a matarse de todas maneras. Estarían muertos si no hubiésemos estado allí. Alguien tiene que hacerlo, Catherine.

—Lo sé. Y es admirable. Pero no tengo tu valor. No tengo tu convicción. Preferiría que fuese otro el que se encargase, no tú.

Lo dijo en un tono determinado que palió el dolor del rechazo. Le hizo desistir de seguir intentándolo.

—Ya, comprendo. Olvídalo. Está bien así.

—¿Amigos? —murmuró ella al otro lado de la línea—. No quiero perderte. Podemos quedar algún otro día, cuando pase algún tiempo…

—Sí, como quieras, cualquier otro día. Adiós, Catherine.

—Adiós, Mathieu. Cuídate.

—Tú también —dijo antes de terminar la llamada. Después fue a contactos y borró el número de Catherine. Fue inmaduro e irracional. Se lo reprochó nada más hacerlo, pero no trató de recuperarlo. Estaba completamente seguro de que no volvería a llamarla.

Se puso el casco, arrancó la moto y en cuanto estuvo en la autopista apretó el acelerador. Pronto sobrepasó el límite legal de velocidad. Pero solo hasta el margen que el radar pasaba por alto. Solo hasta la mínima transgresión consentida.

—¡Despree, Lambert, Girard, Cortez! ¡Arriba!

Los cuatro corrieron hacia las cuerdas. Llevaban puesto el uniforme completo y cargaban con las armas. Tenían que trepar por la soga hasta una altura de diez metros y luego bajar *rappelando* cargados con un peso similar al de un cuerpo humano. Igual que si se tratase de un rescate real, aunque era solo la torre de entrenamiento.

Era la tercera vez que lo repetían durante aquella mañana. Aunque podía ser peor. Otro de los ejercicios consistía en bajar con ese mismo peso pero por las escaleras.

Dejó caer el fardo en cuanto estuvo en el suelo. Sus compañeros hicieron lo mismo apenas algunos segundos después. El instructor anotó los tiempos y llamó a los siguientes.

—¡Sylvain, Galle, Dussolier…!

Una llamada a través del auricular provocó que su atención se desviase de los hombres y los ejercicios. Se volvió hacia Mathieu que aún se estaba recuperando de la ascensión.

—Girard, te llaman en jefatura.

No hizo especulaciones. No tenía la menor idea de por qué podían reclamar su presencia, así que prefirió esperar. Dejó el fusil en la armería, más tarde tendría que volver para limpiarlo y engrasarlo, pero no se quitó el uniforme, solo el casco.

Las oficinas estaban en el mismo edificio que las salas de

tácticas y técnicas de respuesta. Al pasar vio a otro de los instructores analizando en una pizarra posibles escenarios. Un grupo de agentes, recién ingresados en el cuerpo tras superar las pruebas de acceso, escuchaban con la máxima atención.

Antes de acceder a la zona donde estaban los despachos de los oficiales de alto rango se encontró con una de las asistentes.

—Buenos días —saludó Madeleine. Tenía el cabello muy corto, cano y sin teñir. Siempre lucía una sonrisa en los labios y una actitud casi maternal con todos los agentes, resultado de los más de treinta años que llevaba trabajando en el GIGN—. Mathieu Girard, ¿verdad? Espere un momento. Avisaré al teniente coronel de que ya está aquí.

Se comunicó por la línea interna. Mathieu no oyó la respuesta, pero fue corta y rápida.

—La tercera puerta a la derecha. Le esperan —anunció Madeleine con otra sonrisa cálida.

Avanzó por el pasillo. Las instalaciones eran modernas pero sobrias, casi espartanas. Paredes blancas, puertas metálicas. Representaban el espíritu del cuerpo. Nada de distracciones, nada que fuese superfluo. Aquello iba bien con Mathieu. Fuera de las horas de trabajo se permitía relajarse, pero lo que hacían dentro requería de concentración.

Llamó a la puerta. No estaba inquieto, pero sí intrigado. Desde el interior le invitaron a entrar.

—Adelante.

No se trataba de un despacho, sino de una sala de reuniones de tamaño medio. Desde una gran ventana con vistas a los campos de entrenamiento llegaba abundante luz natural. Una mesa de trabajo, sillas hasta para seis personas, un cuadro con la imagen del presidente de la República y un proyector de pared completaban el reducido mobiliario.

El teniente coronel Amalvy, cincuenta y dos años, treinta de ellos de servicio activo en el GIGN, y otro hombre maduro, con traje y corbata en lugar del uniforme policial que vestía el teniente, se encontraban sentados en torno a la mesa.

—Bienvenido, ¿se conocen? —Mathieu negó y el oficial hizo las presentaciones—. Mathieu Girard, François Hardy. El señor Hardy es subsecretario de la DGSE. Actúa como enlace con el GIGN.

La DGSE, la Dirección General de Seguridad Exterior, lo que comúnmente se conocía como servicios secretos. Aunque François Hardy, más que de espía, tenía aspecto de burócrata, que es lo que era. Nunca habían conversado, pero Mathieu recordaba haberle visto en algún acto oficial. Cincuenta y muchos, gafas de pasta negra, traje y corbata en discretos tonos grises, no demasiado alto, no demasiado bajo, ni obeso, ni delgado. El aspecto de quien no desea llamar la atención.

—Le estaba contando al señor Hardy que estuvo usted presente en la operación del supermercado de Bercy.

—Gran trabajo —asintió Hardy—. Puede sentirse orgulloso.

—Gracias —respondió con parquedad. Después de todo era para lo que se entrenaban. Para lo que se preparaban a conciencia sin saber cuándo tendrían que ponerlo en práctica o cuándo se pasarían el día subiendo y bajando por una cuerda llevando un saco a la espalda.

—Desde la DGSE estamos intensificando los esfuerzos para descubrir a los cómplices. Esperamos tener resultados en poco tiempo.

Habían transcurrido cinco semanas desde el asalto. Poco tiempo era ya demasiado en términos de opinión pública. Y aunque no se habían producido más atentados, tampoco se había localizado a la célula responsable de prestar apoyo y facilitar los explosivos a Bouadla. Aquello no era función del GIGN, pero bastaba escuchar las noticias para mantenerse al día.

—He revisado personalmente su informe —insistió Hardy—. Es muy preciso. El teniente coronel Amalvy y yo hemos comentado su expediente. Tanto sus calificaciones técnicas como el dictamen de la evaluación psicológica son excelentes.

Sobre la mesa se encontraba un *dossier* con su nombre y la

firma de uno de los psicólogos. Tenía muy presente esa entrevista. Era reciente. No más de diez días. Varios especialistas en psicología militar y policial trabajaban en exclusiva para el GIGN. Era imprescindible encajar en un determinado perfil para acceder al cuerpo y una valoración negativa podía suponer una expulsión en cualquier momento, lo mismo que un positivo en consumo de cannabis o cualquier otra sustancia no permitida.

El trámite en aquella ocasión había sido más largo y exhaustivo que de ordinario. ¿Episodios de angustia, problemas para conciliar el sueño, pesadillas? ¿Revivía en su cabeza los sucesos de esa mañana de mayo? ¿Se sentía inseguro o se había alarmado innecesariamente en situaciones cotidianas? Eran preguntas sencillas, pero se presentaban en forma de un estudiado y hábil interrogatorio, camuflado bajo el aspecto de charla amistosa. Se intentaba con ello esquivar la inevitable serie de respuestas negativas con las que cualquiera que así lo desease sortearía un análisis más profundo. Los mandos y los propios médicos hacían hincapié en la importancia de ser sincero en las respuestas. Por su propio bien, por el de todos. Pero a veces ocurría. Quienes sufrían de inestabilidad emocional tendían a ocultarlo. Era tarea de los expertos descubrirlo.

Mathieu fue sincero. Se había puesto en tensión de forma automática cuando un hombre comenzó a gritar en árabe a pocos pasos de él. Estaba en un comercio, haciendo cola para pagar en la caja. Luego entendió las palabras. Discutía con alguien por teléfono por el arreglo de un coche. Se sintió estúpido y la inquietud y el malestar se resistieron a desaparecer.

El psicólogo asintió y tachó algo en sus informes. También le preguntó por su familia, así que le contó lo de Catherine. El doctor volvió a asentir, comprensivo, y se enfrascaron en una larga charla sobre cómo paliar el estrés y la angustia que experimentaban los más allegados. Le recomendó crear momentos de calidad y no evitar dar respuesta a las preocupaciones que sus seres queridos le manifestasen, pero sin permitir que se convirtieran en un tema de conversación constante.

Buenos consejos. Renunció a decirle al doctor que no habían servido de nada con Catherine.

Se suponía que todo aquello era confidencial y solo trascendía el dictamen del especialista. Se preguntó cuánto sabría Hardy de su vida y a qué venía ese interés.

—¿Y el motivo de esta reunión es para expresarme esa felicitación?

No es que tuviera prisa, pero, si tenía algo que decirle, prefería que lo hiciera cuanto antes. Amalvy cruzó una mirada con Hardy. «Todo suyo», tradujo Mathieu.

—Tiene razón. Vayamos al grano. —Abrió su portátil, deslizó un dedo por la pantalla táctil y una imagen apareció en el proyector de la pared.

Era la típica fotografía de las fichas policiales. Hacía años que Mathieu no ejercía labores de patrulla, pero los viejos resortes saltaron. Eslavo o de algún país del este. La expresión y los rasgos físicos apuntaban inteligencia y un marcado carácter de liderazgo. La práctica sugería que se trataba de un delincuente experimentado y reincidente, aunque a diferencia de otros criminales rusos —especialmente los más violentos—, no lucía ninguno de los tatuajes característicos. Ni estrellas, ni telas de araña, ni alambres de espino.

—Dmitry Záitsev, nacido en Krasnodar en 1987. Llegó a París en el 2009. Desde entonces no ha dejado de prosperar. Está implicado en delitos de inmigración ilegal, redes de prostitución, blanqueo de dinero, contrabando y venta ilegal de armas, pero su principal actividad y su mayor fuente de ingresos es el tráfico de drogas. Las fuerzas de seguridad llevan meses trabajando en una operación para desmantelar los canales que usa para introducir los estupefacientes y hace algunas semanas que se procedió a su detención.

El proyector continuó mostrando más imágenes de Záitsev, con gafas de sol y junto a un coche de alta gama, conversando en plena calle por el móvil, posando con una joven morena de llamativos ojos azules y escote aún más llamativo. Mathieu estaba casi completamente seguro de que se trataba de una conocida actriz norteamericana. En lugar de tratar de recordar cómo se llamaba, lo que pensó fue que el arma con la que Bouadla asaltó el supermercado era rusa. Un modelo poco frecuente. Militar.

—La fiscalía solicitó prisión sin fianza —continuó Hardy—, los delitos de los que se le acusaban eran muy graves, pero Záitsev ha ofrecido un acuerdo y se ha mostrado dispuesto a colaborar.

Mathieu contuvo un gesto de escepticismo. No conocía ningún acusado de un delito grave y probado que no se mostrase dispuesto a colaborar. Pero la mayoría no ofrecían nada de verdadero interés. Y menos entre las mafias del este. Incluso dentro de la cárcel seguían siendo fieles a sus códigos de miedo y honor.

—Záitsev dice que puede contactar con células durmientes pertenecientes al DAESH que actúan aquí en Francia. Dice que hay una operación en marcha para hacerse con una importante partida de armamento militar procedente de Ucrania. Afirma que está dispuesto a colaborar para evitar que llegue a manos de los integristas. A cambio ha pedido libertad y que se retiren los cargos. —Amalvy no le permitió especular—. Tanto el fiscal como el juez han dado el visto bueno.

—Existen razones para pensar que las afirmaciones de Záitsev son ciertas —explicó Hardy—. Buenas razones. Nuestras fuentes alertaron hace meses de una partida de lanzamisiles *extraviada* en una fábrica de Kiev.

Los hombres lo miraron con gravedad. Mathieu comprendía perfectamente la importancia de interceptar esa partida. Lo que no entendía era por qué se lo contaban a él. La DGSE tenía sus propios agentes civiles y militares, dependientes del Ministerio de Defensa y no del de Interior como el GIGN. Aunque cada vez se impusiese más la necesidad de coordinar todos los cuerpos, tenían funciones y campos de actuación distintos.

—¿Por qué creen que puedo ser de ayuda?

—Tenemos un problema con Záitsev. No podemos dejarle vía libre. Queremos atarle en corto. Desconocemos si tiene verdadera intención de colaborar o solo está tratando de ganar tiempo. O lo que sería aún más grave, supongamos que Záitsev nos traiciona y esa partida llega a manos de los terroristas. Imagine la situación. Imagine que se filtrase a la prensa.

Mathieu lo imaginó, pero quiso concederle a Hardy el beneficio de la duda y pensar que también le importaban las posibles víctimas.

—Insistimos en que debía aceptar la presencia de un agente en todos los contactos que se realicen. Fuimos inflexibles en ese punto. Le explicamos a Záitsev que nos preocupaba su seguridad y el éxito de la misión. Mandamos a varios de nuestros hombres, pero no funcionó. Se nos ocurrió que alguien del GIGN podría ser útil.

Mathieu cambió de postura en la silla y sus manos avanzaron sobre la mesa.

—¿Quieren que ejerza de escolta para un mafioso ruso?

Actuar como escoltas entraba dentro de sus funciones, pero por lo común se trataba de brindar protección a cargos oficiales. Ministros, jueces, mandatarios extranjeros en viaje oficial. No jefes de organizaciones criminales.

Hardy negó.

—Esa es la excusa que usamos para tratar de convencerle. La idea es que se introduzca en su entorno más cercano y trabaje para él. Záitsev sabe que queremos vigilarlo, pero la cuestión es más delicada. Lo que estamos buscando es un hombre que se gane su confianza, que se meta dentro y nos diga si podemos creer en él o debemos arrojarlo a los perros. Hemos analizado varias posibilidades y pensamos que usted encaja en el perfil. Es casi de su misma edad, es alguien que podría granjearse el respeto de Záitsev, sabe cuidar de sí mismo y además habla ruso, ¿no es así?

—*Potchi net...* Significa «apenas» —aclaró ante el gesto interrogante del subsecretario de la DGSE.

Hardy lo miró a través de sus gafas de pasta.

—Tendrá que ser suficiente.

—¿Y por qué cree que podré decidir si Záitsev es sincero? —dijo más inquieto al comprender el alcance de la misión—. ¿Por qué piensa que estoy capacitado para juzgar?

—Confíe en mí, todos podemos juzgar —aseguró Hardy—. ¿Contamos con su colaboración?

—¿Tengo opción? —preguntó dirigiéndose a Amalvy.

—Puedo asignarle, pero es obvio que se trata de un asunto que requiere absoluto compromiso.

—Absoluto compromiso —remarcó Hardy.

Necesitó algunos segundos para pensarlo. Pero Mathieu no era de los que se echaban atrás ante los retos. Además, creía en aquello de «hazlo o no lo hagas, pero no lo intentes». Así que su respuesta fue concluyente.

—Lo haré.

—Solo se puede entrar con invitación.

Mathieu mostró una tarjeta magnética con el nombre de la discoteca impreso en letras doradas sobre fondo negro: Lumière.

El portero —acento del este, pelo cortado a cepillo, aspecto de gorila apenas suavizado por el traje— le dedicó otra mirada más desconfiada cuando el aviso saltó en el lector. Activó una llamada desde la pantalla y se dirigió a su interlocutor por el auricular que llevaba junto al oído.

—*Prishla.*

No le costó traducirlo. «Ha llegado».

La conversación apenas duró unos segundos.

—Pasa y espera a que vengan a buscarte.

Le devolvió la tarjeta y le franqueó el paso. Las tres chicas menores de veinte años, altas, delgadas, sofisticadas, de largas piernas y altísimos tacones que esperaban tras él, dieron un gritito de alegría cuando el portero también les permitió la entrada.

Era un sitio exclusivo. La clase de lugar que aparecía en las revistas de moda, en el que se celebraban fiestas privadas y presentaciones de marcas y firmas de prestigio. En la mejor zona de París, a un paso de los Campos Elíseos y a orillas del Sena. Había sido lugar de culto en los setenta, disco de moda, frecuentada sobre todo por los turistas en los noventa. Luego cerró, víctima de la masificación y el éxito, o puede que solo por una mala gestión. Había reabierto hacía unos años y, según los informes que le había pasado Hardy, formaba parte de los negocios legales de Dmitry Záitsev.

Cuando estuvo en la sala central comprendió el porqué. Lumière era la viva representación del concepto de lujo y espectacularidad que amaban los rusos.

La música *dance* sonaba tan alta como en cualquier otro lugar. La luz era igual de hipnótica y cambiante. Aún era temprano, así que los chicos y chicas de cuerpos esculturales y *looks* estilosos todavía no llenaban la pista. El espacio lucía en todo su esplendor. Durante el siglo pasado las naves habían servido de astillero fluvial. Allí se guardaban y reparaban los barcos que navegaban por el Sena. De aquello solo quedaban los grandes arcos de medio punto y la superficie de piedra de las paredes. Los techos, en cambio, ofrecían un aspecto industrial, con los conductos del aire acondicionado y los cables y las cañerías al descubierto. Los suelos eran de un rugoso gris grafito, los sofás de los rincones estaban tapizados en piel de color negro, las mesas eran de cristal y acero. Los cortinajes en rojo terciopelo de las paredes y las falsas ventanas iluminadas aportaban calidez y contribuían a crear el adecuado aire teatral.

—¿También es la primera vez que vienes?

Era una de las chicas que esperaban tras él en la fila. Sus amigas se estaban haciendo *selfies* y decidiendo cuál subían a Instagram. A Mathieu le recordó a Gabrielle, su hermana. Debía tener solo tres o cuatro años más que ella.

—Sí, la primera —dijo mirando a su alrededor. ¿Estaría Záitsev sentado en alguna de aquellas mesas? Disfrutando de su particular templo a la vanidad. No lo juzgó por eso. Cada cual construía el suyo. Si solo tenía en cuenta la fachada, Lumière no era ni con mucho de los peores.

—Christine, una de mis amigas, modelo como nosotras, estuvo hace un mes. Pero luego volvió y no la dejaron pasar.

Dicen que aquí puedes conocer gente, ver y que te vean. ¿Tú también trabajas como modelo?

Sus amigas cuchichearon entre ellas y rieron sin disimular. Eran tan jóvenes que casi le hicieron sentir viejo. Mathieu tenía veintiocho años, pero seguramente ellas aún no habían cumplido ni los diecinueve.

—No. No soy modelo. Disculpa. Estoy esperando a alguien.

—Oh, perdona —respondió un poco confusa—. No quería entretenerte. Mi nombre es Monique. Quizá nos veamos luego.

—Quizá. Adiós, Monique —dijo despidiéndose de ella con la sonrisa que solía reservar para Gabrielle.

Cruzó la sala en busca del algún lugar menos transitado que la entrada. Se sentía fuera de lugar en aquel ambiente. Nunca había frecuentado las discotecas y menos los lugares de moda, ni siquiera cuando tenía la edad de Monique y sus amigas. A los dieciséis ya pertenecía a un club de montaña y se escapaba todos los fines de semana a Los Vosgos o a Mont Blanc.

El local comenzó a llenarse de golpe. En poco tiempo la multitud inundó la sala. La música subió de volumen, algo suave aún, antes de entrar en calor. Eléctrico pero relajado. El DJ llevaba gafas de sol y mostraba una actitud ausente, como si su trabajo estuviese allí, pero sus pensamientos se encontrasen en algún otro lugar.

Igual que ella.

Fue lo primero que le llamó la atención. Entre toda la gente que reía, se saludaba, se fotografiaba y bebía a su alrededor, ella estaba sola, inmóvil. En una mesa bajo los arcos, bañada por las luces color magenta de los reflectores.

Tenía el pelo de un rubio muy claro, corto y recogido detrás de las orejas. Su vestido recordaba los años sesenta, con la falda hasta la mitad del muslo y el tejido estampado formando composiciones geométricas en blanco, negro y rojo. Ella también tenía ese aire pop. La figura menuda, las líneas rectas predominando sobre las curvas. Los ojos grandes y oscuros remarcados por el lápiz negro. La hacían parecer asombrada o bajo el efecto de un constante desconcierto.

No es que fuera muy bonita. La chica que acababa de dejar atrás, Monique, tenía uno de esos rostros frescos, delicados y bellos, pero en los rasgos de aquella otra chica había algo errado, incorrecto. Solo que no era capaz de decidir qué y tampoco podía dejar de mirarla mientras ella seguía distraída, sentada en una de las butacas de piel, con el aspecto de quien lleva tiempo aguardando que alguien aparezca y comienza a perder la esperanza de que ocurra.

Era absurdo, pero fue lo que pensó en cuanto la vio.

Debió darse cuenta de que la observaba. Apartó con rapidez la vista al sentirse cazado, pero no tardó ni medio segundo en volver a mirarla y ella aún seguía ahí.

Y sonrió.

Una pequeña, leve, minúscula sonrisa. Y aun así a Mathieu le pareció una de las más tiernas, dulces y encantadoras que había tenido la oportunidad de contemplar en sus veintiocho años de vida.

A veces un gesto lo cambia todo. No estaba seguro de qué había cambiado en él, solo de que no podía ni quería dejar de mirarla.

¿Qué edad podía tener? Su rostro tenía cierta sencillez infantil, pero algo desentonaba. Quizá por la ingenuidad del peinado frente a la estudiada elección de la ropa y los complementos —las botas altas y blancas, las pulseras doradas en las muñecas—, o por el contraste entre el rubio del pelo, los ojos perfilados de negro y los labios sin pintar, solo con su tono rosado natural. Parecía muy joven y a la vez mayor. Muy lejos de la inexperiencia de Monique, a pesar de su supuesta profesión de modelo.

La sonrisa se desvaneció y el aire de desesperanza recuperó fuerza.

La joven apartó la vista. Mathieu sintió la necesidad física, apremiante, de volver a hacerla sonreír. Se le ocurrió que podía acercarse a ella, presentarse y preguntarle cómo se llamaba.

Algo parecido a lo que acababa de hacer con él Monique. No tenía mucha experiencia con aquello. No salía a buscar pareja ni le iban las citas de una noche. Antes de Catherine habían existido otras, pero siempre había surgido de un modo más o menos casual, a través de amistades comunes o circunstancias ocasionales. A Catherine la conoció en una despedida de soltero de uno de sus antiguos compañeros de facultad. Se trataba de una cena con los contrayentes y amigos de ambos. Ella era familia de la novia. Catherine le gustó, aunque en un primer momento no pensó en nada serio y creía que ella buscaba lo mismo. Cambiaron teléfonos. Quedaron. Se acostaron a la tercera cita.

Ahora aquella chica le ignoraba premeditadamente. Sus ojos miraban a cualquier parte menos en su dirección. Él solo estaba pendiente de ella. Entonces volvió a ocurrir. La joven giró el rostro y se le quedó mirando fijo y de frente, sin sonreír. Mathieu olvidó el lugar, el ruido, la gente, para qué estaba allí. Nunca, ni con Catherine ni con ninguna otra, había sentido aquella necesidad: la de no perderla, no cortar el hilo, no dejarla escapar.

—¿Girard?

Le cogió de improviso. Regresó a la realidad, a la música machacona y al revuelo de cuerpos y conversaciones a su alrededor. Se puso en tensión y se reprochó aquel descuido. ¿En qué se suponía que estaba pensando?

—Soy yo.

—Sígueme. Dmitry te espera.

No tenía acento ni aspecto ruso. No llevaba traje, aunque sí ropa cara que no acababa de caerle del todo bien. Una americana casual de estilo Abercrombie. El pelo un poco largo y la barba demasiado descuidada para que le sentase bien a los cuarenta y tantos que aparentaba.

Le reconoció. Había visto su rostro en los informes que le había pasado Hardy. Su nombre era Thierry Lestrange. Había sido propietario de varias agencias de modelos. Además, suministraba droga —y casi con toda seguridad sexo— a clientes de alto *standing*. Los problemas llegaron al no satisfacer las deudas con sus proveedores, traficantes del este en su mayoría. Entonces entró en escena Záitsev. Llegaron a un acuerdo beneficioso para ambos. Le cubrió ante sus acreedores rusos y Lestrange le introdujo en el ambiente de la noche parisina. Eso decían los informes.

—¿Llevas mucho tiempo trabajando en esto? —preguntó Lestrange. Habían cruzado una puerta con el cartel de *Solo personal autorizado* y avanzaban por un corredor con el suelo tapizado en moqueta de color granate. La música de la pista de baile llegaba, pero muy amortiguada. Las paredes y el suelo absorbían el sonido y lo transformaban en un golpeteo sordo.

—El suficiente —respondió. Se suponía que lo enviaba una empresa de seguridad. Era la justificación que habían acordado con Záitsev.

—¿Quieres el trabajo?

Lo trataba con cierta sorna mezclada con condescendencia. Mathieu odiaba la condescendencia tanto como cualquiera, pero estaba acostumbrado a lidiar con ella.

—Por eso estoy aquí.

Se rio como si aquello fuese muy divertido.

—Suerte entonces. Nos veremos a menudo, suponiendo que Dmitry decida que puedes quedarte.

—¿Hay algo que deba saber?

Lo preguntó más por granjearse su confianza que porque pensase que le diría algo de provecho. Siempre era halagador que te hicieran sentir útil y a Lestrange debió complacerle porque sonrió y meditó unos segundos.

—Veamos… Procura no pasarte de listo.

Mathieu volvió a pensar que se burlaba, pero actuó como si no lo apreciase.

—¿Algo más?

—¿Algo más? Sí, algo más. Mantente alejado de Nadina.

—¿Quién es Nadina?

Lestrange le dedicó una sonrisa irónica.

—Ya lo descubrirás. Si vuelves. —Dejó de prestarle atención y golpeó la puerta—. Dmitry, soy yo, Thierry. Te traigo al nuevo.

Alguien con marcado acento ruso respondió desde el interior.

—Adelante. Dile que pase.

Lestrange le franqueó el paso.

—Todo tuyo.

Mathieu elaboró su primera conclusión: no le gustaba Lestrange.

—*Dobro pozhalovat*! —«Bienvenido», exclamó, y le tendió la mano abierta. Mathieu correspondió. Záitsev se la estrechó con fuerza. Midiéndole. Él hizo exactamente lo mismo.

—*Spasibo*. —Las pupilas de Záitsev se dilataron por la sorpresa. Era fácil apreciarlo por contraste con el azul hielo del iris que las rodeaba.

Soltó una carcajada.

—¡Hablas *russkiy*! Esa sí que es buena. Y llegas a la hora acordada. Me gusta. Los que mandaron antes que tú me hicieron esperar. ¿Era un mensaje? «No mereces nuestro tiempo» —se quejó abriendo los brazos en señal de incomprensión.

Debía de ser cierto que no le esperaba tan pronto, porque parecía a medio vestir. La camisa gris con finas líneas verticales en tonos más oscuros tenía solo un par de botones prendidos y la llevaba por fuera del pantalón. Varios de los cortos mechones rubios y disparados en vertical de su pelo se veían revueltos y aplastados. Por lo demás, Dmitry Záitsev lucía una excelente forma física y era evidente que dedicaba muchas horas al día a mantenerla. Su rostro también transmitía esa dureza. A pesar de su pretendida —y engañosa— afabilidad, Mathieu pensó que era de los que se partían en dos antes que doblarse y ceder. Por otra parte, en el oficio de Záitsev, como en el de Mathieu, no podías permitirte ceder; no si querías mantenerte en pie hasta el final.

—Solo unas cuantas frases.

—Es una señal. Tú y yo nos vamos a entender.

Una mujer de larga melena rizada y cobriza, vestida solo con un top plateado y un tanga de blonda casi transparente, apareció desde la habitación contigua.

Mathieu no necesitó esforzarse para imaginar qué habían estado haciendo Záitsev y aquella mujer hasta solo unos minutos antes.

—¡Anelka! —exclamó con expresión de disgusto—. ¿No puedes vestirte? Tenemos invitados.

—Mi ropa está aquí —dijo ella impasible, recogiendo de una esquina de un sofá tapizado de blanco unos *shorts* del mismo color.

Se los puso delante de ellos. Tenía unas piernas largas y delgadas que después de ponerse los *shorts* quedaron igual de a la vista que antes. De detrás del sofá sacó unas sandalias con unos tacones tan finos que habrían podido usarse como arma de defensa personal, y se las ajustó mientras los miraba inexpresiva.

No pudo evitar encajarla en otro arquetipo. Bella, fría, superficial, ambiciosa. La clase de mujer que siempre anhelaba más y no le importaba lo que tuviera que perder en el camino para conseguirlo. Más dinero, más cosas inútiles y caras, más belleza, más hombres que —más pronto que tarde— se olvidaban de ellas.

—¿Nos vemos luego?

—Deja eso y márchate. Ahora —respondió brusco Záitsev, dejando entrever que su paciencia era muy corta.

Ella esbozó una sonrisa un poco amarga pese a su intento de buena perdedora. Recogió su bolso y se dirigió a la puerta.

—Estaré en la sala. Llámame si me necesitas.

Cuando salió, Záitsev recurrió a Mathieu en busca de comprensión.

—Mujeres… Nunca están satisfechas. ¿Estás casado?

—No.

—Cada vez me gustas más. —Rio.

Cambiaba con rapidez de humor. No dejaba de moverse. Gesticulaba mucho. Mathieu permanecía en pie en el centro de la habitación. Era similar a la suite de un hotel. Una mezcla de apartamento privado y lugar de encuentro y de negocios. Además del sofá y unas cuantas mesas y ordenadores portátiles también contaba con un gran televisor y un equipo de música. Sobre el brillo del barniz creyó distinguir restos de polvo blanco. Eso explicaría la hiperactividad de Záitsev, su humor variable y sus pupilas anormalmente dilatadas. Aunque también era posible que fuera siempre así.

—Vamos al asunto. ¿Cómo decís aquí? ¿Vayamos al punto? ¿Te han contado de qué se trata?

Hardy le había concertado una reunión con un especialista en mafias del este. Le habló durante horas de las distintas ramas asentadas en Francia y en otros puntos de Europa y de los principales hombres al cargo. Le había explicado que Záitsev no era realmente significativo en la escala de poder de las mafias rusas, aunque había ascendido mucho y rápido. Había actuado con inteligencia, evitando enfrentarse a los grupos ya asentados y ofreciendo un perfil público de empresario relacionado con el mundo de la noche, los clubes de baile y la moda, Lestrange también le había echado una mano con eso. El experto tenía sus dudas acerca de que estuviese en condiciones de cumplir con lo pactado con la fiscalía, pero convenía en que no podían desperdiciar aquella oportunidad. Había insistido en lo importante que era para los rusos el concepto de lealtad y lo difícil que sería que se plegase a las normas.

—Me han dicho que puedes interceptar una partida de armas procedente de Ucrania. Que estás en condiciones de contactar con células yihadistas interesadas en conseguirlas y que colaborarás con la policía para evitar que esas armas lleguen a sus manos. Me han asegurado que nos ayudarás a detenerlos y evitarás que haya nuevos atentados —dijo Mathieu haciendo hincapié en las palabras que sugerían acuerdo y cooperación.

Záitsev se mostró inesperadamente receptivo.

—¡Eso es! Voy a ser el héroe. El chico bueno. Voy a daros lo que queréis. Os ayudaré a encontrar a esos *terroristy*. Quiero colaborar. Pero no me refería a eso. Yo sé lo que tengo que hacer, pero ¿qué hay de ti? ¿Qué tienes que hacer tú?

Trataba de anticiparse, prever sus reacciones. Pero era difícil. Ni siquiera sabía si su sobreexcitación era real o fingida. Tenía la impresión de que formaba parte de una actuación.

—¿Qué es lo que esperas que haga?

Záitsev le señaló con el dedo en un gesto que Mathieu interpretó como que ese era el camino.

—Los que mandaron antes que tú querían decirme cómo hacer mi trabajo. Querían que yo diese los nombres y ocuparse ellos. Ocuparse ellos… ¿Sabes lo que harían conmigo mis *tovarishi* si se les pasa por la cabeza la idea de que estoy vendiéndoles a la policía? ¿Quieres que te enseñe fotografías? Puedo mirar en Internet.

Hizo ademán de acercarse al ordenador. Mathieu no parpadeó. Sabía de qué estaba hablando. Desollamientos, miembros descuartizados. Nada era suficientemente cruel para las mafias rusas. Sobre todo cuando se trataba de ajustar cuentas entre los suyos.

—¿Quieres?

Su mano se apoyaba sobre el portátil.

—No, no quiero.

Záitsev cabeceó.

—*Niet*… No es agradable y no importa cuánta mierda quieran colgarme. Díselo a tus jefes. No voy a traicionar a los míos. Solo os ayudaré con los *islamisty*.

—Solo queremos a los islamistas. Dime cuáles son tus reglas.

—Estas son mis reglas. Si te quedas, yo haré el trabajo, pero a mi modo. Yo decido. Yo mando. Yo diré cuándo y dónde y tú me ayudarás a conseguirlo. *Eto yasno*?

—Muy claro.

Hablaba perfectamente el francés. No necesitaba recurrir al ruso para explicarse. Era otra pieza más de su interpretación.

—Dime, ¿es verdad que eres uno de esos policías? ¿De los grupos de intervención?

Había abierto una vitrina y sacado una botella de vodka y dos vasos.

—Es verdad.

—Se lo dije. Les dije: no me mandéis uno de esos tipos de las oficinas. Mandadme a alguien que sepa lo que se hace. Yo serví en el ejército ruso. Dos años. En la *Spetsnaz*.

Dejó caer la información a la vez que servía un par de dedos de vodka en los vasos. Mathieu se preguntó si Hardy y sus expertos desconocían que Záitsev había pertenecido a las fuerzas especiales rusas o simplemente habían omitido contárselo. Esperaba que fuera lo primero. Aquello le convertía en alguien mucho más peligroso que el aprendiz de mafioso ávido de protagonismo y fama que aparentaba ser.

—¿Por qué lo dejaste?

Volvió a reír a carcajadas. Mathieu se sintió tentado de afirmar que aquel nuevo estallido fue real y no fingido.

—¡Eres el primero que me hace esa pregunta! Si no lo hubiese dejado ya estaría muerto, y si siguiese vivo sería hecho mierda y cobraría setenta y cinco mil rublos al mes. ¿Sabes cuánto es eso? ¡Sería mileurista! —explicó con más risas—. ¿Crees que hice mal? —dijo con malicia, mirando a su alrededor y englobando en su gesto el lujoso espacio que les rodeaba.

—¿Por qué te preocupa tanto lo que yo piense? Lo has dicho antes, tú decides.

No le gustó. Había estropeado su pequeña representación.

—¡Me preocupa, claro que me preocupa! —dijo alterado—. Cuando vas a combatir tienes que saber quién está contigo y quién va a jugártela. Si voy a arriesgar mi vida para daros lo que queréis en una puta bandeja, no quiero a nadie jodiéndome por detrás. Así que dime, Mathieu Girard —dijo pronunciando su nombre despacio y con un perfecto acento francés—, ¿vamos a luchar del mismo lado?

Comprendió que de lo que respondiera dependería que aquello prosperase o no, pero cuanto se le ocurrió fue ser sincero.

—No sé de qué lado estás, pero sé de cuál estoy yo. Y lo que también puedo asegurarte es que no tengo ningún interés en joderte por detrás.

Záitsev se quedó inmóvil unos segundos. Luego rompió en nuevas risas.

—¡Sí! ¡Me gustas! —dijo apuntándole con el vaso en la mano—. Al menos dime que si estoy en peligro protegerás mi vida como si fuese la tuya. O mejor que la tuya. Todos los de los grupos especiales estáis un poco locos —afirmó como si él fuese el mejor ejemplo de persona cuerda, sensata y respetable.

—Lo haré. La protegeré.

—¿Lo juras? —insistió—. ¿Por qué podrías jurarlo? Tiene que ser algo que te importe de verdad. ¿Qué te importa? ¿En qué crees tú?

Quizá era algún tipo de trampa, pero Mathieu solo tenía una razón para hacer aquello. Ningún interés oculto.

—Lo juro por esas vidas que has asegurado que querías salvar.

Záitsev levantó el vaso.

—Trato hecho. Te quedas. Brindemos por ello. *Na zdorovye!* —dijo tendiéndole el otro vaso.

Mathieu lo miró primero a él y luego al vaso. Acabó cogiéndolo y chocándolo contra el suyo. Záitsev se lo bebió de un trago. Él apenas se mojó los labios.

Aquello volvió a hacer reír a Záitsev.

—No esperaba menos de un agente del GIGN. Ahora vete. Da una vuelta por ahí fuera. Conoce a las chicas. Es un lugar divertido este. Te gustará. Más que el vodka. Te lo garantizo. Yo te espero aquí mañana a la misma hora.

Iba a formular alguna objeción. Media hora de charla y otras veinticuatro para sacar algo en claro era demasiada espera, pero él se le adelantó.

—No lo olvides. Yo digo cuándo y cómo. Y digo mañana. —Le dio la espalda y se dirigió hacia la puerta por la que había aparecido Anelka—. Y, si necesitas algo o tienes algún problema, pregunta por Lestrange. Si yo no estoy, Lestrange se encarga, ¿comprendido?

—Comprendido.

—Eso es. Me gustas, Girard —dijo antes de desaparecer.

No sabía si sería sincero. Lo que era él, no estaba nada seguro sobre qué debía pensar acerca de Dmitry Záitsev.


Cuando regresó a la sala central se encontró con la sesión en pleno apogeo. El sonido reverberaba llenando el espacio. Las luces eran deslumbrantes, sincopadas, los efectos se superponían. Sin embargo, bien porque Lumière era siempre así o porque era lo que tocaba aquel día, la música no era acelerada y mecánica. Lo que sonaba tenía un poco de *chill-out. Dance*, pero con ese aire evanescente y ligero que evoca atardeceres junto al mar y noches en la playa. Ibiza o Salerno. Hedonismo y alegría de vivir. Y después de todo también era verano en París.

No iba a hacerlo. Era una idea que estaba procurando apartar, pero de un modo tan tangencial que solo fue consciente cuando giró la cabeza en la misma dirección en la que la había visto por primera vez. La mesa y los sillones estaban ocupados por un grupo de jóvenes entre los que la chica del pelo corto y rubio no se encontraba.

Su imagen volvió a presentársele. La expresión de quien no acaba de encontrar su lugar. Su pequeña y conmovedora sonrisa. Enseguida surgió la advertencia. Estaba trabajando. No era momento ni lugar para distracciones. No para él. Lo que tenía que hacer era localizar a Lestrange y decirle que había conseguido el trabajo. Introducirse en el círculo de empleados que trabajaban para Záitsev, convertirse en la medida de lo posible en uno más y procurar que no le pusiesen dificultades.

Miraba a su alrededor, buscando a Lestrange, cuando alguien se situó frente a su campo de visión. Justo delante de él.

—Hola.

Sonreía, pero ya no era el gesto mínimo y fugaz que había capturado por un instante, era una sonrisa amplia y abierta, social y, aunque muy leve, y a pesar del sonido de la música de fondo, no se le escapó el ligero matiz en la entonación. El acento eslavo con el que pronunció aquella corta palabra.

—Hola.

Fue una respuesta breve, pero más allá del saludo, se cerró en banda tanto en su lenguaje corporal como en el tono. Uno de los principales mecanismos de protección era la desconfianza y su percepción sobre ella acababa de girar ciento ochenta grados.

El aire de adolescente perdida se había esfumado. Se la veía tranquila y confiada. Sin embargo, la sequedad de su respuesta la sorprendió. Alzó las cejas y sus grandes ojos oscuros perfilados en negro se abrieron con aire interrogante.

La pregunta era: «¿Qué te he hecho para que me trates así?».

—Te vi antes.

—Yo también te vi.

—Me llamo Nadina, ¿y tú?

Le tendió una mano pequeña de uñas cortas y algunas mordidas, no con la palma extendida, sino boca abajo. Él le estrechó solo la punta de los dedos y la soltó con rapidez. Todavía se estaba reponiendo de una decepción cuya presencia se negaba a admitir.

—Eres el *politseyskiy*, ¿verdad? No te preocupes, conmigo no necesitas fingir.

Fue otro impacto.

—¿Quién te ha dicho que soy policía? —dijo tratando de mantener la actitud neutral, las emociones neutras. Tanta supuesta confidencialidad para que aquello fuera un secreto a voces. Quizá Lestrange también lo sabía.

—Dima dijo que vendrías y ella te vio. —Se giró señalando a un lado. Anelka los observaba con una sonrisa y una mirada divertidas. Saludó con la mano. La sensación de disgusto amenazó con hacerle un agujero en el estómago.

Quiso evitar el tono de censura, pero lo consiguió solo a medias.

—¿También trabajas para Záitsev? ¿Eres una de sus chicas?

Nadina arrugó la nariz y repitió las palabras reforzando el matiz despreciativo que él había tratado de evitar.

—Una de sus chicas… No, no trabajo para Dima, y tampoco soy suya. No soy de él. No soy de nadie. Solo soy mía.

La había ofendido. Quizá había sido demasiado duro. Acababa de conocerla. No sabía nada de ella. Y tampoco tenía por qué saber más. Se repitió aquellas palabras como un mantra. Y las de Lestrange: «Mantente alejado de Nadina». Por más que no le gustase Lestrange, le pareció una buena recomendación. Quizá en otro caso… Su mente analítica respondió con rapidez. No había otro caso. Solo este caso. Y en otras circunstancias no la habría conocido.

—Disculpa. No es asunto mío.

Ella deshizo su expresión dolida. Mathieu pensó que tenía eso en común con Záitsev, ambos cambiaban de humor con rapidez.

—No importa. Tú no sabes. Acabas de llegar. ¿Vas a quedarte? Los otros no volvieron.

—Diría que sí. Me ha pedido que regrese mañana.

—Es bueno. Tienes que haberle gustado.

—Lo ha dicho varias veces, así que supongo que tienes razón. Debo haberle gustado. —Y sin querer se le escapó una media sonrisa.

Ella rio y asintió, como si reconociese a Záitsev en sus palabras. Tenía una risa clara, espontánea y natural que reabrió la puerta que estaba tratando de cerrar. No quería ver dónde le llevaría aquello.

—Él es así. Ya lo conocerás.

Su sonrisa se apagó un poco. Mathieu pensó que se despediría y se iría, pero no lo hizo.

—Si te vas a quedar, habrá que celebrarlo. Tomemos algo. Invita la casa.

Le cogió de la mano y tiró de él para conducirle a la barra. Había mucha más gente esperando para pedir. Nadina se deslizaba entre los grupos, esquivando a unos y a otros, escabulléndose entre los huecos. Mathieu tenía que abrirse paso a empellones y pedir disculpas para no quedarse atrás.

—¡Un Dry Martini para mí! —El camarero dejó los otros pedidos y se puso a prepararle el combinado—. ¿Tú qué vas a tomar?

—Nada.

—¿Nada? —repitió perpleja.

—Nada.

Primero volvió a sorprenderse, luego apenas contuvo la risa.

—¿Es porque estás…? ¿Cómo dicen en las películas? ¿De servicio? También hay zumos, agua…

Era una discusión que le fastidiaba. Por eso, entre otras razones, nunca había frecuentado las discotecas. No bebía alcohol, no fumaba. A partir de entrar en la Gendarmería se veía obligado a mirar para otro lado cuando alguno de los amigos de sus amigos comenzaba a liarse un cigarrillo de hachís. No se metía en la vida de los demás. No era policía veinticuatro horas al día y no juzgaba sin necesidad. O lo intentaba. Odiaba tener que justificarse.

—No quiero tomar nada. Ni alcohol ni ninguna otra cosa.

El camarero puso la copa de Dry Martini sobre la barra. Nadina la cogió y se mojó los labios con ella.

—Ni ninguna otra cosa… ¿Tan difícil eres de tentar?

Ella era la tentación. Nadina tenía algo que le perturbaba. Le intranquilizaba. El candor de su rostro se mezclaba con algo turbio. En cambio, otras veces parecía tan inocente… La sospecha se le atravesó. Había cosas que podía dejar pasar, pero otras no. De ningún modo.

—¿Cuántos años tienes?

La carcajada casi hizo que Nadina se atragantase con el Dry Martini.

—¿Lo dices en serio?

No dejaba de reír. Mathieu se sintió muy estúpido.

—¡Sí! Lo decías en serio. ¡Te he escandalizado!

Se tapó la boca con la mano y trató de adoptar un aire formal. Mathieu no alcanzaba a imaginar cuál era su cara en aquellos momentos, pero supo que Nadina se reía a su costa.

—No me has escandalizado —dijo luchando por no parecer completamente idiota. No era tan absurdo, a veces parecía mayor y otras poco más que una niña. Era igual de posible que tuviese dieciocho que treinta—. Solo quería saber tu edad.

Después de un par de intentos consiguió dejar de reír.

—Solo porque me halaga —dijo pronunciando con dificultad la palabra— que creas que soy demasiado joven. En abril cumplí veinticuatro. ¿Satisfecho? ¿Quieres que te enseñe mi tarjeta de residencia?

—No hace falta. Te creo.

Su rostro se iluminó. Solo por aquellas palabras. Solo porque dijo que confiaba en ella. Se transformaba. Parecía alguien completamente distinto, lejos de aquella imagen superficial y frívola que quería dar. La sensación regresó. «No la sueltes. No la pierdas».

Tuvo que dejar de mirarla. Cuando lo hizo se encontró con que Anelka desde la pista les vigilaba. No les quitaba ojo.

—Aún no me has dicho cómo te llamas.

Mathieu apeló a la lógica. No sabía quién era Nadina ni qué hacía allí, pero era evidente que tenía una estrecha relación con Záitsev. Tanto como para confiarle no solo que iba a trabajar para él, sino que era policía. Eso hacía que cualquier especulación sobre ella estuviese fuera de lugar.

—Mira, ya nos veremos. Tengo que irme.

Su expresión fue desolada.

—¿Ya? ¿Tan pronto? Pero ¿por qué? ¿No te gusta el club? A todos les gusta. Míralos.

Señaló a la multitud que llenaba la sala. La mayoría bailaban como si estuviesen en trance y otros se besaban en el centro de la pista o en los rincones igual que si no hubiese nadie más presente. Había mucha piel al descubierto y la perfección de los maquillajes se había desvanecido por efecto de la temperatura y el sudor. Todos parecían más vivos, más reales.

Aunque Nadina le había parecido viva y real desde el mismo instante en que la vio.

—No se trata de eso. Es sencillamente… Prefiero otras cosas.

Ella bajó el rostro. Todo lo que hacía, todo lo que decía, parecía tomárselo como algo personal.

—Otras cosas. Comprendo. A mí me gusta bailar. ¿Quieres verme? ¿O tampoco te gusta mirar?

No esperó a que respondiera. Dejó la copa sin terminar sobre la barra y se marchó. Estuvo tentado de detenerla. Estirar el brazo y sujetarla. Cogerle de las manos. Acercarla a su cuerpo y pedirle que olvidara todo lo que habían dicho. Empezar de nuevo, como si aquella conversación nunca hubiese existido y no supiesen nada el uno del otro. Decirle: «Hola, soy Mathieu, ¿quién eres tú?».

No lo hizo porque no habría cambiado nada.

Una nueva canción comenzó cuando Nadina estuvo en la pista. Por un momento se hizo el silencio, antes de que una voz femenina resonase acompañada por un bajo fuerte y vibrante. Empezó con suavidad, igual que sus movimientos. Nadina levantó los brazos y se dejó mecer al compás. Mathieu reconoció el tema. Era uno de los que llevaban semanas sonando en todas las emisoras de radio. Música efervescente y cálida, contagiosa. Nadina pareció fundirse con ella. Las luces parpadeaban, se encendían y apagaban en un efecto flash que daba a los movimientos sensación de cámara lenta. Quizá era solo su percepción, pero el aire formaba un espacio a su alrededor, una burbuja en la que solo existía Nadina y lo demás era ruido.

El ritmo subió. Las manos y los cuerpos que llenaban la pista se movían al unísono. Sobre altas plataformas bailarinas profesionales se contorsionaban en posturas perfectas e imposibles acaparando la mayoría de las miradas, pero Mathieu solo estaba pendiente de ella.

Nadina lo miró a través de las luces y el humo. Le tendió la mano. Si alguna vez escuchó cantar a las sirenas…

Resistió, y la decepción reapareció en su rostro. Aquella inocencia frágil.

Se volvió y le hizo el mismo gesto a Anelka que, a diferencia de Mathieu, no dudó en acudir. Las dos se colocaron espalda contra espalda. Su forma de bailar se hizo aún más sensual, pero más estudiada. Lejos de la despreocupación feliz con la que lo había hecho solo hacía un momento. Anelka le siguió el juego, e igual que Nadina, le lanzaba miradas descaradas mientras bailaban y los brazos y los cuerpos de ambas se acariciaban y rozaban.

No iba a dejar de mirar, aunque solo fuese para demostrarle que no le importaba nada de lo que hiciera. Quizá debería haberse preguntado por qué observarla iba a demostrar algo, pero dejó para luego esa respuesta.

Ella volvió a mirarlo. Tanto tiempo como la primera vez. La música y el ambiente quedaron de nuevo en segundo plano. Después Nadina se giró hacia Anelka, llevó la mano a su mejilla, la atrajo con delicadeza y la besó. Muy, muy despacio. Mucho, mucho tiempo.

Cuando se dio la vuelta para marcharse de la discoteca, aún seguían haciéndolo.

Se volvió a mirar justo a tiempo para ver cómo salía de la sala. Era inconfundible. Le habría visto igual, aunque no lo hubiese buscado. Destacaba entre el resto lo quisiera o no.

Nadina se entristeció un poco.

«Tú empezaste. Tú me miraste primero».

—¡Oh!, ¿se fue? Has herido sus sentimientos. —Rio Anelka—. Perdiste, Nadina.

Ella se encogió de hombros.

—No estaba jugando.

—¿En serio? ¿Por qué has sido mala con él? Parece tan buen chico… Eso ha sido cruel.

—Solo quería divertirme un poco. —Echó un vistazo a su alrededor. La canción había cambiado y ya no le apetecía bailar—. Me voy. Hay demasiada gente.

—Te acompaño. Tienes que contarme de qué habéis hablado.

Se quedaron de pie junto a una de las falsas cristaleras. La luz artificial las bañaba. Nadina se apoyó en la pared. Anelka buscó un pintalabios y un espejo en el bolso y se retocó los labios. Se le había corrido el carmín con el beso.

—No me ha contado nada. Es muy reservado —dijo Nadina cambiando a su idioma natal. Llevaba siete años en París y se había acostumbrado al francés, pero con Anelka podía volver al ruso. Era como soltar un peso.

—Y va a trabajar para Dmitry.

—Lo sé. Ya me lo has dicho. —Nadina se quedó pensativa—. Me gusta su boca.

—¿Solo su boca?

Las dos rieron.

—Es un bombón —añadió Anelka—. Me encantan los hombres con los ojos oscuros. Transmiten más fuerza. Y esa barbita de ayer le queda tan sexy… Dan ganas de comérselo.

—¿Sabes qué me ha preguntado? Que si era menor.

—Pareces menor. Yo tengo dos años menos que tú, ¿por qué nadie me pregunta si soy menor? Es por tu pelo, y por tu cara. Cumplirás los treinta y seguirás aparentando dieciséis.

—¿Cuántos crees que tiene él? —dijo pensativa—. También parece joven.

—Sí, es joven y está tremendo. No sé. Veinticinco, quizá alguno más. ¿Te has fijado en cómo le quedaban la camiseta y los vaqueros? Claro que te has fijado. Dime que no estabas pensando en arrancárselos a mordiscos esta misma noche.

Nadina cambió una mirada traviesa con Anelka y las dos volvieron a reír. Luego Nadina se puso seria.

—Me gusta.

Anelka la observó con atención.

—¿Quieres decir que te gusta de verdad?

—¿Me puede gustar de otra forma? —dijo en tono distraído.

—Sabes lo que quiero decir. Ten cuidado.

Nadina se inclinó hacia un lado. Tenía esos gestos de niña. Eso, más que su peinado o su rostro, era lo que le hacía parecer más joven de lo que era en realidad.

—Siempre tengo cuidado.

—¿Estás de broma? Me vas a decir que…

—No empieces tú también —se quejó con fastidio—. Me lo debes.

Anelka apretó los labios arriesgándose a que volviese a corrersele el carmín.

—Somos amigas. Puedes contar conmigo. No te traicionaría, por eso mismo tengo que decírtelo. No hagas locuras.

—Nada de locuras —repitió Nadina apartándose de la pared—. No te preocupes. Seré muy buena. No volveré a provocar a jóvenes y atractivos encargados de seguridad y me mantendré lejos de la cama de Dima.

—Nadina… —comenzó Anelka, pero ella la interrumpió.

—Te dije que no me importaba. Yo no me meto en tus cosas. Solo haz lo mismo.

Anelka se rindió.

—Tú ganas. Haz lo que te parezca. Yo miraré y estaré muy callada.

—Lo haré. Prueba tú también. Mañana te veo. Por hoy ya he sido suficientemente sensata.

Anelka agitó la cabeza. Nadina la ignoró. Después se preguntaba por qué nadie le decía si era joven. Para empezar debería dejar de actuar como si fuese su madre. No soportaba cuando se empeñaban en cuidar de ella. «Nadina, no hagas esto. Nadina, no hagas lo otro. Nadina, sería mejor que…». Seguro que a aquel policía también le habría gustado decirle lo que no debía hacer. Lo leyó en su rostro en cuanto le saludó. «No eres buena. No estás del lado adecuado».

Ella era así. No necesitaba fingir que era de otra manera.

Subió por las escaleras que comunicaban el club con el edificio contiguo. Algunas de las viviendas estaban alquiladas. Otras eran para Lestrange y algunos de los hombres de confianza. Ella tenía su propio espacio, un par de habitaciones con terraza y unas vistas por las que muchos habrían pagado una auténtica fortuna. Todo era de Dima. Aunque, para ser exactos, pertenecía a una de las empresas pantalla que poseía y cuatro bancos habían puesto el dinero para el crédito. Dima decía que no importaba cómo de grande fuese el bocado. Cuanto más llamativo era el anzuelo, más fácil era que todos picaran.

Entró en el apartamento sin llamar. Tenía llave, igual que él la tenía del suyo. Sin secretos.

Estaba hablando por teléfono. En ruso. La saludó con un gesto y continuó con la conversación. Nadina no prestó atención. No quería saber nada de sus negocios.

Las puertas de la terraza estaban abiertas. Estaban en junio y la temperatura era agradable. En Grozni también hacía calor en verano. Muchas noches te impedía dormir, solo que allí a nadie se le habría ocurrido abrir una ventana y asomarse a mirar.

El edificio estaba en la orilla izquierda del Sena. Desde la terraza se divisaban los techos de cristal y las columnatas del Grand Palais, la hilera de farolas amarillentas y miles de veces retratadas del puente de Alejandro III, el Arco de Triunfo, la iglesia del Sagrado Corazón al fondo, blanca y resplandeciente.

Era hermoso, pero con frecuencia, al contemplarlo, le sobrevenía la sensación de estar viviendo dentro de una película. Algo irreal. No era el decorado que le correspondía.

Dmitry terminó su llamada. Nadina estaba apoyada en la barandilla. Se acercó a ella y la acarició a lo largo del brazo con el envés de los dedos. Se estremeció.

—Estás fría.

La noche era templada, pero en la sala hacía más calor que en el exterior. Dmitry llevaba una camisa de manga larga, ella solo el vestido corto y de hombreras. Tenía la piel transpirada y sensible.

—Estoy bien.

—Siempre estás bien.

Sabía por qué lo decía. Si hubiese estado mal, también lo habría negado. Pero sonrió como si hubiese sido un cumplido.

Se quedaron en silencio. Él estaba abstraído en la contemplación de París, aunque eso no significaba nada. Sus pensamientos podían estar en cualquier parte.

—He conocido al policía.

Él dejó de mirar París para dedicarle toda su atención.

—Eres rápida.

Ella se encogió de hombros.

—Ha sido casualidad.

—No creo en las casualidades.

Nadina torció el gesto. Era un tema sobre el que no quería discutir. Había muchas cosas que pasaban por puro azar. Una decisión intrascendente, como cruzar o no una calle, y tu vida cambiaba para siempre.

—¿Va a quedarse?

—Se queda. No puedo decirles no a todos los que envíen. Y, si voy a jugar fuerte, prefiero hacerlo con alguien que no se ponga nervioso a la mínima de cambio. Se necesitan nervios templados para este asunto. Servirá. Estos tipos son así. Los escogen con la cabeza fría.

Ella cambió de tema. Las ideas se le presentaban en desorden. No las filtraba. Dejaba que fluyeran y luego trataba de extraer conclusiones. Casi nunca lo conseguía.

—Sigo pensando que no deberías continuar con esto. Nunca has tenido negocios con terroristas, ¿por qué vas a empezar ahora?

—No voy a tener negocios con terroristas. —Se lo había repetido muchas veces, pero era como si nunca le creyera—. No es de verdad. Será solo un señuelo, ¿comprendes la diferencia?

—Y, cuando los integristas descubran que les has engañado, ¿qué ocurrirá?

—No lo sabrán. Encontraré el modo de mantenerme al margen. Confía en mí.

Nadina se pasó las manos por los brazos. Dima tenía razón. Se estaba quedando fría.

—Podrías marcharte.

La sugerencia se quedó flotando en el aire. El hecho de que hubiera dicho «marcharte» y no «marcharnos».

—Escúchame bien. —Oyó las palabras, distinguió el tono herido. Habían pasado muchas cosas juntos. No quería dañarle, pero a veces lo hacía. Se lastimaban el uno al otro—. No voy a ir a ningún otro lugar. No hay otro lugar, solo esto, este lugar, y no permitiré que nadie me lo quite.

El murmullo de la ciudad hacía que el silencio fuera un poco menos tenso. París podía ser hermosa, pero también desde aquella orilla del Sena se oían sirenas, el zumbido de las torres de refrigeración, la música a todo volumen sonando a través de las ventanillas abiertas de los coches.

—Creen que lo saben todo —continuó en un tono alto y duro—. Hacen sus informes y preguntan a sus expertos, pero yo también he aprendido algo: cuida de ti mismo porque nadie más lo hará.

Ella habló muy despacio.

—¿Crees que también él piensa de ese modo?

—¿Quién? —preguntó Dmitry.

—El policía… Se dedica a salvar gente. Eso dijiste.

—Se dedica a salvar gente, pero si no se preocupa primero de su propia seguridad es que es estúpido. No quiero gente estúpida a mi alrededor. Son peligrosos. No sabes a qué atenerte con ellos.

No debió decirlo en voz alta. Debió guardárselo para ella. Como cuando lo vio por primera vez y aún no sabía quién era. No sabía que era policía. No sabía nada de él. Pero fue lo que pensó.

—No creo que sea estúpido. Parece una buena persona.

Dmitry reaccionó como si le hubiese abofeteado.

—¿Una buena persona? ¿De qué estás hablando? ¿Cuántas buenas personas conoces? Porque yo no me he encontrado con una sola en toda mi puta vida.

Pareció a punto de echarse a llorar. La había sacado de Grozni, le había dado un palacio frente al Sena y Nadina seguía teniendo aquella cara.

—Tienes razón. Yo tampoco conozco ninguna.

Tan desvalida… La actitud de Dmitry perdió dureza. Volvió a intentarlo. La abrazó desde atrás. Hundió el rostro en su cuello. La acunó contra sí.

—Está bien. Todo se arreglará.

Nadina se dejó abrazar. Habría querido creerlo, pero cada vez le costaba más.

—Te echo de menos, Nadezhna —se quejó él buscando su boca, besándola en la garganta, en la mejilla. Sus manos en los brazos que ella mantenía cruzados contra el pecho.

Nadina sintió la resistencia. No era nuevo. Venía de atrás. Cada vez era mayor. Lo intentaba, podía hacer como si no estuviese, pero no por ello dejaba de existir.

Por segunda vez aquella noche, volvió a ser fría y manipuladora, inclemente. No era tan difícil una vez que empezabas.

—Hueles a ella —dijo cortante.

Él se puso rígido. Sus manos la apretaron con fuerza por un momento. Luego la soltó.

—Vete. Márchate si es lo que quieres. Nadie te lo impide.

Dudó. Por un segundo estuvo a punto de ceder. Después de todo, Dima era cuanto tenía. Solo él la quería. La perdonaba una y otra vez. También ella habría podido hacer lo mismo.

Pero no esa noche.

Salió del apartamento y en lugar de continuar escaleras arriba se dirigió a la calle y comenzó a caminar. Aprisa. Bajo las luces anaranjadas del bulevar.

Necesitaba alejarse. Necesitaba aire.

Se presentó al día siguiente a la misma hora. Era lunes y Lumière tenía las puertas cerradas. Llamó al portero y al cabo de un buen rato alguien contestó.

—¿Quién?

—Soy Girard.

No hubo más respuestas. Tuvo que esperar para que sonase un zumbido prolongado y la puerta se desbloquease.

El espacio parecía más grande sin gente y sin ruido. En lugar de las luces de colores, solo estaban encendidas las de emergencia. Gran parte de la sala quedaba en sombras. Los pasos resonaban haciendo eco por entre las bóvedas. En el ambiente flotaba un perfume aséptico y alguien se había ocupado de que todo estuviese limpio y en orden.

Un hombre de unos dos metros de alto y casi la mitad de ancho se acercó con pasos lentos y pesados.

—Soy Boris, ¿eres el nuevo?

Tenía también un fuerte acento. Su francés era bastante peor que el de Záitsev. Mathieu le tendió la mano. Boris se la estrujó, más que estrecharla.

—Mi nombre es Girard.

—Girard, no olvido. Záitsev viene ahora. Me ha dicho que te enseñe. Ven y echamos vistazo.

Lo llevó por el mismo pasillo de la noche anterior y fue

mostrándole salas y más salas de uso exclusivamente privado. El club tenía un centro de seguridad en el que decenas de cámaras grababan lo que ocurría dentro y fuera del local. Incluso con las puertas cerradas, un vigilante controlaba los accesos.

Boris le señaló una de las pantallas. Las imágenes eran del exterior.

—¿Es tuya?

Se refería a su moto. Estaba sola en el aparcamiento reservado para las motocicletas.

—Sí.

—Bonita. Me gustan las motos japonesas. Son… ¿confiables?

—Fiables, sí.

—*Da*, fiables —repitió para recordar la palabra.

Continuaron con la gira. La mayoría eran oficinas, vacías a aquellas horas y similares a las de cualquier otra empresa. Por el camino se encontraron con una de las mujeres encargadas de la limpieza.

Era una nigeriana madura de rastas apretadas en una coleta y formas generosas. Vestía un uniforme de trabajo azul claro y les saludó sin interrumpir su tarea. Boris se detuvo y se dedicó a coquetear con ella.

—Estás bella como flor por la mañana, Shany.

La mujer sacudió la cabeza y rio.

—Tienes una lengua demasiado dulce.

—Soy dulce como azúcar. Tú tienes que probar.

Dejaron a la mujer riéndose y continuaron pasillo adelante.

—Bonita, ¿verdad? Yo quiero convencer, pero no me deja.

Abrió otra de las puertas con una llave y le mostró una habitación repleta de vitrinas iluminadas y en ella diferentes tipos de armas cortas y largas. Rifles de caza, revólveres, pistolas semiautomáticas…

—Todo legal. Záitsev dijo: enseña. ¿Quieres una? Yo presto.

Llevaba su arma reglamentaria. Una SIG-Sauer P226 con quince balas en el cargador, sujeta con una funda al cinturón, pegada a la cadera y oculta solo por la camiseta. Pero no pudo evitar echar de menos el resto del equipo. No era lo mismo.

—No. No la necesito.

—Vale, vale. No enseñes si no quieres —dijo levantando las manos—. También tenemos un gimnasio. Puedes usar cuando quieras, pero mejor vemos mañana. Ahora esperaremos a jefe en el coche.

Lo llevó a un garaje. Había varios automóviles, algunos modelos eran más comunes, berlinas caras, pero no especialmente llamativas. Un Jaguar F-Type de solo dos plazas negro acerado destacaba entre todos.

Boris se acercó y acarició la carrocería.

—¿Has visto? Esto es belleza.

Deportivo pero elegante, el buen gusto inglés presente en todos los detalles. Un coche que alcanzaba con facilidad los doscientos noventa kilómetros por hora y a la vez hacía alarde de seguridad, por más que fuese contradictorio.

—Záitsev apenas usa —se lamentó—. Iremos en ese —dijo señalando un Mercedes sobrio y mucho menos divertido, pero con dos filas de asientos—. Yo conduzco.

—¿Sabes dónde vamos?

—¿Impaciente? —preguntó Dmitry—. Los buenos soldados no hacen preguntas. Esperan órdenes.

Había entrado por otra de las puertas. Vestía traje y camisa, pero no corbata, y parecía más centrado que la noche anterior, aunque seguía siendo difícil determinar su humor.

—¿Cuáles son las órdenes?

—Lo tienes —dijo poniéndose unas gafas de sol a pesar de que eran las doce de la noche—. Salimos de París. Vamos a Nanterre. Un bonito lugar. Verás cuando lo descubran los turistas.

Subieron al coche. Boris y Mathieu delante y Záitsev solo atrás, recostado en el asiento, escuchando algo por unos auriculares y desconectado del mundo tras sus gafas de sol. No fue un viaje largo. Nanterre estaba solo a unos treinta minutos de los Campos Elíseos. Un trayecto en línea recta de cinco kilómetros desde el Arco de Triunfo hasta el gran arco de mármol blanco de La Defense, y un pequeño desvío de apenas tres kilómetros por la circular.

A principios de los años sesenta, Nanterre no era más que un pequeño pueblo de las afueras. Con la llegada de las sucesivas olas de inmigrantes se llenó de miles de barracas e infraviviendas improvisadas, ocupadas sobre todo por argelinos y marroquíes, pero también por españoles y portugueses. Para acabar con aquellos arrabales a las puertas de París se construyeron gigantescas torres, algunas llegaban hasta los cincuenta pisos de altura. Moles con aspecto de termiteros de hormigón. No solo en Nanterre, ocurría igual en muchos otros suburbios de la capital como Noisy-Le-Grand o Courbevoie. La integración fue muy relativa. Las chabolas desaparecieron, pero Nanterre, con los grandes rascacielos acristalados de la zona financiera y de negocios de La Defense al fondo y los enormes edificios de estética estalinista, tenía algo de escenario distópico y post apocalíptico.

Mathieu había encontrado un apartamento por un precio razonable en un barrio tranquilo por la zona de Montreuil. Pocas veces iba a los distritos del extrarradio excepto por motivos de trabajo. La última vez que estuvo en Nanterre fue porque un hombre al que acababan de despedir amenazó con inmolarse prendiendo fuego a una lata de gasolina que había volcado sobre su cabeza.

Aguardaron durante toda la mañana frente al taller de coches en el que se había encerrado mientras uno de los negociadores trataba de convencerle para que depusiese su actitud. Los otros trabajadores habían abandonado las instalaciones y aquel hombre solo era un peligro para él mismo. Al final cumplió su amenaza y ellos no pudieron hacer nada.

Boris callejeó un buen rato por avenidas flanqueadas por árboles raquíticos y aceras repletas de coches y contenedores de basura. Se detuvo en una calle secundaria de poco tráfico. El asfalto guardaba el calor del día y el aire olía a desagüe estancado. Las ventanas de las casas sin aire acondicionado estaban abiertas y se oían televisores y gritos de alguna discusión cercana.

—Quédate vigilando el coche, Boris. No me fío de los vecinos. La policía tiene este barrio muy abandonado —dijo Dmitry quitándose las gafas y sacando a relucir su personal sentido del humor.

También ponía *club* en las letras de neón rosa de la fachada, pero no era un lugar exclusivo y de moda, como Lumière, ni siquiera uno de los muchos santuarios de la pornografía de Pigalle, solo era un pequeño prostíbulo, un puticlub de barrio.

Había un escenario y varias mesas, la mayoría desocupadas. Una chica se exhibía junto a una barra vertical y otras conversaban a la espera de clientes. Ellas tenían aspecto de ser de Europa del Este, los hombres podrían haber sido de cualquier parte del mundo. En aquella luz velada en tonos rojizos todos parecían iguales, anónimos y embrutecidos.

—No es bonito, ¿verdad? —Mathieu se esforzaba por no dejar traslucir sus pensamientos, pero al parecer a Dmitry le gustaba ahondar en ellos.

—¿Es tuyo?

Agitó la cabeza en un exagerado gesto de frustración.

—Sé lo que pone en esos informes, pero es mentira. Yo no comercio con chicas. No hago esto. Esto es basura. Miseria.

Un hombre que podría haber sido familia de Boris por su similar corpulencia salió a recibirles. Se saludaron efusivamente estrechándose las manos alrededor de los antebrazos y dándose palmadas en la espalda. Hablaron en un ruso rápido y cerrado. Por su modo de comportarse y lo poco que consiguió entender, supuso que habían sido camaradas de armas.

El hombre invitó a Dmitry a acompañarlo. Mathieu iba a seguirle. Además de que quería saber de qué hablaban —o intentarlo, no era fácil comprenderles a la velocidad a la que se expresaban—, se suponía que era lo que debía hacer para velar por su seguridad, pero él lo detuvo con un gesto.

—No. No aquí.

Su mirada decía otra vez: «mis reglas». Así que tuvo que quedarse junto a la puerta. Vigilando la entrada y contando los minutos. Obviando el espectáculo que era más deprimente que excitante. Ninguna de las chicas se le acercó. Un cliente sí lo hizo.

—¿Tienes hielo?

Era joven, de origen centroafricano, aspecto consumido. Adicto.

—No. Ni hielo ni otra mercancía. Busca en otro sitio.

—Tengo dinero. Mira —dijo sacando unos cuantos billetes de cincuenta euros del bolsillo.

—Ya te he dicho que no. —El hombre dio un paso atrás. Dudó pero finalmente se alejó, aunque antes le lanzó un insulto. «Perro racista, quédate con tu meta». Hielo era solo uno de los nombres, vidrio, cristal… Las mafias rusas controlaban buena parte del narcotráfico de la capital. Aquel era el negocio de Dmitry. Su camarada debía de ser uno de sus distribuidores.

Aún era pronto para sacar conclusiones, pero le inquietaba haber cometido un error al aceptar aquel trabajo. ¿Y si Dmitry Záitsev le tenía ocupado vigilando puertas mientras se dedicaba a sus negocios? Tendría que discutirlo con Hardy. «Hágase su amigo. Gánese su confianza». Comenzaba a parecerle una broma de mal gusto.

Dmitry y el otro tipo salieron al cabo de una media hora.

—Corina —dijo el socio de Záitsev dirigiéndose a una de las camareras—, son camaradas. Ponles lo que quieran.

Se despidieron con la misma efusividad con la que se habían recibido. Dmitry se acercó a la barra y le preguntó:

—¿Qué tomas, Girard? ¿Vino blanco, champagne?

—No bebo alcohol y si lo hiciese no escogería este sitio para beber.

—Tienes razón —dijo chasqueando la lengua y mirando el deprimente espacio que les rodeaba—. Pero Vaclav es un amigo. No podemos hacerle ese desprecio. ¿Tienes *kvas*? —preguntó a la camarera.

—Creo que sí. Espera, miraré a ver.

—*Spasibo* —dijo con una sonrisa que la mujer correspondió. Volvió enseguida con dos botellas.

—Son las últimas que quedaban —dijo abriéndoselas.

Záitsev empujó una de las botellas. Se deslizó por la barra hasta quedar frente a él.

—Pruébalo. Es sano, solo cebada y malta. No te matará. Te lo garantizo.

No le gustaba cómo iba aquello. Aquel tira y afloja por salirse con la suya, pero tampoco podía hacer de cada paso una prueba de voluntad. Cogió la bebida y le dio un trago largo.

—¿Te he mentido?

Era muy suave, parecido a una cerveza de baja graduación. Apenas debía de tener alcohol y estaba muy frío. Se agradecía con aquel calor.

—No está mal.

—Te lo dije. Yo no miento. Apenas. Casi nunca —dijo con una sonrisa sardónica y bebiendo también de su *kvas*.

—Entonces cuéntame qué hemos venido a hacer aquí.

—Sabía que me preguntarías —dijo apuntándole con la botella—. Hemos venido a poner la primera ficha.

—¿La primera ficha?

—Para que todas las otras caigan después. Vaclav y yo servimos juntos en la *Spetsnaz,* y tenemos más amigos que también lo hicieron. Le he dicho a Vaclav que les diga a esos amigos que he oído lo de la partida de Ucrania y que estoy interesado en comprar. —Debió ver el escepticismo en sus ojos porque preguntó—: ¿No lo crees?

—¿Desde aquí? ¿Desde este bar?

—*Da*, sé que parece extraño, pero te diré algo. Hace unos pocos años yo era un exsoldado sin trabajo y sin un rublo. Mira ahora. No nos subestimes. No cometas ese error.

Había perdido parte de su buen humor y la agresividad estaba patente en sus ojos. Por mucho que Mathieu pudiera condenar aquella forma de prosperar estaba claro que Záitsev se sentía orgulloso de ello.

—Está bien, ¿y cuál será la siguiente ficha?

Dmitry se relajó un poco.

—*Niet, niet*… No podemos ir aprisa. Ahora hay que esperar. Pero pensaremos algo para entretenernos. Mañana ven a las diez. Por hoy es suficiente. Puedes irte si quieres. O quedarte. Lo que prefieras.

Tenía otra vez esa mirada malévola que apenas ocultaba su diversión.

—¿Tú vas a quedarte?

Se encogió de hombros.

—No puedo hacerle el feo a Vaclav. Me ha invitado. Es un camarada. Tengo que agradecer. Mañana te veo —dijo a la vez que dirigía una sonrisa a Corina—. Mejor ven a las once que a las diez —añadió antes de desaparecer detrás de la camarera.

Mathieu se giró y se encontró con media docena de chicas mirándole interrogantes desde diferentes puntos del local. Salió a la calle. Boris conversaba en ruso junto al coche con una de las mujeres. Ella reía a carcajadas.

Renunció a comprender. Se alejó calle abajo hasta salir a una de las avenidas y pidió un taxi por el móvil. Pero no para que le llevase a casa. Aún tenía que recuperar la moto.

La idea surgió como una liberación. Era tarde, pero no tenía sueño. No quería ir a casa y acostarse. Lo que le apetecía en aquel momento era conducir.

Atravesar París de noche y deprisa.

El taxista le dejó frente a Lumière. Pagó, bajó del coche y buscó las llaves en el bolsillo. La moto seguía sola en el aparcamiento. Iba a ponerse el casco cuando se fijó en la estampa nocturna que ofrecía el cercano puente de Alejandro III. Las luces iluminaban las estatuas de bronce y la torre Eiffel a la izquierda completaba el conjunto. Era una imagen muy diferente al París que se vislumbraba en Nanterre, pero no fue esa la razón que le hizo detenerse.

Una mujer con el pelo corto y de un rubio muy claro se apoyaba en la balaustrada y miraba la corriente del Sena.

Eran más de las dos de la madrugada. Se le ocurrieron docenas de buenas razones por las que lo mejor sería dar la vuelta y hacer como si no hubiese visto a Nadina. Recordó la noche y la mañana rechazando todas las veces que su imagen había intentado imponerse: su aspecto perdido cuando la vio por primera vez en el club, la sonrisa amable y un poco ansiosa cuando se le acercó, cuando besó a Anelka.

Recordó todo eso, pero de igual modo fue hacia ella.

—¿Estás bien?

La sobresaltó. Salió de su abstracción y miró a su alrededor antes de volver a relajarse al ver que se trataba de él.

—No te oí llegar.

Él señaló hacia la moto.

—Me marchaba y te vi. Solo quería asegurarme de que todo iba bien.

—Estoy bien —aseguró con una sonrisa—. Estaba tomando el aire. Me gusta salir de noche. Sobre todo en verano. Es más tranquilo y esto es tan… bello.

Bello hasta el exceso, pero pensar en Nadina sola a aquellas horas le inquietaba. Incluso aunque se tratase del centro de la ciudad más visitada por los turistas de todo el mundo. Quizá no lo fuera, pero parecía muy frágil, vulnerable a cualquier ataque.

—Pensarás que es demasiado propio de un policía, pero no deberías estar sola a estas horas, puede ser peligroso. Te aseguro que sé de lo que hablo.

Bastaba con mirar los partes policiales. Cada noche en París se notificaban decenas de robos, agresiones, muertes, atropellos. No solo de noche, pero sí aún más, y no especialmente en el centro, pero también allí.

Nadina se le quedó mirando. Luego se rio con aquella risa pequeña, tapándose la boca con la mano. Era adorable cuando reía, pero no evitaba que Mathieu supiera que volvía a reírse de él.

Se disculpó rápido y apoyó la mano en su muñeca para excusarse, aunque la retiró enseguida.

—Perdona. Sé que lo dices con buena intención, pero nunca he tenido problemas. Algunos se quedan mirando, pero yo los ignoro y sigo adelante. Crecí en Chechenia, ¿sabes? Vivía en Grozni hasta hace siete años. No sé si has oído hablar de aquello. Grozni sí era peligroso. París solo es… París.

Mathieu volvió a sentirse idiota, esa vez con toda la razón. Chechenia había vivido dos guerras en quince años. La primera de 1994 a 1996. La segunda comenzó tres años después y no se dio por finalizada hasta una década más tarde. El conflicto era conocido por la crueldad con que se había desarrollado, si es que había alguna guerra que no fuera cruel, pero los separatistas y las fuerzas nacionalistas pro rusas habían conseguido despuntar entre toda la extensa lista de aberraciones cometidas a lo largo de la historia de la humanidad.

—Está bien. Tú ganas. Puedes burlarte todo lo que quieras de mí.

—No me burlaba —dijo, aunque la risa seguía presente en sus ojos—. Es solo que es divertido pensarlo. Divertido verlo de ese modo —corrigió—. En Grozni no podías salir a la calle de noche. No podías ni de día. Mi madre nunca quería que saliésemos solas y cuando lo hacíamos… No se parecía a esto —dijo señalando a las estatuas aladas del puente.

—Y sobreviviste. Mensaje recibido.

Se había asegurado de que estaba bien. Había quedado como un estúpido al darle consejos sobre seguridad urbana y ya iba a marcharse, pero ella lo adivinó y se adelantó.

—Aunque estaría bien si quieres acompañarme de regreso. Podríamos caminar juntos. ¿Quieres?

Sí que quería. Los ojos de Nadina brillaban reflejando las miles de luces que alumbraban París y había algo en ella, tan cálido e invitador, que costaba deshacerse de su influjo.

—¿Cruzar este puente por ti? Sí, quiero.

Ella volvió a reír, la risa feliz y despreocupada que transformaba su rostro, y ambos echaron a andar. Iba menos arreglada que la víspera. Sus sandalias no llevaban tacón y el vestido de verano era similar a los que vendían en cualquier gran almacén. Algo cómodo, fresco y sin complicaciones.

—Es una noche bonita, ¿verdad? No apetece dormir en noches así. Sería como perder algo importante si lo haces. Perder el tiempo.

—Y tú odias perder el tiempo.

—¡¿Cómo lo sabes?!

Le hizo reír su exclamación, su cara de genuina sorpresa. Solo la había visto dos veces. Pero Nadina transmitía esa sensación. La de querer apurarlo todo, exprimir cada segundo. Cuando bailaba, cuando besaba, cuando miraba la noche de París.

Se quedaron en silencio. Ella le espió por el rabillo del ojo, estudiando sus reacciones.

—Te marchaste sin decirme cómo te llamas.

—¿Seguro que no lo sabes?

Ella ni lo negó ni lo afirmó.

—Puede, pero preferiría que me lo dijeses.

—Es Mathieu.

—Mathieu —repitió—. ¿No estás enfadado conmigo, Mathieu?

—¿Por qué iba a estarlo?

—Por cómo me comporté… Te debo una disculpa. A veces hago esas cosas. No lo puedo evitar.

—¿Cosas como besar a una mujer? No es asunto mío. No tienes que justificarte.

—No es por eso. No fue nada. Anelka es solo una amiga. Me siguió la corriente.

—Porque es divertido burlarte de mí.

—No —dijo más seria—, porque a veces hago cosas estúpidas. Cosas que no debería hacer.

¿Quién no cometía estupideces? Él mismo pensó que estar a solas con Nadina en plena madrugada en uno de los lugares más bellos de París no era nada inteligente. No si no quería acabar enamorándose de ella.

No estaba seguro de no desearlo. Existe cierta atracción que hace aún más irresistible lo que queda fuera de nuestro alcance. Ascender la cima de una montaña. Adentrarte allí donde los demás huyen. Desafiar la lógica. Amar a quien no debes.

—¿Záitsev es una de esas cosas?

Ella se detuvo. Alzó el rostro y miró a la noche sin estrellas. Apenas unas pocas brillaban por culpa de tanta luz.

—Dima y yo es… ¿cómo dice la gente en sus perfiles de Facebook? Complicado. Él a veces está con otras mujeres. Yo estoy a veces con otros hombres, pero a pesar de todo seguimos estando juntos. ¿Te parece mal? ¿Ofende tu moral? —dijo más despacio, escogiendo con cuidado la palabra adecuada entre las no demasiadas que conocía.

—¿Tengo aspecto de policía de la moral?

Ella volvió a reír, aunque esta vez con él.

—Tienes aspecto de policía. No te gusta Dima, ¿verdad?

—Todavía no lo conozco.

—Eso es muy prudente —se burló ella—. Pero no hace falta que contestes. Seguro que no te gusta lo que hace. No puede gustarte.

—¿Y a ti sí? ¿Te parece bien que haya pagado eso —dijo señalando hacia Lumière— y todo lo demás traficando con drogas?

Ella se encogió de hombros.

—Alguien lo haría. Si no fuese Dima, sería otro, siempre hay algún otro. Y nadie consume porque le obligan. Es su elección —dijo pronunciando la palabra sílaba a sílaba—. En cambio, ahora va a meterse en ese negocio de las armas porque vosotros, los policías, le habéis obligado. Lo vais a usar. Y ya no importa que trafique con drogas, no importan los delitos, no importa nada… Es curioso.

—No ha sido la policía. Ha sido un juez y fue él quien lo propuso.

Ella negó con la cabeza, como si fuese cuestión de matices que no cambiaban el fondo de la discusión.

—Esos hombres… Los que tratáis de detener. Yo los conozco, los he visto de cerca. Están enfermos, ciegos de odio. Lo mejor que puede hacerse es alejarse de ellos. Le dije a Dima que no lo hiciera, pero no me hizo caso. Cree que todo le saldrá bien. Siempre lo cree. Pero a veces no ocurre. A veces las cosas se tuercen solo por un poco y es una catástrofe.

Se quedó apagada y silenciosa. Quiso tranquilizarla.

—No será una catástrofe. Una catástrofe es lo que queremos evitar.

—¿Por eso lo haces? —dijo deteniéndose, mirándole como si dudara de su sinceridad.

Un grupo de turistas los adelantó. Hablaban en alto y reían. Eran alemanas. Chicas muy jóvenes con aspecto de querer apurar también hasta el último sorbo de su estancia en París.

Mathieu esperó a que se alejaran para preguntar.

—¿Qué quieres decir?

—¿Qué razón tienes tú? Tu trabajo, lo he visto en las noticias. ¿Por qué arriesgarse tanto? ¿Por qué exponerse?

Le hacían esa pregunta con frecuencia y siempre respondía lo mismo y era muy parecido a lo que había dicho Nadina sobre traficar con drogas.

—Alguien tiene que hacerlo.

Y no era la auténtica razón, pero era más corto de explicar.

—¿Y no hay nada más?

Habían llegado al extremo del puente, Lumière y su moto estaban solo a unos pocos metros.

—No sé a qué te refieres.

—Verás, cuando vivía en Grozni era una pesadilla. Podías estar en el mercado comprando pan y estallaba una bomba. Alguien se asomaba a la ventana y le disparaban. Pero no podías quedarte siempre encerrado, no podías vivir siempre con el miedo. Así que salías, corrías el riesgo, y luego te sentías… más vivo. ¿Sabes lo que digo? ¿Lo has sentido alguna vez? Ese vértigo. Es peligroso. Puede llegar a enganchar.

Sus ojos oscuros indagaban en busca de comprensión. Mathieu también conocía aquella sensación. Era cierto que enganchaba, algunos decían que más que cualquier droga. Era otra de las cosas que debía mantener a raya y bajo control.

—Sé de lo que hablas. No lo hago por eso.

No lo discutió. Asintió en silencio y le dio la espalda. Luego señaló su moto. Sola en medio de la avenida.

—¿Entonces quieres decir que tienes eso y solo lo usas para pasear? Yo no lo haría. Yo apretaría el acelerador hasta el final, pero claro, yo no soy *politseyskiy*… —dijo irónica—. Hasta la vista, Mathieu. Me ha gustado caminar contigo.

Cruzó la calle a la carrera y escapó escaleras arriba hacia el edificio. Cuando desapareció de su vista, Mathieu contempló su Yamaha. En reposo y silenciosa parecía dócil. Una impresión engañosa.

Encendió el contacto. Atravesó los bulevares con el motor sonando sordo y bajo. Para cuando salió al cinturón de circunvalación rugía, todavía pidiendo más. Aceleró concediéndoselo.

Porque no siempre lo hacía. No en todas las ocasiones respetaba las normas. A veces también él necesitaba traspasar los límites.

—¡Buena marca!

Desde el borde de la piscina, Martin, uno de los monitores, le hizo una seña elevando el pulgar hacia arriba. Aunque ya no le cronometraban, decidió hacer unos cuantos largos más. Llevaba dos semanas faltando a los entrenamientos. Estaba exento del servicio regular gracias o por culpa de Záitsev, y no quería perder el fondo. Había continuado en casa con algunos de los ejercicios de mantenimiento y también —Boris insistió— había practicado con las máquinas del gimnasio de Lumière. No era lo mismo. Además, estar en el centro era como regresar al hogar. Había saludado a los amigos y recuperado rutinas. Jean preguntó qué tal le iba y Philip aseguró que era un cabrón con suerte. Echaba de menos aquello. Echaba de menos incluso a Philip.

Ahora tenía nuevas costumbres. Se acostaba tarde y no madrugaba. Dmitry era nocturno. Con frecuencia no se dejaba ver antes de las ocho o las diez de la noche. Si ibas a Lumière por la mañana, lo normal era que no encontrases más que a los de seguridad y al personal de limpieza. Lestrange asomaba sobre el mediodía. Le dedicaba una mirada hostil, indiferente o sardónica, según su humor, y después se pasaba la mayor parte del tiempo encerrado en su despacho atendiendo al teléfono. Conforme avanzaba la tarde el espacio iba cobrando vida.

Dmitry podía dejarse ver o no. Nadina a veces le acompañaba y otras no aparecía hasta la noche. Por la noche estaba siempre. Si Lumière abría sus puertas, ella ejercía su reinado discreto pero eficaz. Mathieu había observado que la música que sonaba y el ambiente que imperaba eran obra y consecuencia del estado de ánimo de Nadina.

Por lo que había podido intuir durante aquellas semanas, Lestrange era el verdadero lugarteniente de Dmitry. Se ocupaba de la logística y la gestión de los negocios legales y seguro que de buena parte de la operativa necesaria para los ilegales: transporte, abastecimiento… Dmitry tenía los contactos y ejercía de relaciones públicas, tanto en su faceta de empresario de un local de moda como en las demás. Era de suponer que habría otros muchos intermediarios, pero, si iban a Lumière, aún no había conseguido identificarlos.

No era para aclarar los negocios turbios de Dmitry para lo que estaba allí. La fiscalía ya tenía un informe completo. Se trataba de las armas de Ucrania y las células durmientes. Y en aquel punto, desde la excursión a Nanterre no habían avanzado lo más mínimo. Se había limitado a hacer guardia en el club por si Dmitry le reclamaba.

Pasó el resto de la mañana en el centro. Mantuvo una breve reunión con el teniente coronel Amalvy y comentó aquellos datos que ya constaban en su informe. Amalvy le escuchó con seriedad y pidió que le mantuviese al tanto ya fuese de los progresos o de la falta de ellos. También le recordó que no debía descuidar su seguridad.

—¿Está usando chaleco?

—Es verano. Es una discoteca. Estaría fuera de lugar.

Amalvy torció el gesto. Mathieu lo obvió. Por mucho que echase de menos no solo el chaleco, también el resto del equipo, tenía multitud de pruebas de que ni la mejor protección podía librarte de ciertas cosas. Y Dominique Bouadla y su cinturón de explosivos listos para estallar en el supermercado de Bercy era solo una de ellas.

Dejó el centro del GIGN a las dos y a las cinco ya estaba en Lumière. El movimiento frente a la entrada le indicó que no era un día más.

Había varias furgonetas aparcadas delante de la puerta. Numerosos operarios entraban y salían. Una mujer de unos treinta años, perfectamente maquillada y vestida con ropa impecable y muy cara, hablaba inquieta por el móvil a la vez que supervisaba los preparativos. En el interior electricistas y carpinteros daban los últimos toques a un escenario que no estaba allí la víspera. El *photocall*.

Debía tratarse de una presentación. De un perfume. Otro más. La joven cuya imagen se repetía en todos los ángulos de Lumière era una conocida modelo. Rubia, cabellos largos y lisos, de expresión angelical y labios de fruta prohibida. Junto a su rostro, de una perfección irreal, aparecía un delicado recipiente de vidrio tallado que era en sí mismo una obra de arte.

Había numerosos expositores con cajas doradas envueltas en papel celofán formando estudiadas composiciones geométricas. Chicas contratadas para la ocasión escuchaban las instrucciones sobre cómo debían sonreír y a quién debían ofrecer las muestras. El aire olía dulce y afrutado. Mathieu pensó en Catherine. Su perfume llevaba la firma del mismo diseñador. Las notas tenían puntos en común.

Aquello escoció. No habían vuelto a hablar ni a llamarse. Estaba fuera de su vida. Y era ella la que lo había decidido. No quería evocar a Catherine y su perfume.

—¿Te gusta?

Nadina le puso el envés de la muñeca a pocos centímetros del rostro. Era la misma fragancia que flotaba en toda la sala, pero en su piel y tan de cerca tenía un matiz distinto. Más cálido. Melocotón, madera y ámbar.

«Me gustas más tú».

Se puede evitar poner voz a los pensamientos, pero no es posible impedir que nazcan.

—No está mal. ¿Es nuevo?

Cada día, más pronto o más tarde, Nadina le buscaba. Se acercaba a él y conversaban de cualquier cosa. Algo trivial. La mucha o poca gente que había asistido a la sesión. Las cuatro gotas en que había quedado la tormenta que había amenazado toda la tarde. Si no adoraba también él esta o aquella otra canción… Charlas cortas tras las que Nadina desaparecía con la misma imprevisibilidad con la que aparecía.

Él esperaba a que ocurriera.

—Sí. Han escogido Lumière para presentarlo. Va a venir Natasha Poliakova —dijo señalando a la chica de los anuncios. Por su expresión, Nadina comprendió que no le había impresionado—. Es muy famosa. Una de las modelos más cotizadas. Y es rusa. Todos los medios han pedido acreditaciones.

—¿Por eso estás hoy tan guapa?

Nadina brilló. Siempre tenía algo que hacía que costase dejar de mirarla. Pero a veces se iluminaba y era imposible apartar la vista de ella.

—¿Te lo parece?

Dio una vuelta en torno a sí para que apreciara mejor su vestido. Era corto, blanco, sin mangas y cerrado al cuello. Se había marcado la raya en el pelo y lo había peinado todo hacia atrás y a un lado. No era ningún entendido, pero le parecía sencillo y elegante.

—Estás muy bien.

Ella apretó los labios. Mathieu pensó que seguramente había resultado poco efusivo. Después de todo, esa era la idea.

—¡Nadina!

Anelka, junto a la mujer del traje impecable, reclamó su atención.

—Te veo luego.

Se fue con ellas y las tres se pusieron a discutir sobre cómo sería mejor recibir a Natasha, quién lo haría, dónde se retiraría si deseaba intimidad y un sinfín de detalles acerca de los que la mujer hablaba y Anelka y Nadina escuchaban como alumnas aplicadas.

Lumière se fue llenando de fotógrafos. Llegaron más rostros conocidos: actores, cantantes, modelos, presentadores de televisión. Todos se retrataban con el rostro perfecto de Natasha Poliakova de fondo. Dmitry hizo acto de presencia cuando comenzaron a servir el champán. Luciendo su mejor sonrisa y sacándose fotos con todos. Mathieu no daba crédito. Si no lo hubiese visto con sus propios ojos, habría jurado que el Dmitry del puticlub de Nanterre y el que ahora estrechaba manos a diestra y siniestra eran dos hombres completamente distintos.

Estaban todos y ya solo faltaba la protagonista. Nadina y Anelka no dejaban de lanzar miradas nerviosas a la puerta que la mujer alternaba con consultas constantes a su móvil. Por fin, Natasha llegó y todos los *flashes* de la sala iluminaron su entrada.

Era alta, muy delgada. Bella, aunque no tanto como la imagen retocada con *photoshop*. Tras las fotos publicitarias de rigor, Dmitry fue el primero en apoderarse de ella. Le susurró algo al oído. Natasha sonrió, por primera vez desde que hizo su entrada en la sala con sinceridad.

Nadina volvió a acercársele. Traía una copa de champán en la mano.

—Era muy pobre, ¿sabes? Natasha.

—¿Os conocíais?

—*Niet...* No. Todo el mundo lo sabe. Lo he leído.

La modelo lucía un poco más relajada, pese a que Dmitry la exhibía como a un trofeo y la guiaba a través de las nubes de fotógrafos. Nadina no dejaba de observarlos.

—Dmitry parece estar disfrutando.

Ella asintió.

—Es importante para él. Es común allá. No sé si ocurre en otras partes, pero en mi país, si consigues un éxito... tienes que mostrarlo. Mostrar que tienes más. Más coches, más dinero, más... —dudó de nuevo buscando la palabra— influencias.

—Creo que ocurre en cualquier parte del mundo.

—Sí, seguro, pero en Rusia ocurre más. Después de tantos años de comunismo, cuando todo tenía que ser igual… Ahora todos quieren destacar. Por eso que ella esté aquí es tan importante —dijo señalando a Dmitry y Natasha—. Todos la admiran.

—¿A ti también te gustaría? Hacer lo que ella. Estoy seguro de que tu cara quedaría igual de bien junto a un frasco de perfume.

Aunque lo dijo como si bromease, no le costó nada imaginarlo. Nadina, igual que Poliakova, tenía esa clase de belleza no evidente a primera vista que después fascinaba.

Ella negó.

—No quiero ser como ella, pero… me cae bien. Me alegro de que haya tenido suerte. Creo que merece ser feliz. ¿Dirías que lo es?

Era parte del encanto de Nadina. Lo desconcertante de sus preguntas.

—Es difícil afirmarlo. —Natasha posaba de nuevo para los fotógrafos y, aunque profesional, parecía disfrutar tanto de aquello como el resto del decorado.

—Me gustaría que lo fuese —repitió Nadina.

Dmitry, que no había tenido más remedio que soltar a Natasha para su nueva sesión de fotos, comenzó a mirar en torno a sí. Nadina dio un paso adelante. Se alejó al instante de Mathieu.

—Tengo que irme.

Se volvió a los pocos metros.

—¿De veras crees que soy bonita?

Tan rubia, con su peinado formal, su rostro engañosamente inocente y su vestido blanco.

—Lo eres.

Nadina sonrió.

—Gracias.

Y luego corrió a abrazarse a Záitsev.

Dmitry la besó en cuanto la tuvo en sus brazos. Un beso corto, fuerte y posesivo, como acostumbraba. No era la primera ocasión en la que tenía la oportunidad de contemplarlo. Ambos mantenían un tira y afloja tenso y constante. Podía ser que ella se mantuviese distante y eludiese todos sus intentos de acercamiento, algunos nada sutiles. Pero también podías encontrarlos entre las sombras de Lumière, Dmitry murmuraba palabras rápidas en ruso. Nadina parecía considerarlas. Anelka fingía no ver nada y Mathieu volvía a preguntarse qué creía que estaba haciendo y trataba de no vigilar los movimientos y los gestos de Nadina.

Pero era difícil.

También aquella vez apartó la mirada una décima de segundo tarde. Tarde para evitar que se cruzara con la de ella.

Nadina se separó de Dmitry, aunque no puso distancia entre los dos, como hacía cuando la cogía por sorpresa y la levantaba por los aires y ella le insultaba en ruso para que volviera a bajarla. No le gustaba, pero él seguía haciéndolo. Mathieu se decía que no era asunto suyo, pero tampoco le gustaba cómo la trataba.

Sin embargo, aquel día Nadina se dejaba abrazar y sonreía, posaba con él para los fotógrafos. Dmitry estaba eufórico y Mathieu comprobaba que eso le gustaba aún menos.

—Están hechos el uno para el otro.

Anelka parecía tan feliz como Mathieu.

—Mejor para ellos.

—Ha habido otros antes, pero siempre termina volviendo con Dima.

—¿Te ha dado la impresión de que me importa?

No quería ser brusco, quería ser indiferente, pero no estuvo seguro de haberlo conseguido.

—Vale. Págalo conmigo. Estoy de tu parte y no encontrarás a muchos por aquí que digan lo mismo —dijo llevándose su oferta de solidaridad a otro sitio.

La fiesta de presentación continuó toda la noche. Se quedó porque le gustase o no formaba parte de su trabajo. Vio a Anelka bailar subida a una plataforma con un futbolista del París St. Germain. A un novelista premiado con el Goncourt compartiendo bandeja de canapés con uno de los participantes del último *reality show* de éxito. A Nadina conversar entusiasmada con Natasha, haciéndose fotos juntas. Nadina bebiendo mucho champán, Natasha también. Las dos bailando en el centro de la pista. Nadina buscando y encontrándole a través de las luces. Luego, en algún momento de la noche, Natasha desapareció acompañada por Dmitry y Nadina tampoco estaba por ninguna parte.

Quizá era porque la fiesta estaba en esa hora en la que todo empieza a degenerar. El alcohol ya hacía efecto y las risas eran demasiado forzadas para que fuesen naturales y no consecuencia del consumo de determinadas sustancias, o porque Nadina tenía razón y era más intransigente de lo que quería admitir, pero comenzaba a intranquilizarle aquella atmósfera, aún más cargada por efecto del perfume. Se metía en la piel. Resultaba enervante.

Se dijo que ya estaba bien por aquel día. Se marchaba cuando uno de los de seguridad se le acercó.

—Záitsev quiere hablar contigo en su despacho. Ahora.

Atravesó Lumière de mala gana. Comenzaba a cansarse de los juegos de Záitsev y también de los de Nadina.

Tuvo que esperar a que una pareja dejara de devorarse para poder usar la puerta reservada al personal. Encontró los pasillos vacíos. En las habitaciones privadas de Záitsev no había nadie. Todo estaba en orden y no se oía ningún ruido. La puerta de la habitación contigua estaba cerrada. Llamó y nadie contestó. Intentó abrirla, pero el picaporte no cedió. Estaba bloqueada desde dentro.

Las luces del techo parpadearon. Brillaron unos segundos con más fuerza y luego se apagaron. Del todo. La habitación se quedó completamente a oscuras.

Fue instintivo. La reacción natural cuando comprendes que has caído en una trampa. Sacó el arma y apuntó a la oscuridad. Sabía que estaba en desventaja, pero no perdió los nervios y confió en el resto de sus sentidos. Notó el movimiento. El desplazamiento del aire. La presencia entre las sombras.

—No des un paso más.

Quitó el seguro. El «clic» sonó nítido en el silencio.

—¿O dispararás? —El acento eslavo, ligeramente etílico, la voz cálida, como la temperatura de la habitación, el tono escéptico y el matiz desafiante.

Entonces distinguió la dulzura del melocotón, la calidez del ámbar y la ligera acidez del champán, todo mezclado de un modo diferente. No era igual sobre cualquier otro cuerpo que impregnado en la piel de Nadina.

Bajó el arma, aunque la mantuvo pegada al muslo. Escuchó sus pasos. Sintió su mano en el pecho cuando le tocó para asegurarse de que se encontraban frente a frente.

—No dispares —susurró.

Mathieu inclinó el rostro y, aunque no hizo nada más, asumió en aquel mismo instante que aquel único gesto lo convertía en tan culpable como ella.

Nadina se acercó más. Él sintió en sus labios la suavidad, el calor, la humedad, la caricia delicada, la invitación de quien promete todas las posibilidades. Solo las promete, pero antes espera algo a cambio.

Ella se apartó, pero mantuvo la mejilla pegada a la suya, de modo que las palabras sonaron justo junto al oído.

—¿Sabes, Mathieu? Cuando besé aquella noche a Anelka… En realidad, a quien quería besar era a ti.

Y volvió a aproximar su boca a la suya. Tan cerca. Sentía su calor, aquel perfume mareante. Sintió también el fuerte anhelo de tomar la iniciativa. Convertir aquella premeditada provocación en un verdadero asalto. Soltar el arma y apresar las manos de Nadina. Arrinconarla contra una de aquellas paredes y no dejarla escapar.

Resistió la tentación.

—Para.

En la oscuridad creyó notar su tensión, imaginar sus labios fruncidos. El gesto compungido que componía cuando algo no salía como ella quería.

—*Prosti* —murmuró separándose, disculpándose en su ruso natal—. Creí que tú también querías. He bebido mucho champán. Pensé…

Quizá después de todo no tenía tanta fuerza de voluntad, o fue porque ella estaba en lo cierto y había deseado hacerlo desde que Nadina le envió aquel mensaje que decía tan claro como si lo leyese en sus labios que podía haber sido él y no Anelka a quien Nadina hubiese besado. Porque lo pensaba cada vez que la veía, cuando sonreía o cuando estaba distraída. Porque después de todo ya era tarde para dar marcha atrás.

—Espera —dijo sujetándola por el brazo.

Se guardó el arma en la cartuchera del cinturón y avanzó un paso más hacia ella. Nadina retrocedió. Tropezaron un poco el uno contra el otro. Nadina trató de desasirse, pero sin poner verdadero interés. El corazón comenzó a latirle a Mathieu con inesperada fuerza, quizá porque ahora ella jugaba a aquel equívoco. Hacía como si fuera a escaparse. Tal vez quería que lo impidiera. O solo seguía jugando con él.

—Espera —repitió.

Nadina aún forcejeó un poco más. Luego se quedó quieta en sus brazos, completamente inmóvil.

Y se lo pidió.

—Hazlo. Si deseas hacerlo, hazlo ahora.

Lo hizo. La besó y olvidó que había algo más fuera de aquel espacio oscuro y cerrado que ella había construido para los dos. Solo estaba Nadina, su perfume intoxicante, su respiración entrecortada y aquella ansiedad que fue apoderándose de ambos. El vértigo.

El tiempo se disolvió, se sintió caer rápido y profundo. Entonces, en el pasillo, se oyó una voz conocida protestar en ruso.

—*Kto vyklyuchil svet?*

Nadina dio un salto.

—Tengo que marcharme.

El corazón se negaba a dejar de correr. Estuvo a punto de volver a echar mano a la pistola cuando la luz se encendió y Dmitry apareció por la puerta.

—¿Qué coño haces con la luz apagada?

Se había descolgado por paredes verticales a cientos de metros de altura sin otra ayuda que una cuerda. Había cruzado varias veces a nado el Loira en pleno invierno, sin traje de neopreno, de noche y sin luces solo porque era una de las pruebas para acceder al GIGN. Una vez, durante una intervención en una sucursal bancaria, recibió un disparo en el pecho. El chaleco paró la bala. El impacto fue como si le partiesen en dos, pero consiguió no desplomarse. Disparó a su agresor en el hombro y le hizo soltar el arma.

Podía hacerlo. Podía mantener la calma y responder a Záitsev como si no ocurriese nada.

—¿En serio no ha sido cosa tuya?

Pareció desconfiar, pero pasó pronto.

—Alguien querría gastarnos una broma. ¿Has visto qué éxito? Han venido del ayuntamiento y la embajada también ha enviado a un representante. —Sacó el vodka y dos vasos y los llenó hasta un tercio—. Merece otro brindis.

Dmitry le pasó el vaso.

—¿Un brindis porque al secretario de la alcaldesa no le ha importado hacerse una foto contigo? Lo siento, pero tengo que conducir.

—No seas aguafiestas, Girard. No se trata de eso. Es porque lo tengo. Estamos dentro.

Entre sus dedos vio una tarjeta que no estaba allí un segundo antes. Escrita en caracteres cirílicos. Números y una dirección web. La ocultó entre las manos y la hizo desaparecer con la habilidad de un prestidigitador o un jugador de cartas demasiado habilidoso para pensar en apostar contra él.

—¿Qué es eso?

—Es justo lo que parece. Una clave. Para acceder a la puja por las armas de la fábrica de Kiev. ¿Ahora tengo tu atención?

La tenía. Y también comprendía por qué se había mostrado durante toda la noche —aún seguía mostrándose— tan satisfecho de sí mismo.

—¿Ha sido ella? ¿Natasha?

—*Da*. Una *devushka* encantadora. No pienses mal. Ni siquiera sabía de qué se trataba. Es solo un favor entre compatriotas. Hoy por ti…

Mathieu se dijo que no debía sorprenderse. Conocía el mecanismo. Los cauces eran los más insospechados y las mafias rusas tenían contactos a todos los niveles: propietarios de bares de mala muerte, políticos, diplomáticos, empresarios, *top models*…

Dmitry abrió un ordenador portátil y se concentró en la pantalla. Mathieu imaginó lo que haría a continuación. También formaba parte del procedimiento habitual. Dentro de la *deep web*, la navegación oculta y cifrada a través de Internet, existían páginas cuyo acceso era prácticamente imposible incluso para los informáticos más brillantes de los servicios de inteligencia. Una puerta abierta para organizaciones delictivas, grupos terroristas, pederastas, adictos a las conspiraciones… Lo mejorcito de cada casa. Usaban su propia moneda digital, llamada *bitcoin,* sin intervención de bancos ni intermediarios, no dejaban pruebas y no había forma de rastrear huellas ni conversaciones.

La tarjeta volvió a aparecer entre los dedos de Dmitry, la consultó y marcó los códigos. Esperó unos segundos, sonrió y giró el portátil para que Mathieu viese la pantalla.

—Aquí está. Solo para nuestros ojos. Espectacular, ¿verdad?

Era un auténtico catálogo de maquinaria militar. Lanzamisiles capaces de derribar un avión en pleno vuelo, ametralladoras, subfusiles, granadas y explosivos de gran potencia. La página incluía fotografías de las armas con detalle del número de serie, un listado completo con las piezas disponibles y las cantidades de cada una de ellas, el precio por unidades individuales y otro especial si se hacía con todo el lote.

Solo faltaba el botón de «añadir a su cesta».

—¿Estás seguro de que es fiable?

El problema de la *deep web* era que en ella predominaban ante todo los fraudes. ¿Qué se podía esperar de un lugar en el que se ofrecían por igual asesinos a sueldo y *hackers* capaces de conseguir las contraseñas en las redes sociales de tu ex? Las tarifas se explicaban al detalle y los precios no eran excesivos. Mucha gente pagaba y luego se quedaba esperando los servicios contratados. Cuando se daban cuenta de que les habían estafado, algunos incluso se dirigían a la policía para poner una denuncia.

—Es fiable —protestó Dmitry—. Mira los números de serie. Envía las fotos a tu correo. Muéstralo a tu gente. Ocúpate de que lo comprueben. Yo no lo necesito. Sé que es auténtico. Ese no es el problema, pero sí tenemos uno.

Mathieu sabía que a Dmitry le gustaba hacerse el interesante, así que preguntó:

—¿Cuál es el problema?

—Piden dos millones y medio de euros por la partida completa. No puedo disponer de tanto *cash.* ¿Crees que desde la DG-SE estarán dispuestos a compartir gastos? Es por una buena causa.

Dmitry sonreía irónico. Aquello escapaba a la capacidad de decisión de Mathieu, pero daba por hecho que no sería sencillo. ¿Aprobar una partida oficial para comprar armas robadas? En el pasado la diplomacia francesa había gastado fondos reservados en operaciones muy discutibles. Créditos a fondo perdido con destino a dictadores centroafricanos. Pagos para la liberación de rehenes que no solo no dieron el resultado esperado, sino que además sirvieron para financiar al ISIS. Estaban escarmentados.

—¿No tienes el dinero?

Dos millones y medio de euros no era una cantidad que se llevase habitualmente en la cartera, pero no era una cifra exagerada para alguien que se dedicaba a traficar con estupefacientes.

—Resulta que el negocio no va muy bien desde que la Gendarmería intervino. Bloquearon la efedrina del laboratorio de Tyna. ¿Cómo quieren que actúe si tengo las manos atadas?

Mathieu vio la jugada.

—¿Pretendes que te permitan volver a traficar para reunir el dinero con el que pagar las armas?

Dmitry se encogió de hombros como si no fuera idea suya.

—Eso o que alguien ponga encima de la mesa el efectivo. Y tiene que ser pronto. Antes de que otro se nos adelante.

Mathieu se mostró cauto.

—Tendré que consultarlo.

—Explícaselo a tus jefes. Todos salimos ganando.

Záitsev ganaba. Los que habían robado las armas, contando con la complicidad de los gerentes de la fábrica, también ganaban; los encargados de los controles de seguridad, que se revelaban inservibles, ganaban igualmente. Pero fuera de eso no estaba claro que nadie más ganase. Armas capaces de provocar centenares de muertes seguirían comercializándose al margen de cualquier control. Mathieu se sintió utilizado.

—No lo creo. Pienso que sería mejor dar parte a las autoridades locales e intervenir esas armas, no comprarlas. No son las armas lo que necesitamos. Dijiste que podías contactar con grupos yihadistas activos en Francia y ahora resulta que lo único que te preocupa es seguir con tu negocio.

Dmitry no se lo tomó bien.

—¿Quién mierda te ha pedido tu opinión? Mi negocio ahora es vuestro negocio. Si conoces alguna manera mejor de hacerlo, arreglaos vosotros solos. No sé cómo será aquí, pero en mi país, si quieres cazar a un gato, tienes que conseguir que vaya detrás del ratón. Deja que tenga las armas y que les haga creer que pueden hacerse con ellas y tendrás a tus terroristas.

Estaba tenso y agresivo y Mathieu se resistía a darle la razón, aunque admitía el razonamiento. Lo admitía, pero eso no hacía que le gustase más.

—Hablaré con mis superiores. No te prometo nada.

Dmitry le dio un trago a su vodka y relajó un poco su agresividad.

—No soy tu novia, Girard. No tienes que prometerme nada. —Y añadió cuando vio su cara—: Comprendido. No te hacen gracia mis chistes.

Pasaba de la violencia a la burla sin transición. Pero podía advertir que su afabilidad era falsa, solo una máscara.

—Ahórrate tus chistes. Me marcho. Ya hablaremos.

—*Da svidániya* —dijo despidiéndole—. Pero créeme, soy muy divertido. Pregúntale a Nadina.

Fue el tono lo que hizo que se detuviera. Y su nombre. Nadina.

—Sois muy amigos, ¿verdad? Me dijo que le gustabas.

Mathieu respondió despacio. No dudó ni dejó traslucir sus emociones. Aún tenía que determinarlas, pero algo estaba claro: eran intensas.

—No. No lo creo. No lo llamaría así. No somos amigos.

—*Da*. Te entiendo. Nadina no es como otras. No sabes qué pensar con ella. No es… razonable. Te contaré algo. No lo sabe mucha gente. ¿Sabes cómo empecé con este negocio? ¿Cómo me convertí en traficante?

Quizá no resultase divertido, pero Dmitry sabía cómo captar la atención de su público.

—No. ¿Cómo fue?

—Sucedió en el invierno del 2008. Yo estaba aún en la *Spetsnaz*, destinado en Grozni, pero no quieres saber cómo era aquello. Cada hombre hacía la guerra por su cuenta. Muchos ganaron fortunas, extorsionaban o mataban solo por diversión. Porque podían. Seguro que has oído hablar de ello.

Violaciones, saqueo, torturas, masacres indiscriminadas contra hombres, mujeres, niños o ancianos. Exterminio sistemático de todos aquellos en edad de empuñar un fusil. Limpieza étnica. Las organizaciones humanitarias habían denunciado los crímenes de guerra de las tropas rusas. Todo en nombre de una supuesta acción antiterrorista que causó decenas de miles de muertos y desaparecidos entre los independentistas y los civiles chechenos y a un duro coste en bajas para los combatientes rusos. Por supuesto, los ataques de los terroristas continuaron.

—Nadina perdió a su familia. Yo los conocía, pero no pude hacer nada. Arrasaron el lugar donde vivía. Se quedó en la calle. Todo eran escombros, ¿comprendes? De muchas zonas apenas quedaban edificios en pie. Solo había ruinas. Grandes montañas de ruinas. Y ella es medio rusa medio chechena, su madre era de Kursk y su padre había nacido en Grozni. Una cristiana ortodoxa y un islamista. Ninguno de los bandos la consideraba «de los suyos». —Dmitry volvió a servirse un poco más de vodka. Mathieu comenzaba a arrepentirse de haberse quedado a escuchar, por mucho que deseara saber. No le gustaba conocerlo por boca de él. Habría preferido que fuese ella quien se lo contase. Si hubiese deseado hacerlo—. Solo tenía dieciséis años. ¿Te imaginas? Yo quería convencerla, buscarle un lugar seguro, pero no dejaba que la ayudase. Me la encontré una noche. En una de esas calles. En el suelo. Con la cabeza entre las piernas. Había tomado alguna mierda. No coca ni meta. Te aseguro que lo que se consume en París es una jodida maravilla comparado con lo que venden en Rusia. No sabía quién era yo. No podía hablar. No se sostenía en pie.

El rostro y la mirada de Dmitry tenían la frialdad del hielo y Mathieu no quería pensar en la Nadina que conocía, llena de vida, bailando con los brazos en alto en un club de París, o contemplando el Sena una noche de julio o besándole en la oscuridad, y aceptar que era la misma que Dmitry describía.

—Sabía que tratar de razonar con ella sería inútil, así que ¿sabes qué hice? Busqué a todos los putos camellos de Grozni y les dije que les abriría el vientre con mis propias manos si volvían a venderle droga a Nadina. Algunos no me creyeron, así que tuve que demostrárselo. Con otros llegué a un acuerdo.

Dmitry apuró el vodka y se echó hacia atrás volcando el respaldo de su butaca y abriendo los brazos en uno de esos gestos teatrales que tanto le gustaban.

—Y así fue como me convertí en traficante. Yo también veo esas series americanas. ¿Te ha gustado mi historia? Es cien por cien verídica. Pregúntale a ella.

Sería falso no reconocer que le había afectado aquel relato. Le habría gustado pensar que Dmitry mentía, o al menos manipulaba la realidad, pero era consciente de que podía ser perfectamente cierto.

—Debía importarte mucho.

—Me importa —recalcó cambiando el tiempo verbal del pasado al presente.

Tuvo que decirlo.

—¿Entonces por qué te acuestas con Anelka y prefieres tirarte a una camarera a cuidar de ella?

A Dmitry se le fue el color del rostro.

—Tú no sabes una mierda de mí ni de ella.

Tenía razón y lo mejor para Mathieu habría sido que continuara siendo así.

—Sé lo que me has contado y también lo que he visto. La

próxima vez guárdatelo. Consultaré lo de la efedrina de tu laboratorio y te daré una respuesta.

—La esperaré —dijo Dmitry sombrío—, pero ten mucho cuidado con lo que haces y con lo que ves.

Mathieu se marchó sin contestar. Siempre lo tenía. Cuidado. O lo había tenido hasta entonces. Hasta que conoció a Nadina.

Abrió de par en par las puertas de la terraza. El aire de la noche le pareció dulce y fragante. En realidad, apenas podía oler nada más allá de su propio perfume. Estaba envuelta en él. Había pasado toda la tarde ayudando con las muestras, decidiendo dónde colocarían los expositores, saludando y abrazando a gente que a su vez acababa de rociarse con el mismo aroma. Además, estaba un poco mareada. Demasiado champán. Seguramente por eso sentía tantas ganas de reír, por eso y por el cosquilleo que le bailaba en el estómago, le acariciaba las mejillas, las yemas de los dedos y sobre todo los labios.

Cerró los ojos y volvió a revivirlo, igual que hacía solo unos minutos, cuando él la había impedido marcharse, después de que estuviese a punto de hacer que se arrepintiese, que dudase, que pensase si de veras podía estar tan equivocada.

Había estado mal. Lo sabía. Pero aquella noche él le había dicho que estaba bonita. Y la buscaba con la mirada. Una y otra vez. Igual que las noches anteriores. Como ella lo buscaba a él. Pero no había sido premeditado. Había acompañado a Dmitry a despedir a Natasha y oyó cómo le decía a uno de los de seguridad que le pidiese que se reuniese con él. Sus pasos la llevaron en aquella dirección. Lo de apagar las luces también fue sin pensar. Le oyó sacar el arma, pero no tuvo miedo. No imaginaba a Mathieu haciéndole daño.

Y no había mentido. Había deseado besarlo desde aquella primera noche y todas las otras. Cuando se encontraron en el puente y cuando lo veía en alguna de las esquinas de Lumière. Con aquel gesto de «no quiero reprocharte nada, pero espero que sepas que no me parece nada bien lo que haces».

Se rio sola. Le resultaba gracioso. Estaba convencida de que buena parte de su actitud era solo fachada. Una defensa. Todos necesitamos una. No podía ser que siempre fuese tan correcto, tan inalterable, tan rígido... Entonces recordó cuando la retuvo y pudo percibir su deseo, su tensión, aquel modo de sujetarla mientras la besaba... Volvió a estremecerse. No. No lo era. Mathieu no era así.

¿Qué pensaría él de ella? Debía creer que era caprichosa, frívola, superficial. Lo más probable era que solo le hubiese seguido la corriente porque también a él le gustaba el peligro. Podía negarlo cuanto quisiera. Quizá ella no supiera muchas cosas. No había leído muchos libros, durante años enteros ni siquiera fue al colegio, por no tener no tenían ni televisión. El día que había electricidad era todo un acontecimiento. Eso en los mejores tiempos, durante los años de tregua, antes de que el ejército comenzase a destruir sistemáticamente la ciudad y tuvieran que salir huyendo, para luego acabar regresando porque no existía ningún otro lugar que quisiera acogerlos y tener un techo bajo el que guarecerse ya era un privilegio.

Por eso, con frecuencia, aun después de llevar siete años en París, se quedaba todavía horas enteras viendo viejas películas, documentales, revistas de moda, incluso catálogos publicitarios. Todo era nuevo para ella. No, no sabía mucho de ciertas cosas, pero conocía a las personas. Acerca de eso no le faltaba experiencia. Había visto lo mejor y lo peor del género humano y comprobado que lo último era lo que más abundaba con diferencia. Especialmente en situaciones críticas. Era fácil ser bondadoso cuando tu mayor preocupación era no perder el turno en la panadería o discutir con los amigos sobre cómo repartir la cuenta de la cena mientras tomabas el café.

En Grozni había visto a personas aparentemente inofensivas convertirse en bestias. Hombres buenos y trabajadores desquiciados por el odio y la desesperación. Alimañas apenas domesticadas que a la mínima ocasión dejaban caer la máscara de la civilización y la urbanidad. Hombres y mujeres inmunizados frente al dolor, incapaces ya de derramar ni una sola lágrima más o mostrar un gesto de piedad. Despojos humanos que se alimentaban del miedo y la violencia. Había adquirido cierta habilidad para reconocerlos y, en la medida de lo posible, huir de ellos. Por eso sabía que Mathieu no era de esa clase de hombres. Aunque le tentase la oscuridad, su integridad era genuina, auténtica. Estaba convencida.

¿Y ella? ¿Qué tipo de persona era? No estaba nada segura. No de las mejores, eso lo sabía. No quería hacer daño a nadie, pero ocurría. Había sucedido en el pasado y seguramente volvería a ocurrir.

Era complicado y sentía la cabeza demasiado confusa. No sabía por qué pensaba en eso ahora. No quería recordar Grozni, Grozni lo arruinaba todo. Prefería acostarse, cerrar los ojos y volver a recordar ese instante. Cuando apoyó la mano en su pecho, cuando rozó sus labios, cuando esperaba sin ver a que él la besara. Cuando por fin la besó.

Se quitó el vestido y se metió en la cama con la ventana abierta y la brisa acariciándole la piel desnuda y todavía erizada por el recuerdo. Pensó en Mathieu y en que estaba a su lado, tendido junto a ella, pero no se tocaban. Solo se miraban el uno al otro y esperaban. Y era deliciosa y al mismo tiempo insufrible esa espera.

En su imaginación, se encontraban a punto de dar ya el siguiente paso cuando oyó las llaves en la puerta. El ensueño de Nadina se desvaneció, igual que esos efectos en los que las imágenes se convierten en polvo al tocarlas, se disipan. Su mente se aclaró del todo, pero no cambió de posición ni trató de cubrirse con la sábana. No hizo ni el menor movimiento.

Dima apenas hizo ruido, aunque ella sintió cada paso, cada

crujido. Percibió el olor leve y seco del vodka. Nunca le había importado que lo bebiese. Ella no lo bebía, pero le gustaba probarlo de su boca. Pero hoy no. No, por favor.

Notó cómo se sentaba al borde de la cama justo junto a su espalda y permanecía así, en silencio, durante unos segundos que corrieron terriblemente lentos; despierta y en tensión mientras fingía que dormía.

—Nadina… —imploró él, dejando una caricia lenta a lo largo de su espalda.

Se sintió mal. Falsa. Mucho peor que cuando había besado a Mathieu sabiendo que él podía aparecer en cualquier momento. No quería herirle. No era culpa suya. No era por sus defectos. Nadina conocía bien todo aquello de lo que era capaz Dima, tanto de lo bueno como de lo malo. Hubo un tiempo en que habría muerto si no hubiese sido por él. Si no la hubiese obligado a vivir, haría ya mucho que todo habría acabado, y ella le había odiado y amado por eso. Siempre lo haría. Pero tampoco podía engañarse respecto a lo que sentía, y lo que en aquel momento deseaba con todas sus fuerzas era que se marchase, que la dejase sola, que no la tocase.

Debió captar el mensaje. Era muy perceptivo. Se levantó y al poco Nadina oyó cómo golpeaba la puerta al salir.

Ella cerró los ojos con fuerza. Se le habían quitado las ganas de fantasear y mucho más las de reír. Ya solo quería dormir. Dormir mucho y profundamente. Pensó que no lo conseguiría, pero al poco su respiración se hizo regular y su conciencia se fue apagando; aunque aún no estaba verdaderamente dormida. Se encontraba más bien en una tierra de nadie entre el letargo y la realidad. Soñaba, pero a la vez era consciente de lo que sucedía.

En sus sueños caía, solo caía, cada vez más rápido y más lejos. Se precipitaba sin freno a través de un vacío interminable.

Y nunca, nunca llegaba al final.

Amalvy se había movido con rapidez. Mathieu se puso en contacto con él a primera hora de la mañana. Eran las doce y él, Hardy y el propio teniente coronel ya estaban reunidos en el despacho del juez Levy.

—Es muy improcedente —dictaminó el juez tras escuchar la exposición de Hardy. Acababa de declararse a favor de suspender la intervención de la efedrina comprada en Bulgaria para fines supuestamente legales y devolvérsela a Záitsev—. ¿Qué espera que exponga en la recusación? ¿Que estábamos equivocados y el señor Dmitry Záitsev solo pretendía hacer jarabe para la tos?

Hardy se mantuvo impertérrito.

—Sería suficiente con que indicase que tras estudiar la causa no ha encontrado suficientes pruebas para justificar la incautación.

—Lo que está pidiendo es que eche por tierra mi trabajo y la instrucción del sumario. Me está recomendando que diga que actué con negligencia.

—Es un caso de seguridad nacional. No se lo pediría si no fuese necesario. Todos dejamos algo de nosotros en este camino, juez Levy.

El pragmatismo de Hardy no convenció al juez.

—¿Cuál es su opinión, caballeros? —dijo dirigiéndose a Amalvy y Mathieu—. ¿Creen que está justificado? ¿Vender drogas para comprar armas?

Mathieu miró a Amalvy. Este asintió y tomó la palabra.

—Comprar las armas sería un modo de tenerlas bajo control. Hemos estudiado los datos aportados por el agente Girard y estamos de acuerdo en que la información es veraz. Los números de serie corresponden con las armas desaparecidas. Usted mismo puede comprobarlo en el informe. Se trata de armamento militar extremadamente letal. Creemos que es prioritario evitar que sea comercializado en el mercado negro, con independencia de que finalmente sirva a los fines que nos proponemos. Si me lo permite y ya que ha solicitado mi opinión, si tuviera que elegir entre intervenir la efedrina o interceptar las armas, yo elegiría las armas.

—¿Y qué seguridad tenemos de que Záitsev se atendrá a su compromiso y no hará un mal uso de ese armamento?

Esa vez contestó Mathieu.

—Ninguna. Ninguna seguridad.

Hardy protestó.

—Eso no es cierto. Vamos a extremar las medidas de precaución. Contamos con más informantes, además del agente Girard —señaló sin ocultar la reprobación—. Ellos fueron quienes nos facilitaron los datos que permitieron desmantelar la red de abastecimiento de Záitsev. Le aseguro, juez Levy, que mantendremos una vigilancia exhaustiva sobre esas armas. Si Záitsev pretende jugar sucio, lo sabremos y lo impediremos.

—¿Y qué hay de las células terroristas? ¿Tienen algún avance respecto a ese asunto?

Las miradas volvieron a centrarse en Mathieu. Era un poco violento. Los tres hombres le doblaban en edad. Parecían considerarle responsable y sin embargo inexperto para desempeñar el papel que ellos mismos le habían encomendado.

—Aún no. No que yo tenga conocimiento. —Se vio obligado a añadir algo más—. Záitsev piensa que cuando tenga las armas conseguirá atraer la atención del objetivo.

—¿Como dejar un pastel en la ventana para que vengan las moscas? —preguntó el juez severo. Ninguno de los presentes se atrevió a sonreír.

—Algo así —asintió Mathieu.

—¿Y usted qué opina?

Mathieu escogió las palabras con cautela.

—Creo que Záitsev está convencido de que puede conseguirlo.

—Nuestros informes también lo atestiguan —se apresuró a corroborar Hardy—. Nos consta que hay varias facciones interesadas en hacerse con esa partida. En Siria, en Libia, en Egipto…

—¿Y pueden garantizar que no será utilizada en suelo francés?

—Sí, terminantemente. Siempre y cuando nos adelantemos y tomemos el control.

Mathieu no sabía qué opinaría el juez, pero a él le sonaba a discurso político. En ese aspecto todos eran similares: rápidos en prometer y especialistas en descargar responsabilidades cuando las cosas se torcían.

El juez se tomó unos segundos para reflexionar.

—Está bien. Retiraré la orden para bloquear la efedrina. Pero quiero dejar algo claro, puesto que además no corresponde a mi jurisdicción. En cuanto a lo relacionado con las armas ustedes asumen toda la responsabilidad. En lo que a mí respecta no quiero volver a oír hablar más de ellas.

—Por supuesto, juez Levy. Así será —dijo Hardy apresurándose a levantarse y estrechar la mano del juez, antes de que pudiera cambiar de opinión—. Gracias por concedernos su tiempo.

Mathieu se había contenido delante del juez, pero en cuanto salieron a la vía pública se enfrentó a Hardy y a Amalvy y se lo dijo:

—Quiero que me sustituyan. No soy la persona que necesitan.

No era algo nuevo. La idea llevaba rondándole desde el primer día, pero lo sucedido con Nadina y lo que acababa de ocurrir ante el juez habían hecho que se determinase.

Hardy no ocultó su contrariedad.

—¿A qué viene esto? No sea tan susceptible, Girard. Comprendo sus reticencias, pero no es momento de dar marcha atrás. Usted sabe cómo funciona esto. Soy consciente de que estamos jugando fuerte, ¿pero cree que solucionaremos algo si nos quedamos de brazos cruzados? ¿Si nos limitamos a esperar a que nos caiga el golpe?

Mathieu apretó la mandíbula. Amalvy ni afirmaba ni negaba. Se limitaba a observar con gesto serio mientras hablaban parados en medio de la acera y los transeúntes los rodeaban para no chocar con ellos.

—No pretendo decirle cómo hacer su trabajo, pero sé cuál es el mío y no confío en que pueda controlar a Záitsev. No estoy seguro de que no vaya a jugárnosla en cualquier momento. No creo que sea de fiar.

Todo aquello era solo la verdad, que además quisiese mantenerse al margen a causa de Nadina era algo que se resistía a mencionar. ¿Qué podría decirles? «Lo siento, señores, pero es mejor que renuncie porque…». ¿Por qué? Ni él mismo tenía claro qué era lo que pretendía con Nadina. Solo sabía que, si se quedaba, iría a peor. Quizá podría evitar volver a besarla. Quizá. Pero tendría que seguir viéndola cada día. Viéndola con él, que la había rescatado del horror y la guerra, que se permitía dejarla libre porque siempre volvía a su lado. La misma Nadina le había advertido.

No, no se veía explicando aquello a Hardy y a Amalvy.

—No sea tan exigente consigo mismo, Girard. Ya le dije que no es el primero con el que probamos. Ninguno duró más de un par de días. Usted ha realizado un trabajo excepcional en estas semanas. Se ha integrado en el círculo de Záitsev. Se ha ganado su confianza. No lo niegue —se adelantó Hardy—. Le recuerdo lo que le he dicho al juez. Tenemos más informadores y están más cerca de lo que piensa. No está usted solo en esto.

No le convenció. No le gustaba ese modo de trabajar. Medias verdades y medias mentiras.

—¿Quiénes son sus informadores?

—No estoy autorizado a revelarlo.

Mathieu miró a Amalvy y Amalvy a Hardy.

—Creo que Girard tiene derecho a saberlo.

—No se trata de derechos ni por supuesto de falta de confianza. Pero esa persona se encuentra en una situación muy delicada. Cualquier gesto casual, cualquier desliz involuntario podría arruinarlo todo.

La mirada de Amalvy decía: «lo he intentado». Mathieu sospechó que Hardy mentía, que utilizaba aquel argumento solo para dar más peso a sus razones.

—Además, Girard, siendo honesto —añadió Hardy—. ¿Cree que Záitsev aceptaría a estas alturas que algún otro le sustituyese?

A regañadientes tuvo que admitirlo.

—No, posiblemente no.

—Ahí tiene su respuesta.

—Lo cierto es que es mal momento para abandonar —terció Amalvy—. Podemos pensar en alguien, pero mientras lo encontramos tendrá que seguir desempeñando la misión. ¿Supondrá un problema?

Los dos aguardaban su reacción. Mathieu tuvo la certeza de que de aquella respuesta dependería su futuro y que si aceptaba no habría ningún sustituto. Comprendió también que no estaba seguro de desear que ocurriese, que si no se bajaba del barco ahora ya no lo haría, y que intentarlo había sido solo una muy débil coartada.

—No, no habrá problemas. Seguiré adelante.

Hardy respiró.

—Bien dicho. Vivimos tiempos difíciles, pero no debemos olvidar a quién pertenece nuestra lealtad.

Aunque no tenía nada claro que hubiese hecho lo correcto,

el solo hecho de tomar una decisión le hizo sentir algo más aliviado. Y eso que las palabras de Hardy le habían vuelto a sonar a discurso aprendido, como los que se pronuncian en las graduaciones y en las entregas de medallas. No tenía la menor idea de a qué o quién era leal Hardy. En cuanto a él, siempre había tratado de serlo a sus convicciones.

Esperaba no fallar ahora.

No tenía muchas reglas. La familia, sus conocidos, solían pensar lo contrario. «Mathieu nunca toma alcohol, jamás se salta los entrenamientos, se lo toma todo en serio, cuando dice que va a hacer una cosa no hay quien se la saque de la cabeza». Frases similares se las había oído pronunciar a su madre y, pese al aparente orgullo, Mathieu sabía que por debajo existía cierto tono de censura: por qué tenía que ser tan obcecado, por qué era igual que su padre, al que nada, ni siquiera el asalto al avión, había conseguido convencer para que abandonase Argelia y buscase un trabajo en Francia. La paciencia de su madre acabó agotándose y sus padres se divorciaron cuando tenía diez años. Pero no había podido divorciarse de Mathieu.

No, no tenía demasiadas reglas. Hacía lo que quería, lo que de verdad le gustaba, lo que creía correcto. No se dejaba influir por la opinión de los demás. No pretendía ser mejor que nadie y su principal norma de conducta era actuar con los otros tal como habría deseado que actuaran con él.

Una de las consecuencias de aquellas normas era la imposibilidad de dejarse fascinar por Nadina si iba a continuar con aquel trabajo. Por muchas razones. Porque tenía un objetivo en el que concentrarse, porque hacerlo solo podía traer complicaciones y porque estaba mal. Esto último era lo que más le costaba aceptar. Una parte de él se resistía a admitirlo. La parte que decía que era Nadina y Záitsev lo incorrecto. Y tenerla frente a sí con aquel brillo asomando en los ojos y la sonrisa despuntando en los labios no ayudaba.

—Tenía muchas ganas de volver a verte.

Y lo peor era que parecía sincera y tal vez lo era. Posiblemente para Nadina estaba bien así. Podían seguir besándose a escondidas o ir más allá de los besos —¿cuánto iba a resistir si ella seguía provocándole?—, ocultárselo a Dmitry o tal vez ni siquiera tuviera necesidad de mentir. Puede que intercambiasen confidencias cuando terminaba el día. Mathieu acababa de estar con él hacía menos de un cuarto de hora. Le había contado que el juez había autorizado el levantamiento de la orden. Dmitry solo había asentido como quien da por hecho que no ocurriría de otra manera. Le había parecido que estaba distraído y, cuando ya se marchaba, otra chica semidesnuda, que no era Nadina ni Anelka ni ninguna que él conociese, había asomado reclamándolo. Le despidió con una sonrisa y una frase en ruso que venía a decir algo así como «el deber me llama».

Así que tuvo que recurrir a todos sus principios para ofrecer disculpas cuando nunca en su vida había sentido menos deseos de hacerlo.

—Lo siento, Nadina, pero lo que ocurrió el otro día no debió suceder. No puede volver a suceder.

El brillo y la sonrisa desaparecieron de su rostro.

—¿No puede volver a suceder? —repitió como si no estuviera segura de haber interpretado correctamente aquellas palabras.

—No. No puede.

Ella esperó. Él no quería mirarla a los ojos.

—¿Es por mí? ¿No te gusto?

Le pareció jugar sucio que recurriera a eso. Debía saber lo mucho que le costaba apartar la vista de ella.

—No es eso. Sabes que no lo es. No me obligues a decirlo.

Así que lo dijo ella.

—¿Entonces es por Dima? Te lo dije el primer día. No soy

suya. Y él también hace lo que quiere. Tú lo has visto —dijo con rapidez.

Un camarero pasó con una bandeja llena de vasos. Mathieu sacudió la cabeza. Era absurdo mantener aquella conversación en un local lleno de gente. Hablando a voces porque si no apenas llegaban a oírse. Era absurdo en cualquier circunstancia. Así que dijo lo primero que se le ocurrió para quitársela de encima.

—¿Por eso lo haces? ¿Quieres usarme para darle celos? Mira, olvídalo. Busca a cualquier otro.

Nadina se quedó parada, muda e inexpresiva.

—Comprendo —dijo cuando Mathieu estaba a punto de rendirse y pedirle que olvidara lo que acababa de decir—. Está bien. Lo haré. Buscaré a otro.

Le dio la espalda y se marchó. Y no había que ser muy listo para darse cuenta de que la había herido y estaba enfadada, pero no se le ocurría ningún modo mejor de hacerlo.

En cambio, Nadina no debía tener tantas dudas porque no muchos minutos después la vio bailar rodeada por varios hombres. Ella estaba en el centro y ellos competían por llamar su atención.

No iba a quedarse a mirar, porque preveía cómo iba a acabar la noche y no quería, no iba a consentir que Nadina siguiera haciendo eso con él. Así que cuando notó el movimiento de gente, fue un alivio tener algo en lo que ocuparse.

Era cerca de las puertas de entrada. Formaba parte de su trabajo, la justificación para que estuviese en Lumière. Todos allí —excepto Nadina que había sabido la verdad desde el primer día— pensaban que era solo un nuevo vigilante de seguridad. En las semanas que llevaba desempeñando aquel rol apenas habían surgido incidentes. Los clientes no eran conflictivos, solo alguien que se propasaba con el alcohol o había tomado una mala mezcla.

Cuando consiguió abrirse paso, se encontró con que Moulian, uno de los porteros, discutía con un hombre de notable envergadura física y pésima actitud. Moulian le repetía que el acceso no estaba permitido, pero el hombre se negaba a atender a razones. Cada vez se ponía más violento y la gente hacía corro en mayor número.

—¡Tengo amigos dentro! ¡No puedes impedirme entrar! ¿Quién mierda os creéis que sois? ¡Tengo tanto derecho como los demás!

Moulian parecía desbordado. El tipo le sobrepasaba en altura y en fuerza. Mathieu aún no conocía a fondo a sus compañeros. Varios eran rusos, como Boris, y tras su aspecto bonachón, Mathieu sospechaba que Boris podría cortarte la yugular sin perder la sonrisa. Moulian era francés y no debía tener demasiada experiencia. Mathieu notaba su nerviosismo. Sospechó que estaba a punto de sacar un arma. Mantenía la mano derecha pegada a su cadera, en lugar de alzarla para tratar de advertir y contener una posible agresión. Ni siquiera había solicitado ayuda por el auricular, que era lo primero que debía hacerse en el caso de encontrar una situación que te sobrepasaba. Mathieu avisó en su lugar, antes de dirigirse a aquel tipo y hacerle notar su presencia.

—Le han pedido que se marche.

Contrariamente a lo que esperaba, Moulian no reaccionó bien.

—¡Puedo ocuparme yo! —Y dando un fuerte empellón al hombre le increpó—: ¡Lárgate de una puta vez!

Aquello no solo no calmó al hombre, sino que lo puso aún más violento. Pareció fuera de sí, los ojos desorbitados y una furia irracional en el rostro.

—¿Me estás empujando? ¡Me cago en…!

Se volvió contra Moulian y le atacó a golpes ciegos e histéricos. El portero sacó una pistola táser, pero antes de que pudiera aplicar una descarga, salió despedida por los aires.

Mathieu se abalanzó sobre aquel hombre tratando de sujetarle, pero se zafó y siguió lanzando patadas y manotazos. Era consciente de lo difícil que resultaba contener a alguien tan grande, más cuando lo poseían aquellos ataques de furia. Había visto detenidos a los que cuatro agentes eran incapaces de sujetar y a los que ni siquiera la visión de una pistola calmaba. El hombre se mostraba cada vez más violento e incontrolado. Moulian recibía los golpes de lleno y apenas los devolvía. Cayó al suelo, el hombre también estuvo a punto de perder el equilibrio. Mathieu aprovechó la oportunidad. Volcó todo su peso sobre él y acabó de derribarle, le clavó la rodilla en la zona lumbar y le inmovilizó el brazo derecho con las dos manos retorciéndoselo contra la nuca.

—Cálmese —dijo aumentando la presión con que le sujetaba.

El hombre se quejó y maldijo, pero Mathieu no aflojó. Llegó más personal de seguridad, empezaron a pedir a la gente que se apartase. Lo hicieron con lentitud. Las peleas, igual que los accidentes y otras calamidades, tienen algo malsano que provoca que todos quieran mirar.

Nadina también estaba.

Mathieu la ignoró. No se encontraba de humor. Moulian tampoco. En cuanto los compañeros se llevaron al hombre, se le encaró.

—Podía haberme ocupado solo. No te necesitaba.

Tampoco le causó extrañeza. Conocía gente así. Incluso en la misma policía, pero no en el GIGN. En el GIGN confiabas en tus compañeros y agradecías la ayuda que te prestaban.

—Lo recordaré para la próxima vez.

Moulian se limpió la sangre que le manaba del labio y se marchó de malos modos.

—Voy a lavarme. Ocúpate de la puerta.

Ya no regresó. Mathieu casi lo agradeció. Lo prefería a estar en el interior. El resto de la noche fue tranquilo. Dejó pasar a todos sin excepción. Incluso a un par de parejas de turistas con chanclas y bermudas que habían llegado hasta allí con la guía de viajes en la mano.

No miró la hora cuando otro compañero le relevó poco antes del cierre y fue a recoger la moto; pero era tarde, entre las tres y las cuatro de la madrugada. Enseguida se dio cuenta. Incluso en las sombras del aparcamiento mal alumbrado. Otra vez su Yamaha se había quedado sola y algo en ella no cuadraba. La posición, la altura… Se agachó a comprobarlo. Las ruedas no solo estaban pinchadas, alguien las había rajado.

Contuvo las ganas de pegar un puntapié a la moto que no tenía la culpa de nada. Pensó en Moulian. Le enervaba la gente así. Destructiva, rencorosa, incapaz de tomar la mano que le tendían.

Tendría que dejarla allí y esperar al día siguiente para repararla. Salió a la avenida y miró en ambas direcciones, tratando de no pensar en lo inútil que resultaba demasiadas veces intentar hacer las cosas bien. No había apenas tráfico, pero estaba en pleno centro. No merecía la pena llamar a un taxi. Con seguridad no tardaría en pasar uno.

Entonces, a poca distancia, un coche dio las luces. Arrancó el motor, avanzó y se detuvo justo a su lado. Era un Jaguar F-Type de dos plazas y color negro acerado.

—¿Quieres que te lleve a algún sitio? —preguntó Nadina.

No podía ser casualidad. No confiaba en las casualidades.

—¿Has sido tú?

Ella evitó dar una respuesta directa.

—No puedo quedarme aquí parada. Está prohibido detenerse. ¿Subes y hablamos dentro?

Subió, aunque estaba muy enfadado. Abrió la puerta del Jaguar, se sentó en aquel asiento que era demasiado confortable para mantener una actitud tensa y golpeó la puerta con mucha fuerza para cerrarla. Sin embargo, apenas se notó la diferencia. Se encajó con completa suavidad y absoluto silencio.

—Gracias —dijo Nadina incorporándose a la vía.

Los asientos eran de piel y en el panel frontal abundaban las luces y los indicadores. El asistente de conducción llamó su atención a través de una modulada voz femenina.

—*Por favor, abróchese el cinturón de seguridad.*

Nadina ya lo tenía puesto y él sintió el deseo de decirle que parase y bajarse del coche, pese a que acababa de subir. Odiaba que lo manipulase así. Pero el asistente volvió a repetir su petición y, con tal de no oírlo, Mathieu obedeció.

—Te vi con ese animal. Moulian es idiota, si no llega a ser por ti…

—No trates de distraerme —dijo interrumpiéndola—. ¿Por qué lo has hecho?

Ella se mordió el labio. Debía de estar considerando si trataba de mantener una improbable mentira o reconocía la verdad. No lo pensó mucho.

—Quería que hablásemos.

—¿Y para eso tenías que destrozar las ruedas? —dijo furioso, alzando mucho la voz.

Un semáforo se puso en ámbar. Nadina se detuvo y tardó en contestar.

—Estaba enfadada contigo.

Volvía a tener aquel aire compungido e infantil. El arrepentimiento de quien lamenta que le hayan cogido en falta, pero no su mala acción.

—¿Tú estabas enfadada? Pues yo estoy furioso. ¿Contenta?

—No, no estoy contenta.

Mathieu sacudió la cabeza desistiendo de comprenderla y miró a través de la ventanilla para evitar mirarla a ella.

—No lo entiendo. No sé qué pretendes, pero no puedo aceptarlo.

—No pretendo nada. No quería nada malo. Solo intentaba… —se detuvo escogiendo la palabra y acabó decidiéndose por una neutral— conocerte.

El semáforo cambió a verde y Nadina arrancó. Un acelerón brusco, incluso el motor del Jaguar protestó.

No sabía qué hacer con ella. Era muy evidente que Nadina era la clase de mujer que trae problemas, que causa complicaciones a ella misma y a los demás. La clase de persona de la que cualquier hombre prudente se alejaría.

Quizá una parte del inconveniente residía en que no lo era. Nunca lo había sido. Prudente.

—¿Conocernos y seguir escondiéndonos de Dmitry? ¿Salir huyendo antes de que aparezca y nos sorprenda, como la otra noche? ¿Luego fuiste a besarle a él?

Ella hizo un gesto nervioso. Se agarró con más fuerza al volante.

—No hice eso. —Negó con la cabeza.

—Mira, no me importa. No es asunto mío. No pretendo decirte lo que debes hacer. Es solo que no es lo que quiero para mí.

El Arco de Triunfo se alzaba frente a ellos. Nadina lo rodeó circunvalando la Place d'Etoile. Incluso a aquellas horas no escaseaban los coches que se incorporaban o la abandonaban por cualquiera de las doce salidas. Ella tomó la de los Campos Elíseos, justo en dirección contraria a la debida si la idea era acercarle a su casa. Entonces Mathieu cayó en la cuenta de que ni siquiera le había preguntado a dónde quería que le llevase.

Pero no trató de corregir el rumbo.

—Siento lo de tu moto. Lo pagaré. Haré que la arreglen. No quería que te enfadaras, solo tratar de explicarme. No es ningún juego. Me gustas de verdad.

Y parecía tan desolada, casi a punto de echarse a llorar. Tuvo que obligarse a ser duro.

—Puedo pagar el arreglo. Pero ¿y tú? ¿Cómo vas a pagarlo? ¿Con el dinero de Dmitry? ¿Por eso sigues con él? Porque te ha comprado este coche y te deja Lumière para que te diviertas.

Ella lo miró como si de repente se hubiera dado cuenta de que la persona que estaba sentada a su lado era un completo desconocido, alguien distinto a quien había pensado.

—No es por nada de eso. No entiendes nada.

Se detuvieron en otro semáforo. Mathieu pensó que aquella era una de las noches más absurdas de su vida, y había hecho muchas cosas absurdas tanto de noche como de día, o al menos lo que el resto de la gente entendía por absurdo, pero aquella se llevaba la palma. ¿Qué hacía discutiendo con Nadina dentro de un Jaguar en medio de los Campos Elíseos? Cada vez más lejos de su destino. Lo que tenía que hacer era pedirle que se echase a un lado de la calzada, bajar, llamar a un taxi y regresar a casa.

Y abandonar a Nadina en medio de París.

No fue capaz. En lugar de eso, cuando el coche se puso de nuevo en movimiento, le hizo la pregunta que no debía hacer.

—No, no puedo entenderlo. Explícamelo.

Ella calló. Él insistió.

—¿Es por lo que ocurrió en Grozni? ¿Porque él te salvó?

Apartó la vista de la avenida y lo miró con los ojos muy abiertos, casi espantados.

—¿Cómo sabes qué ocurrió en Grozni?

—Dmitry me lo contó.

—¿Qué te contó?

—Que os conocisteis cuando tenías dieciséis años, que empezó a traficar para que no consumieras —dijo en el tono más bajo que fue capaz de pronunciar, arrepentido ya de haber hablado. Nadina se veía crispada. Su espalda formaba un ángulo recto contra el respaldo del asiento.

—Sí, lo hizo.

La aguja de la velocidad se movió perceptiblemente. Fue el único cambio que se detectó desde el interior del coche. Los noventa kilómetros por hora apenas eran nada para el Jaguar y en la avenida solitaria de la madrugada de París no parecía una velocidad excesiva. Los semáforos estaban todos en verde y los Campos Elíseos se extendían despejados con la meta blanca de la *Grande Arche* contra el fondo de la noche.

—Lo hizo, pero no debió contártelo. ¿Te dijo por qué ocurrió?

—Dijo que perdiste a tu familia.

Nadina se aferró más al volante.

—Sí, los perdí. A todos. Todos murieron. Atacaron el edificio en el que vivíamos. Mi madre siempre se preocupaba. «No os vayáis. No salgáis solas», decía. Pero aquel día no le hice caso. Me fui y cuando regresé todo estaba destruido. Todos habían muerto. Mi padre, mi madre, Milena.

Entonces también Mathieu lo sintió. El vértigo. La sensación de caer.

—Nadina —la llamó.

—Milena y yo éramos gemelas. Iguales. Siempre nos confundían. Podía haber sido yo. Debí ser yo.

La velocidad se había ido incrementando con cada una de sus palabras. El coche pasó de noventa a ciento ochenta en cuestión de segundos. Alcanzaron al vehículo más próximo. Nadina lo sobrepasó con solo un leve toque del volante. El conductor pitó prolongadamente, pero el sonido quedó atrás con rapidez.

Usó una voz calmada. El tono sereno con el que se habla a los niños que se portan mal y con el que se pretende hacerlos entrar en razón.

—Nadina, levanta el pie del acelerador.

Doscientos, doscientos diez, doscientos veinte. En décimas de segundo.

—Mi hermana murió con dieciséis años. ¿Y crees que me importa este coche? ¿Que me importa el dinero?

Doscientos sesenta. Sirenas de policía comenzaron a sonar muy cerca. El pulso acelerado. La boca seca. La ciudad deshaciéndose a toda velocidad. La certeza de que no habría forma de impedir la caída. Un semáforo en rojo.

—Nadina, frena. ¡Frena ahora!

Era un coche gris metalizado. Apareció desde uno de los cruces laterales. Ella obedeció. Pisó el pedal hasta el fondo. El sistema de ayuda automática a la frenada del Jaguar se iluminó, pero Mathieu supo que no sería suficiente para evitar la colisión. Sus manos se unieron a las de ella en el volante. Giró ciento ochenta grados. El coche patinó haciendo un trompo. Las ruedas chirriaron contra el asfalto. El Jaguar se deslizó en diagonal por la calzada y esquivó al otro vehículo por centímetros. Continuaron atravesando carriles en dirección contraria hasta detenerse a pocos metros de la acera. Justo frente al escaparate iluminado de la tienda de una famosa marca de moda.

Todas las luces del Jaguar parpadeaban. Los maniquíes los contemplaban sofisticados e inexpresivos. Las sirenas se oían cada vez más próximas. El corazón de Mathieu latía casi a la misma velocidad que las sirenas.

Se soltó el cinturón de seguridad y se giró hacia ella.

—¿Estás bien?

Las manos de Nadina temblaban aferradas al volante. Todo su cuerpo se sacudía.

—No. No —repitió.

Tuvo que hacerlo. La soltó del cinturón y la atrajo hacia sí.

—Ven aquí. Ya pasó. Pasó.

Se dejó acoger, agitándose aún, como una cría de gorrión cuando la tomas entre las manos. No puedes apretar, solo dejarla estar y evitar que se haga daño.

Las sirenas sonaron junto al coche. Iluminaron el interior con crudos destellos azules. Nadina no dio signos de notarlo. Él le habló en voz baja, cerca del oído.

—Haz lo que te digan. Levanta los brazos cuando te lo pidan y sal muy despacio. ¿Lo harás? —No respondió, así que repitió la pregunta—. Dime, Nadina, ¿lo harás?

—Sí —dijo reaccionando.

Los policías bajaron del coche. Llevaban las pistolas en la mano. Otra patrulla llegó y aparcó junto a ellos.

—¡Las manos en alto!

Mathieu dejó de abrazarla para mostrar las manos como le pedían. Nadina tardó un poco más, pero lo hizo. Levantó las manos.

—¡Fuera del coche!

Los policías abrieron las puertas. Mathieu esperó a que saliese Nadina y luego lo hizo él. No intentó explicarse, dejó que le giraran y le golpearan contra el coche. Solo cuando empezaron a cachearle, trató de que le escuchasen. Un segundo antes de que encontrasen la pistola.

—Soy policía. Tengo licencia.

—¡Está armado! —gritó el agente.

Le apuntó a la nuca. El arma a muy poca distancia. Mathieu había simulado situaciones parecidas. Aún no había quitado el seguro. En menos de un segundo podría desarmarle y hacerse con la pistola. El policía estaba haciendo muchas cosas mal, pero también sabía que no era el momento de dar lecciones prácticas.

—Soy agente del GIGN. Puedo identificarme. Solicitad la confirmación.

Otro de los gendarmes intervino.

—¿Del GIGN? ¡Arvault, espera! —dijo para tranquilizar a su compañero que aún le apuntaba con el arma a la cabeza—. Dice que es del GIGN.

—¿Cómo te llamas? —preguntó sin dejar de apuntarle.

—Girard. Mathieu Girard.

Pidieron la confirmación por radio desde uno de los coches. El conductor del otro vehículo también se había detenido y se desahogaba a voces con un agente, que hacía lo que podía por mantenerle alejado y evitar que se produjera un nuevo accidente.

Otro policía sujetaba a Nadina contra el lado opuesto del coche. Tenía el rímel corrido, estaba muy pálida, pero parecía más ausente que asustada. Cualquier policía la habría calificado de reincidente.

La confirmación llegó por la radio. Mathieu completó la clave que le solicitaban. Desde el coche el agente le hizo una seña a su compañero.

—Todo en orden.

La desconfianza cesó de inmediato, dejaron de apuntarle y de empujarle contra el capó.

—Lo siento. Discúlpame. No podía saberlo —dijo devolviéndole su arma.

—No pasa nada. Yo habría hecho lo mismo.

—Pero ¿qué es esto? ¿Qué ocurre? Ibais a casi trescientos kilómetros por hora.

Mathieu miró a Nadina.

—No conducía yo.

—¿El coche es suyo? —preguntó el agente dirigiéndose a ella.

—Sí. Aunque… —titubeó y acabó reconociéndolo—. No. No está a mi nombre.

—¿Tiene permiso de conducir?

—No aquí.

—Venga conmigo. Vamos a hacerle unas pruebas.

Se la llevaron al coche patrulla. El policía que había solicitado la identificación se quedó junto a Mathieu.

—Tendremos que detenerla e inmovilizar el vehículo. Y habrá que rellenar el atestado. ¿Es esto personal o tiene relación con tu trabajo?

—Es… —Mathieu dudó. Ni siquiera estaba seguro de qué era aquello ni de cómo explicarlo. El policía comprendió y se le adelantó.

—No importa. Puedo omitir tu nombre del informe. No es relevante y no ha habido daños. La denuncia solo la nombrará a ella.

—Gracias.

—No es nada —dijo el policía—. Estamos con vosotros.

También ocurría. La solidaridad improvisada. Los gestos de comprensión cuando menos lo esperabas o ni siquiera lo merecías, como en aquel momento.

—¿Dónde la vais a llevar?

—Pasará la noche en la comisaría del 8º distrito y mañana declarará ante el juez. Él decidirá.

Los policías le hacían a Nadina la prueba del alcohol. Marcó justo una décima por debajo del límite legal.

Los ánimos se habían relajado. Una grúa llegaba para hacerse cargo del coche. El tráfico estaba restablecido y todo parecía en orden. Otro incidente más a sumar a los muchos de la noche.

Nadina tiritaba. Uno de los agentes le dio una manta térmica como las que se usan con los accidentados. Su aspecto de superviviente de una catástrofe se agudizó.

—Te van a llevar a comisaría.

—Lo sé.

Miraba a la derecha, a la izquierda. En todas las direcciones menos a él.

—Puedo acompañarte.

Negó con rapidez.

—Estaré bien.

—¿Seguro?

—Seguro.

Se resistía a dejar que se la llevasen, pero no podía hacer otra cosa. No podía pedirles que la permitiesen marchar, que archivasen el informe. Quizá si insistía en ello como un favor personal… Mathieu lo rechazó. No estaba bien. No debía.

—Entonces me marcho. Ya nos veremos.

No contestó, pero cuando se dio la vuelta le llamó.

—¡Mathieu! ¡Espera! No se lo cuentes a Dmitry. No le digas que estábamos juntos.

De todas las cosas que podía haberle dicho fue la que menos le gustó oír.

—No lo hagas, por favor. Yo tampoco diré nada. Te doy mi palabra. No lo contaré. A nadie.

Y ahora sí parecía asustada.

—Por favor, prométemelo —suplicó.

Así que tuvo que hacerlo.

—Descuida. No diré nada.

Apenas articuló un mínimo intento de sonrisa. Uno de los policías le ordenó que subiera al coche patrulla. Le sujetó la cabeza para que no se golpease con la puerta al entrar y cerró de un golpe. Luego arrancaron y se la llevaron.

Amanecía cuando llegaba a su apartamento. Trató de dormir, pero apenas pudo conciliar el sueño. Pensaba en ella envuelta en la manta térmica, en su gesto de temor. Cuando cerraba los ojos volvía a experimentar aquella sensación. La de precipitarse sin control, a toda velocidad.

Se duchó con agua fría con la esperanza de espabilarse. Abrió el portátil y volvió a revisar toda la documentación que le habían facilitado sobre Záitsev. Apenas había información anterior a abandonar Rusia y no contaba nada sobre Nadina. Dudó solo un poco. Introdujo en la base de datos el nombre que le había oído dar a los policías. Tuvo que probar varias veces con distintas combinaciones. Dejó solo el apellido y apareció. Nadezhna Nagareva. No estaba fichada, pero sí constaba en los archivos de tráfico. Sanciones por exceso de velocidad. Un accidente con salida de la vía. Retirada de carné.

Tuvo que volver a repetírselo. No era su problema.

Cerró el portátil. ¿Cómo mantenerse alejado si todo le empujaba a ella?

Apenas durmió, a las diez ya estaba en Lumière. Era muy temprano para encontrar actividad un día normal, pero esa mañana los ánimos estaban revolucionados.

Lestrange hablaba por teléfono, Dmitry gritaba en ruso, Boris aguantaba el chaparrón y otro de los empleados de seguridad esperaba órdenes con gesto estoico.

—¡¿Por qué no me avisaste de que no estaba el coche?! —decía Dmitry.

—Estaba la última vez que lo comprobé —replicaba Boris—. Y ya sabes que lo hace. Cuando le parece. Me dijiste que no se lo impidiera.

—¡Te dije que me avisaras!

—Lo hice. Esta mañana.

—¡Esta mañana ya era tarde! ¡¿Y tú qué haces aquí?! —dijo reparando en Mathieu.

—Trabajo aquí.

Dmitry lo examinó con desconfianza. Mathieu mantuvo el tipo. Era algo que podía hacer. No tenía problemas para mostrar calma o conservar el aplomo.

—La tengo —interrumpió Lestrange—. Vincent está con ella.

Dmitry le arrebató el teléfono.

—¡Nadina! ¿Estás bien?

Parecía frenético. Desquiciado. Deseoso de encontrar a alguien en quien volcar el mal humor y la frustración, pero también era visible la preocupación.

—No. Ahora no —respondió con firmeza a la voz del teléfono, presumiblemente la de ella, recuperando el control de la situación—. Hablaremos cuando estés aquí. Pásame al abogado.

Todos aguardaron. Boris estaba solo un poco más tranquilo y Lestrange se mostraba satisfecho de haber conseguido algo práctico.

Dmitry comenzó a hablar de dinero por la línea. El juez había impuesto una fianza. Aceptó hacerse cargo de todo. Le dijo al abogado que pagase y se pusieron de acuerdo en que él mismo la traería de vuelta a Lumière.

—Boris, ocúpate del coche y, cuando lo tengas, dame a mí las llaves, ¿comprendido?

—Comprendido.

—¡Y los demás, poneos a trabajar! —gritó volviendo al malhumor.

Lestrange, Boris y el otro vigilante salieron. Mathieu se quedó.

—¿Qué coño haces todavía aquí?

Mathieu apretó la mandíbula. Conocía ya a Dmitry. Exhibía aquella actitud de perro rabioso cuando le interesaba. Y si había algo claro, era que sus intereses y los de Dmitry pocas veces coincidían.

—Dijiste que iríamos a Aubervilliers.

Era el gancho con el que llevaba días aplacándole. Cada vez que Mathieu le preguntaba por los avances, él respondía que tenía algo entre manos en Aubervilliers.

—Dije que iríamos, pero no que fuese a ser hoy.

—¿Cuándo será?

—Será cuando yo diga y digo que hoy no.

—¿Por qué no? ¿Qué otra cosa más importante tienes que hacer?

Era otro pulso y no estaba dispuesto a ceder. Necesitaba hacer algo útil. No pensaba pasar los días trabajando como portero para Dmitry ni quería quedarse en Lumière. Comenzaba a pesarle aquel ambiente enrarecido y oscuro. Era lo mejor. Tomar distancias.

Y si además se llevaba con él a Dmitry sería todavía mejor.

—¿Es que no estabas oyendo? —alzó la voz señalando el móvil—. ¡La han detenido! A Nadina. ¡Por exceso de velocidad!

El sonido del motor revolucionado. La aceleración. «¿Crees que me importa este coche? ¿Crees que me importa el dinero?».

Si lo que quería era convencerle de que no le importaba, lo había conseguido.

—Cuando le di las llaves le hice prometer que no lo volvería a hacer. Quería que viese que confiaba en ella, ¿comprendes?

Y si había algo que Mathieu no necesitaba oír era a Dmitry diciendo cuánto le preocupaba Nadina.

———————

—No lo hagas —dijo con dureza—. No me importa. No estoy aquí para ser tu amigo. Concierta esa cita en Aubervilliers o le diré al juez que no tienes nada y anulará el acuerdo.

Su actitud confidencial se tornó agresiva. Si alguna vez había dudado, en aquel momento Mathieu tuvo la completa seguridad de que no le caía nada bien a Dmitry, y que el sentimiento era mutuo.

—No me amenaces. No juegues conmigo. Tú también estás metido en esto. Ha ido a peor desde que apareciste.

No respondió. Sabía que era una provocación. Pero sembró en él la duda. Puede que sí, puede que Dmitry tuviera razón y fuese perjudicial para Nadina, que ambos fuesen perjudiciales el uno para el otro, aunque no lo pretendiesen.

Su silencio no aplacó a Dmitry. Parecía a punto de saltar sobre él. Estaba demasiado cerca. Invadía su espacio. No tendría tiempo de rechazar el primer golpe. Si llegaba lo encajaría, pero no se limitaría a esperar el siguiente.

Dmitry amagó un acercamiento y luego se echó hacia atrás, como un boxeador que tantea a su contrincante. Mathieu no se movió una pulgada. Dmitry lo valoró. Debió presentir la advertencia bajo la aparente calma. Cambió su expresión hosca por un gesto de burla y soltó una de esas risas con las que lo convertía todo en una broma.

—Te veo tenso, Girard. Deberías relajarte. ¿Quieres ir a Aubervilliers? Iremos. Tendrás tu cita. Solo dame algo de tiempo para arreglarlo.

—¿Cuánto tiempo?

—Déjame pensar. Dentro de un par de días será catorce de julio. Esa fiesta en la que los franceses lanzáis cohetes para celebrar que gracias a la guillotina sois más libres, más fraternos y más iguales. ¿Crees que en Aubervilliers captan la ironía?

Aubervilliers era un barrio humilde, una *banlieue* considerada como de las más peligrosas del contorno suburbial de París. No habría muchas celebraciones allí.

—¿Cuándo? —repitió sin seguirle la corriente.

—Hablaré con mis contactos y te avisaré si consigo arreglarlo —dijo sin dar el brazo a torcer. Toleraba mal que le presionaran—. Y ahora lárgate. ¡Vete de mi casa! —dijo regresando al malhumor—. No quiero volver a verte hasta que te avise de lo contrario.

De nuevo su forma de torcer las cosas para salirse con la suya. No estaba allí bajo las órdenes de Záitsev, por mucho que a él le gustara pensar que sí. Pero debía reconocer que en realidad era un alivio escapar de Lumière.

—Tú mandas —dijo recurriendo a una de las frases que más le gustaba escuchar a Dmitry.

—¡Y llévate tu moto! —le gritó cuando ya estaba en la puerta—. Hablando de tu moto, ¿qué le ha pasado?

Sus ojos habían recuperado su matiz gélido. Mathieu pensó que Dmitry parecía mucho más peligroso calmado que cuando lo poseían los ataques de furia. Y siempre daba la impresión de saber más de lo que contaba.

—Alguien le rajó las ruedas.

—Tienes propensión a sufrir extraños accidentes. Deberías tener más cuidado —volvió a advertirle.

—Te preocupas demasiado por mí. Consigue esa cita.

Se fue directo al aparcamiento. Su Yamaha seguía allí. Tuvo que esperar a que llegase la grúa. Ya la tenían cargada, solo faltaba firmar el parte cuando la vio bajar del coche. Con el mismo vestido corto de la víspera, ahora arrugado. El rostro más soñoliento que ojeroso, como si solo la hubiesen despertado antes de tiempo.

El abogado la ayudó a bajar del coche y la llevó sujeta por el brazo. Daba la impresión de que hubiera salido de un hospital y no de los juzgados.

Ella también lo vio, pero dejó que su mirada pasase sobre él sin detenerse.

Luego apareció Dmitry. La abrazó con fuerza. Le susurró algo al oído.

El operario le tendió una pequeña *tablet* para que firmara en la pantalla.

—Esta misma tarde estará lista. Puedes pasar a por ella cuando quieras.

—Lo haré —aseguró Mathieu.

Sí, era mucho mejor que se alejase de Lumière.

Lo vio en el estacionamiento. Una grúa se llevaba la moto. Otra de sus ideas brillantes. Cierto, cualquiera podía haberlo hecho, pero ¿en serio pensaba que no sospecharía de ella en cuanto la viese aguardando en el coche?

Mathieu evitó mirarla y Nadina hizo lo mismo. Ya no importaba. Rajar las ruedas de una moto no era nada. No cuando había estado a punto de hacer que se estrellasen contra otro coche en plenos Campos Elíseos. No le extrañaba que huyese de ella. Debía pensar que era una perturbada, una loca, ¿y no tendría toda la razón?

—¡Nadina! *Moya malenkaya, moya liubov.*

Dmitry hizo acto de presencia como una fuerza de la naturaleza. «Mi pequeña, mi amor», le dijo. La abrazó incontenible. La sensación de vacío se agudizó. La sacudió amenazando con hacerle caer por aquel precipicio. Al final de todo siempre estaba Dima.

—¿Estás bien? ¿Te han tratado bien? —dijo con absoluta seriedad—. Demandaré a esos cabrones.

—Estoy bien. Han sido muy considerados.

La habían metido en una celda en compañía de dos prostitutas, una drogadicta con los primeros síntomas del síndrome de abstinencia y otra mujer avejentada y con aspecto de sin techo que sufría arranques intermitentes de furia mezclados con accesos de llanto. ¿Merecía acaso algo mejor?

—¿Qué pasó? Cuéntamelo todo.

Aún la sujetaba y tenía aquella exigencia. Dmitry lo quería todo de ella, pero Nadina necesitaba poner distancias. Se apartó un poco de él.

—No pasó nada. No hay mucho que contar. Salí a dar una vuelta. No tenía sueño. Las calles estaban vacías. Pensé que no ocurriría nada. Aceleré un poco. Luego un poco más. No fue para tanto.

La miró sabiendo que mentía. Debía saberlo. Pero no hizo más preguntas. Solo volvió a estrecharla contra sí con más fuerza. Demasiada fuerza.

—Cuando me enteré quise prender fuego a ese coche. Lo venderé. No quiero verlo más. Sabes que confío en ti. Quiero confiar —insistió—, pero no puedes hacerme esto. No sé qué haría si te ocurriese algo. Perdería la cabeza. Te quiero. Te quiero más que a nada.

Comenzó a besarla con ansiedad febril. Le sujetó el rostro con las manos y la besó en la cara, en el cuello.

Ella apenas balbució una excusa para intentar detener su arrebato.

—Tengo… Dmitry —trató de decir interrumpida por sus besos—, tengo que cambiarme. Llevo esta ropa desde ayer.

Dejó de besarla, pero no de abrazarla.

—Soy un idiota. Vamos dentro.

La acompañó escaleras arriba, sujetándola todo el tiempo como si estuviese impedida. La condujo a su apartamento. No al de ella, al de él. La llevó hasta el aseo. Abrió el grifo del agua caliente.

—Ven, date un baño. Te sentará bien.

Creyó que también la metería bajo la ducha, y estuvo segura de que durante unos segundos pensó en hacerlo, pero tras cruzar una mirada y ver el gesto huidizo de ella, cambió de opinión.

—Estaré fuera. Llámame si me necesitas.

Nadina cerró los ojos y respiró hondo en cuanto desapareció tras la puerta. En ocasiones se lo preguntaba. ¿Temía a Dima?

Él se lo había repetido una y otra vez. Desde la primera noche que pasaron juntos. «No tengas miedo. Jamás te haría daño». Y nunca se lo había hecho. No deliberadamente. Lo de las otras mujeres apenas le escocía. En cierto modo era un alivio, liberarse de aquella presión, del peso asfixiante del amor de Dima. Sabía que era injusta, que quizá era solo la mala conciencia. Puede que simplemente fuera egoísta y caprichosa, que no quisiera conformarse con lo que tenía, con lo que él le daba, que eran muchas cosas empezando por las materiales; pero ella continuaba deseando lo que no podía tener, como al policía. Como a Mathieu.

Y para conseguirlo, le acosaba, destrozaba las ruedas de su moto y lo involucraba en una huida policial a través del centro de París.

El agua le caía por los hombros. Todo lo hacía mal. Todo lo estropeaba. Se decía a sí misma y a los demás que era libre, pero no era verdad. Solo se engañaba. Cuando pisaba el acelerador, cuando salía sola de noche, se parecía mucho a la libertad. Pero el coche que había aparecido en el cruce, el frenazo que no habría evitado el golpe, la deriva… Todo habría acabado en un segundo.

Alzó la cabeza para que el agua le cayese en el rostro. Y sin embargo no quería morir. Le daba un miedo atroz la muerte. ¿Entonces por qué hacía aquello? ¿Por qué la desafiaba una y otra vez con la inconsciencia del borracho que grita a la tempestad: «no podrás conmigo»?

A la tempestad le bastaba con mover un dedo, un solo golpe de viento, para derribarte y no dejar de ti ni tan siquiera el recuerdo.

Cerró el grifo y se secó. Nadina había desafiado muchas veces a la tormenta y siempre había salido airosa, pero era consciente de que cualquier día acabaría su suerte. Podía haber sido la víspera y no solo la hubiese arrastrado a ella, también a Mathieu, que no tenía culpa de nada, o a ese otro hombre que se cruzó con ellos en el semáforo.

Estaba cansada. Apenas había dormido un par de horas, si se podía llamar dormir a estar recostada en un banco, oyendo los gritos exasperados de rabia y demencia de la anciana, respirando el olor agrio de la celda, contagiándose de la ansiedad de la adicta, del aburrimiento resignado de las prostitutas, de la apatía fatigada de los policías. Estaba agotada.

Salió del baño. Dudó sobre si envolverse en la toalla. ¿Para qué? Dmitry lo sabía todo de ella. La conocía de todas las formas posibles. La había visto desnuda cientos de veces. Y estaría esperándola. Su fe era indestructible. Ella sabía lo que ocurriría, las palabras que pronunciaría. Diría que todo iba bien. Volvería a repetirle que todo se arreglaría, que lo superarían juntos.

Abrió la puerta. Estaba allí. El azul de sus ojos se hizo más nítido cuando la vio desnuda. Su voz sonó ronca.

—Nadina…

Le acarició el pelo húmedo, acercó su cuerpo contra el de ella.

—Te quiero tanto…

Y eso, también eso. Sabía que lo diría una vez más.

Desconectó cuando empezó a repetir las viejas promesas. No tenía fuerzas para más. Terminarían pronto y luego podría dormir.

—Si te perdiese… —murmuró mientras entraba en ella.

Nadina aguardó el resto de la frase, el cuerpo tenso a causa de la intromisión prematura. Pero Dmitry no la pronunció.

A última hora de la tarde del miércoles recibió un mensaje en el móvil. Dmitry le citaba a las diez y media del día siguiente.

Con su peculiar sentido del humor había añadido una imagen de una de las barriadas más degradadas de Aubervilliers. Un edificio cuya construcción nunca llegó a terminarse y amenazaba ruina, rodeado por un descampado lleno de basura con un viejo Citroën desguazado y oxidado en primer plano. Debajo de la foto había escrito: *¿Preparado para entrar en zona de guerra?*

Aubervilliers estaba al norte de París. Como Nanterre, como Saint Denis, como otros muchos, eran barrios de aluvión. Habían crecido desordenadamente y padecían de forma crónica problemas de infraestructuras, de desempleo, de fracaso escolar, de delincuencia, de marginalidad, de integración.

En 2005 Aubervilliers, junto con otros distritos del norte y el este de París, se había hecho tristemente célebre. La muerte de dos menores en Clichy-sous-Bois cuando huían de la policía, desencadenó una ola de revueltas y algaradas callejeras que terminaron extendiéndose por toda Francia, incluso contagiaron a Bélgica y Alemania. Ziad Benna y Bouna Traoré eran musulmanes. Tenían quince y diecisiete años respectivamente. Sus familias procedían del norte de África. Eran de escasos recursos.

Se electrocutaron al escalar una estación eléctrica tratando de huir de los agentes que los perseguían. Que Nicolas Sarkozy, por entonces ministro de Interior, dijera públicamente que los manifestantes que protestaron por sus muertes eran escoria, tampoco ayudó a calmar los ánimos. Los disturbios se propagaron con la rapidez de una pandemia.

Miles de coches incendiados, cientos de arrestados, cócteles Molotov arrojados contra escuelas y oficinas de correos, batallas campales entre la policía y los manifestantes. Un escenario de caos. El presidente Chirac decretó el estado de emergencia y en muchos distritos y ciudades se impuso el toque de queda. En 2005. En París.

Desde entonces no se habían reproducido aquellos actos masivos de ira y violencia. Ahora los problemas eran distintos. Algunos de aquellos hombres, u otros, pero tanto o más frustrados, habían encontrado en la radicalidad iluminada y despiadada del Estado Islámico una identidad que Occidente no les proporcionaba. Algunos de los que no hallaban su lugar dentro de la sociedad del bienestar encontraban con facilidad a quien les acogía con los brazos abiertos.

Como Dominique Bouadla.

Los primeros días Mathieu no había querido saber más de él. Le bastaba con tener la certeza de que los explosivos eran auténticos. Luego el recuerdo había comenzado a aparecer inesperadamente. Una desazón que no remitía. Su expresión al descubrir su presencia. La seguridad de que no dudaría en acabar con su vida junto con las de los demás. Sin el menor asomo de vacilación.

Consultó las notas de prensa. No había mucho que saber. Delincuente, politoxicómano. Sus vecinos dijeron que desconocían que se hubiese radicalizado. Solo coincidían en que desde que abandonó las drogas se volvió más reservado y centrado.

Sus opiniones no contaban. Eran solo personales y no afectaban en nada a su trabajo, que por otra parte consistía en evitar la mayor cantidad de daño posible, pero en aquello Mathieu coincidía con su padre. No se trataba tanto del islam como de cierta predisposición, cierta desesperación, gracias a la cual a los integristas les resultaba fácil ganar adeptos.

Y ahora de lo que se trataba era de ir a Aubervilliers y encontrar a unos cuantos de esos adeptos dispuestos a hacerse con armas de asalto y lanzagranadas, puede que incluso con un lanzamisiles.

A Mathieu le preocupaba comprobar que no escasearían los interesados.

Faltaba poco para las diez. Había recuperado la moto. Cruzó con ella la ciudad para ir a Lumière. Era catorce de julio, la fecha que Dmitry había decidido escoger. París estaba lleno de visitantes. La entrada al Louvre o a la ópera de la Bastilla era gratuita ese día. El ambiente era festivo y relajado, sobre todo si no prestabas atención al considerable número de soldados y policías armados con metralletas que patrullaban las calles. Desde los atentados de noviembre el nivel de alerta se había extremado y, aunque estaba previsto rebajarlo en las próximas semanas, la de aquel día era una de esas fechas que ponían en tensión a todas las fuerzas de seguridad.

Mathieu, que no practicaba ninguna fe, rogó por un día tranquilo.

Dejó la moto en el hueco que tenía reservado, y avisó por el móvil a Dmitry. Él le reenvió otro mensaje: *Sube*, así que se dirigió al edificio contiguo a los bajos del club.

Era un bonito lugar para vivir. Una mansión del siglo XIX en el Quai d'Orsay. Sin ascensor, pero con escalera de mármol y pasamanos de brillante latón. Un elaborado friso pintado a mano hasta media altura y arriba techos estucados. Recordó las palabras de Dmitry: «Hace ocho años era un exsoldado sin empleo. No me subestimes».

Sería un grave error subestimarle, por más que todo aquello lo hubiera conseguido traficando con drogas. Y, si algo demostraba, era que no le importaban los medios con tal de conseguir un fin.

La puerta cedió tras sonar el «clic» de la cerradura automática. Al entrar se accedía directamente a la zona de estar. No tenía mucho que ver con el edificio ni con Dmitry, o con la idea que tenía de él. La decoración era informal. Lujosa pero no recargada. Colores claros, muchos sitios donde acomodarse, luz abundante. Un ambiente sorprendentemente relajante. Después de todo, así era Dmitry, pensó. Nunca sabías qué esperar de él.

Oyó cómo le llamaba desde la terraza abierta. Estaba sentado a la mesa y no se encontraba solo.

—¡Pasa! No te quedes ahí.

Estaban desayunando. En aquel balcón con vistas a París y frente a una mesa dispuesta para disfrutar de ella con calma, con toda clase de caprichos dulces y salados, fruta fresca, flores en un jarrón y zumo de naranja en los vasos.

Todo tan refinado, tan artificioso que le hizo sentir un inmediato rechazo. O puede que solo fuese un efecto lateral, porque en realidad aquello lo analizó de un modo secundario. Lo que capturó su atención fue Nadina. Vestida únicamente con una camisa suelta de andar por casa, y la clara impresión de que no llevaba nada más debajo. Las piernas desnudas, descalza, ¿incómoda? No más que él.

—Buenos días, Girard. Disculpa que te haya hecho subir, pero ayer se nos hizo tarde. Enseguida acabamos. ¿Has desayunado?

Dmitry exhibía una sonrisa complacida y malévola. Nadina se limitó a tomar su taza de café con las dos manos y escudarse tras ella.

—Me levanté a las siete a correr. He desayunado.

—Así me gusta, que conserves los buenos hábitos. Yo odio correr. ¿No has oído eso que dicen? Correr es de cobardes.

Conocía aquella broma, pero Dmitry tenía la habilidad de convertirla en un insulto.

—Esperaré abajo. ¿Estás bien? —dijo dirigiéndose a ella.

Se sobresaltó. Sujetó con más fuerza la taza de café. Dmitry replicó antes de que ella lo hiciera. Su buen humor desaparecido en un segundo.

—¿Por qué no iba a estar bien?

—Oí lo del accidente —dijo mirándola, obviando a Dmitry—. Solo quería asegurarme de que no había sido nada grave.

La tensión de Dmitry se relajó un poco. Nadina sonrió. Algo de compromiso. Formal.

—No fue nada. No tuvo importancia. Gracias por interesarte.

—¿Lo oyes? —repitió Dmitry—. No tuvo importancia. Los policías tienen la mala costumbre de meterse donde no les llaman.

—Deformación profesional es el nombre —dijo dándoles la espalda, dejándoles con su desayuno—. Avísame cuando hayas terminado y procura que sea pronto.

—¡Eres un puto *prysh v zadnitse*! —le gritó.

Era un sentimiento mutuo. También para Mathieu, Dmitry era un puto grano en el culo.

Esperó abajo al sol de julio, tratando de no pensar en Nadina vestida solo con aquella camisa medio transparente. Tratando de no pensar en Nadina con Dmitry. Tratando de no pensar.

No era fácil.

Por fin Dmitry apareció, conduciendo el Mercedes y con unas gafas de sol polarizadas.

—Adelante, vamos a Aubervilliers.

Las calles no tenían tan mal aspecto como en la imagen que le había enviado al móvil. En el casco viejo predominaban los bloques de pisos modestos, mezclados con algunas casas bajas construidas en los cincuenta o los sesenta que aún sobrevivían en pie. Zonas más nuevas salpicadas de jardines y parques en las afueras. Muchos pequeños comercios con rótulos en árabe y en francés. Centros comerciales. Los muros que delimitaban la vía del tren estaban cubiertos por coloridos frescos de inspiración étnica. En uno de ellos destacaba en grandes letras blancas la palabra «Paz».

Dmitry había marcado la dirección en el GPS y el navegador los condujo hacia una de las calles del extrarradio. Era una combinación extraña. Viejos solares con casas derruidas en las que la maleza crecía tras la fachada y edificios de oficinas. Restaurantes asiáticos y grandes superficies también dedicadas en exclusiva a la venta de productos importados de China. Una tienda de deportes con maniquíes en traje de baño en el escaparate. Varios almacenes de materiales de construcción. Un cartel de Carrefour. El modesto edificio de ladrillo pintado de blanco con las puertas y las ventanas de un vivo color azul mediterráneo apenas llamaba la atención y solo una pequeña placa metálica avisaba en árabe y en francés: *Mezquita de la Fraternidad*.

—¿Ves a qué me refería? —dijo Dmitry señalando el nombre.

Eran cerca de las doce y desde los altavoces de la mezquita comenzó a sonar la llamada a la oración.

*Allah akbar.*

La voz del muecín era armónica e incluso en aquella transitada y urbana calle de Aubervilliers traía consigo resonancias de otros lugares. Espacios recogidos y silenciosos donde la llamada reverberaba en las callejas vacías a causa del calor abrasador.

En París la mañana era cálida pero agradable y quizá debido a la festividad eran muchos los que aquel día acudían a la oración. Para un buen musulmán cualquier sitio era bueno para rezar. No necesitaban una mezquita.

Los asistentes eran hombres en su mayoría, pero también había mujeres. La cabeza cubierta con el *hiyab* o el *chador.* El uso en los lugares públicos del *burka* o el *nikab* o cualquier otra prenda que ocultase el rostro estaba prohibido desde el 2011, aunque periódicamente saltaban las polémicas por uno u otro motivo. Jóvenes que defendían su derecho a acudir a la universidad veladas hasta los pies o mujeres que perdían su empleo por negarse a dejar en casa el pañuelo. La defensa de la laicidad del Estado se mezclaba con otros motivos y en ocasiones era difícil mantener una postura.

Mathieu recordaba pasadas discusiones. Su madre negándose con pasión a tolerar la presencia del velo, mientras su padre hablaba de sentimientos y respeto a las tradiciones ajenas.

Tuvieron que descalzarse para acceder al interior. Dmitry resopló audiblemente y se quitó las gafas de sol a regañadientes. Muchos hombres lo miraron con censura. Se había puesto uno de sus trajes caros con la camisa abierta debajo. Eso, junto con el pelo rubio y los ojos azules hacía que desentonase en la mezquita como un elefante en una cacharrería.

Antes de acceder a la sala de oración se encontraba la sala de abluciones. Tenía una hilera de grifos a media altura en cada pared y la recubrían baldosas ajedrezadas. Todo estaba muy limpio y los hombres realizaban los ritos en un silencio recogido y respetuoso. Las mujeres tenían un espacio destinado solo para ellas y también rezaban aparte.

La sala central era sorprendentemente amplia y nada en el modesto exterior hacía pensar en las columnas blancas y en el gran espacio diáfano que cobijaba. La única decoración consistía en unas estanterías con ejemplares del Corán y otros libros sagrados. El suelo estaba alfombrado y cuando el imán inició el rezo todos los presentes se colocaron frente al *mihrab,* elevaron las manos y bajaron la cabeza en señal de recogimiento.

Mathieu conocía todas las oraciones, cada uno de los pasos, las *suras* a pronunciar según las diferentes horas del día, así como las plegarias más habituales. Podía haberse unido a ellos como uno más, pero decidió esperar fuera. Dmitry, en cambio, se quedó observando en uno de los laterales.

La oración no duró más de diez o doce minutos. La mayoría de los asistentes abandonaron la mezquita, pero unos pocos seguían prosternados y continuaban con el rezo.

Entre ellos se encontraba un hombre vestido por completo de blanco, la cabeza cubierta por una *taqiyah,* también de color blanco. El imán.

Cuando se incorporó, varios de los fieles se le acercaron. Los recibió amistosamente, intercambiaron abrazos y saludos y se enfrascaron en una charla.

Dmitry empezaba a perder la paciencia. Comprobó varias veces la hora y consultaba cada dos por tres la pantalla del móvil. No le había contado nada sobre con quién iban a encontrarse ni dónde y se había mantenido misterioso y reservado durante todo el trayecto. Mathieu había decidido esperar. Suponía que el imán era el hombre con quien debía reunirse.

Al fin la conversación terminó y el imán se dirigió hacia una discreta puerta lateral. Dmitry aprovechó el momento.

—¿Issa al-Hiraz? Mi nombre es Dmitry. Me gustaría hablar unos minutos con usted.

El hombre estrechó con cautela la mano que le tendía y saludó con la expresión de rigor.

—*Salam ʿaleikum.*

—*Wa ʿaleikum salam* —respondió Dmitry demostrando que cuando quería podía ser considerado con los demás.

—¿Qué deseaban? —dijo haciendo extensivo su recibimiento a Mathieu, que se había mantenido a corta distancia.

—¿Podríamos charlar en privado?

Se encontraban frente a la puerta del espacio reservado para uso del imán. Parecía una petición razonable, pero al-Hiraz se negó en redondo.

—No hay nada de lo que no pueda hablar en presencia de mis hermanos. ¿Qué es lo que quieren?

Dmitry miró a su alrededor. Una docena de fieles continuaban rezando o leyendo el Corán. Todos se mostraban abstraídos y concentrados.

A Mathieu la desconfianza del imán le pareció sincera, en cambio la intranquilidad de Dmitry volvió a resultarle fingida.

—Me envía Abdel Wahhab. Me dijo que aquí encontraría amigos dispuestos a escuchar.

El rostro de su interlocutor se endureció al instante.

—Fuera de aquí.

Dmitry no se dio por aludido.

—Creo que no me ha entendido. ¿Está seguro de que no podemos hablar en privado? Será solo un momento.

Había alzado la voz. No demasiado para lo habitual en él, pero sí lo suficiente para que varios de los hombres que oraban saliesen de su concentración y se volviesen a mirar hacia ellos. No se podía alzar la voz en la mezquita y menos distraer a los que rezaban.

El imán se mostró inflexible.

—No es bien recibido. No son bien recibidos. Este es un lugar de paz. Márchense.

Más rostros los miraban. El imán les dio la espalda. Dmitry hizo ademán de seguirle. Mathieu le sujetó por el brazo.

—Vámonos.

Dmitry miró a su alrededor y se fijó en los rostros de censura que les rodeaban. Se desembarazó de la mano de Mathieu con un movimiento seco y se dirigió hacia la salida murmurando algo en ruso por lo bajo.

—¿Este era tu brillante plan? —le preguntó cuando estuvieron en el exterior—. ¿Molestar al imán y hacerte notar delante de toda la comunidad?

—Cállate, Girard —le advirtió con uno de sus gestos amenazantes. Quería disimularlo, pero era patente su nerviosismo.

—Primero tendrás que explicarme qué era lo que pretendías —dijo igual de tenso o más que él, pero tratando de evitar alzar la voz. Ya habían llamado bastante la atención por aquel día.

Un hombre joven, no más de veinte o veintidós años, salió de la mezquita. Vestía la chilaba tradicional y se había dejado crecer la barba. Se acercó y les preguntó:

—¿Os envía Abdel Wahhab?

Lo peor fue tener que soportar el gesto de triunfo de Dmitry por segunda vez aquella misma mañana.

—Pero vosotros sois infieles. ¿Cómo podéis conocer a Abdel Wahhab? —dijo desconfiado—. *Man yatahadath lakom?*

«¿Quién responde por vosotros?». Mathieu contestó.

—*Ana atakalam.*

No le estaba prestando atención, pero habría jurado que al menos por aquella vez cogió por sorpresa a Dmitry.

El joven lo miró aún con desconfianza.

—¿Eres creyente?

—Solo desde hace algún tiempo. Estuve ciego, pero he abierto los ojos.

Esas palabras se ganaron su aprobación.

—Mi nombre es Fadi. Vayamos a hablar a otro sitio.

Los llevó a una tetería cercana a la mezquita. En las mesas los hombres bebían té con hierbabuena y en la pantalla de televisión emitían un programa de deportes en el que todavía coleaba la derrota en la Eurocopa de la selección francesa frente a la de Portugal.

Fadi escogió una mesa baja situada en un rincón apartado. No había sillas, solo alfombras. Mathieu y Fadi se sentaron al estilo tunecino, con las piernas cruzadas y abiertas. Dmitry hizo un gesto diciendo: «¿de veras?», pero acabó tratando de acomodarse lo mejor que pudo, aunque era evidente que se encontraba tan fuera de lugar como un pez recién sacado del agua.

Les trajeron los vasos de té. Tan pronto como se retiró el camarero, Fadi comenzó a interrogarle.

—Yo también desperté solo hace unos cuantos meses, pero me estoy preparando para ir a Siria a luchar con nuestros hermanos. Este mismo otoño, *inshallah*. ¿Y tú? ¿Ya has servido? ¿Has luchado por la fe? ¿Dónde lo has hecho?

Los ojos de Fadi tenían el brillo del iluminado, pero no la frialdad de la experiencia. Mathieu dudó respecto a que pudiera tener verdaderos contactos con combatientes o con personas cercanas a ellos, pero tampoco podía descartarlo, así que se arriesgó.

—He estado en varios campos en la zona de Amenas, en Argelia, y también luché junto con nuestros hermanos libios —dijo bajando la voz hasta hacer de ella un susurro.

Era el terreno más seguro que podía pisar. Conocía Amenas. Incluso había cruzado Libia en un 4x4, solos su padre y él, Sahara a través hasta llegar al oasis de Ubari. Tenía dieciséis años y era uno de los mejores recuerdos que conservaba de su adolescencia. Por supuesto, entonces aún no había guerra, pero con un poco de suerte sería suficiente para convencer a Fadi.

Lo fue. Lo miró con un brillo mezcla de envidia y admiración.

—Abdel Wahhab es un hermano leal. Muchos se han unido a nuestras filas gracias a él. Confío en los que vienen en su nombre. Me habían advertido de que visitaríais hoy la mezquita, así que también podéis confiar en mí. Dadme el mensaje y me encargaré de hacerlo llegar a quien debe oírlo.

Dmitry intervino.

—El mensaje es este. —Sobre la mesa dejó una simple tarjeta blanca, similar a las de visita, solo que sin nombre, únicamente un código IBAN. Un número de una cuenta corriente—. Diles a tus amigos que si quieren la partida completa tendrán que ingresar una cifra que comience por tres y a la que le sigan seis ceros.

Fadi cogió la tarjeta y la hizo desaparecer entre sus ropas.

—Con la ayuda de *Allah* espero que sea posible. Pero… —dijo volviendo a la desconfianza—, ¿no me darás alguna prueba? Creo en tu palabra —dijo dirigiéndose a Mathieu—, pero él es un *kafir*.

Mathieu iba a defender a Dmitry, aunque antes habría tenido que encontrar el argumento, pero él se adelantó.

—¿Sabes lo molesto que es que hablen de ti como si no estuvieses presente? Dime, ¿te gustaría tener en tus manos un AK-47 nuevo a estrenar, recién sacado de la caja y aún oliendo a aceite de engrasar, solo para ti?

Si el rostro de Fadi había reflejado la envidia al oír hablar de Libia, ahora mostró la codicia.

—¿Cuándo me lo darías?

—Consígueme una entrevista con alguien con quien podamos hablar en serio y lo tendrás.

A Mathieu le inquietó aquella promesa. Era demasiado fácil. Fadi ni siquiera parecía realmente peligroso. Muy delgado, nervioso, más bien inestable, fácil de influenciar, no demasiado avispado. Alguien joven y con ideas peligrosas en la cabeza, igual que otros muchos. No solo radicales islámicos, también miembros de la extrema derecha o adolescentes que pasaban sus horas de clases planificando masacres en su propio instituto, pero la inmensa mayoría no llevaba sus planes a cabo. Quizá porque no conseguían un arma.

—¿Cómo te avisaré?

Dmitry le respondió con otra pregunta.

—¿Cómo sabías que íbamos a venir?

Fadi asintió.

—Lo haré. Este es un gran momento. Se avecinan grandes cosas y nosotros formaremos parte de ellas. Recordad mis palabras antes de que se acabe el día —dijo incorporándose, llevando la mano derecha al pecho a modo de despedida—. Nos vemos pronto, *inshallah*.

Pronunció todas aquellas frases casi sin detenerse a respirar. Su mirada iluminada aún más brillante. Pareció menos inofensivo y bastante más inquietante. En cuanto Fadi se marchó, también ellos abandonaron la tetería.

—¿Has oído lo último que ha dicho? —le preguntó a Dmitry cuando cerraron las puertas del coche.

—¿*Inshallah*? Hasta yo sé que significa «ojalá». Por cierto, Girard, eres una caja de sorpresas. ¿Cuándo pensabas contarme que también hablas árabe?

—Significa «si Dios quiere». Y, si me hubieses explicado lo que pensabas hacer, te habría dicho que hablo árabe. —También él era consciente de que era absurdo y peligroso trabajar de aquel modo. Sin confiar el uno en el otro y sin saber nunca cuál era el siguiente paso a dar—. Podríamos haberlo estropeado todo. Deberías haberme informado.

—¿Para que hubieses corrido la voz dentro de la policía y tuviésemos esto lleno de confidentes? ¿Crees que ellos no tienen también sus propios informadores? ¿Por qué piensas que apenas se filtran sus planes? ¡Se mueven en círculos cerrados! ¿Sabes lo que me ha costado arreglar esto? ¿Los hilos que he tenido que mover? ¿Crees que basta con hacer así —dijo chasqueando los dedos— para que uno de estos tipos acepte encontrarse contigo? Ni siquiera me dijeron el nombre. Tuve que hacer todo el numerito de la mezquita para hacerme notar.

Mathieu calló. Reconocía que había funcionado, pero era difícil avanzar así. Yendo a ciegas y sin saber qué esperar.

—Mira, haremos esto —dijo Dmitry—. Yo te avisaré de cualquier novedad, pero tú tienes que garantizarme que la policía no se meterá por medio. Lo haremos entre tú y yo. Estaremos juntos en esto. ¿Tenemos un trato?

Le tendía la mano. Era tan retorcido como todos sus otros planes, pero sonaba a verdadero acuerdo de paz y, por primera vez en todo aquel tiempo, Mathieu tenía la sensación de que estaban frente a algo sólido, aunque también podía ser solo otro truco de Dmitry.

—No tenemos la certeza de que Fadi no sea un farsante. No sabemos si tiene contactos o solo quiere hacerse notar.

—No, ¿y sabes cuándo podremos estar seguros de que no miente? Cuando el dinero esté en la cuenta corriente.

Aún le tendía la mano esperando a que se la estrechase. Mathieu puso una condición más.

—Informaré y solicitaré que la información quede reservada. No depende de mí, pero creo que aceptarán.

—Tendré que conformarme —accedió Dmitry encogiéndose ligeramente de hombros.

Cruzaron las manos. Fue un apretón corto pero firme. Cuando se soltaron, Dmitry arrancó el motor y sonrió de buen humor.

—¿De veras has estado en Argelia? —preguntó mientras se incorporaba a la vía.

—Todos los veranos durante ocho años.

Dejó escapar un silbido.

—Si yo hubiera podido escoger, te aseguro que no habría elegido Argelia para veranear.

Mathieu no contestó. No era su elección. A partir del divorcio los veranos los pasaba con su padre. No era su lugar del mundo favorito. Una planta extractora de gas en medio del desierto. Conforme fue creciendo acabó por valorarlo, el silencio y la dureza de la vida en aquella extensión árida. Pero reconocía que más de una vez se había puesto del lado de su madre y había pensado en qué era lo que se le había perdido allí a su padre.

Cuando entraron en París se cruzaron con un control policial. El recuerdo volvió a inquietarle.

—No dejo de darle vueltas. Lo que ha dicho Fadi sobre que hoy sería un día digno de recordar. ¿No te ha sonado extraño?

—¿Extraño? ¿Más extraño que preferir té con hierbajos a una buena cerveza fría? ¿Más sorprendente que rezar para ir a Siria cuando todo el que tiene dos dedos de frente está desesperado por salir de allí?

Mathieu sacudió la cabeza. Tratar de mantener una conversación seria con Dmitry era poco menos que imposible. No cuando no estaba por la labor.

—No me gustó el modo en que lo dijo. Recordadlo antes de que acabe el día.

—Todos estos tipos hablan así. ¿Cómo se dice en tu idioma? Grandilocuencia, ¿no es eso? Se les llena la boca cuando hablan. Puede que fuese su forma de celebrar nuestra cita, pero si tienes otra idea mejor...

Tenía varias ideas y ninguna era tranquilizadora, pero sabía perfectamente que alertar sin más datos no serviría de nada. Había avisos de atentados y amenazas a diario. Se encontraban en máxima alerta. No podía extremarse la seguridad más de lo que ya lo estaba.

—Espero que no hablases en serio cuando dijiste que le darías un arma.

Dmitry volvió a chasquear la lengua.

—Siempre tan estricto, Girard. ¿Qué querías que le ofreciera? ¿Una bici de carreras? ¿Un crucero por el Caribe? Tranquilízate. Solo han sido palabras. Aún no tiene ningún AK-47. No creo que supiese emplearlo si lo tuviera.

Mathieu no contestó. Fadi le había transmitido la misma impresión. Quizá porque parecía más un niño jugando a la guerra, que un auténtico aspirante a soldado. Pero había miles de niños combatiendo en verdaderas guerras en todo el mundo. Y era demasiado fácil manejar un AK-47.

Pronto estuvieron en Lumière. Dmitry dejó el coche en el garaje. El Jaguar resplandecía a pocos metros. Boris debía haberse encargado de recuperarlo. Estaba impecable. No había sufrido ni un arañazo. Mathieu no pudo evitar cierta punzada al verlo. Algo que había conseguido apartar durante toda la mañana y que regresó al ver el coche.

—¿Vendrás mañana? Lestrange preguntó por ti y le dije que te habías tomado un par de días.

Lo dijo como si no hubiera sido él quien le había gritado que no volviese a Lumière, pero Mathieu pensó que podía hacerlo. Dejarlo todo a un lado y concentrarse en el trabajo. Nadina y Dmitry estaban juntos y eso estaba bien. Mathieu trabajaría con él y sacaría aquello adelante. Podía. Debía. Lo haría.

—Aquí estaré.

Regresó a casa. Nada más almorzar comenzó a elaborar el informe. Lo envió a Amalvy y a Hardy por correo cifrado. Cuando terminó aún era temprano. Puso el canal de noticias. No había nada fuera de lo ordinario. Imágenes de paradas militares con presencia de autoridades civiles y niños observando el desfile, reporteros retransmitiendo en directo desde playas llenas de bañistas que aprovechaban el día festivo para descansar. Una jornada sin incidentes. Pensó en salir, dar una vuelta y desconectar. Le habría gustado tener a mano el macizo de Sialouze o alguna otra pared. Aquello siempre funcionaba. Cuando escalaba todo lo demás desaparecía. Pero los Alpes estaban demasiado lejos.

Renunció a salir y se quedó en casa buscando información sobre los campamentos de entrenamiento del ISIS y recuperando viejas fotos de sus visitas de verano a Argelia. Fue una velada tranquila. Hasta las once, cuando comenzaron a sonar los fuegos artificiales.

Luego llegaron los mensajes.

*—Es horrible. Horrible. Estaba con unos amigos. Acabábamos de ver los fuegos artificiales. Nos íbamos cuando todo el mundo ha empezado a correr y a gritar. No sabíamos qué pasaba. Estábamos cerca de las escaleras y nos hemos dirigido hacia la playa. Luego se han oído disparos. Hemos visto el camión y mucha gente en el suelo. Mucha sangre. Quería ayudar, pero no sabía por dónde empezar. Ha llegado la policía y nos ha pedido que nos alejáramos para dejar paso a las ambulancias.*

Poco antes de las once de la noche. En el Paseo de los Ingleses en Niza. Justo cuando la multitud que acababa de presenciar los fuegos que festejaban el Catorce de Julio aún no había tenido tiempo de disgregarse y volver a sus casas. El conductor de un camión había saltado las vallas y cargado contra ellos durante dos kilómetros. Imposible pensar en un error o un accidente.

*—La policía acaba de confirmar que hay al menos treinta y dos fallecidos, pero lo estoy viendo con mis propios ojos y os puedo asegurar que son muchos más* —decía uno de los periodistas tan afectado como el testigo del que acababa de recoger el testimonio.

*—Nos informan de que el ministro del Interior acaba de confirmar que se trabaja con la hipótesis de un atentado terrorista.*

Los conductores del programa de radio se quitaban la palabra unos a otros. Las noticias saltaban de todos los puntos. Los testigos directos. Las peticiones para que la gente regresase a sus casas, se quedase en ella y mantuviese la calma. Los ofrecimientos de quienes vivían más cerca para que los afectados se refugiasen en sus propios hogares.

Mathieu no había sido capaz de quedarse en casa. Escuchaba las noticias mientras conducía rumbo al cuartel del GIGN. No estaba de servicio activo. Se había confirmado que el agresor había sido abatido por la policía y Niza estaba a cientos de kilómetros de París, pero no se le ocurría otro lugar mejor al que acudir y en el que sentirse un poco menos inútil que junto con sus compañeros.

Se encontró con Jean en la entrada. Se abrazaron. Eran buenos amigos, de los de verdad, no necesitaban de palabras. También fue breve. Otra cosa que no necesitaban era de muchos gestos para entenderse.

—¿Estabas aquí cuando ha ocurrido? —preguntó Mathieu.

—No. He venido en cuanto me he enterado —dijo Jean—. He hablado con Ledoux. Dicen que van a recurrir a la reserva nacional para aumentar la seguridad en las estaciones de tren y en los aeropuertos y que prefieren que nosotros permanezcamos en alerta, pero acuartelados. No han modificado los turnos, pero cuando lo he visto he pensado que tenía que venir.

—Yo también —respondió Mathieu.

—Con un camión. ¿Cómo se puede evitar algo así? Si al menos le hubiesen abatido en cuanto atravesó las vallas.

Costaba entender que el conductor hubiese podido avanzar dos kilómetros sin que nadie lo detuviese, pero tampoco era una solución llenar las calles de francotiradores. No era un panorama alentador.

—Todos esos niños… —murmuró Jean—. Marie quería que llevásemos a los nuestros a Trocadero. Le respondí que cuando fuesen un poco más mayores, pero la verdad es que no me hacía gracia. No le dije nada, pero esta tarde estuve pensando si no me estaría volviendo demasiado paranoico. No se puede vivir así. No quiero esto para ellos. Verlos crecer con miedo.

—Lo sé, Jean. Lo hacemos lo mejor que podemos —dijo estrechándole por el hombro.

Era difícil saber qué decir, qué hacer. Resultaba aún más complicado cuando eras completamente consciente de los muchos riesgos a los que debían enfrentarse. Pero Jean también era fuerte y se rehízo con rapidez.

—No me hagas caso. Se me pasará. No dejaré que esos cabrones nos metan el miedo en el cuerpo. No pienso darles el gusto. ¿Y a ti? ¿Cómo te va? ¿Vas a incorporarte pronto o le has cogido el gusto a colgar el uniforme?

—Aún no lo sé. Ni tampoco estoy seguro de cómo va, pero si te soy sincero diría que no demasiado bien.

—Si algún día necesitas alguien con quien hablar…

—Recurriré a ti.

—No lo harás porque te gusta arreglártelas solo, pero sabes que puedes hacerlo.

—Yo no hago eso —protestó.

Jean se limitó a sonreír como si no tuviese sentido discutirlo. Más compañeros se les unieron. Las noticias iban saltando a través de los mensajes de móvil y las actualizaciones de Twitter. Las víctimas mortales eran ya más de ochenta y los heridos se contaban por cientos. Al dolor y la indignación se les unía la rabia y la impotencia y todos se lamentaban por no haber estado allí.

Mathieu preguntó por Amalvy. No podía dejar de pensar en la conversación con Fadi y a que fuese la masacre de Niza a lo que se refería cuando dijo que recordasen sus palabras antes de que acabase el día. Pero el teniente coronel había sido reclamado en una reunión con otros cargos de alto nivel y no se le esperaba en el centro del GIGN.

Estuvieron haciendo frente común, viendo juntos las noticias, compartiendo la solidaridad de la mutua compañía a falta de nada mejor. Eran hombres de acción. Todos y cada uno de ellos. El solo hecho de permanecer impotentes mirando el televisor les enervaba.

Los que tenían que entrar de servicio a la mañana siguiente comenzaron a regresar a sus casas. Eran ya pasadas las dos de la madrugada. El móvil de Mathieu sonó. El número no estaba identificado. Le extrañó, pero no dudó en atenderlo ni pensó en nadie en concreto. Cuando reconoció la voz se reprochó no haberlo hecho. No haber sospechado que podía ser ella.

—¿Mathieu?

—Catherine. ¿Va todo bien?

Sonaba nerviosa y alterada. Mathieu trató de situar la última vez que había hablado con ella. Habían transcurrido ¿cuánto? ¿Un par de meses? Quizá algo más, pero en aquel momento tenía la sensación de que hubiese ocurrido casi en otra vida.

—Acabo de llegar a casa —dijo con voz quebradiza y entrecortada—. Perdona la hora, pensé que también estarías despierto.

—No pasa nada —dijo preocupado. Era evidente su nerviosismo—. No estaba durmiendo. ¿Qué ocurre?

Catherine empezó a hablar en torrente.

—Estaba con unos amigos. Fuimos a pasar el día a Provins. Hemos estado cenando y haciendo planes. Pensábamos pasar la noche allí y salir para Niza mañana. Mis padres tienen una casa en la costa. ¿Recuerdas que te dije que podíamos ir algún fin de semana? Todos los veranos los pasamos allí. He estado en el Paseo cientos de veces. El año pasado vi los fuegos desde la playa… Íbamos a salir ayer, pero Guillaume dijo lo de Provins. —Catherine rompió a llorar—. Ha sido espantoso, Math. Nos hemos quedado destrozados. Ninguno sabíamos qué hacer y hemos regresado a París.

Estaba haciendo un mundo de una situación que era mucho más dramática para los que sí habían tenido la mala suerte de estar esa noche en Niza. Le estaba contando algo de un tal Guillaume con el que iba a pasar el fin de semana. Y en cuanto a él, lo cierto era que olvidar a Catherine le había costado mucho menos de lo que pensó en un principio. Pero así y todo era incapaz de oírla llorar y no tratar de impedirlo.

—Es lo mejor que podíais hacer. No creo que sea buena idea viajar a Niza justo en este momento. ¿Está bien tu familia? ¿Estáis todos bien?

—Sí —respondió tratando de detener las lágrimas—. Están aquí en París. He hablado con mi madre. Algunas de sus amigas estaban en el Paseo cuando ocurrió. Dicen que ha sido aterrador. ¿Por qué, Math? ¿Por qué a nosotros? —dijo volviendo a llorar.

Mathieu tampoco lo sabía. ¿Por qué a ellos? Era humano desear que las tormentas se desatasen solo un poco más lejos, aunque siguiera siendo igual de injusto para los que las recibían de lleno.

—Ahora no importa por qué, Cat. Importa cómo respondemos. Tú eres fuerte. Todos lo somos, más de lo que creemos. —Y no solo lo pensaba. Tenía ocasión de comprobarlo a diario—. También superaremos esto.

—Estaba tan asustada… No sabía a quién llamar. Todos tienen miedo y yo también lo tengo. No puedo dejar de ver las imágenes. Son las mismas una y otra vez. El camión. La gente corriendo. Podía ser yo, Math, podía estar ahí. Jamás volveré a mirar el Paseo del mismo modo.

No era buena idea. No era de los que disfrutaban removiendo las cenizas. Pero tampoco era capaz de dejarla tirada si le necesitaba.

—Escúchame, Catherine, apaga el televisor. Olvida las noticias. ¿Quieres que hablemos? ¿Quieres que vaya a tu casa?

—¿Lo harías? Sería… Sería estupendo —dijo tragándose las lágrimas.

—Puedo estar ahí en media hora.

—Te espero —dijo un poco más calmada

Cumplió con su palabra y eran casi las tres de la madrugada cuando llamaba a casa de Catherine. Que del abrazo con el que se reencontraron pasaran a los besos —besos que ella inició—, no tuvo nada de extraño. Que poco después acabasen en la cama era algo que también cabía esperar.

Que en el mismo momento en que empezó a suceder supiese que no era lo que él quería, fue lo que le molestó todo el tiempo. Hasta el punto de hacerle sentir mal. Pese al tacto cálido de Catherine, a la caricia de seda de su pelo, o quizá justo por eso. Porque lo que había amado de ella ya no le producía el mismo efecto. Y no era Catherine quien había cambiado. Era él.

Estaba pensando en cómo las circunstancias pueden salvarte, como con Catherine y sus amigos, que habían evitado viajar a Niza y quizá un final fatal, cuando ella, ya casi dormida y abrazada a su cuerpo, se acurrucó aún más contra su pecho.

—No quiero perderte, Math. Tú siempre haces lo correcto. No dudas. No tienes miedo. Siento haber sido injusta contigo. ¿Podrás perdonarme?

En cambio, otras veces la vida te coloca en el lugar donde no quieres estar, en el sitio y el momento equivocados. Y no sirve de nada intentar dar marcha atrás. Todo cuanto puedes hacer es seguir adelante y afrontar las consecuencias.

Le apartó el pelo de la cara y lo peinó con sus dedos.

—No hay nada que perdonar.

Ella se quedó conforme con aquella respuesta y al rato ya estaba dormida, pero Mathieu aún permaneció despierto.

Catherine se equivocaba. Por supuesto que tenía dudas y también miedos. No a poner en práctica un ejercicio de asalto que había ensayado cientos de veces, ni a subir asegurado a una cuerda hasta la cima de una montaña; pero sí a otras muchas cosas.

Y en cuanto a hacer lo correcto, esa era justo una de las cosas que más dudas y temores le creaban, pero no por ello iba a dejar de intentarlo.

Le despertó el *Himn for the weekend* de Coldplay sonando desde algún punto indeterminado de la casa. Las persianas estaban alzadas y la luz llenaba el dormitorio. Eran las nueve y Catherine ya estaba levantada. La encontró en la cocina preparando *crêpes* para desayunar. Olía a vainilla y sobre la mesa tenía abiertos varios tarros de mermelada. De fresa, de albaricoque, de naranja…

Su sonrisa fue instantánea.

—Buenos días.

Estaba radiante recién levantada y las lágrimas de la víspera no le habían dejado ningún rastro visible. Se acercó a él con la paleta de la plancha aún en la mano y una gran sonrisa en el rostro y le dejó en la boca un beso con sabor a mermelada de fresa.

—¿Café solo para ti?

No habían desayunado muchas veces juntos. Incluso cuando se quedaba a dormir en su apartamento o ella iba al suyo, tenían distintos horarios. Se despedían con un beso rápido y la promesa de que buscarían más tiempo la próxima vez. Catherine quería demostrar que recordaba lo que le gustaba.

Le puso el café, mientras se preparaba otro para ella.

—¿No trabajas esta mañana? Yo tengo libre hasta el lunes. He pensado que podemos salir a correr. Solo si me aseguras que tendrás piedad de mí. Estamos a veintinueve grados y no querrás volver cargado conmigo a cuestas, ¿verdad?

Mathieu sonrió, pero poco. Muy poco. No iba a salir a correr con Catherine ni se iba a dejar sobornar por unas *crêpes* por mucho amor con el que los estuviese preparando. Y no quería amargarle la mermelada que en aquel preciso momento extendía sobre las *crêpes*, pero tampoco serviría de nada retrasarlo.

—No es buena idea, Cat.

Ella dudó con el cubierto aún en la mano, pero dejó de extender la mermelada.

—¿No te apetece correr?

Estaba completamente seguro de que sabía que no se refería a eso.

—Prefiero dejar las cosas como estaban. No quiero volver —dijo con la mayor suavidad que pudo.

Y sin embargo acusó el golpe. Quizá no esperaba que fuese tan directo o confiaba en su estrategia. Desayuno, carrera juntos, sexo en la ducha. Una mañana conquistada. Al día siguiente ya se vería. No creía que Catherine estuviese pensando en más allá y, a decir verdad, tampoco le importaba.

—Pero anoche dijiste…

—Anoche no hablamos. —Porque no podía llamarse conversación a un par de frases justo después de hacer el amor.

—Dijiste que no había nada que perdonar —insistió ella—. ¿Esta es tu manera de perdonar? ¿Estabas esperando a que tuviera un momento de debilidad para ser tú el que dijera: ahí te quedas?

—¿Te das cuenta de lo retorcida que suenas? —No había querido probar las *crêpes,* pero también se le estaba agriando el café—. Dije que no había nada que perdonar porque para mí ya es pasado. Me llamaste y vine, pero lo de ayer no cambia nada.

—Creía que te importaba —dijo ella. La voz amenazando nuevas lágrimas—. Me siento tan… utilizada.

Fue la gota que colmó el vaso.

—¿Tú? ¿Tú te sientes utilizada? Mira, Catherine, haznos un favor a los dos y la próxima vez busca otro hombro sobre el que llorar.

Se levantó de la mesa, recogió las llaves y salió sin volver a mirarla. Catherine fue tras él.

—¡Math! —llamó desde la puerta mientras él bajaba ya las escaleras—. ¡Math, lo siento! No era mi intención, ¡no te vayas así!

Sonaba arrepentida, pero su paciencia, y el tiempo en el que pensaba en un posible futuro con Catherine, ya se habían agotado.

—No lo sientas. Solo borra mi número de tu móvil.

Se fue a casa. No estaba furioso, ni siquiera defraudado. Si acaso consigo mismo, por dejarse enredar por Catherine cuando era algo acabado. Porque ella había pasado de él cuando la necesitaba y él había acudido cuando le había llamado. Pero eso no significaba que estuviese dispuesto a convertirse en su paño de lágrimas. El amigo al que se aprecia, pero del que también se piensa que es un poco estúpido. Ese al que siempre puedes recurrir.

No era así como quería que le quisieran. No era de los que se conformaban con solo un poco. Con cariños a medias o lealtades sujetas al estado de ánimo.

Se dio una ducha y regresó al GIGN. Amalvy tampoco estaba y su turno en Lumière no empezaba hasta la noche. Así que se incorporó a uno de los grupos y estuvo practicando ejercicios de asalto y tiro durante el resto de la mañana.

Las noticias seguían llegando. Se había prorrogado el estado de emergencia durante tres meses más y el presidente Hollande había declarado que aquello no solo no detendría la intervención en Siria de las fuerzas francesas, sino que intensificarían los ataques contra los bastiones del ISIS. Ya se sabía que el autor era un ciudadano francés de origen tunecino con antecedentes por conducta violenta y problemas provocados por el consumo de alcohol, pero con trabajo estable y que no se encontraba en las listas de sospechosos de extremismo. Ningún grupo había reivindicado el atentado, pero era de esperar que no tardase en suceder.

Acababa de almorzar en el comedor común, cuando le avisaron de que Amalvy estaba esperándole en su despacho.

—Siento no haberle atendido antes. La situación es complicada para todos nosotros. Recibí su informe y le presté toda mi atención y todo mi crédito. Lo transmití a Inteligencia. Pero, aunque sé que no sirve de consuelo, no añadió nada que ya no supieran. Llevamos semanas en alerta esperando un golpe. Se han recibido avisos desde Alemania, de Turquía, de Siria… Las ramas son largas, sí —se quejó Amalvy—, pero ninguno de los informantes fue capaz de concretar una ubicación. ¿Hizo referencia su contacto a algún lugar o a un modo específico de operar?

—No —negó Mathieu—. Todo lo que dijo lo incluí en el informe.

—Lo suponía. Hemos tratado de identificarle por los datos que facilitó. Los sospechosos más plausibles son estos. ¿Es alguno de ellos?

Le giró una pantalla para que viese una serie de rostros. Mathieu negó. Todos correspondían con la descripción que había hecho de Fadi, pero ninguno era él.

—Estuve buscando en la base de datos de los fichados por contactos con integristas, pero no conseguí localizarlo.

—¿Y cree que ese hombre, Fadi, confió en usted?

—Diría que sí.

Amalvy asintió.

—Podemos afrontar este asunto de dos modos. Realizar un retrato robot y mandar a toda la policía a registrar Aubervilliers de arriba abajo hasta que demos con él, o confiar en que la estratagema de las armas dé sus frutos y consigamos saber quién está detrás. ¿Cuál es su postura?

Lo miraba con gravedad. Mathieu sabía que hablaba en serio, que, si lo solicitaba, desataría una caza al hombre, pero no solo no tenía la certeza, más bien presumía que Fadi no era una pieza importante, solo un peón.

—Creo que deberíamos esperar. Si le detenemos sospecharán de Záitsev y se echará a perder toda la operación.

Amalvy lo miró con aprobación. Era lo que esperaba oír.

—Voy a solicitar que todo lo referente a este asunto quede restringido al más alto nivel. Y vamos a pedir a nuestros agentes en la zona que intensifiquen la vigilancia alrededor de las armas. Si llegan a Francia fuera de nuestro control sería una auténtica catástrofe.

—Estoy de acuerdo.

—Y hay algo más. —Amalvy lo miró preocupado. Todas las arrugas de su rostro se veían más profundas y marcadas. Las sombras alrededor de sus ojos eran patentes. Seguramente el teniente coronel había dormido muy poco aquella noche—. Los informes que antes le comenté. Coinciden en algo más. Lo de Niza no es algo aislado. Han desatado una campaña de guerra continua. Esa es la palabra que han empleado. Guerra diaria y sin cuartel. Estamos siguiendo otros cuarenta y cinco casos más, solo aquí en París, y como en Francia hay avisos de alertas en Alemania, en Bélgica, Reino Unido…

Mathieu también se sintió abrumado ante la dificultad de detener aquella espiral de locura y terror. Pero el único modo que conocía era hacer su parte.

—Lo haré lo mejor que pueda.

—Estoy seguro de ello —afirmó Amalvy—. Solo quería que supiera que no está solo, aunque en ocasiones pueda sentirlo así.

Agradeció aquellas palabras. Amalvy comprendía cómo se sentía y también sabía lo que necesitaba oír.

—Ahora váyase a casa y procure descansar. Habrá que esperar a que hagan un nuevo movimiento. Si tengo noticias, le informaré. ¿Qué tal con Záitsev?

—Es impredecible, pero ya nos vamos conociendo. Creo que sabe lo que se hace.

—¿Ha vuelto a hablar con él después de lo de Aubervilliers?

—No, pero tengo que estar a las ocho en el club. Espero verlo entonces.

—Lo tenemos controlado las veinticuatro horas. Lo sabe, ¿verdad? Sus salidas, sus llamadas… Y sin embargo no hemos sido capaces de averiguar cómo lo ha hecho. Cuándo ni cómo concertó esa cita.

Le pasó un *dossier* que reposaba sobre la mesa. Mathieu lo ojeó. Actividades, imágenes, transcripciones de conversaciones… Debería haberlo supuesto, pero había creído que confiarían en él, que le advertirían.

—No, no lo sabía. ¿Por qué no me han informado hasta ahora?

Su simpatía por Amalvy se disolvió un tanto. No le importaba ser solo otra pieza en el tablero, pero quería saber cómo se jugaba.

—No se consideró necesario, pero he pensado que sería bueno que conociera todos los datos. También hay varias imágenes en las que Záitsev aparece junto a una mujer. —Buscó en la carpeta, escogió una foto y se la pasó—. ¿La conoce?

Los dos en la terraza. Él la abrazaba desde atrás. Ella tenía aquella cara. La mirada ausente. El gesto un poco ido. Cuando la veía así con él, solo le entraban ganas de decirle a Dmitry que la soltara. Si los hubiese tenido delante a duras penas habría conseguido evitarlo.

—Sí, la conozco. Se llama Nadina Nagareva.

Amalvy alzó las cejas, interrogante.

—¿Es alguien importante? ¿Cree que también deberíamos vigilarla?

—No, no lo creo.

Mathieu aguantó la mirada de Amalvy. Muy consciente de que en cualquier momento podía sacar otro *dossier* y empezar a enseñarle más fotos de Nadina. Conduciendo un Jaguar, por ejemplo, o envuelta en una manta térmica mientras aguardaba a que se la llevara la policía. Fotos de los dos conversando en Lumière. Pero, si las tenía, no se las mostró.

—Bien. Tenía que descartarlo. Por ahora eso es todo. Gracias por su trabajo y por su tiempo, agente Girard.

Se marchó, y, aunque no había quedado del todo claro, no pudo dejar de pensar que aquello había sido una advertencia. Amalvy, igual que Dmitry, acababa de decirle: «Tenga cuidado».

Había mucha menos gente en Lumière que cualquier otra noche de viernes. En parte por el puente festivo y las vacaciones, pero también se notaba el efecto tras el atentado. El 10º distrito, en el que se encontraban los restaurantes atacados en noviembre, aún no había recuperado el pulso y, aunque esta vez el golpe había caído más lejos, París recordaba.

Lo primero que hizo al llegar fue tratar de localizar a Dmitry, pero su móvil estaba apagado y no respondía a los mensajes. Esperó para ver si hacía acto de presencia. Eran las doce y media y todavía no había dado señales de vida. Ni él ni Nadina.

La sala languidecía. Solo los adictos a la música electrónica permanecían abducidos y en trance en medio de la pista, ajenos al escaso ambiente y a la general falta de entusiasmo de la noche.

Se hartó de esperar y se dirigió hacia la zona reservada. No es que tuviera nada importante que contar a Dmitry, más bien necesitaba saber si él había adelantado algo.

Llamó a la puerta y una voz le invitó a pasar en ruso.

—*Vpered!*

Pero no era Dmitry.

—¿Qué hay, *tovarish*?

Era Boris, sentado en el sofá, con los pies en alto, bebiendo una cerveza y viendo un partido de fútbol en la televisión.

—¿Dónde está Dmitry?

—Salió —dijo lacónico.

—¿Adónde salió?

—No sé. No dijo.

No es que le dedicara toda su atención. Tenía la vista fija en la pantalla y maldecía en ruso cuando su equipo perdía la pelota.

—¿Y no deberías haberle acompañado?

—Jefe manda —se limitó a decir—. Cuando no me quiere cerca, yo digo: *Da, ser.*

—¿Y sabes cuándo volverá?

Tardó en contestar porque uno de los delanteros del Dinamo de Kiev dribló a los defensas del Krasnodar y tiró de zurda a puerta. El portero casi rozó el balón con los dedos, pero se le escapó y el Dinamo se anotó el tanto.

—*Bespolezniy beznogiy!* —«Inútil sin piernas», le insultó Boris, que debía ir con el Krasnodar—. No, no sé cuándo volverá —dijo impaciente—. Mira, noche está tranquila. ¿Por qué no vas a casa? Jefe estará de vuelta mañana, seguro.

Volvió a su cerveza y a su partido. Mathieu desistió de intentar sacarle más información. Recordó a Amalvy y su afirmación de que controlaban las veinticuatro horas del día a Dmitry. ¿Sabrían ellos dónde y qué estaba haciendo? Se permitió dudarlo. Regresó a la sala central. Estaba casi vacía. La música resonaba muy alta y parecía hacer eco entre las paredes. Las luces que se encendían y apagaban reforzaban la sensación. Resultaba más deprimente que otra cosa.

Decidió seguir el consejo de Boris y abandonar por aquel día. Era cerca de la una. El aire acondicionado dentro del club estaba tan bajo que al salir al exterior el aire se sentía cálido.

El aparcamiento estaba a la derecha, a solo unos cincuenta metros. A la izquierda estaban Los Inválidos y el puente de Alejandro III.

Fue solo una mirada.

Sentada en las escaleras de acceso al muelle, con uno de sus vestidos cortos, esta vez de color negro. El cabello rubio claro y la palidez de su piel destacando aún más con el contraste.

Comprendió que había estado esperándolo, que la decepción habría sido no encontrarla. También volvió a pensar en

Amalvy, sus informadores armados con teleobjetivo y sus insinuaciones veladas. Y en Dmitry. En las veces que le había advertido que se hiciese a un lado. En la posesividad que exhibía para con ella. La imagen que le había mostrado Amalvy. Él la abrazaba. Ella parecía querer estar en cualquier otro lugar.

En realidad, apenas dudó, porque todas aquellas ideas fueron solo ráfagas que no desvirtuaron la cuestión principal. Lo que supo con certeza. Nadina estaba sola en el puente y él deseaba más que ninguna otra cosa estar con ella.

—¿Puedo sentarme contigo?

Sus ojos brillaron durante un instante fugaz. Inició una sonrisa, pero fue tan corta que ni siquiera estuvo seguro de haberla visto. Su alegría al reconocerle se evaporó tan rápido y la sustituyó una expresión tan apagada que el impulso y la convicción que le habían llevado hasta allí perdieron fuerza. Quizá todo aquello era un error. Las luces rojas siempre tienen un sentido. Cuidado. Cuidado. Cuidado.

—Siéntate si quieres. Hay mucho sitio.

Toda la escalinata. Pero ella se apartó y él se sentó justo a su lado.

—Te eché de menos hoy en Lumière. Se notaba que faltabas tú.

Y cuando lo dijo se dio cuenta de hasta qué punto era cierto. Cuánto más triste, más vacío, más indiferente era si ella no estaba presente.

Nadina miraba al suelo con la cabeza baja, pero la giró un poco hacia él, desconfiada, dudando sobre si estaba siendo sincero o solo amable.

—Hoy no me apetecía bailar.

Su estado de ánimo era oscuro. Mathieu pensó en lo transparente que resultaba a veces. Se había vestido de negro, sus ojos también estaban ahumados y toda ella transmitía una aflicción. Aunque no quería, no pudo evitar compararla con Catherine. Su crisis de llanto de la noche pasada que al día siguiente había desaparecido, como las nubes de verano. Catherine no estaba hecha para preocuparse demasiado tiempo por algo. Su tristeza era como su cariño, superficial.

Mathieu le dijo la verdad.

—A mí me habría gustado verte bailar.

Ella volvió a dedicarle una mirada de refilón.

—Quieres animarme.

—¿Y eso es malo?

—No. No es malo. Es solo que piensas: «Pobre Nadina. Está fatal. Le falta un tornillo. Debe estar pensando en tirarse al río».

Lo dijo en un tono irónico, incluso imitó su tono de voz, pero él le preguntó con absoluta seriedad.

—¿Estás pensando en tirarte al río?

También se puso más seria y se le quedó mirando. Tardó en contestar y cuando lo hizo fue muy corto y él la creyó.

—No.

Y fue un alivio.

—Entonces qué es lo que pasa.

Se encogió de hombros y miró hacia el cielo.

—Solo pensaba. Vi las noticias. Lo que ocurrió en Niza. Me puse triste. Pensé en toda esa gente sufriendo por nada. Por culpa de otros. Lo fácil que es destruir una vida. Muchas vidas. No es justo. ¿Crees que se sienten mejor cuando lo hacen? Cuando se inmolan para matar inocentes.

—No. No lo creo. Lo que creo es que quieren que nos sintamos tan mal como ellos.

Nadina asintió.

—Es el dolor. Yo también sé cómo es ese dolor. Sé cuánto se sufre, lo que puede llegar a herirte, cómo puede cambiarte, convertirte en una persona diferente de la que eras. Lo sé, y por eso no quiero ser de esa clase de gente.

Tuvo que preguntarle.

—¿De qué clase?

—De la que hace daño a los demás.

Parecía tan frágil, tan pequeña, tan indefensa… Costaba creer que pudiera hacer daño a nadie. Pero existen demasiadas formas de causar dolor. A veces ni siquiera se necesita una intención ni el deseo de hacerlo a propósito.

—Por eso quería pedirte perdón —añadió mirando otra vez al suelo—. Por lo que sucedió el otro día. No volverá a ocurrir, te lo prometo. No lo haré más. Conducir tan deprisa y poner en peligro a otros. Lo siento, de veras que lo siento. Fue muy estúpido.

Le dolió oírla hablar así. Su arrepentimiento, aquel castigo autoimpuesto. Mathieu pensó que le gustaba mucho más la Nadina que bailaba alzando los brazos sin pensar en nada más, que aquella otra desdibujada y encogida sobre sí misma. Los brazos cruzados sobre el estómago. Las piernas recogidas contra el cuerpo. Quiso sacarla de aquel ovillo en el que estaba enredada.

—Dime algo. ¿En serio te gusta la velocidad o solo pretendías demostrar que podías ponérmelos de corbata?

Lo consiguió. Lo miró perpleja. Luego se echó a reír. Una risa pequeña y dulce que, a su vez, le hizo sonreír. Aunque enseguida recuperó la seriedad y respondió pronunciando con lentitud cada palabra.

—Creo que solo quería mostrarte que es arriesgado que te acerques demasiado a mí.

El corazón le golpeó, despacio y con fuerza, igual que antes de comenzar una operación de asalto. Tan alto y tan fuerte que puedes contar uno a uno los latidos.

—Estoy acostumbrado a asumir riesgos.

El mundo se paró. Se quedaron mirándose y acercaron sus bocas a un tiempo, como si ambos hubieran escuchado la misma señal. En la semioscuridad de las escaleras. Sus cabezas inclinadas en direcciones opuestas y solo los labios. Como adolescentes primerizos. Suave, cálido, inseguro y con la certeza de encontrarse en un borde y estar deseando saltar.

Se separaron en silencio. Los ojos de Nadina brillaban con la nitidez de las estrellas en las noches más cerradas. La idea surgió con urgencia.

—Escucha, ¿te gustaría ir rápido esta noche?

—¿Esta noche? —repitió ella. El acento ruso más marcado. Le pasaba cuando estaba inquieta o nerviosa y ahora lo estaba.

—Pero tengo una condición: yo conduciré —dijo con una sonrisa.

Nadina también sonrió. Una gran, luminosa sonrisa.

—¿En tu moto? Sí, me gustaría. Me gustaría mucho.

—Pues vamos. —Se levantó y le tendió la mano.

Subieron las escaleras. No tuvo claro quién empezó, pero acabaron compitiendo por llegar antes arriba. Cuando subieron el último escalón, Nadina jadeaba y reía.

El aparcamiento estaba solo a unas pocas decenas de metros. Enseguida estuvieron junto a la moto.

—¿Dónde te gustaría ir? —Las luces le bañaban el rostro. Nadina miró a su alrededor, indecisa, como si no supiese qué decidir entre tantas posibilidades. Todo París les rodeaba iluminado.

—No sé. Déjame pensar… —Se mordió el labio y se retorció las manos—. Nunca he estado en Euro Disney. ¿Es demasiado tarde? ¿Crees que aún estará abierto?

Le hizo parpadear repetidas veces.

—¿Lo dices en serio?

—Tiene que ser fantástico: la montaña rusa, esa plataforma que te deja caer de golpe desde lo alto, el pasaje del terror, el ratón Mickey…

Lo decía tan convencida que comprendió.

—Te estás riendo de mí.

Ella se echó a reír a carcajadas.

—Es tan fácil…

Mathieu también rio, aunque solo fue porque le encantaba verla reír, incluso cuando era a su costa.

—Está bien. Olvidemos Euro Disney. Di otra.

—Hummm… —dijo entrecerrando los ojos—. También me han hablado de un sitio en Pigalle. Es fácil de reconocer. Tiene tres equis enormes en la puerta. Dicen que es… salvaje.

Esa vez no picó. Se limitó a alzar las cejas. Nadina rio igual.

Luego se puso forzadamente seria y pareció sufrir un repentino ataque de timidez.

—¿Y qué tal estaría si me llevas a tu casa?

Toda su frivolidad cayó de golpe. Solo parecía insegura. Vulnerable.

Le tendió el casco.

—Sube.

Nadina dudó en cogerlo.

—Pero ¿y tú?

—No te preocupes. Asumo toda la responsabilidad.

Le sonrió y ella también lo hizo. La ayudó a colocarse el casco. No hacía mucho juego con su vestido corto negro, pero ya que solo tenía uno prefería que lo llevase ella. Pensó en la infracción si se cruzaban con algún policía. De todos modos, no era la única norma que pensaba infringir aquel día.

Se subió a la Yamaha. Ella se acomodó tras él. La falda subida casi hasta la ingle, las piernas desnudas pegadas a las suyas y los brazos cruzados por delante de su pecho.

Se volvió y le preguntó:

—¿Lista?

Movió la cabeza afirmativamente. No podía verle el rostro tras el cristal tintado. Pero, cuando salió a la vía y empezaron a inclinarse con suavidad sobre el asfalto, Nadina se acercó más a él, apoyó el pecho y la cabeza contra su espalda y le abrazó con fuerza y, al mismo tiempo, con delicadeza.

Mathieu aceleró un poco más.

Tomó la circular en vez de cruzar los bulevares y se sintió bien como hacía mucho tiempo. El ronroneo suave y uniforme del motor, el aire en la cara, la velocidad y sobre todo ella.

No se cruzaron con ningún coche patrulla. Condujo aprisa, pero no tanto como para hacer saltar las alarmas. Desaceleró en cuanto entraron por las calles más estrechas de Montreuil. Había espacios libres en las aceras, el verano se dejaba notar, pero el edificio en el que vivía tenía un aparcamiento en los bajos. El motor resonó con fuerza en el espacio cerrado.

Nadina bajó primero y se quitó el casco apoyándose contra el asiento. No sentía las piernas muy seguras. Era la primera vez que montaba en moto. Había sido distinto. Emocionante.

—¿Qué te ha parecido? —preguntó él con una de sus sonrisas de buen chico que sabe que también guarda algunos ases en la manga.

—¿Me prometes que repetiremos?

Le hizo reír. Luego se miraron. Nadina recordó su timidez y su inseguridad. Lo era. Ambas cosas. Aunque también fuese capaz de echarlo todo por la borda y ser valiente. Era solo que a veces el valor la abandonaba justo cuando más lo necesitaba.

Pensó en cómo se vería, así que buscó su reflejo en los cristales de un coche. Tenía todo el pelo disparado y eléctrico por culpa del casco.

Se pasó los dedos y lo dejó aún más de punta.

—Estoy horrible —dijo volteando los ojos y mirando hacia los mechones tiesos.

—Estás preciosa.

—¿De verdad?

—De verdad.

A Mathieu le conmovió su expresión. Era difícil saber cómo actuar con ella. A veces parecía de vuelta de todo y otras tremendamente frágil. Y tanto de un modo como de otro le atraía. Sentía el impulso de ir hacia ella.

Se dirigieron a la salida. Su apartamento estaba en un octavo piso. Normalmente subía y bajaba por las escaleras, pero ni se le pasó por la cabeza hacerlo aquella vez.

Abrió la puerta del ascensor. Nadina entró y se apoyó contra el cristal. Su imagen se reflejó en todos los ángulos. De frente y de perfil. Las manos en la espalda. La piel clara y los ojos oscuros rodeados de sombra gris mirando hacia el techo.

Tenía aquella postura. Toda ella decía aún no, así que Mathieu esperó. Las puertas del ascensor se abrieron. Buscó la llave, dio las luces y le franqueó el paso a su apartamento.

No era muy grande, pero para una persona sola, incluso para dos, era perfecto. La sala de estar también estaba nada más entrar. El mobiliario era sencillo y cómodo. Un sofá de tres plazas y una mesa baja con el portátil en el que había estado trabajando aún sobre ella. Un mural de pared con algunas fotos, el televisor y los libros que no había dejado en Lyon. Una alfombra bereber tejida a mano con pequeños motivos geométricos. Cubría todo el suelo y era un regalo de su padre.

Nadina se paró en el centro de la habitación y miró a su alrededor y luego a Mathieu. Estaba nerviosa. Mucho más de lo que quería reconocer. Tenía tanto miedo de estropearlo que estaba segura de que lo haría. Lo estropearía.

También él dudó. Tarde para echarse atrás, por más que supiese que no debía. Solo traería complicaciones. Se había pasado las últimas semanas diciéndose que debía alejarse de ella. Y no solo se lo había dicho él. Amalvy también lo había sugerido. Dmitry le había marcado el terreno. La imagen que no quería evocar se presentó. Vestida solo con una camisa. Las manos de él sobre su cuerpo. Tuvo que recurrir a toda su voluntad para rechazarlo.

—Mira, quizá deberíamos…

Nadina se le abalanzó antes de que tuviera tiempo de oponer alguna objeción. Los pies en puntillas y las manos en sus antebrazos para no perder el equilibrio. Fue brusco e inesperado y, sin embargo, lo besó con tanta sutilidad, le rozó con los labios, le lamió apenas con la lengua, sintió la mínima presión de sus dientes. Le electrizó, le erizó la piel y le desbocó el corazón. Luego ella se apartó.

—Lo… Lo siento.

Mathieu la miró y renunció a entenderla. Lo que hizo fue cogerla por las sienes con ambas manos y besarla fuerte y profundo. Ella primero dudó, se puso rígida, pero enseguida se anudó a él y le devolvió el beso con todas sus ganas.

El instante. El vacío. Volvió a suceder. El perfume, mucho más suave que la primera vez, la mutua necesidad, la sensación de caer. Tan, tan profundo. Tan aprisa.

Nadina se separó jadeando y lo miró. Mathieu apretó los dientes para contenerse, porque ella tenía otra vez aquella expresión. No sabía si quería salir corriendo o que volviera a besarla.

—¿Estás bien?

Ella afirmó rápido con la cabeza. Varias veces.

—¿Y tú?

—Muy bien.

Se besaron a la desesperada. Ella tiró de su camiseta. Él terminó de quitársela y la arrojó al suelo. Nadina lo miró con el brillo turbio del anhelo y a él le gustó. Le bajó la cremallera y le quitó el vestido. Se quedó solo con la ropa interior. Un diminuto sujetador negro con la parte de abajo a juego. Un entramado de pequeñas estrellas tatuado en el costado.

Fue inevitable que sus manos volasen en aquella dirección y dibujasen el perfil del trazado. Nadina sintió el pinchazo y cerró los ojos. Mathieu continuó acariciando con las yemas de los dedos a lo largo del costado. El dolor desapareció y dio paso al placer. Le hizo gemir y fue cálido y ronco, desquiciante y enloquecedor.

Se apresuró a soltar el cierre del sujetador y ella desabrochó el botón de sus vaqueros. Le acarició a través de la abertura entreabierta y Mathieu tuvo que contenerse para evitar gemir a su vez.

Abrazados, respirando acelerados. Sus senos desnudos rozando su pecho, las manos de él tirando hacia abajo de sus bragas. Volvió a besarla. Muchos pequeños y ardientes besos. En el rostro, en el pelo. Bajó al cuello. Nadina jadeó y dejó que la tendiese sobre la alfombra. Los brazos por encima de la cabeza. Todo su cuerpo al descubierto. Mathieu recorrió cada centímetro de su piel. Sus senos pequeños y tibios. Su estómago. Las estrellas de su costado. La besó en el pubis y lamió el inicio de unos labios cuyo color era tan rosa y su sabor tanto o más dulce que el de su boca.

Ella gimió, le agarró del pelo y tiró de él. Mathieu quiso morderla. Nadina chilló aún más alto cuanto sintió sus dientes en el interior del muslo, aunque él apenas llegó a apretar y la lamió justo donde la había mordido.

—O, *Bozhe* —se quejó en ruso.

Volvió a probarla y la notó líquida y caliente. Nadina sollozó despacio y respiró aprisa. Mathieu trató de reprimir la candente necesidad de estar dentro de ella. Era la primera vez. Podía esperar.

No quería esperar.

Entonces se dio cuenta de que no tenía más remedio que aguardar un poco más.

—Vuelvo enseguida. Voy a por un preservativo.

Nadina se incorporó, se quedó apoyada sobre los brazos con los ojos oscuros y brillantes, y asintió.

Fue al baño, abrió el armario, sacó uno de la caja y regresó con el pequeño recuadro plateado en la mano. Aún llevaba puestos los vaqueros. Se los quitó y se puso el preservativo mientras ella le observaba.

—¿Quieres que vayamos a la cama?

Nadina negó. No quería moverse. Quería seguir mirándolo así. Desnudo y dispuesto para ella.

—Me gusta esta alfombra —aseguró. Dura al tacto y suave a la vez. Muy, muy suave.

Todavía estaba semi-incorporada. Él se tendió sobre su cuerpo, apoyado también en las manos para no volcarla. Solo tuvo que alzar las caderas. Mathieu se clavó a ella y Nadina sollozó. Le apretó con fuerza entre sus piernas. Se sujetó a sus manos. Se olvidó de todo. Se limitó a sentir.

Con los ojos cerrados, la emoción subiendo, tan alto, tan alto… Entonces, por un breve instante, apareció el pánico. Solo un segundo, pero fue suficiente. Se puso tensa, se abrazó más a él.

—Mathieu… No me sueltes. Por favor, no me sueltes —pidió.

Le llegó al corazón. Su tono desgarrado. Su acento entregado. La besó, la cogió de las manos y se las sujetó. Ella gritó de placer, comenzó a deshacerse. Mathieu también quiso hacerlo, pero logró controlarse hasta que oyó el sollozo agónico y gutural de Nadina.

—No pienso soltarte. No lo haré. De veras, no lo haré —susurró acunándola contra sí.

Y lo decía completamente en serio, mientras trataba de poner en calma sus propias emociones. No sabía qué era, pero nunca hasta entonces había experimentado aquella necesidad, la de entregarse por entero. Quizá porque sentía que así era como ella le necesitaba.

Aún permanecieron un buen rato meciéndose juntos, los movimientos ya suaves y lentos, pero cuando se quedaron quietos, tendidos sobre el suelo, Mathieu notó en el rostro las lágrimas que surcaban sus mejillas. La miró con preocupación, pero ella abrió los ojos y pareció tan feliz…

Tuvo que volver a besarla.

Nadina se dejó mimar. Se sentía mejor que bien. Tanto que no quiso escuchar la otra voz. La que decía que era demasiado bueno. Más, mucho más de lo que merecía.

—¿Los has leído todos? —preguntó Nadina pasando la mano por una larga hilera de libros.

Llevaba como única prenda su camiseta y curioseaba sin pudor entre sus cosas. Mathieu la contemplaba sentado sobre la alfombra y apoyado en el sofá. Eran las tres de la madrugada y estaban desvelados.

—La mayoría.

Sacó uno de la estantería y lo abrió.

—¿De qué va este?

Mathieu enarcó las cejas.

—Es complicado de explicar. Trata de muchas cosas, del sentido o la falta de sentido de la vida, de la primavera de Praga y cómo la intervención de la Unión Soviética acabó con la esperanza de un cambio. De un hombre que ama a su mujer, pero no puede dejar de engañarla con otras… —Detuvo ahí su explicación—. ¿Quieres leerlo? Quédatelo. Creo que te gustaría.

Nadina apretó los labios y volvió a dejar el ejemplar de *La insoportable levedad del ser* en su sitio.

—Quizá más adelante.

Siguió curioseando en el estante. Cogió una de las fotos.

—¿Tu padre?

Mathieu asintió.

—Os parecéis.

—Siempre nos lo dicen.

—También es muy atractivo.

Ella espió su reacción y vio su gesto de «no necesito que me lo digas, nena». Pero no le importó. Era la verdad.

—Y esta es tu madre.

De perfil, en el jardín de la casa de Lyon, serena y madura. Era una de sus fotos preferidas.

—¿Y ella? —dijo cogiendo el retrato de una chica en camiseta de tirantes muy joven y muy sonriente.

—Es Gabrielle. Mi hermana.

Nadina le dedicó más atención que a las otras.

—Es muy guapa también, pero no se parece a ti.

—Se parece más a la familia de su padre. Mi madre volvió a casarse.

—Entonces, ¿tuviste dos padres? —dijo dejando con cuidado la foto en su sitio.

Mathieu negó.

—Tuve solo un padre. Philippe no es mi padre.

—¿No se portaba bien? ¿Era duro contigo?

—No, en absoluto, pero son cosas distintas.

No tenía nada contra Philippe, no más allá de que había ocupado el lugar de su padre tres meses después del divorcio. Su madre y él eran compañeros de trabajo. Philippe trató de congraciarse, pero Mathieu no vendía tan fácilmente su lealtad. Luego nació Gabrielle y fue como llegar a un armisticio. Philippe se dedicó a ella y Mathieu también claudicó ante la nueva criatura. Los dos la habían sobreprotegido para mayor desesperación de su madre.

Nadina miró en torno a sí. Las paredes estaban pintadas en un tono amarillo suave que resultaba aún más cálido por efecto de la luz indirecta. Había varias láminas grandes y enmarcadas con apaisados parajes de montaña, pero no más retratos.

—¿Y no tienes fotos tuyas?

Mathieu volvió a alzar las cejas, pero ella puso ese gesto…

—Por favor…

Y él cedió.

—Mira en ese cajón.

Lo abrió y encontró un álbum. Lo levantó como si se tratase de un trofeo y fue a sentarse junto a él en el suelo para mirarlo.

Lo había preparado su madre. Había decorado las tapas y escogido ella misma las fotografías. Había muchas. Desde que era un bebé hasta ya de adulto. Así que tuvo que escuchar todas las exclamaciones de arrobo de Nadina, las risas, los halagos por lo bien que le sentaba el uniforme de policía… En una de ellas se descolgaba por una cuerda en pleno macizo de Écrins.

—Te gusta escalar.

—Mucho.

—¿Y no te asusta la altura? No creo que yo pudiera.

—Al principio sí que impresiona, pero luego te acostumbras y engancha.

Nadina asintió. Eso sí podía comprenderlo. Siguió pasando fotos. Se detuvo en otra.

—¿Quién es?

—Silvye.

Estaban los dos abrazados en plena ruta Chamonix-Zermatt, en los glaciares, y tenían diecisiete años.

—Silvye —repitió Nadina en tono de sospecha.

—Mi primera novia.

—¿Y qué pasó con ella?

—No pasó nada. Se fue a una universidad y yo a otra. Conocimos a otras personas…

Nadina continuó, pero la de Silvye era de las últimas fotos.

—¿No hay más?

—Aquí no. En Lyon sí hay muchas más, pero solo me traje estas.

—Es bueno tenerlas —dijo ella acariciando la tapa forrada con pequeños recortes de papel maché y hojas secas. Se quedó pensativa y Mathieu comprendió que Nadina no debía conservar ninguna imagen, ningún recuerdo tangible de su familia.

Pero ella se rehízo enseguida.

—Está bien, no más fotos, pero ¿y más chicas?

—¿Más chicas?

—¿Solo tienes fotos con Silvye cuando teníais quince años?

—Diecisiete —puntualizó Mathieu.

—¿Ni en el móvil?

Aquello comenzaba a parecerse a un registro en toda regla. Mathieu era reservado por profesión y por naturaleza. Pero por otro lado no quería tener secretos con ella, o más bien lo que deseaba era que también Nadina confiase en él, y por eso, podía ser razonable que empezase cediendo. Cogió el móvil que estaba tirado un poco más allá sobre la alfombra y desbloqueó la pantalla.

Buscó entre los archivos de imágenes y enseguida encontró una entre las más recientes. Era de su visita a Avignon. Le tendió el móvil a Nadina.

Examinó la foto un buen rato.

—Es muy bonita… —Y sonó apagada—. ¿De cuándo es?

—De hace dos o tres meses.

—¿Solo?

Mathieu la miró a los ojos. Incluso como absoluto partidario de la sinceridad, sabía que existían ocasiones en las que no hacía falta dar todos los detalles. Como que la víspera había estado con Catherine.

—Sí, pero se terminó. Eso es todo.

—¿Por qué se terminó?

—No le gustaba mi trabajo. Decía que era arriesgado.

Nadina murmuró en ruso por lo bajo. «Estúpida», fue la palabra que empleó. Seguía pasando fotos. Mathieu le quitó el móvil.

—Suficiente. Ahora te toca a ti.

—Yo no tengo fotos —dijo encogiéndose de hombros—. Ni siquiera en el móvil.

—No es eso —dijo más serio. Era la pregunta incómoda que flotaba todo el tiempo entre los dos y si no la hacía sería aún peor—. ¿Por qué estás con él? ¿Por qué seguís juntos si no es lo que quieres? Si no te hace feliz.

Nadina puso cara de disculpa, pero no le ofreció ninguna explicación.

—Tienes que darme tiempo. Un poco más.

Trató de dominarse y no reflejar su malestar, pero el rostro se le endureció. Todo él se tensó. Ella apoyó la mano en su brazo en un intento de suavizarlo.

—Te lo explicaré y lo solucionaré, pero aún no. No todavía. Por favor.

Parecía afectada. Más incluso de lo razonable. Una sospecha cruzó por su cabeza. La sola idea le desencajó.

—¿Te maltrata? ¿Te ha hecho daño de alguna manera? Puedes decírmelo. Buscaremos una salida. Si no quieres quedarte aquí, hay centros de acogida…

No le dejó seguir.

—¡No! No es eso —negó y le cogió por el rostro para que la mirara—. No se trata de eso, de verdad. Te lo prometo.

Él hizo un esfuerzo por calmarse.

—Entonces, ¿qué es?

Otra vez el gesto desolado. No quería reprocharle nada. No tenía derecho, pero no podía evitar querer saber, querer entenderla. Y no, no quería compartirla.

—¿Después de todo seguirás con él? Eso fue lo que me dijiste una vez. «Ha habido otros, pero al final siempre volvemos».

Sus ojos oscuros brillaron, pero aguantó el tipo.

—Cuando te conocí pensé que no eras como los otros, pero puede que me equivocase.

Le desarmó. No fue fácil, pero tampoco se sintió capaz de hacer otra cosa. Tuvo que abrazarla y estrecharla contra sí. Nadina se refugió entre sus brazos.

—Está bien. Tómate tu tiempo.

Ella lo agradeció y comenzó a besarle. Él estaba reticente. Sabía que quería que olvidara la conversación. Pero era tan dulce y sus ojos ahumados tenían aquella expresión: oscuridad, inocencia, deseo, candor. Todo se mezclaba. Le trastornaba.

Y cuando se quitó la camiseta, se colocó frente a él y acercó los senos a su boca para que los besara…

Hicieron otra vez el amor, y fue aún más extenuante y excesivo, más exigente. Cuando terminaron era fiebre lo que brillaba en los ojos de Nadina y lo que a él le consumía aún por dentro.

—Mathieu…

—¿Qué? —dijo sin soltarla, porque había vuelto a ocurrir. Todo aquel tiempo había estado sujetándola.

—¿Me harás una foto a mí también?

Estaba desnuda, pero Mathieu cogió el móvil y enfocó solo a su rostro sofocado. La cámara registró el momento. La miró, se tumbó a su lado y se la enseñó.

Nadina sonrió.

—Me gusta.

Luego lo besó.

—Me gusta mucho.

Dormían, era sábado. Más de las diez, pero también era cierto que se habían acostado muy tarde. En el móvil de Mathieu sonó el aviso de mensaje. No el tono normal. Uno más largo. Se repetía cada diez segundos si no lo atendía. Lo tenía programado así. Le despertó.

Consultó la pantalla. Amalvy le citaba para un par de horas más tarde. Tuvo que sacarla del sueño. Lo hizo besándola justo donde comenzaba la curva apenas pronunciada de uno de sus senos. Nadina se desperezó. Primero pareció un poco desconcertada, pero enseguida sonrió.

—Buenos días.

—¿Qué hora es?

—Tarde. Las diez y veinte.

Tarde para él, porque Nadina rara vez se levantaba antes de las once o las doce.

—Tengo que salir. Acaban de avisarme. Puedes quedarte si lo prefieres.

No era como volver a pedirle que se mudase a su apartamento, solo quiso dejarle abierta la posibilidad, pero ella lo rechazó.

—No. Me iré contigo. ¿Me llevarás? O puedo coger un taxi.

—Te llevo.

Se duchó mientras Nadina se quedaba un rato más en la cama. Luego entró ella. Cerró la puerta. Le dio tiempo a desayunar. Salió con la cara lavada, el pelo húmedo y la sombra del rímel resistiéndose a desaparecer de sus ojos.

—¿Quieres que te prepare algo? ¿Qué te gustaría?

El apartamento era lo suficientemente amplio para dejar espacio a una encimera corrida que hacía de mesa en la cocina, y también estaba la de la sala de estar. Pero lo que no tenía era terraza, ni las vistas eran de las que merecía la pena observar. Trató otra vez de no pensar en Dmitry y en todo lo que conllevaba, pero no lo consiguió.

Nadina volvió a poner la expresión con la que trataba de excusarse.

—No hace falta. Desayunaré más tarde. No quiero retrasarte.

Y él pensó que tampoco quería demorarse. Notaba un cambio en ella respecto a la noche pasada. Cierta intranquilidad que antes no estaba. Y tampoco tenía la seguridad de si era por él o por otras razones.

Regresaron en moto, esta vez con dos cascos. Había más tráfico, así que fue despacio. Nadina se acercó menos a él.

Se pararon en un semáforo junto al puente del Alma. Ella llamó su atención. Le hizo un gesto señalándole un espacio junto a los jardines. Mathieu se detuvo allí. Nadina se bajó y se quitó el casco.

—Aquí me viene bien. No hace falta que te desvíes. Te están esperando y me apetece caminar.

Mathieu paró el motor. Todavía faltaba cerca de un kilómetro. No era mucho, pero, más que porque a Nadina le apeteciese caminar, supuso que le preocupaba que la viesen llegar con él.

No quería discutir y era consciente de lo poco prudente que sería mostrarse juntos. Pero no era así como quería estar con ella: escondiéndose, con temor, con engaños… Aunque no podía decir que no estuviese advertido.

—Si es lo que quieres —se limitó a decir.

Ella sonrió a duras penas.

—Es lo que quiero.

—Está bien. Ya nos veremos entonces.

—Sí, nos veremos.

Quería volver a besarla una vez más antes de separarse, pero resistió y esperó su reacción. Nadina también mantuvo las distancias. Desistió, se dio la vuelta y comenzó a andar calle abajo. Él se quedó observándola.

La sensación cálida que habían compartido la noche pasada comenzó a enfriarse por el deje amargo de aquella despedida. Mathieu sacudió la cabeza. Se dio la vuelta y cogió el casco del asiento de la moto. Entonces la oyó llamarle.

—¡Mathieu! ¡Espera!

Regresaba aprisa, todo lo aprisa que le permitían las sandalias de plataforma y que desde luego no eran las más adecuadas para correr.

Se abrazó a él y lo besó y, mientras también la besaba, Mathieu sintió cómo se desvanecía el malestar. Se dio cuenta de que había sido así desde que la vio por primera vez, o al menos desde que la vio besarse con Anelka. Nadina le hería, pero ya ni siquiera pretendía alejarse de ella.

Se apartó de él y comenzó a hablar muy rápido.

—Me iba, pero he pensado… Lo que me preguntaste ayer. No te lo conté porque no quería estropearlo. No quería que… —dijo interrumpiéndose—. No es fácil de explicar.

Mathieu se inquietó. Sonaba confuso. El acento ruso se le marcaba más que nunca y no tenía la menor idea de a qué se refería, pero le preocupó.

—Puedes contármelo. No será peor de lo que imagine si no lo haces. Créeme.

Ella puso cara de dudarlo.

—¿Recuerdas lo que te dije en el coche? Que mi madre nunca quería que saliésemos y que no le hice caso. No era yo. No tenía que haber sido yo.

—¿No tenías que haber sido tú? —repitió sin comprender.

—Quien se salvase, quien se quedase con Dmitry, quien estuviese aquí —dijo señalando a su alrededor: los jardines a la orilla del Sena, la torre Eiffel irguiéndose solo un poco más allá, los turistas esperando para subir al *Bateau Mouche*—. Tenía que haber sido mi hermana. Dmitry nos confundió. Yo debería estar muerta y Milena viva. Ni siquiera me quería a mí, ¿entiendes ahora?

Estaba muy alterada y Mathieu no entendía gran cosa. No más allá de que, si había pensado que Nadina le hería, aquel dolor no era nada al lado del que ella reflejaba. Trató de abrazarla, pero no se dejó consolar.

—Le engañé. Me hice pasar por ella. Estaba enfadada. Ni siquiera recuerdo por qué. Siempre estuvimos muy unidas, pero en los últimos tiempos Milena se guardaba secretos y a mí me dolía. Me encontré con Dmitry y me confundió con ella. Me dijo que me esperaba esa tarde donde siempre. «¿Donde siempre?», le pregunté, y él me dijo: «Sí, en el bar de la calle Dom». Y fui.

Sabiendo que sus padres la matarían si se enteraban de que andaba con un soldado ruso, que Milena lo sabría antes o después y la odiaría, pero tenía dieciséis años, y Dmitry no solo era muy atractivo, también era diferente a los otros soldados. Tenía esa sonrisa. No solo a Milena le gustaba, también ella se había fijado en él, aunque nunca se habría atrevido a acercarse, pero Milena sí y no se lo había contado.

—Dmitry se alarmó cuando se dio cuenta de que no era Milena. Me dijo que teníamos que volver. Cuando llegamos habían atacado el edificio. Él lo sabía. Sabía que iban a bombardearlo y quiso salvar a Milena. Pero murió y yo no y odié a Dmitry y quise morir también, pero él no me dejó. Cuidó de mí. No me quería, pero cuidó de mí.

Nadina lloraba y hablaba despacio, como si cada palabra hiciese demasiado daño. Mathieu no sabía cómo reaccionar. Todavía estaba tratando de asimilar aquel torrente de dolor e información. Así que solo la abrazó. Su rostro contra su pecho en medio de la acera, rodeados del tráfico congestionado e indiferente del centro de París.

—Lo siento. Lo siento mucho.

Ella se encogió contra él. Más frágil y delicada que nunca. Parecía a punto de quebrarse, pero Mathieu no dudó de que era fuerte. Tenía que serlo para haber sobrevivido a todo aquello.

—¿Lo entiendes ahora? ¿Aún quieres estar conmigo? Lo comprenderé si dices que no. No te perseguiré más, lo prometo…

No la dejó seguir hablando. La cogió por los hombros e hizo que lo mirara a los ojos.

—Quiero estar contigo y que me persigas. Quiero ser lo que necesites. ¿Está claro?

Le hizo sonreír a través de las lágrimas.

—¿Y me darás tiempo? —suplicó—. Un poco más.

Mathieu asintió. ¿Cómo negarle ni tiempo ni ninguna otra cosa? Sus dilemas morales le parecían ahora penosos al lado de aquel desastre de confusiones y calamidades que acarreaba Nadina.

—Esperaré.

Se limpió las lágrimas con el dorso de la mano, incluso forzó una sonrisa.

—Te estoy entreteniendo. Llegarás tarde a tu cita. No iba a hacerlo, pero pensé que si no te lo contaba ahora…

Pensó que si no lo hacía en aquel momento cada vez sería más difícil. Mathieu lo entendió.

—¿Estarás bien? —dijo preocupado—. Puedo llamar y aplazarlo. Vayamos a un sitio más tranquilo y hablemos. No quiero dejarte así.

Ella negó y rio un poco. Le pasaba a veces. Se ponía de un humor negro. Se le ocurría que su vida entera era una broma absurda y sin ninguna gracia.

—No. Vete. Te esperan. Estaré bien. He estado bien durante todo este tiempo, puedo estar bien un poco más.

Mathieu dudó de esa afirmación, pero comprendió a qué se refería. Él lo acababa de descubrir, pero Nadina se despertaba cada mañana con aquel conocimiento, el sentimiento de vivir de prestado una vida que no era la suya.

La besó, inquieto. Ella le dirigió una última y animosa sonrisa. Apenas había caminado unos pasos, pero Mathieu pensó que debía decírselo. Lo hizo porque creyó que era lo justo, aunque ahora más que nunca habría querido apartarla de todo y regresar con ella a su apartamento. Hacerle el amor sobre la alfombra y sacarle docenas de fotos en las que Nadina se reconociese y no tuviese la menor duda de que era ella y no el reflejo de algún otro rostro.

—¡Nadina!

Ella se giró.

—¿Sí?

—Lo que dijiste antes, sobre Dmitry y que no era a ti a quien quería. No sé cómo sería al principio, pero sé cómo es ahora. No creo que quiera a ninguna otra. Te quiere a ti.

Nadina calló. No lo confirmó ni tampoco lo negó.

—Pero no se trata de eso, ¿verdad? Se trata de lo que tú quieres.

Ella asintió. Sus ojos oscuros brillando más que nunca.

—¿Lo sabes? ¿Sabes qué es lo que quieres?

Y sonrió. Una sonrisa auténtica y sincera.

—Sí, lo sé.

Mathieu también sonrió y la opresión que ambos sentían se alivió.

—Te veré esta noche.

—Te esperaré.

Y eso fue suficiente para hacerles a los dos un poco más felices.

No tardó más de diez minutos en llegar a Lumière. Llamó y el encargado de seguridad le abrió desde dentro sin preguntar. Cogió las llaves del apartamento y subió aprisa, tratando de evitar encuentros y preguntas. De todos modos, pensaba volver a salir enseguida.

Abrió la puerta con prevención y cierto temor. No soportaría un interrogatorio en aquel momento y, si algo había aprendido en aquellos años, era que Dima siempre terminaba por salirse con la suya. Era él quien imponía su voluntad y ella la que se dejaba convencer.

Pero eso iba a cambiar.

Cogió algo de dinero, el móvil y unas gafas de sol grandes y negras para que no se notase que había llorado. Tenía la mala costumbre de salir con las manos vacías. Dima la regañaba. «Santa madre Rusia, ¿no puedes ocuparte de ti misma?».

Tenía razón.

Bajó las escaleras deprisa. En cuanto estuvo en la calle se sintió mejor. Hacía calor, pero respiró la brisa que venía del Sena y se dirigió hacia una de las calles laterales.

Se le había quedado un agujero en el estómago después de la conversación. El cuerpo se le revolvía cada vez que pensaba en aquel día, en aquella época. Pero eran más de las once y aún no había desayunado y apenas había cenado la noche anterior. No podía mantenerse del aire. Entró en una *boulangerie* coqueta y muy frecuentada por los turistas. La dependienta la conocía. La saludó con una sonrisa. Le preguntó qué quería. Escogió uno de los dulces. La mujer lo metió en una bolsita de papel y se lo entregó.

Continuó paseando mientras pellizcaba el bollo caliente y recién hecho. Se sentía un poco más serena. Le había costado decidirse. Habría preferido callar. Ser como cualquier otra chica. Como las de las fotografías. Aunque también ella terminara perdiéndole. Pero no antes de que volviera a amarla como esa noche: intenso y dulce, de que fuesen sus brazos los que la sostuviesen para no caer.

Se estremeció recordando en medio de la calle, incluso cerró los ojos por un segundo. No, no quería perderle. Por eso había tratado de hacerle entender que no podía dejar así como así a Dima y, aunque lo intentase, él no lo aceptaría. No era solo su culpa ni tampoco de él. La culpa era de la guerra.

En Grozni la guerra no era como la gente solía pensar. Un frente con ejércitos que luchaban. Tierra perdida o conquistada. No era de ese modo. En Grozni la guerra era la ciudad silenciosa y arrasada, la gente intentando restablecer una precaria normalidad entre esqueletos de edificios y montañas de derribos. Era el estruendo de los tanques, los registros en las casas en mitad de la noche, los atentados de los rebeldes chechenos, las ráfagas de ametralladora al doblar una esquina, el miedo a las detenciones, las colas para conseguir comida. La resignación sorda y airada y los soldados siempre en las calles.

Se paró a mirar un escaparate y se vio reflejada. El vestido negro. Las gafas. La bolsita de papel en la mano. Le trajo a la memoria la escena de una de las películas que había visto en el canal del cable. La protagonista era morena en vez de rubia, el cabello recogido en un moño alto en lugar de corto. Ocurría en Nueva York y no en París, pero sí. No lo había hecho a propósito, pero existía cierta relación. Le gustaba esa estética, los sesenta, los setenta…

Cuando tenían quince años, Milena apareció un día con un vestido de ese estilo. Entallado, la falda cortada en trapecio y por encima de la rodilla. Su madre le preguntó que de dónde lo había sacado. Milena dijo que se lo había encontrado. Su madre la abofeteó.

Milena repitió toda la noche que la odiaba, la odiaba, la odiaba. Dormían juntas en la misma cama. Escuchó sus lágrimas. Ella defendió a su madre. Le dijo que lo hacía porque se preocupaba, que era idiota, que se metería en un lío. Milena respondió que la dejara en paz.

Al día siguiente su madre no permitió salir sola a Milena y se la llevó con ella a buscar comida. Su padre estaba con los otros hombres. Tenía un trabajo. El ejército le pagaba para que abriesen vías de paso en las calles cubiertas por los escombros. No se acababa nunca. Toda la ciudad era una inmensa escombrera.

Encontró el vestido. Su madre lo había escondido, pero no había tantos sitios donde ocultarlo. Se lo probó, se miró en el espejo y comprendió y envidió a Milena.

De las dos ella era la más valiente, la más inconformista, más terca, más arriesgada, más sincera. Por eso no le extrañó lo de Dmitry. Todas las chicas del edificio se habían fijado en él. Incluso Beliya, una de sus mejores amigas, que llevaba velo desde los once años y escupía al suelo cada vez que veía un soldado ruso, volvía la cabeza para mirarlo y espiar su expresión risueña y provocadora.

Todas sabían lo que los soldados rusos les hacían a las mujeres. Nunca debían alejarse de las zonas más frecuentadas y, si lo hacían, jamás ir solas. Ni siquiera en grupo si no era acompañadas por varios hombres, y aun así. Lo peor que podían hacer era atraer su atención. Pero Dmitry no era como los demás soldados. Parecía alegre, amable y, cuando te llamaba, te entraban ganas de acudir.

Lo hizo una mañana cuando regresaba del mercado. Había que salir todos los días. Ir varias veces a ver si había huevos, leche o harina. Todo se acababa rápido. Dmitry se le acercó. Le dijo lo de la cita. Lo importante que era. Le hizo prometer que no faltaría.

Primero no se le pasó por la cabeza acudir. Pensaba decírselo a Milena y echárselo en cara. Amenazar con contárselo a su madre. Luego Milena apareció, feliz, canturreando una canción. Le preguntó de dónde venía. No contestó. Le dijo que no se metiera en sus cosas.

Entonces lo decidió. Ella también quería vivir, ser libre, no estar siempre escondida. Le dijo a su madre que iba a casa de Beliya. Estaba solo dos pisos más abajo. No desconfió.

—*Excuse me, do you know where is this place?*

Era una pareja de japoneses. Atentos y ceremoniosos. Le señalaban un lugar en el mapa. Nadina intentó hacerse entender. No hablaba más inglés que lo que había aprendido con las películas. Agradecieron sus indicaciones y un poco más adelante los vio preguntar a otra persona. Se encogió de hombros.

También ella tuvo que preguntar para encontrar el bar de la calle Dom.

Estaba lleno de hombres, de humo, de voces altas y ruidosas. Muchos eran soldados. Se asustó. Estuvo a punto de darse la vuelta, pero entonces apareció él. Rabiosamente guapo. Tan seguro de sí mismo. Feliz de verla.

—«Ven. Buscaremos un sitio más tranquilo».

Todo fue bien hasta que empezó a besarla. Nunca había estado con un hombre. No como con Dima. Había estado con algunos chicos. Besuqueos rápidos y torpes. Intentaban meterte mano a la primera de cambio. A más de uno tuvo que pegarle una patada para que la dejara marchar. Pero Dima no besaba así. Aquello era otra cosa. Sus caricias le ponían el vello de punta, le sublevaban la piel, le daban calor y frío, le provocaban mariposas. Volvió a comprender y a envidiar a Milena, pero también se sintió mal, falsa y culpable.

—«¿Qué te pasa esta noche?».

Estaba molesto. Ella trató de zafarse. Le dijo que quería volver a casa. Él replicó que era muy pronto, que le había costado mucho tener libre ese día, que no le hiciera perder el tiempo.

Se echó a llorar. Confesó. Le dijo que no era Milena.

Se puso pálido. Cuando le conoció mejor, comprendió que debía quererla de veras, que aquel número del soldado irritado y que le hacía un favor concediéndole un poco de su tiempo era solo una artimaña para tratar de ocultar que sabía lo que iba a ocurrir y que la quería más de lo que demostraba. Dima era así. Y, si Milena no le hubiese importado, no habrían corrido a través de las ruinas de Grozni para tratar de llegar a tiempo.

Pasó frente a un comercio. Se detuvo allí. Seguramente tendrían lo que buscaba. Le preguntó al dependiente, asintió, se dirigió al almacén y al poco regresó con varias cajas de distintos tamaños. Dudó unos segundos y al final acabó señalando uno cualquiera. Apenas costaba un par de euros. Lo pagó y se lo metieron en otra bolsa. Nadina le dio las gracias al hombre y él dijo que si decidía cambiarlo no habría ningún problema. Salió a la calle y regresó hacia el Quai d'Orsay caminando sin prisa.

Por mucho que corrieron aquel día fue demasiado tarde. Cuando llegaron el edificio humeaba. Dmitry no lo negó. No tuvo el valor o la capacidad necesaria para fingir. Ella intentó huir de él, encontrar a los suyos dentro del edificio arrasado. No la dejó. La sujetó, le tapó la boca para que no gritara. Ella se aterrorizó.

—«No te haré daño. Jamás te haría daño. Créeme. Ha sido un error. No sabía que tenía una hermana. No podía contárselo. No podía avisarlos a todos. Traté de salvarla».

Trató de salvar a Milena y se equivocó. La salvó a ella. A Nadina.

No podía decir que no le había querido. Después, con el tiempo. Cuando la recogió de las calles, cuando la arropaba por las noches, cuando estaba hecha un ovillo en un rincón y solo quería morir, cuando él le prometió que la sacaría de allí; entonces todavía le odiaba, pero luego empezó a quererle.

Era una mezcla extraña, una dependencia enfermiza. Se había acostado con hombres solo para restregárselo a Dima, una vez estrelló un coche para demostrarle que podía hacerlo. Entre ambos desarrollaron una atracción malsana por el peligro. Un juego en el que ella se arriesgaba y Dima la rescataba. Pero ya no quería jugar más.

Él le decía, le susurraba que la amaba más que a nada. Nadina le creía, pero Mathieu tenía razón. No se trataba de él. Era ella quien no deseaba que la besara ni la abrazara. Se ponía enferma al pensar en sus manos acariciando su cuerpo. No pretendía dañarle y le quería, aún le quería, pero no de ese modo. Ya había tenido más que suficiente.

Abrió la puerta del apartamento. Sacó sus compras y se puso manos a la obra. Tardó un poco en colocarlo y le quedó solo regular. También le pareció ridículo e insuficiente. A Dmitry le bastaría un puñetazo, y no muy fuerte, para desarmar aquel cerrojo.

Estuvo a punto de desmontarlo, pero resistió. No era el objeto. Era el gesto. Dmitry tendría que comprender, dejarla marchar. Entonces ella podría tener su propia vida.

No la de Milena.

—Entre, por favor. Le estábamos esperando.

Amalvy, Hardy, una mujer a la que veía por primera vez y otro hombre, que Mathieu no dudó que era militar o pertenecía a las fuerzas especiales, estaban ya sentados en torno a una mesa.

—Les presento a Mathieu Girard. El agente Girard está trabajando en una misión que guarda relación con lo que nos ha reunido hoy. Ellos son Anne Lavigne, de la Oficina Central de la Interpol, y Jacques Bélanger, mayor del RAID.

Bélanger tenía unos treinta y cinco años y aspecto, más que duro, rocoso. El RAID, junto con el BRI y el GIGN, conformaban las fuerzas especiales de la Gendarmería francesa. Tenían campos de actuación distintos, pero tras los repetidos ataques se estaba procediendo a unificar y coordinar los tres cuerpos. A su vez todos ellos colaboraban con la Interpol, especialmente en los asuntos relacionados con el terrorismo. Anne Lavigne aparentaba unos cincuenta años bien llevados. Sobria, elegante, muy bien vestida, inevitablemente destacaba al lado de la anodina grisura de Hardy, la discreta contención de Amalvy y la dureza de Bélanger.

—Les comentaba a sus colegas que llevamos semanas siguiendo la pista de una partida de armas desaparecida en una fábrica de Kiev —empezó Lavigne—. Según el fabricante estaba ya asignada y tenía como destino Jordania, aunque otros informadores señalan como posible comprador a Yemen, y unos terceros indican una facción iraquí vinculada con el DAESH. Los tratados internacionales prohíben la venta de armas a los países en conflicto. Pero como es evidente eso no impide que se aprovisionen de cuanto necesitan. Rusia, Ucrania o China, pero también Estados Unidos y otros países occidentales son sus proveedores más frecuentes.

—Disculpe, señora Lavigne —interrumpió Hardy—. Es muy interesante, pero ¿le importaría ceñirse a la cuestión que nos ocupa?

Lavigne dirigió una mirada ácida a Hardy. No se duraba mucho en la Interpol dejándose intimidar.

—No les robaré demasiado de su precioso tiempo. También yo tenía que estar dentro de una hora almorzando con mi hija y mi futuro yerno y estoy aquí una mañana de sábado —dijo cortante antes de volver a la cuestión—. La operación se frustró porque alguien desvió las armas. Por desgracia es bastante frecuente. Funciona prácticamente como un mercado en paralelo. Se abrió una puja y aparecieron varios interesados. De algunos de ellos no nos consta la menor información, pero sí sabemos de un reincidente habitual en nuestros archivos: Radovan Modric.

Lavigne pulsó el ratón y un rostro apareció en la pantalla del ordenador de sobremesa. Cincuenta y muchos años, pálido, blando, ojos de pez y boca amorfa. Una de esas fisonomías que provocan inmediata repulsión.

—Modric es serbio y ocupó un mando intermedio en el ejército durante la guerra de los Balcanes. Cuando terminó el conflicto estuvo a punto de ser juzgado por crímenes contra la humanidad, pero consiguió eludir los tribunales. Abandonó Serbia y se estableció en la Costa del Sol. Durante años se le relacionó con diversas bandas de delincuentes del Este que actuaban con gran violencia, pero creemos que en la actualidad se dedica en exclusiva al tráfico de armas a pequeña y mediana escala y que tiene compradores aquí en Francia.

—Sospechamos que los explosivos y el arma que portaba el asaltante del supermercado de Bercy fueron conseguidos a través de su red —apuntó Hardy.

—Pero no tenemos pruebas —subrayó Lavigne.

—En efecto, solo indicios. Modric es muy cuidadoso. Tanto la Interpol como la policía de varios países llevan años siguiéndole la pista y hasta ahora no han conseguido nada relevante.

—¿Y no es extraño? —apuntó Bélanger—. Los serbios masacraron a los musulmanes bosnios durante la guerra. ¿Ahora les vende armas?

—El dinero nunca ha entendido de ideología ni de fe —sostuvo Hardy.

—No me sorprende que Modric venda armas a cualquiera que esté dispuesto a pagar por ellas —dijo Lavigne—, pero me cuesta admitir que los integristas admitan negociar con él. Son muy estrictos.

—Suena como si estuviese de acuerdo con ellos, señora Lavigne.

—Eso ha estado fuera de lugar. Le exijo que lo retire.

La tensión entre los dos se cortaba. Amalvy trató de poner paz.

—Estamos todos preocupados, pero buscamos un mismo fin. Les ruego que nos centremos en lo importante.

Hardy cedió.

—Retiro lo dicho. Ha sido poco afortunado. Mis disculpas. Por favor, continúe.

Lavigne también hizo un esfuerzo y recuperó el tono neutro y profesional.

—Modric salió anoche de Málaga en vuelo privado. Su destino era Marsella. Recibimos una llamada informándonos. Una localización, una hora, todas las facilidades. Hemos comprobado los datos de vuelo de la aeronave y son exactos. El señor Hardy piensa que debemos intervenir.

Hardy se abstuvo de hacer comentarios, así que fue Amalvy quien preguntó:

—¿Usted no lo cree acertado?

—Es obvio que se trata de una filtración. Desconocemos a qué intereses sirve o si puede tratarse de una trampa, y en cualquier caso seguimos sin tener pruebas concluyentes. No es delito viajar de España a Francia y si es detenido y no lleva encima las armas, cosa que, permítanme que lo diga, considero poco probable, habrá que volver a soltarle.

—Y habremos perdido nuestro tiempo y causado un leve trastorno al señor Modric —dijo Hardy—. Como ya le dije antes, señora Lavigne, estamos siguiendo este asunto muy estrechamente. El teniente coronel Amalvy y el agente Girard pueden atestiguarlo. Considere por un momento que Modric haya venido a Francia para reunirse con grupos integristas interesados en hacerse con las armas. El informante ha hecho hincapié en que se produciría un encuentro esta noche. ¿Necesita que le recuerde lo cerca que está Marsella de Niza?

Lavigne calló. A Mathieu le pareció que la postura de Hardy era aprovechada y contaba la verdad a medias. Lavigne no parecía saber nada de Dmitry y su connivencia con el DGSE para hacerse con la partida de Kiev. Aquello tenía toda la pinta de ser una maniobra para deshacerse de un competidor. Pero había algo cierto: si Modric vendía armas a los yihadistas y tenían una oportunidad de cogerlo, tampoco él quería perderla.

—Esa es la razón por la que están aquí, caballeros —continuó Hardy—. Ustedes son los expertos. Hemos solicitado una orden judicial y la tengo ya en mi poder.

—Una orden conseguida gracias a la excepcionalidad del estado de emergencia —subrayó Lavigne.

—Una orden legal y en toda regla autorizada por un juez —recalcó Hardy—. La cuestión es que, según nuestro anónimo informante, Radovan Modric abandonará Francia mañana a lo más tardar, puede que incluso esta misma noche, tras concluir el asunto que le ha traído aquí. La pregunta es: ¿consideran que podrían tener un equipo de intervención listo para actuar en Marsella en… —Hardy consultó su reloj— menos de seis horas?

Amalvy cambió una mirada con Bélanger. Respondió este último, pero igual podía haberlo hecho el teniente coronel.

—Sin ningún problema.

Lavigne guardó silencio, pero Hardy pareció satisfecho de exhibir su triunfo ante ella.

—¿Contamos también con usted, agente Girard? —preguntó.

No era el plan que Mathieu tenía para aquel día, pero sabía cuál era su obligación.

—Por supuesto.

—Entonces solo me queda por decir: buena suerte, señores.


A las 16.30 horas el helicóptero los dejaba a él y a Bélanger en la base militar de Istres, a veinte kilómetros de Marsella. La temperatura era considerablemente superior a la de París y el ambiente era húmedo y salino. El mar se divisaba más allá de las pistas de aterrizaje, destellante, azul y nítido.

Un jeep los recibió a pie de pista y los trasladó a la base de operaciones del RAID en Marsella. Bélanger no era muy conversador y sus preguntas durante el vuelo se refirieron a las operaciones en las que Mathieu había participado. En la base los hombres que iban a participar en el operativo ya estaban esperando. Bélanger, pese a estar asignado a otro acuartelamiento, asumió el mando y Girard se incorporó al grupo como uno más. Ninguno de los hombres opuso la menor objeción. Los protocolos eran los mismos para todas las unidades de élite y se buscaba ante todo colaboración y entendimiento.

La DGSE había transmitido los datos y en la base contaban con toda la información. Vistas aéreas de la casa —un chalet aislado en una urbanización de lujo—, accesos, imágenes en tiempo real facilitadas por los agentes que ya estaban desplazados y controlaban la zona. Había dos guardias de seguridad en la entrada y se sabía que al menos otros dos escoltas viajaban junto a Modric. Exsoldados cualificados y muy violentos. Los agentes examinaron sus rostros en silencio mientras Bélanger comentaba la operación.

La filtración decía que Modric recibiría a sus contactos tras la caída del sol. Los hombres llevaban todo el día vigilando el chalet y no habían visto entrar ni salir ningún vehículo. Las órdenes eran esperar a que se produjese el encuentro. Si no llegaba a suceder detendrían igualmente a Modric antes de que abandonase Marsella.

En cuanto se puso el uniforme, Mathieu sintió la inconfundible subida de la adrenalina. No podía negarlo, creía en lo que hacía, pero había algo más: la tensión, el riesgo, la acción.

Se trasladaron a las inmediaciones del chalet en varios furgones sin identificar y permanecieron en posición, ocultos y esperando órdenes. Mathieu tuvo mucho tiempo para pensar en ella. En realidad, no había dejado de hacerlo durante todo el día. Más que un pensamiento, se trataba de una emoción, una sensación persistente y de fondo que no se separaba de él.

«No me sueltes».

No quería hacerlo. No quería soltarla.

Ya había oscurecido cuando un aviso sonó por la línea interna.

—*Está entrando un coche.*

Se trataba de una berlina grande con los cristales tintados de negro.

—Prepárense —dijo Bélanger.

Eran las once y diez y una cosa era segura. Aquella noche iba a faltar a su cita en Lumière.

CAPÍTULO 28

—¡Mierda, Nadina! ¿Qué te pasa hoy?

Acababa de derribar el vaso. La bebida se había derramado salpicando las sandalias de Anelka.

—Lo siento. Fue sin querer.

—Sin querer… —dijo sacando un pañuelo de papel del bolso para secarse las gotas—. Son unas Jimmy Choo. Me han costado doscientos euros en las rebajas.

—No son auténticas.

—¡Sí lo son!

—¡No hagas un drama! Solo ha sido un poco de tónica. Eso no las desintegrará. —No quería discutir por unas sandalias ni llevarle la contraria a Anelka, aunque seguía estando convencida de que eran de imitación.

—No estoy haciendo ningún drama. Eres tú la que estás histérica. ¿Quieres dejar de morderte las uñas?

Se escondió la mano y la sujetó bajo el muslo. Lo hacía sin pensar, cuando estaba nerviosa. Anelka tenía razón. No estaba histérica, pero no le faltaba mucho.

—¿Qué hora es?

—Las once y media. Me lo has preguntado hace diez minutos. ¿A quién estás esperando? —preguntó Anelka olvidando ya las sandalias—. ¿A Math «nada me altera» o a Dmitry?

—No estoy esperando a nadie —dijo echándose para atrás

en la silla. No confiaba tanto en Anelka como para sincerarse con ella.

—Es extraño que no esté ninguno de los dos. ¿Te dijeron si iban a algún sitio juntos?

—No me dijeron nada.

Había sido un respiro comprobar que Dmitry no aparecía en todo el día. No era raro en él. Asuntos de negocios. Ella nunca preguntaba. Pero Mathieu le había dicho que iba a estar allí y eran ya las once y media, las once y media y un minuto, y Mathieu no llegaba.

—¿Ya os habéis acostado? Math y tú.

La pregunta sonó sibilina. Nadina pensó si lo llevaría escrito en el rostro.

—No es asunto tuyo —replicó a la defensiva.

Anelka exhibió una sonrisa.

—Eso es que sí.

No trató de negarlo. Sabía que Anelka era inteligente y, aunque aparentase lo contrario, se interesaba por muchas otras cosas más allá de los zapatos de lujo y la ropa de marca. Sí, era lista y decidida, de lo que no estaba segura era de que fuese leal.

—Me gusta. Te lo dije.

—Y salta a la vista —dijo Anelka captando la mirada inquieta que Nadina dirigía por enésima vez a la puerta—. No te preocupes. Quizá hoy no haya podido venir, pero estoy segura de que volverá.

Parecía sincera. Nadina lo agradeció. No se atrevía a confiar del todo en ella, pero era lo más parecido que tenía a una amiga. Habría sido bueno saber si de verdad lo era.

Anelka comenzó otra charla a propósito de un nuevo blog de moda que había descubierto y si ella debería o no tener el suyo. Siempre andaba con lo mismo, pero nunca acababa de decidirse a hacerlo. Nadina se esforzó por concentrarse en la conversación, pero por más que lo intentaba, se distraía y las palabras de Anelka no tenían para ella el menor sentido. Hasta que dijo:

—Mira, ya está ahí. —Y luego añadió—: Dmitry.

Fue un jarro de agua fría. Quiso pensar que Anelka no tenía mala intención. O solo un poco.

Serio, tenso, crispado, o quizá era solo su mala conciencia. Se volvió hacia ella. Le lanzó una mirada cargada de intención. Nadina se bloqueó. Temió dejarse convencer. Si venía y se la llevaba, ¿qué iba a hacer?, ¿qué le iba a decir? Y pensó que habría sido mucho más fácil si Mathieu hubiera estado allí.

Lestrange la salvó. Llamó la atención de Dmitry. Por la expresión de los dos era importante. Nadina aprovechó la ocasión.

—Me voy. No me encuentro bien. Me duele el estómago. —Y era mentira solo a medias. Desde que se había sentado a vigilar la puerta no había dejado de molestarle aquella opresión—. ¿Se lo dirás a Dmitry?

Anelka le hizo un gesto cómplice.

—Tranquila, se lo diré. Y si aparece Math también se lo diré.

Nadina se mordió los labios.

—Me gusta mucho, Anelka. Me gusta de verdad.

—Lo sé, me lo contaste la primera vez que lo viste. Y ahora vete —dijo empujándola—. Yo lo distraeré, o lo intentaré, y no hace falta que me lo agradezcas.

La hizo reír un poco. Se levantó y salió de la sala por una de las puertas de emergencia.

Cuando se quedó sola, la sonrisa de Anelka se congeló. Dmitry seguía hablando con Lestrange. En cuanto terminase se acercaría y trataría de volver a demostrarle que podía ser todo cuanto él quisiera. Lo deseaba. Le habría gustado ser algo parecido a lo que Nadina era para él.

Le dio un trago largo a su bebida. Después se retocaría los labios. Era realista. Sabía que no tenía apenas posibilidades. La vida era demasiadas veces así. Una auténtica mierda.


La luz se apagó justo cuando subía los últimos peldaños, pero ya no pulsó el botón del interruptor. Abrió a oscuras.

Cerró tras ella y tras dudar solo un segundo echó el pestillo del cerrojo. Consultó el móvil. No tenía mensajes ni llamadas, pero tampoco lo esperaba. No habían intercambiado los números. Se asomó a la terraza. París destellaba. La brisa venía fresca. Nadina cruzó los brazos protegiéndoselos. ¿Dónde estaría Mathieu?

Dos hombres conversaban frente a la puerta exterior del chalet. Fumaban un cigarrillo. Hablaban serbio o cualquier otro idioma del este de Europa. Por sus gestos, uno debió hacer una broma obscena que el otro rio a carcajadas.

Un grupo se acercó caminando. También reían y contaban chistes, pero en francés. Eran jóvenes y llevaban bolsas con bebidas. Cualquiera habría pensado que iban camino de alguna fiesta privada. Los vigilantes no les prestaron atención.

—*Brigada uno y dos, dentro.*

El chalet estaba rodeado por un muro perimetral. Lanzaron las escalas y tardaron menos de cinco segundos en estar en el interior. Había cámaras de seguridad en la puerta donde se encontraban los vigilantes y también en otros puntos, pero aquel era un ángulo muerto. Seis hombres armados y tan tenebrosos como la noche que les rodeaba se encontraron en medio de un gran jardín con una piscina azul e iluminada al fondo. Mathieu estaba entre ellos.

Los vigilantes seguían conversando. Los agentes sin identificar que acababan de cruzar frente a la puerta estaban listos para intervenir si hubiesen detectado algo extraño o desde el interior hubiesen solicitado su apoyo. Otro grupo de RAID saltó el muro. Bélanger hizo una seña con los dedos. Se desplegaron en silencio y rodearon la casa.

Era amplia, una villa de veraneo con praderas de césped y porches abiertos ocupados por tumbonas y sillones repletos de cojines. Los hombres armados hasta las cejas y vestidos de negro de pies a cabeza, con solo la palabra *Policía* impresa en grandes letras blancas, desentonaban fuera de lugar. Mathieu, junto a otro de los RAID, se posicionó en una de las fachadas laterales. La ventana y la contraventana estaban abiertas. La luz estaba apagada y el televisor encendido. Los escoltas miraban la programación, acomodados en sendos sofás y junto a unas cervezas. Una jornada de sábado sin nada de particular.

A través de los transmisores llegaron susurros metalizados.

—*Objetivos tres y cuatro localizados.*

—*Puerta principal cubierta.*

—*Accesos laterales cubiertos.*

Bélanger dio la orden.

—Atención. ¡Ahora!

Se oyó estrépito de cristales rotos, gritos de: «¡Policía!». Doce RAID asaltaron el chalet desde distintos frentes. Fuera sonaron gritos y disparos. Una ráfaga más larga. Los escoltas reaccionaron tarde y trataron de sacar las armas a pesar de que seis hombres los apuntaban con los fusiles de asalto a la cabeza.

Bélanger hizo una ráfaga de advertencia.

—¡Al suelo! ¡Al suelo he dicho!

Soltaron las pistolas y se arrojaron al piso como les ordenaban. Dos de los agentes los esposaron y los registraron para asegurarse de que no llevaban más armas encima. El resto continuaron avanzando, comprobando puertas y verificando que las habitaciones estaban vacías. Mathieu, junto con Bélanger y otros hombres, subieron al piso superior. Una mujer apareció sentada en el pasillo, arrinconada contra una pared, las manos alzadas y cara de terror.

Ocho miras láser se reflejaron en su cuerpo.

—¡No tengo nada que ver! ¡No sé nada! ¡Nada! —También tenía un acento extraño y la culpabilidad grabada en el rostro.

—¡Al suelo! —gritó Bélanger empujándola con violencia.

Con la cabeza les hizo una seña a Mathieu y a otro agente y señaló una puerta. Mathieu la abrió de una patada.

—¡Policía! ¡Las manos en alto!

El hombre los miró confundido, desorientado, como si no comprendiese qué hacían allí. Modric estaba solo, en un gran y lujoso dormitorio, y no parecía que tuviese intención de negociar ninguna compraventa porque estaba completamente desnudo.

Levantó las manos. Su cuerpo fofo, blando y pálido no era un espectáculo agradable de contemplar, pero si algo resultaba evidente, más allá de la repulsión que provocaba su aspecto, era que no iba armado.

Protestó en un mal francés.

—No derecho. Es… un… atropello.

Otro de los agentes comenzó a recitarle sus derechos a la vez que lo esposaba. Las voces de los hombres seguían llegando. Comprobaban las habitaciones de la planta superior y todas coincidían.

—Vacía.

—Vacía.

—Vacía.

Bélanger y Mathieu intercambiaron una mirada. Más valía que nadie hubiese resultado herido. El asalto había sido un éxito, pero la operación iba a convertirse en un sonado fracaso. No había interlocutores, no había terroristas. Solo Modric, los escoltas y la mujer, y no parecía muy probable que los radicales islámicos enviasen a una mujer a tratar de negocios. Modric estaba detenido, pero sin nada concreto de lo que acusarle saldría en libertad incluso aquella misma noche.

Modric seguía hablando, mezclaba el serbio con el francés y el español. Repetía una y otra vez las mismas palabras. «No hay derecho. No hay derecho».

Mathieu revivió la misma desagradable sensación que había experimentado al verlo. Había algo repelente en él. No solo su obscena desnudez. Había algo auténticamente repulsivo en aquel hombre, y no tenía nada que ver con el terrorismo ni con el tráfico de armas.

Entonces Bélanger, que acababa de quitarse el casco, pidió

silencio. Primero fue un pequeño gesto con la mano, luego dio una orden alta y clara.

—¡Callad!

Los agentes obedecieron. Las voces se convirtieron en susurros y luego se apagaron del todo. Mathieu también se quitó el casco. El rostro aún cubierto por el pasamontañas y los sentidos en alerta.

Primero no escuchó nada, luego también él lo sintió. Un hipido bajo y repetido que venía de un lugar cercano, pero fuera del dormitorio. La habitación era muy grande y se comunicaba con un vestidor contiguo. Los hombres ya habían mirado y no encontraron nada.

Modric comenzó a gimotear.

—Es una trampa. Me han tendido una trampa. Me dijeron: «Ven». Yo no sabía. No sabía.

Mathieu le hizo callar.

—No digas una puta palabra.

Fue efectivo porque el miedo asomó en sus ojos. Bélanger entró al vestidor. No había armarios. Solo filas alineadas de barras y perchas sin ropa, cajones y estantes vacíos. En un rincón había un montón de sábanas. No tenía nada de particular salvo que era extraño que estuvieran amontonadas y tiradas de cualquier modo en un sitio tan ordenado y con tanto espacio disponible. También resultaba extraño que los hipidos provinieran de allí.

Bélanger levantó las sábanas con la punta del fusil. Dos ojos oscuros e inocentes lo miraron aterrados.

—Tranquilo. Tranquilo —repitió el mayor cogiéndole con cuidado, rodeando su pequeño cuerpo con una de las sábanas.

Cuando apareció con él en el dormitorio, el llanto más alto y desconsolado, todos los hombres se quedaron conmocionados. Era solo un niño de no más de seis o siete años.

Modric miró a Mathieu suplicante, en busca de comprensión.

—No hice daño. Es una trampa. ¡Trampa!

Mathieu se consideraba una persona con los nervios templados. Además, había recibido un entrenamiento. Conocía las reglas, las leyes, los límites, los derechos y las obligaciones. Había elegido un trabajo difícil. Sabía que no debía dejarse llevar por las emociones.

Pero lo olvidó todo y descargó un único golpe seco con la culata del fusil en la boca de Modric. Cayó al suelo como un fardo y sangrando.

—Cállate.

Bélanger lo miró. No dijo nada, pero Mathieu comprendió. «Bien hecho».

Modric, los escoltas y la mujer pasaron a disposición del juez y alguien de servicios sociales vino para hacerse cargo del niño. No había dicho ni una palabra, así que resultaba difícil incluso aventurar su nacionalidad. Mathieu tuvo que recurrir a toda su fuerza de voluntad para tratar de apartar la escena del dormitorio de su mente.

Informó a Hardy aquella misma noche. El subsecretario se mostró aséptico al respecto. Si estaba decepcionado porque Modric no hubiese contactado con células terroristas o asqueado por el verdadero motivo de su viaje, no lo demostró.

Pasó el resto de la noche en el cuartel del RAID de Marsella. Hasta el día siguiente no estaría disponible el helicóptero que lo devolvería a París. Eran más de las tres de la madrugada cuando se acostó en una habitación para él solo, pero que también tenía mucho en común con una celda. Suponía que la diferencia era que la puerta no estaba cerrada con llave.

El sueño se negaba a llegar. Había sido un día largo. Las imágenes y los momentos se mezclaban sin orden en su cabeza. El asalto y Modric, la mujer acurrucada en el suelo, culpable y temerosa, la depravación en la más abusiva y degenerada de sus formas posibles, Nadina desnuda y en sus brazos, su rostro iluminado y feliz, pero también más joven, más perdida, tal y como debía verse a los dieciséis años en Grozni. Habría querido abrazarla y decirle que no dejaría que nadie volviese a hacerle daño. Pero vivían en un mundo demasiado complicado. Ni siquiera había podido mantener su promesa de verse aquella misma noche. Ni siquiera estaba seguro de que sería capaz de protegerla.

Lo aisló todo y regresó al momento en que se besaron por primera vez. La oscuridad y ella. Su suavidad. Su tensión. El mundo desvaneciéndose con rapidez a su alrededor, fundiéndose en la más absoluta, acogedora y densa negrura…

Lo siguiente que escuchó fue la alarma del móvil. Tardó un par de segundos en darse cuenta de en dónde estaba. Se despejó con rapidez y acudió al comedor común. Desayunó en compañía de Bélanger, que también regresaba a París. Le contó que Modric estaba siendo interrogado por agentes de la brigada antiterrorista y que se iba a investigar y procesar a la mujer.

Salieron a las once de Marsella y el helicóptero tocó tierra a la una y media de la tarde en la sede del GIGN en París. Bélanger se despidió estrechándole la mano. Mathieu también pensaba marcharse, pero le comunicaron que Amalvy había requerido su presencia. El problema fue que el teniente coronel no pudo recibirle hasta las cuatro de la tarde. Todo para que escuchase su informe atentamente y le expresase su reconocimiento por la labor realizada. Pasaban de las siete cuando llegó a Lumière.

Era domingo y julio. Se suponía que en el club le esperaba una velada tranquila. En lugar de eso se encontró con una cola en la puerta que daba la vuelta a la manzana. El cartel le recordó algo que había olvidado por completo. Llevaba semanas anunciado. Un par de *discjockeys* neoyorkinos con varios *hits* en las listas de éxitos tenían sesión aquella noche.

Moulian le recibió con mala cara.

—¿Dónde coño te metes? Llegas tarde.

Estaban desbordados. Revisar los *tickets*, registrar bolsos, cachear y comprobar bultos sospechosos… La mayoría eran jóvenes de cualquiera de los distritos de la ciudad. En situaciones así los criterios para permitir el acceso se relajaban. Cualquiera podía pasar pagando los treinta euros de la entrada. El aforo era de mil quinientas personas y todo estaba vendido.

Quería ver a Nadina. Tenía que hablar con Dmitry, pero también estaba el papel que debía representar. Tuvo que quedarse a controlar los accesos. Cuando entraron los últimos y se dirigió al interior, la música atronaba y los juegos de luces deslumbraban a una multitud completamente entregada.

Costaba moverse por el local. Consiguió llegar hasta la zona restringida al público, unas cuantas mesas solo para clientes VIP. Lestrange estaba allí.

—¿Has visto a Dmitry?

Lo miró con curiosidad y tardó en responder.

—Vendrá ahora. ¿Por qué quieres verle? ¿Ocurre algo?

«Nada de tu incumbencia», pensó. Lestrange le caía mal sin ni siquiera una razón sólida.

—Prefiero tratarlo con él.

Lestrange asintió con otra de sus sonrisas descreídas y cínicas. Comentó algo más, pero Mathieu ya no prestó atención porque acababa de ver a Nadina.

Estaba en uno de los reservados, con el mismo vestido blanco o uno muy parecido al que llevaba el día de la presentación del perfume, el día en que se besaron por primera vez. Los mechones cortos recogidos detrás de las orejas, los ojos delineados, los labios rosas, la mirada ansiosa e inquieta. Hasta que también ella lo vio.

El rostro de Nadina se iluminó. Su propio corazón comenzó a latir con fuerza, eclipsando incluso el ensordecedor golpeteo electrónico que les rodeaba.

—¿Me estás oyendo? ¿Por qué no viniste ayer? ¿Crees que esto es alguna clase de entretenimiento opcional?

Mathieu reaccionó. Lestrange volvió a caerle doblemente mal.

—No tengo que darte explicaciones. Si tienes algún problema, acláralo con Dmitry.

Lestrange entrecerró los ojos y miró en la misma dirección

en la que se escapaban las ojeadas fugaces de Mathieu. Sonrió ladeado al ver a Nadina.

—Lo haré. Lo aclararé con él. —Alzó la vista y señaló más allá de Mathieu—. Mira, ahí le tienes.

Serio y concentrado. El traje oscuro hacía que destacase entre la marea despreocupada y enfebrecida que le rodeaba. Ellas con mínimos vestidos de verano, ellos con gorras y camisetas con los más variados mensajes en inglés. Dmitry contemplaba el espectáculo y Mathieu supo con seguridad que no disfrutaba en absoluto con él.

Dejó a Lestrange y dirigió una nueva mirada a Nadina. La alegría de ella perdió fuerza cuando divisó a Dmitry, pero Mathieu le sonrió y obtuvo otra sonrisa de vuelta a cambio.

—Estás aquí. Comenzaba a pensar que nos habías abandonado. No tengo esa suerte, ¿verdad?

Sus palabras eran irónicas y altas para compensar el ruido del ambiente, pero el tono era más grave que otras veces.

—Solo he faltado un par de días.

—¿Te he pedido explicaciones? Seguro que tienes una buena razón.

Mathieu calló. Dmitry parecía interesado, pero no iba a contarle lo que había estado haciendo en Marsella.

—¿Has sabido algo de Fadi o de alguno de sus contactos?

—No, pero yo también he visto las noticias. El asunto de Niza. Terrible.

Por alguna razón, Dmitry no le pareció muy afectado. Más bien Mathieu pensó que se burlaba de su preocupación. Y no le gustó.

—¿Dónde fuiste el viernes? Vine y no estabas. Nadie sabía dónde te habías metido.

Dmitry alzó las cejas burlón.

—Yo no hago preguntas, pero tú me interrogas. No es justo, Girard. Pero para que veas que no soy rencoroso, te lo contaré. No sé si aprovecharías tu tiempo, pero yo he trabajado. Arreglé ciertos asuntos y he cerrado el trato de Kiev. Las armas ya son mías. Solo queda por acordar en qué condiciones traerlas a Francia. Y concertar un acuerdo con los compradores, pero estoy seguro de que no habrá problemas.

Lo dijo como si no tuviese importancia, pero le conocía lo bastante para saber cuándo le restregaba algo por la cara y ahora lo hacía. Sin duda era un progreso, Hardy estaría satisfecho, pero la sospecha de Mathieu fue inmediata.

—¿Cuándo ha ocurrido eso?

—Esta misma mañana. Había otro comprador interesado. Estaba poniendo las cosas difíciles, pero se retiró. Desapareció y dejó el campo libre.

La mirada de Dmitry era tan fría como de costumbre. A Mathieu la sangre se le heló en las venas, pero no a causa de su mirada.

—Esos asuntos que tenías que resolver, ¿estaban relacionados con Marsella?

—¿Con Marsella?

Si fingía, lo hacía bien. Mathieu insistió.

—Con Radovan Modric.

No consiguió permanecer indiferente, aunque trató de negarlo.

—¿Modric? No sé de qué me estás hablando.

Hablaban fuerte para hacerse oír. Había tanto ruido a su alrededor que habría sido imposible que nadie entendiese sus palabras. Era completamente normal tener que acercarse para distinguir las voces, pero no fue esa la razón por la que cogió a Dmitry por el cuello de la camisa y le gritó al oído.

—Dime otra vez que no has tenido nada que ver con Modric y lo que ocurrió en ese chalet de Marsella y más vale que te crea.

La frialdad de Dmitry cayó. Le dirigió una mirada mortal. Mathieu supo que estaba a punto de saltar sobre él y deseó que lo hiciera. Con todas sus fuerzas. Pero Dmitry se controló pronto. Se desembarazó de él con un solo movimiento y mordió las palabras.

—No sé qué pasó en Marsella, pero, si estás tan interesado, deberías preguntar a ese jefe tuyo del DGSE, ¿François es su nombre? Eso es, François Hardy. Pregúntale a él.

Consiguió desconcertarle. Hacerle dudar. Sembrar la terrible duda de que toda aquella operación, incluido involucrar a una inocente criatura, fuese obra de Hardy.

Dmitry se supo vencedor y recuperó su expresión más ácida.

—Y ahora déjame en paz y haz tu trabajo. Yo voy a ocuparme del mío.

Se alejó y, casi como obedeciendo a sus deseos, una voz reclamó a Mathieu a través del auricular.

—*Hay un tumulto junto a la puerta de emergencia del ala oeste. ¿Podéis comprobarlo?*

Respondió afirmativamente y se dirigió hacia el lugar que indicaban, mientras ponía sus mejores esfuerzos en tratar de apaciguar la nube de desconfianza y rabia generada por su conversación con Dmitry. Lo consiguió a duras penas, y tratar de abrirse paso a través de cientos de personas entregadas a aquel delirio de decibelios, no ayudaba.

Por fin llegó junto a la puerta. Había bastante gente congregada alrededor de una chica. Estaba muy pálida y sus amigas la rodeaban pidiendo espacio.

Se había mareado a causa del calor, una bajada de tensión o cualquier otro motivo. Pasó el aviso al control para que enviasen un médico y ayudó a despejar la nube de curiosos para que sus amigas la llevasen a un lugar más tranquilo mientras esperaba.

La chica se encontró mejor en cuanto estuvo lejos de la multitud y el jaleo, así que regresó a la sala.

Seguía siendo un caos de ruido y luces. La música sonaba tan alta que apenas dejaba pensar, el sonido golpeaba físicamente y los haces de los proyectores cegaban. A pesar de tantas distracciones, las sospechas se negaban a desaparecer. Hardy planeando la operación, dando el visto bueno. La suposición le asqueó.

Era repugnante sentirse cómplice de cualquier manera, haber colaborado para que sucediera. No estaba dispuesto a prestarse a que todo valiera. El problema era que no tenía ninguna certeza. Quizá solo era otra de las estratagemas de Dmitry. Se le daba bien esparcir basura a su alrededor. Era un manipulador nato.

Se obligó a aparcar las dudas. El bombardeo constante de música y luces no contribuía a que pensase con claridad. Abordaría el asunto con sus superiores, aunque no creía que el teniente coronel estuviese implicado, y Hardy lo negaría todo.

De pronto se hizo un silencio expectante, las luces bajaron y sonaron los primeros acordes de una de las canciones más pinchadas del verano. La histeria se desató. El volumen subió y las luces estallaron. La sala entró en erupción. Las estrellas de la noche no se hicieron de rogar y saltaron sobre la mesa de mezclas para dirigir a la multitud con sus movimientos. Ellas y ellos —pero sobre todo ellas— se entregaron al éxtasis. Todos los cuerpos agitándose como uno solo. Un único clamor.

Todos se dejaban llevar, excepto Mathieu. Su mecanismo de alerta se agudizó. Se puso más rígido. La indolencia que le rodeaba acentuaba su sentido de la responsabilidad. Pensó en lo fácil que sería que cualquier mínimo incidente desencadenase la confusión y el pánico, que se empujasen unos a otros tratando de huir.

Miró a su alrededor. Comprobó que las salidas de emergencia estaban despejadas y trató de localizar a los otros encargados de seguridad. Que viese a Nadina y Dmitry discutir fue esa vez puramente accidental.

La sujetaba por el brazo y la pegaba a su cuerpo. Ella trataba de mantener las distancias y negaba.

La forma en la que la retenía. Contra su voluntad.

Tardó un segundo en decidirse.

Comenzó a abrirse paso entre la gente que saltaba y agitaba la cabeza al ritmo imposible que marcaban los *samplers*. Estaban al otro lado de la pista, en uno de los espacios elevados, separados del resto de la sala por unos pocos escalones. Había más gente con ellos, pero estaban pendientes del escenario y no les prestaban atención. Nadina consiguió soltarse. Le recriminó algo. Imposible distinguir sus voces, pero sabía que discutían en ruso. Solo hablaba tan rápido cuando lo hacía en su idioma natal.

Tenía claro que no debía, que pisaba terreno quebradizo, que su relación con Dmitry ya era suficientemente tensa y que el trabajo era lo primero.

A la mierda Dmitry y el trabajo.

Consiguió llegar hasta el reservado. Él estaba de espaldas, ella de frente. Lo vio y sus ojos se abrieron y brillaron reconociéndole, pero casi al mismo tiempo se oscurecieron y dijeron no. Tan claro como el agua. No. No. No.

Todo ocurrió muy rápido. Dmitry se volvió. Su mirada fue igual de expresiva que la de Nadina y no decía nada bueno. Entonces apareció aquel otro hombre. Unos pasos más atrás. Le llamaron la atención las botas militares, su aspecto en general. No solo las botas, toda su apariencia delataba a un soldado bien entrenado. Mathieu buscó sus manos. Vio la izquierda, pero la derecha la mantenía oculta. Estaba casi junto a Dmitry y se aproximaba por su costado. Tuvo que tomar la decisión en cuestión de décimas de segundo.

—¡Cuidado! —gritó.

Dmitry se giró. Mathieu saltó sobre el hombre. Consiguió frenarle, pero no lo suficiente para impedir que la navaja se abriese paso y tiñese de rojo la camisa de su objetivo.

Se oyó una maldición. Dmitry se llevó la mano a la herida y los dedos se le impregnaron de sangre.

El hombre trató de repetir el ataque. Mathieu y él se enzarzaron en un pulso, sus manos desnudas contra su navaja. Logró contenerle, pero el desconocido reaccionó con rapidez y le golpeó con la izquierda. Mathieu encajó el puñetazo sin soltar la presa. Nadina gritó, pero con todo el estrépito que les rodeaba, solo los más cercanos se dieron cuenta de lo que ocurría. Comenzaron a chillar y a hacerse a un lado. El hombre trató de liberarse y escapar, le amagó con la navaja. Mathieu tomó la iniciativa, se lanzó sobre él y lo derribó. Cayeron entre las mesas vacías.

Mathieu ganó en reflejos. Le aprisionó el brazo y consiguió hacerle soltar el arma y noquearle de un único golpe. Cuando lo vio desplomarse sin sentido y estuvo seguro de que no se levantaría, le soltó y llamó a los de seguridad.

La gente había perdido el miedo y hacía corro alrededor y muy cerca. La música seguía sonando ajena a todo y despiadadamente alta. Dmitry se abrió paso entre los que miraban, la mano en el vientre apretando la herida. Contempló al hombre que yacía sin sentido en el suelo.

—¡Hijo de puta! —exclamó, y le asestó una patada en el costado con tal fuerza que le sacó de su inconsciencia y le hizo retorcerse de dolor.

Mathieu trató de apartarle, pero herido y todo, Dmitry parecía poseído por una rabia ciega. Los vigilantes llegaron. Su presencia consiguió que se dominase. Se calmó un poco y dejó el trabajo a sus hombres. Redujeron al agresor y le sujetaron las muñecas con bridas de plástico. Había recuperado el conocimiento. Escupió al suelo y masculló algo en serbio dirigido a Dmitry. Él le replicó en francés.

—Púdrete. Tú y tu jefe. Pudríos los dos. Lleváoslo de aquí —dijo dirigiéndose a los de seguridad— y llamad a la policía.

Nadina se acercó, alarmada.

—¡Tiene que verte un médico!

—Estoy bien. Solo ha sido un arañazo —rechazó de mal humor.

—A veces impregnan los filos con cepas víricas o cualquier otro contaminante. Deberías ir a que te examinen —dijo Mathieu, más porque se lo susurró un espíritu perverso que porque pensase que aquello era realmente probable.

La expresión de Dmitry no fue feliz.

—Gracias por preocuparte tanto por mí.

—No hay de qué.

Las palabras salieron de la boca de Dmitry casi a regañadientes.

—Estoy en deuda contigo.

Mathieu negó.

—Solo hacía mi trabajo.

Los labios de Dmitry se apretaron hasta convertirse en una delgada línea recta.

—Ha sido una fortuna que estuvieses tan cerca. Creo que te haré caso e iré a ver a un médico. —Se volvió hacia Nadina y su voz se suavizó hasta convertirse en algo muy parecido a una súplica—. ¿Me acompañarás, Nadezhna?

Estaba afectada. Más pálida de lo habitual. Asintió varias veces con rapidez y le estrechó la mano que le tendía.

—Vamos. Vamos ahora mismo.

Dmitry la tomó por la cintura y la estrechó contra sí. Ella apoyó la cabeza en su pecho. Cuando se iban, se volvió y le dirigió a Mathieu una mirada agradecida.

La sesión continuó. No se había interrumpido en ningún momento. Mathieu abrió la mano y examinó el corte que tenía en la palma. Era profundo. Se lo había hecho al tratar de detener la navaja. Necesitaría puntos, pero antes de acudir a Urgencias se tomaría un momento. Bajó el rostro y esperó a que el atronador volumen de la música sustituyese al caos que eran sus emociones.

Dejó que lo ocupase el vacío. Solo el ruido y nada más.

Acudió a uno de los hospitales de Montreuil. Era un corte limpio sin mayores complicaciones, pero la llegada casi al mismo tiempo de varios heridos en una colisión múltiple hizo que tardasen horas en atenderle. Eran las tres y veinte de la madrugada cuando regresaba a casa con ocho puntos de sutura y la mano vendada. En caliente apenas le había molestado, pero ahora sentía el calor de la inflamación y el aguijón de la herida, cada vez más agudo a medida que pasaba el efecto del anestésico local que le habían administrado en el hospital.

La costumbre hizo que subiese a pie los ocho pisos, aunque nadie le habría reprochado que usase el ascensor. Llegó al último tramo y allí estaba. Sentada en los escalones. Todavía con el vestido blanco, los brazos cruzados sobre el regazo y la cabeza apoyada en la pared. Adormilada. Abrió los ojos al oírle llegar.

—Nadina.

Se espabiló y se levantó de un salto.

—Se me ocurrió venir… No estabas y decidí esperar. ¿Te importa? Me iré si no quieres.

No prestó atención a lo que decía. Solo asumió lo feliz que le hacía tenerla allí. Subió los pocos escalones que les separaban, apoyó la mano herida en su cintura, acarició su mejilla. La besó. «Despacio, despacio», se repitió, pero fue inútil, tan inútil como tratar de frenar la velocidad a la que la sangre circulaba por sus venas: rápida, rugiente, acelerada.

—Te necesitaba —dijo ella separándose apenas, mirándolo a los ojos. La ansiedad reflejada en ellos.

Y ya no pudo contenerse. Ninguno de los dos lo hizo. Se besaron apresurados, en el mismo rellano, como si fuera demasiado pedir tener que aguardar un poco más. La luz se apagó, lo ignoraron y continuaron besándose. Mathieu sintió que el palpitante dolor de su mano derecha desaparecía, se esfumaba sustituido por la urgencia de acariciar a Nadina, de sentirla y respirarla.

—*Moya zhizn* —gimió ella, el acento cálido y grave.

«Mi vida».

Le terminó de enloquecer. Comenzó a desnudarla allí mismo, en la oscuridad de las escaleras. Ella también le buscó. Los dos empujados por el mutuo deseo, a punto de caer escaleras abajo si no hubiese sido por el apoyo rugoso y frío de la pared.

Solo consiguió frenarlos el movimiento reflejo con el que Mathieu se tensó cuando Nadina apretó su mano. Ella lo notó, reconoció el tacto de la venda. Se soltó y preguntó. Además de preocupación, había angustia en su voz.

—¿Qué te ha pasado?

No dejó que se inquietara.

—Nada. —Y la besó más fuerte—. Nada —repitió cogiéndola por la cintura y levantándola del suelo. Ella se abrazó a su cuello, se anudó a su cuerpo cruzando las piernas alrededor de sus caderas. Fueron así hasta la entrada del apartamento. Mathieu abrió sin soltarla, encendió la luz y cerró la puerta de un golpe.

Se amaron sobre el sofá, como si llevasen meses sin verse y no solo dos días. O puede que el tiempo no tuviese nada que ver, pensó Mathieu cuando entró en ella sin apenas preliminares, sin caricias ni juegos. Pero es que Nadina lo urgía, tiraba de él, lo acogía entre gemidos ardientes y húmedos. Y todo en lo que podía pensar era en la necesidad de tener más de ella, de tenerla por entero.

—Mathieu… —se quejó mordiéndose los labios, hundiendo los dedos en la piel tensa y más baja de su espalda, empujándole hacia ella.

Le hacía olvidar el control y perder la calma.

Nadina gritó más alto. Él solo tuvo que soltar lastre, dejarse ir, caer junto con ella sin pensar en las consecuencias. Sin defensas, sin barreras. Fueron solo unos instantes, algo fugaz como un flash, pero de la misma fulgurante y esplendorosa claridad. La revelación de que, hasta entonces, en todas sus relaciones, había mantenido una reserva, un punto de distancia, lo justo para mantenerse a salvo y salir indemne. Siempre, en todas. Hasta ese momento.

Nadina abrió los ojos, la mirada brillante, la respiración agitada. Le cogió el rostro entre las manos, muy cerca del suyo.

—Dime. Dime la verdad —suplicó—. ¿Tú también lo sientes?

La besó.

—Sí.

La mordió en el cuello.

—Sí.

Le sujetó las manos.

—Sí. Sí. Sí —repitió mientras ella jadeaba entrecortada por culpa de lo desesperado de sus besos.

Acababa de tenerla y ya volvía a necesitarla. Se incorporó sobre el sofá y la cogió por la cintura. Ella se quedó arqueada. La cabeza y los brazos hacia atrás, los ojos cerrados, los labios entreabiertos. Se estremeció al contacto con su boca. Tembló más cuando se unieron sus cuerpos. Se deshizo entre sus brazos mientras él se tensaba hasta el extremo en el que se mezclan dolor y placer.

Terminó exhausto. Más que si hubiera corrido diez kilómetros con o sin peso a cuestas. Pero se recuperó pronto, recobró el aliento y también la lucidez. Su cuerpo perdió la lasitud. Ella se dio cuenta.

—¿Qué?

Se sintió como si tuviera dieciséis años. En realidad, ni con dieciséis años le había pasado. Debía de ser otra consecuencia de la pérdida transitoria de cordura que Nadina le producía. No había pensado en nada y se preguntaba cómo había sido tan irresponsable.

—Olvidé usar protección y tampoco te pregunté.

Pero se encogió de hombros.

—No importa. Tomo la píldora. A no ser... Quiero decir que, si te preocupa que tenga alguna enfermedad, puedo hacerme las pruebas —añadió más confusa.

—No —la detuvo y la besó. No iba a obligarla a hacerse ninguna prueba. Menos cuando había sido él quien había actuado sin pensar en las consecuencias.

Nadina sonrió. Cogió su mano vendada y la apoyó contra la mejilla. Lo hizo con delicadeza, pero los músculos de su antebrazo se tensaron en un movimiento reflejo.

—¿Te duele?

—Apenas —mintió, porque el dolor estaba regresando con fuerza tras aquella pequeña tregua.

—¿Por qué no dijiste nada? En el club. Cuando te heriste.

—Estabas ocupada —respondió sin explicar más. No quería dejar traslucir cuánto le había escocido verla marcharse con Dmitry, tener que lamer solo sus heridas. Pero seguramente, Nadina ya lo sabía y no necesitaba que Mathieu lo admitiera.

Compuso uno de sus gestos de disculpa y obvió la cuestión para darle las gracias.

—Podría estar muerto si no hubiese sido por ti.

Y nada lo habría impedido si la razón que le llevó a cruzar todo el club no hubiese sido una que nada tenía que ver con proteger a Dmitry.

—Fue casualidad. No estaba allí por eso.

Ella forzó la sonrisa.

—Todo estaba bien. Tienes que dejar que yo me ocupe. Son mis asuntos. —Lo miró interrogante, esperando su respuesta. Él la evitó, pero insistió y Mathieu acabó por ceder.

—Tus asuntos. Está bien. Comprendido.

—Pero me alegro de que lo impidieras.

Él rechazó su agradecimiento.

—Fue un desastre. No me di cuenta de lo que ocurría hasta que estuvo encima.

—Había mucha gente. Nadie habría conseguido evitarlo. Dima también lo sabe.

Mathieu sacudió la cabeza negando.

—No quiero hablar de él.

Nadina apretó los labios.

—Está bien.

Despeinada, sin maquillaje, tan menuda y pálida, resultaba casi imposible sospechar de ella la menor doblez. Mathieu, en cambio, se sintió deshonesto y falso. Por eso, y aunque acababa de afirmar lo contrario, se obligó a preguntar.

—¿Se encuentra bien? ¿Lo han dejado ingresado?

—No. Dijeron que no era grave. Volvimos a casa.

Volvieron, le dejó solo en el apartamento, a pesar de la expresión de perro abandonado de Dmitry, y cogió un taxi para ir a Montreuil, porque allí era donde quería estar. Luego fue ella la que aguardó en las escaleras, temiendo que Mathieu llegara y la rechazase. Pero no lo había hecho. No la había puesto en la calle.

Se abrazó más a él. El sofá quedaba justo para los dos. Él se esforzaba por dejarle espacio, pero a ella le gustaba sentir su peso.

—¿Por qué no viniste ayer a Lumière?

—Me fue imposible. Tuve que salir de París. Te eché de menos. Estaba deseando verte —dijo acariciándola. Los dedos de su mano vendada deslizándose por su piel, una y otra vez, no podía ni quería dejar de tocarla. Los botones pequeños y suaves de sus senos, la curva ondulada de su vientre. Su tacto contrarrestaba el dolor.

—Te esperé toda la noche —aseguró ella. La voz más grave por efecto de aquellas mínimas caricias—. ¿Era peligroso?

Se detuvo y la miró.

—Sí, lo era. Pero no más que otras cosas.

Nadina asintió.

—Lo sé. —Y rozó con sus dedos la venda—. Pero no vas a dejarlo, ¿no? El trabajo. Esos terroristas a los que queréis encontrar.

Tardó un poco en contestar. Había dudado muchas veces desde que se vio metido en aquel embrollo. Pero no tenía dudas acerca de aquello. Quería detenerlos. A quien fuera que desease comprar las armas, a quienes utilizaban y se servían de hombres como Fadi o el conductor de Marsella. Y también a los que no les importaba abusar de un niño para conseguir sus fines. No podía mirar para otro lado y quedarse fuera.

—No. No voy a dejarlo.

Ella le besó en el borde de los labios, en el inicio de la mandíbula, enterró el rostro en el hueco de su cuello y apretó su cuerpo contra el de él.

—Estaba segura.

El lunes también amaneció agitado. El móvil comenzó a sonar desde primera hora. Se incorporó al segundo toque, pero la falta de sueño y el cambio de horarios comenzaba a pasarle factura. Algún día tendría que dormir ocho horas seguidas, pero sería algún otro. Dejó a Nadina en la cama y fue al comedor para hablar con Hardy.

—¿Le he despertado?

La pregunta atenta no ocultaba el reproche. Mathieu no necesitaba que le regañasen como a un adolescente que remolonea en su cuarto.

—Ayer llegué a las tres y media a casa y anteayer dormí cuatro horas. Sí, me ha despertado.

—Siento oírlo. ¿Un día complicado?

—Así es —dijo cortante.

—Comprendo. Y supongo que por eso aún no he recibido su informe avisando del intento de asesinato que sufrió anoche Záitsev.

Mathieu tuvo que inspirar hondo para no replicar que, si ya lo sabía, ¿para qué necesitaba el informe?

—Lo redactaré y se lo enviaré ahora mismo.

—No hay prisa. Hágalo cuando pueda. Solo quería asegurarme de que la situación está bajo control. Ya estoy informado de que fue usted quien impidió un desenlace fatal, pero me preocupa lo cerca que estuvo el atacante. No podemos permitirnos errores cuando hemos llegado tan lejos. Debemos plantearnos introducir más agentes, establecer un dispositivo de custodia.

—Creía que el objetivo no era hacer de escolta de Záitsev, sino vigilarle de cerca —dijo evitando alzar la voz. No se sentía cómodo manteniendo aquella conversación con Nadina a solo unos pocos metros.

—No lo era porque no pensábamos que nos encontrábamos frente a una amenaza directa. ¿Cree que puede estar relacionado con la detención de Modric?

—Creo que el mejor modo de salir de dudas es interrogar y hacer que investiguen al agresor.

Hardy hizo una pausa. Mathieu recordó la poca confianza que le inspiraba.

—Lo hemos hecho. Es de nacionalidad serbia y tiene antecedentes por participación en banda armada. Grupos paramilitares especializados en robos violentos. Un hombre peligroso. Mis felicitaciones, Girard.

Se mordió la lengua. Comenzaba a estar harto de tantas felicitaciones. Tal como él lo veía, no había mucho de lo que congratularse.

—¿Qué se sabe del niño que encontramos en Marsella?

—Nada aún, pero vamos a recurrir a todos los medios a nuestro alcance para descubrir si hay una trama detrás y quiénes son los implicados. Estamos cruzando las bases de datos con denuncias de niños desaparecidos en poder de la Interpol. Si hay coincidencias, localizaremos a sus familiares.

—Quiero saberlo. Todos los detalles. Quiero recibir el informe.

—Por supuesto. Comparto su preocupación. Se lo enviaré. Mientras tanto no olvide remitir su versión de los hechos. También deberíamos transmitir a Záitsev nuestra preocupación por su seguridad. Queremos que se sienta respaldado.

Mathieu se abstuvo de replicar que a él también le habría gustado sentirse respaldado.

—Se me ocurre que este puede ser un buen momento para reunirnos y cambiar impresiones. ¿Qué le parece si almorzamos juntos? Usted, Záitsev y yo. ¿Tiene algún compromiso?

—No por ahora —respondió. Porque su vida no es que fuera rutinaria desde que ingresó en la policía, pero se había convertido en caótica tras atravesar el umbral de Lumière.

—Confiemos en que no suceda nada de aquí a mediodía. Me pondré en contacto con Záitsev. Le espero a la una en Le Cinq. Y envíeme ese informe.

Hardy cortó la llamada y él se quedó mirando el móvil como si contuviese la respuesta a sus dudas. ¿Comer en Le Cinq? ¿Convencer a Dmitry para que aceptase protección? No creía que ni siquiera el intento de asesinato le disuadiese acerca de seguir haciendo las cosas a su manera.

El aviso de bajo nivel de batería saltó en la esquina de la pantalla. Puso el móvil a cargar y dudó sobre si encender el portátil y redactar el informe o volver a la cama. Eran las siete y media, no había dormido ni tres horas.

Lo habría hecho si se tratase de algo urgente, si de veras pensase que podía ser útil o evitar un daño, pero la conversación con Hardy le hacía pensar que ya disponía de toda la información. Si lo que quería era que se justificase por escrito, bien podía esperar otro par de horas.

Nadina aún dormía. Desnuda, con la sábana arrugada bajo las piernas. Su perfume flotaba en el ambiente cálido y cerrado de la habitación. La mañana de julio se preveía calurosa y el sol comenzaba a brillar con fuerza tras la ventana.

Abrió una de las hojas, para que entrase el aire fresco de la madrugada y bajó un poco la persiana. Se acostó junto a ella y vigiló su sueño. Le pareció preciosa y delicada. Tuvo que contener el impulso de besarla, acariciarla hasta hacer que se desperezase y buscase su boca. No lo hizo porque le pareció egoísta.

Sentía la mano entumecida y la zona herida le hormigueaba, pero la apoyó sobre su cadera y el malestar disminuyó. No pensaba dormir. Solo quería estar un rato más así, tendido a su lado y respirando su perfume.

Se despertó a las diez. El sol se colaba con fuerza bajo la persiana y Nadina había desaparecido. Le había dejado una nota. Tenía una caligrafía pequeña e irregular. Las letras se le quedaban abiertas, quizá por la costumbre de usar el alfabeto cirílico y no el latino.

*Habría sido malvado despertarte.*

Y firmaba con su nombre completo escrito en su forma original: *Nadezhna.*

Dejó la nota a un lado. Se pasó la mano por la cabeza para despejarse y apartar ideas incómodas. Decidió firmar una tregua temporal con sus conflictos. Redactaría el informe. Saldría a correr. Iría a ese almuerzo.

Se vistió, preparó café y abrió el portátil.

A la una menos diez estaba frente al hotel George IV, uno de los más exclusivos de París. Una pareja de agentes patrullaba la calle a pocos metros, armados con subfusiles de asalto y acompañados por un perro adiestrado para detectar explosivos. Tras el atentado de Niza la presencia policial era aún más patente en las calles, en especial en el centro. Le Cinq estaba a un paso de los Campos Elíseos y era uno de esos lugares que aparecen destacados en todas las guías de viaje. Tres estrellas Michelin, cocina de autor y precios casi a la altura de la torre Eiffel. La clase de sitio que le encantaría a Dmitry.

Le recibió una joven de belleza exquisita y depurada pulcritud. Ni un solo cabello se escapaba de su peinado y su maquillaje lucía como una cuidada y armoniosa composición de trazos y colores. Le preguntó su nombre, comprobó la reserva, sonrió en un medido ángulo y le acompañó hasta la mesa. Hardy ya estaba allí.

—Me alegro de verlo.

Tomó asiento y aprovechó que Hardy decidía con el sumiller qué vino escoger para examinar el salón. Elegante, de buen gusto, ideal para llevar a alguien al que se quiere impresionar o a quien se desea tener contento. Airosas palmeras que no resultaban fuera de lugar gracias a los amplios ventanales y a los altos techos. Lámparas de araña, sillas y molduras doradas. Grandes jarros de flores alineados con simetría marcial y una inmensa alfombra que cubría todo el salón y apagaba el rumor de las conversaciones de las mesas vecinas. Manteles de un blanco níveo, vajillas de porcelana, cubiertos de plata. Hombres y mujeres de negocios que se alternaban con parejas que celebraban su aniversario y turistas a los que no les importaba echar la casa por la ventana para disfrutar de la auténtica experiencia de la alta cocina francesa.

Hardy seguía debatiendo con el sumiller. Compartía la afición, bastante común entre los altos cargos de la administración, por las añadas de gran reserva y las botellas de coleccionista.

Dmitry apareció con apenas cinco minutos de retraso. Si la herida le molestaba o había dormido mal, no lo demostraba. Parecía recién duchado y lleno de energía. Mathieu adoptó su habitual aire de reserva, pero Dmitry sonrió como si estuviesen rodando un anuncio de dentífrico. Le tendió la mano abierta. Mathieu se levantó para estrechársela.

—*Moy spasitel*!

«Mi salvador», exclamó, apretando con fuerza la mano a la vez que le daba un caluroso abrazo, golpeándole en la espalda. La piel tirante por los puntos se resintió. Contuvo una maldición y las ganas de devolverle el saludo con otro golpe amistoso en el costado.

—¿Qué tienes ahí? ¿También te alcanzó ese cabrón?

—No es nada. Un corte superficial.

Hardy se había decidido ya por un vino y también se interesó. La llegada del metre con la carta interrumpió la conversación. En cuanto se retiró, el subsecretario del DGSE tomó la palabra.

—Gracias a ambos por venir. Imagino que se preguntarán por qué les he reunido aquí y no en algún despacho.

Dmitry, que acababa de pedir el menú degustación a trescientos diez euros el cubierto, recuperó un poco de su acidez.

—¿No es obvio? Quiere que nos sintamos importantes y que olvidemos la tentación de saltar del barco. ¿Qué dices, Girard? Se te ha pasado por la cabeza abandonar.

A veces Dmitry dejaba caer la máscara. Prescindía de aquella permanente actuación en la que convertía su vida. Olvidaba su sonrisa y ofrecía su mirada sobria y desnuda.

Era más difícil de encarar así.

—Ni por un momento.

Dmitry asintió y recurrió de nuevo a su expresión más desenfadada, como si su objetivo fuese reunir fondos para una carrera solidaria o cualquier otra causa benéfica y no hacerse con una partida de armas codiciada por terroristas y grupos rebeldes de varios países.

—¿Está lo suficientemente claro? No vamos a echarnos atrás.

—Me alegra saberlo —dijo Hardy con cautela—. ¿Y cómo van las negociaciones?

—Están cerradas —dijo Dmitry abriendo las manos, aunque enseguida las apartó ante la llegada de una colección de platos de colorida estética y elaborada presentación—. Fue fácil en cuanto ese cabrón de Modric dejó de ser un obstáculo.

Se hizo un silencio violento. Hardy se vio obligado a interrumpirlo.

—Un asunto muy desagradable. Vigilábamos de cerca al sujeto, pero jamás imaginamos que nos encontraríamos con algo tan despreciable. Por cierto —añadió dirigiéndose a Mathieu—, tengo una buena noticia. Hemos identificado al pequeño. Proviene de Siria. Los adultos con los que viajaba denunciaron su desaparición en el mes de junio. Hemos cotejado las imágenes del móvil que facilitaron a la policía búlgara y coinciden sin la menor sombra de duda.

Hardy estaba serio, pero a Mathieu se le atragantó el crujiente de trigo sarraceno que acompañaba a su plato.

—¿Qué ocurrirá con él?

—Vamos a acelerar los trámites para que pueda reencontrarse con su familia y, si todo está en regla, les devolveremos la custodia y solicitaremos que se les conceda el estatus de refugiados.

Dmitry cogió su copa de vino. Un Merlot había sido el elegido. La apuró sin demasiados miramientos.

—Un auténtico cerdo, Modric. Espero que se pudra en prisión. Y el bastardo que me atacó también. ¿Han averiguado quién lo envió?

—Se ha negado a declarar, pero todo indica que actuó por orden de Modric o de alguno de sus lugartenientes, en represalia por la detención de Marsella. Deben sospechar que tuvo algo que ver. ¿Lo tuvo?

El buen humor de Dmitry desapareció.

—No, claro que no. ¿Y usted? —preguntó brusco.

—¿Yo? Es una idea completamente absurda.

Las miradas de ambos se dirigieron hacia Mathieu. Dmitry justificado y Hardy ofendido. Mathieu seguía sin confiar en ninguno de los dos.

—¿Y qué hay de tus contactos aquí en Francia?

—Estoy ocupándome. En cuanto tenga resultados te lo comunicaré.

Era la especialidad de Dmitry. Desempeñaba a la perfección aquel papel: adoptar la distancia de quien va por delante y sabe más que el resto. Por lo demás la conversación era en apariencia cordial y se desarrollaba en un tono tan comedido que ninguno de los comensales que les rodeaban habría imaginado de qué se trataba. Hardy, con su aspecto tan funcionarial, y Mathieu serio y poco receptivo. Se diría que Dmitry trataba de venderle algo que no quería comprar.

—Confiamos en sus fuentes —intervino Hardy—. Pero creo que ha llegado el momento de colaborar más… estrechamente —dijo tras dudar en la elección de la palabra—. Creemos necesario incrementar su seguridad. Podemos y debemos proporcionársela. Pienso que lo más adecuado será establecer un turno completo de custodia. Seis agentes rotando cada ocho horas, de modo que siempre haya al menos dos garantizando su integridad.

Dmitry dejó caer los cubiertos sobre su taco de lechal acompañado de brotes verdes y emulsión de espinacas.

—De eso nada. De ninguna manera. No. *Niet. Nikogda.* Nunca. ¿Queda claro?

—No se apresure en rechazarlo. Piense…

—He dicho no —interrumpió alzando un poco la voz. Varias personas se giraron curiosas. Los camareros también miraron en su dirección y el metre voló hacia ellos como accionado por un resorte.

—¿Está todo a su gusto, señores?

—Todo está perfecto. ¿Podría llenar la copa?

—Por supuesto, señor.

Se ocupó él mismo, en lugar de dejar que lo hiciera el camarero. Después se retiró, pero no les quitó ojo de encima. En Le Cinq detestaban que cualquier cosa —una discusión o un plato servido a la temperatura incorrecta— arruinara la velada.

—No sé por qué tanta preocupación. Ya tengo a Girard, ¿no es así? Y para lo demás me cuidaré yo mismo. Seré más prudente a partir de ahora.

—Puede ser insuficiente —dijo Hardy severo, como si Dmitry fuera un adolescente rebelde al que hacer entrar en razón.

—¿Insuficiente? No lo creo. Pero quizá podríamos hacer algo. Pasar más tiempo juntos. Tengo varios apartamentos vacíos, uno justo debajo del mío. ¿Por qué no te mudas allí? Te ahorrarás tiempo en ir y venir y yo me sentiré más tranquilo sabiendo que estás cerca. ¿Es una buena idea?

—No estoy seguro de que… —empezó Hardy.

Mathieu no le dejó acabar.

—No, no lo es. No es buena idea.

—Piénsalo —insistió Dmitry—. Hemos derramado nuestra sangre a causa de la misma arma. Ahora somos como hermanos. Lo mío es tuyo y lo tuyo es mío. Acepta mi hospitalidad.

—No necesito tu hospitalidad. —Y, aunque no lo dijo, habría podido añadir que lo suyo era únicamente suyo y no estaba dispuesto a compartirlo con él.

Dmitry se volvió hacia Hardy en busca de ayuda.

—Creía que estábamos comprometidos en esto. Yo lo estoy. Al cien por cien.

—Yo también. Pero no puedo garantizar tu seguridad. No veinticuatro horas al día, siete días a la semana.

—Me prometiste que lo harías. Cuando nos conocimos. Dijiste que protegerías mi vida mejor que la tuya propia —dijo alzando de nuevo la voz, como si el vino se le hubiera subido a la cabeza.

Mathieu sabía que no era así.

—Lo hice. La protegí.

Soltó los cubiertos y dejó las manos sobre la mesa. Para ser una comida tan cara, apenas había probado bocado. Dmitry le tomó por sorpresa. Extendió el brazo y le sujetó con fuerza la mano herida.

El impulso inmediato fue retirarla. Los músculos del brazo se le tensaron reflejos, pero no fue suficiente. Habría tenido que hacer un movimiento violento para liberarse.

—Entonces, amigo mío, sigue haciéndolo. Es lo único que te pido —dijo fijando en él toda la intensidad de su gélida mirada.

El pulso duró unos segundos. Luego Dmitry aflojó. Cogió una de las inmaculadas servilletas y se limpió los labios.

—¿Pedimos ya los postres?

Fue Hardy quien se ocupó de llamar al camarero.

—¿Por qué te hiciste… *kak eto skazat?* —dijo Nadina pasando al ruso—. ¿Cómo se dice? ¿Agente especial?

Estaban tendidos sobre la cama, desnudos. Ella lo acariciaba, dibujaba sobre su piel caminos aventurados y sinuosos. Hacía mucho calor y la ventana estaba abierta de par en par. Montreuil era un barrio tranquilo y los sonidos que llegaban del exterior era relajantes y ajenos. Una conversación en la calle, música de jazz suave sonando en alguna terraza cercana. Una noche de verano cualquiera. Los peligros, las amenazas y las calamidades parecían quedar muy lejos.

—Agente del Grupo de Intervención de la Gendarmería Nacional es el nombre completo —contestó a la vez que retrasaba con toda intención darle la verdadera respuesta.

—Eso —dijo delineando nuevos sesgos: dorsales, transverso, oblicuos… Mathieu sintió el tirón en la ingle. Ella no dejó de mirarlo a los ojos—. ¿Por qué no ser solo escalador, si es lo que te gusta, o solo policía? ¿Por qué escogiste algo tan difícil?

—Es complicado vivir solo de escalar —dijo aplicando todo su autocontrol para seguir manteniendo una conversación civilizada y no abalanzarse sobre ella y dejar para más tarde las preguntas—, y siempre quise hacerlo. Si entré en la policía fue porque era imprescindible para ingresar en el GIGN.

—¿Siempre quisiste hacerlo? ¿Desde niño? ¿Porque lo viste en una película?

Otra se hubiera reído, pero Nadina lo decía con absoluta seriedad. Como si le pareciera una razón completamente respetable.

—No, no fue por una película. El avión en el que viajaba mi padre sufrió un ataque terrorista. Fueron agentes del GIGN quienes lo liberaron. Aún recuerdo las imágenes. Supongo que los idealicé. Además, todos me decían que no lo hiciera. —Mathieu esbozó una media sonrisa—. Eso también influyó.

Nadina sonrió a su vez.

—Debías quererle mucho. A tu padre.

—No lo veía apenas. Siempre estaba fuera. Mi madre decía que era una sobrerreacción, que pretendía ganarme su respeto y su cariño. Comenzó a acudir a un terapeuta de familia antes del divorcio y ya no lo dejó. Creo que aún sigue yendo de vez en cuando. A veces se empeñaba en que la acompañara.

Nadina volvió a sonreír ante el gesto de resignación de Mathieu. Lo imaginó, formal y callado, escuchando la charla de aquel especialista y sin dejar que le afectaran sus consejos.

—¿Y tú qué piensas?

—Puede que hubiera algo de eso al principio. Pero después mi padre se estableció de forma permanente en Argelia y yo dejé de echarle de menos. En cambio, seguí empeñado en superar las pruebas de acceso.

—Eres obstinado —replicó ella, y dejó un beso suave en la línea de su mandíbula.

Sus miradas se cruzaron y el corazón les batió a ambos con fuerza. Les ocurría todo el tiempo. Cualquier gesto, cualquier roce, provocaba una reacción. Pero Mathieu volvió a refrenarse. También quería saber más de ella.

—¿Cómo era tu familia?

Ella bajó la mirada, se apartó un poco de él, pero no evitó responder.

—Eran buenos, buena gente. Trataban de mantenernos a salvo. No se separaban de nosotras. Siempre estábamos juntos, los cuatro. Éramos… normales, mi padre trabajaba en una fábrica y mi madre en una oficina del gobierno. Hasta que los aviones comenzaron a bombardear la ciudad y lo destruyeron todo. Todos los edificios, todas las oficinas, las escuelas…

No era como recordar celebraciones de Navidad o viajes de fin de curso. Mathieu no deseaba hacerla sufrir, pero tampoco quería mantenerse ignorante solo porque fuera más cómodo no saber. Nunca pensó de esa manera y no iba a comenzar ahora.

—¿Y estuvisteis todo el tiempo en Grozni? ¿Todo lo que duró la guerra?

Ella negó.

—No. Cuando el ejército atacó la ciudad, huimos. Casi todos huyeron. Se quedaron solo los de la milicia, pero no estaban en Grozni, sino en la montaña, eran *povstantsy*.

Mathieu asintió, brigadas rebeldes, guerrilleros.

—Mi padre tenía un coche, un viejo Lada, pero la gasolina se acabó pronto y era imposible encontrarla o pedían una fortuna por ella. Tuvimos que abandonarlo y continuar a pie. Durante algún tiempo vivimos en campos de refugiados. Era… desolador. No había nada. No teníamos nada. Íbamos de un sitio a otro y en todas partes era malo. Una mañana mi padre dijo que volvíamos a Grozni. Llevábamos días sin conseguir nada que comer. Así que lo hicimos. Regresamos.

Se quedó callada, ausente. Él apoyó la mano en su mejilla, quiso hacerla volver, pero Nadina permaneció anclada a los recuerdos.

—Todo estaba arrasado. No sé si puedes imaginarlo. Era algo… enfermo. También los campos de refugiados, pero allí todo parecía provisional, incluso aunque pasasen los meses y nada cambiase. Grozni no, Grozni era definitivo. Hace poco vi un reportaje en la televisión. Lo han reconstruido todo. Es otra ciudad —dijo dolida, porque también escocía, que hubiesen borrado las evidencias y hecho desaparecer las pruebas—, pero entonces creíamos que ya nunca se recuperaría. Más gente regresó porque decían que había empleo y comida si aceptabas trabajar para el ejército. Mi padre aceptó. Los milicianos consideraban traidores a los que ayudaban a los soldados y disparaban a las cuadrillas, pero mi padre también los odiaba. A los rusos. Trabajaba para ellos porque necesitábamos el dinero, pero estaba de parte de los milicianos.

No era un hombre religioso. Se había casado con una cristiana ortodoxa. Comía todo tipo de carne y bebía alcohol los días de fiesta —en los tiempos en que había alcohol y carne—. Cuando llegaba a casa después de trabajar para unos jefes que nunca estaban satisfechos, solía repetir que echaba de menos el comunismo; cuando no había tantas novedades en los comercios, pero nadie amenazaba con despedirte ni te metía prisas. No le interesaba la independencia y miraba con desconfianza a los extremistas. La guerra le hizo cambiar. Nadina aún tenía muy presente uno de aquellos cambios.

A Milena se le ocurrió arreglarse el pelo. Lo tenía muy largo, las dos lo tenían igual, largo y liso, aunque solían llevarlo recogido y sujeto de cualquier modo. Aquel día su hermana lo trenzó con cuidado y lo enroscó alrededor de la cabeza, como si fuese una diadema. Le quedaba muy bien, parecía la princesa de un cuento. Nadina le pidió que también la peinase. Milena estaba de buen humor, así que accedió. Cuando su padre llegó se peleaban por verse en el espejo. Le preguntaron si le gustaba. Las miró como si las viera por primera vez. Se enfureció. Dijo que le avergonzaban, que no parecían sus hijas. Dijo que a partir del día siguiente deberían usar velo. Todas las familias de su edificio eran musulmanas. Todas las mujeres llevaban la cabeza cubierta. Todas se ocultaban, no trataban de llamar la atención de los soldados.

Milena lloró toda la noche, dijo que se iría en cuanto tuviese una oportunidad, que se marcharía lejos, tan lejos como pudiese. Nadina le hizo prometer que no abandonaría Grozni sin ella.

—«Júramelo, Milenka».

Insistió tanto que consiguió que aceptara, pero no la creyó. Sabía que cualquier día despertaría y Milena ya se habría ido.

—En nuestro edificio todos odiaban a los rusos —explicó saliendo del trance—. Mi madre era rusa e incluso ella los aborrecía. Pero yo no, y tampoco Milena. Habríamos preferido estar del otro lado. —Nadina se estremeció. Se volvió hacia Mathieu y se apretó contra él—. ¿Crees que soy una persona horrible?

Él la abrazó con cuidado, la besó en el pelo, acarició su rostro.

—No creo que seas ninguna persona horrible. Horrible es que tuvieras, que tuvierais que pasar por tanto horror, por tantas injusticias. —Le parecía un milagro que hubiera conseguido salir indemne de aquella barbarie y sentía vergüenza por haber consentido que ocurriera, que aún siguiera ocurriendo, en Grozni o en cualquier otra parte del mundo.

Pero Nadina no se dejó consolar.

—Milena sí lo pensaría. Milena me odiaría.

Mathieu comprendió. Siempre estaba presente entre ellos. Una sombra incómoda y molesta. No servía de nada ignorarla. Había querido retrasarlo, pero ahora parecía preferible abordar el tema a seguir haciendo recordar a Nadina. Calló y ella preguntó al notar su silencio.

—¿Qué?

—Hoy estuve con Dmitry.

Se sobresaltó. Grozni dolía, pero había quedado atrás. Dmitry, en cambio, no solo formaba parte del pasado, también era el presente.

—¿Cuándo? ¿De qué habéis hablado? ¿Qué te ha dicho?

—En el almuerzo. Fue una reunión de trabajo. Quiere que me mude a uno de los apartamentos que tiene junto al club.

Se apartó, se sentó sobre la cama y se encogió. Las piernas pegadas al pecho y los brazos por delante apretándolas.

—¿Qué le has contestado?

—Que de ninguna manera. Pero no se ha dado por vencido.

La comida había terminado en tablas. Mathieu no había querido ceder. Dmitry no aceptó ninguna otra alternativa. Hardy había tratado de mediar, pero sin demasiada convicción. No era difícil intuir de qué lado se inclinaría la balanza.

—No, seguro que no —musitó Nadina.

Mathieu se resistía a hacer la pregunta, pero acabó claudicando.

—¿Y vosotros? ¿Habéis hablado?

Ella negó con la cabeza.

—No, pero no es necesario. Lo sabe.

Había sido suficiente con la puerta cerrada, las ausencias. La noche en la que trataron de asesinarle, Dima le preguntó que a qué estaba jugando. Ella respondió que no era ningún juego, que la dejase en paz.

—«Entonces, ¿qué es? ¿Un castigo? ¿Por qué, Nadezhna? ¿Por qué me haces esto?».

Luego todo se precipitó. La pelea, la carrera hasta el hospital, la vuelta en silencio. Había sido una tregua. Pero eso no significaba que Dmitry se hubiese rendido.

—¿Y qué crees que pretende? —preguntó Mathieu desde su espalda—. ¿Qué intenta conseguir con todo esto?

Sacudió la cabeza. Conocía bien a Dmitry. Sabía cómo pensaba, cómo era… Cómo habían sido las cosas entre ellos. Desde que era solo un soldado con una sonrisa imposible de resistir en medio de las ruinas de Grozni hasta el día en que le vendó los ojos, la condujo a ciegas y la guio sin contestar a sus preguntas. Después le soltó la venda y le mostró Lumière. Entonces preguntó si le gustaba.

Nadina tragó saliva.

—Quiere ponerlo difícil. Cree que es solo… un capricho. —Se mordió los labios después de pronunciar aquella palabra—. Algo pasajero. Piensa que se me pasará.

Reunió valor para alzar la vista y enfrentarse a Mathieu. Vio sus dudas, el conflicto que suponía para él. No podía reprochárselo. Su vida entera era un desastre, una confusión. ¿Por qué iba a querer estar cerca de ella? ¿Por qué iba a confiar? Pero él solo la miró y preguntó:

—¿Y qué es lo que crees tú?

Tenía una expresión grave y se diría que lo único que le importaba era su respuesta. A Nadina aquel gesto se le clavó en el corazón. Le gustaba demasiado Mathieu. Incluso con el ceño fruncido, preocupado y tan concentrado que casi podía oír sus pensamientos. Le gustaba tanto que con él se creía capaz de soportarlo todo, incluso recordar Grozni. Que cada vez que lo veía apenas podía evitar correr hacia él. Que cuando no lo veía pensaba únicamente en que apareciera. Que no le importaba salir cada noche de casa, como si no temiera que Dmitry la encontrara y le preguntara: «¿Dónde vas? ¿Dónde vas, Nadezhna?».

Sí, le gustaba demasiado.

—No ocurrirá. No cambiaré de idea —susurró.

Y apoyó la mano en su pecho, muy cerca del corazón. No quería pensar más en la guerra ni en la muerte, lo que deseaba era sentirse viva. Viva junto a él.

Se acercó más y lo besó, apenas un roce, luego un poco más. Primero notó su reticencia, pero profundizó en el beso y sintió con claridad el contenido jadeo que escapó de su garganta. Lamió sus labios. Luego se apartó, solo unos milímetros. Nadina sabía del efecto que tenía sobre Mathieu, también a ella le costaba contenerse. Pero valía la pena. Más cuando notaba su tensión, la piel tirante sobre los músculos contraídos. También a ella se le secaba la garganta y la sangre corría más densa y cálida por sus venas.

Sí, valía la pena cuando conseguía que olvidara la calma, se lanzara sobre ella y la besara hasta el borde mismo de la asfixia. Se decía que no era por eso. Por el relámpago de calor y frío que la recorrió cuando sus manos tomaron su cuello, ni por la corriente espesa en que se sumergió cuando besó las huellas que habían dejado sus dedos. No por la llama que la incendió cuando la tumbó de costado y permaneció justo tras ella, ni por el latigazo de placer turbio que la sacudió cuando acarició con avidez su boca, cuando hundió el rostro contra su cuello, cuando deshizo en agua su sexo. No era por eso. No solo por eso. No porque con Mathieu no temiera caer tan lejos, tan hondo como fuera posible. Porque él siempre la sostenía, estaba a su lado, con él no tenía miedo.

—No dejaré que lo hagas —aseguró mientras ambos se precipitaban sin red ni frenos—. No dejaré que cambies de idea.

Nadina se dejó arrastrar y rogó por eso. Con mucha, mucha fuerza.

—¿Gusta? Puedo buscar llave de otro apartamento si quieres.

Boris mantenía la puerta abierta y se ofrecía a hacer de guía. Tal como Mathieu temía, Dmitry había vuelto a salirse con la suya. Era sábado y la semana había sido mortal.

—Este valdrá —dijo sin mirar apenas a su alrededor. El apartamento era amplio y tan acogedor como podía serlo un lugar en el que deseas con todas tus fuerzas no estar.

—Yo estoy enfrente. Si necesitas cualquier cosa, solo avisa. Mi casa, tu casa.

—Gracias —respondió con sequedad.

La mañana del martes —nada más despertar y cuando Nadina aún dormía— se precipitó otra crisis. El DGSE había recibido una nueva filtración, también referente a una partida de armas de contrabando. Se trataba de un carguero ruso que tenía previsto arribar a Caen en un par de días. Hubo más gabinetes con reuniones de urgencia, desconfianzas, nervios y carreras. Acabó subido a otro helicóptero, descolgándose por una escala y asaltando el barco en plena noche, junto a tres unidades de intervención y el refuerzo de la guardia costera.

La tripulación no opuso resistencia. El aviso resultó ser falso. El carguero solo transportaba planchas de aluminio destinadas a uso industrial. Pasaron dos días a bordo registrándolo de arriba abajo. Cuando no encontraron nada recurrieron a especialistas del servicio de vigilancia aduanera. Comprobaron los contenedores con escáneres y revisaron pulgada a pulgada las salas de máquinas y las bodegas. Todo mientras el capitán del mercante expresaba en ruso y en otro par de idiomas su indignación y su disconformidad solo que en términos menos diplomáticos. No estuvo de vuelta en París hasta la víspera y tampoco había sido un buen día.

Mientras estaba en alta mar pensaba en Dmitry e imaginaba su sonrisa.

—¿Cómo va tu mano?

Aún la llevaba vendada y tenía que ir a que le quitasen los puntos, pero aparte de cierta tirantez no le molestaba.

—Va bien.

—Si necesitas más tiempo, no hay problema. Yo me ocupo.

—Ya está curada.

Boris titubeó un poco, pero acabó abrazándolo, golpeándolo con fuerza en la espalda. Fue corto, rápido y chocante.

—Hiciste buen trabajo.

Se sintió incómodo.

—Fue la suerte. Estaba en el lugar y el momento oportuno.

—Suerte ayuda a los buenos. No olvides.

Mathieu sintió un hormigueo molesto, una desazón. Pese a toda su aparente afabilidad, no creía que Boris fuese un amigo ni que, llegado el caso, actuase como tal.

—No lo olvido.

El momento tenso pasó. Boris recuperó su sonrisa guasona.

—Eres buen tío. Me gusta trabajar contigo. Los dos cuidaremos de jefe y has elegido una buena noche para volver. Verás. Será divertido.

Se oyeron pasos en la escalera. Nadina apareció con un vestido de color naranja vivo y sin mangas. Imposible no verla.

—*Dobriy den* —saludó alegre Boris.

Se detuvo, algo apurada, violenta.

—*Privet.*

—¿Has visto, Nadina? Tenemos nuevo vecino.

—No lo sabía. Bienvenido.

No habían vuelto a verse desde la mañana del martes. Recién aterrizado en París, se encontró con otra jornada a prueba de nervios. A mediodía un joven disparó en Múnich contra los clientes de un McDonald's. Nueve fallecidos, treinta y cinco heridos. La situación entre las distintas policías europeas era de psicosis. Más de dos mil agentes se desplegaron en Múnich para tratar de localizar al agresor, un chico de diecinueve años, alemán de padres iraquíes. No dieron con él hasta la madrugada. Se había suicidado. No importó que no existiesen evidencias de conexiones con grupos yihadistas, ni los antecedentes de problemas mentales. Las presiones para conseguir resultados llegaron de todas partes. Mathieu las vivió en primera persona en forma de orden terminante. «Situación excepcional», lo denominó Hardy.

—Ha sido una decisión de última hora.

—Es bueno tener amigos cerca —afirmó Boris.

—Sí, es bueno —dijo Nadina forzando la sonrisa—. Tengo que salir. Ya nos veremos.

—*Da svidaniya* —dijo Boris, y se volvió hacia Mathieu que miraba cómo Nadina desaparecía escaleras abajo—. Mujeres… Nos vuelven locos, ¿no piensas tú?

—Puede.

Boris rio como si hubiese dicho algo muy gracioso, pero enseguida recuperó la compostura.

—Tú no eres loco. Tú eres tipo listo. Nos vemos a la noche. Y recuerda —dijo señalando al otro lado del pasillo—: estoy enfrente.

Boris cerró la puerta. Mathieu cogió aire. No lo iba a olvidar.

Echó un vistazo a su alrededor. Los muebles eran bastantes nuevos, algunas cosas parecían caras, pero todo era impersonal, frío como la decoración de un hotel. No sabía cuánto duraría aquello, pero ya estaba deseando marcharse. Solo había traído una bolsa de deporte con lo imprescindible. La dejó a un lado sin deshacerla.

Se acercó a la ventana, abrió y una bofetada de aire más cálido le golpeó en el rostro. El apartamento debía estar climatizado. Veinticuatro, veinticinco grados. En el exterior había más de treinta y cinco.

Un coche patrulla pasó a toda velocidad haciendo sonar las sirenas. Enseguida le siguió otro. También vio a Nadina. Se quedó parada en la acera, se dio la vuelta y miró hacia el portal. Estuvo así unos cuantos segundos. Al final renunció a volver tras sus pasos. Cruzó la calle y se alejó caminando aprisa junto al pretil del Sena.

Mathieu pensó que Boris se equivocaba. No debía ser muy listo cuando por un instante todo lo que había sido capaz de desear era que Nadina se diese la vuelta y se presentase en la puerta.

Cerró la ventana y se pasó una mano por la cabeza como si eso fuese a ayudarle a aclarar ideas. Había tenido tiempo de pensar mientras estaba en alta mar. Era consciente de que estaba poniendo en una situación delicada la misión. Aquello no podía convertirse en un enfrentamiento personal entre Dmitry y él. Lo sabía, pero era difícil dejar los sentimientos a un lado. No iba a dejar a Nadina de lado.

Los malos tragos cuanto antes mejor.

Subió al apartamento de Dmitry y llamó a la puerta. Se abrió antes del segundo toque.

—Amigo…

Llovieron nuevos abrazos y palmadas en la espalda, aún más efusivos que los de Boris. Mathieu pensó si se trataría de una nueva estrategia.

—Entra, te esperaba.

Seguro que era cierto. Por eso no estaba solo.

—Te presento a Katrina Bergman —dijo Dmitry pasando a un inglés solo regular.

Era una mujer preciosa, delicadamente bella, vestida y maquillada con sensualidad no exenta de sofisticación, como si estuviese a punto de salir a escena o posar para una sesión profesional de fotos. Estaba casi seguro de que era una conocida actriz.

—Un placer —respondió ella en un tono bajo, cálido y acaramelado.

Se encontraba sentada y le tendió la mano como si esperara que se inclinara y la besara, pero, cuando se la estrechó, su sonrisa fue amable.

—Girard trabaja para mí —dijo Dmitry olvidando pronto las amistades y las palmaditas en la espalda y regresando a su rol de «yo soy quien manda aquí».

—También yo voy a trabajar para él —dijo Katrina en un susurro dulce dirigido a Mathieu—. Tenemos eso en común.

—Solo me conformo con lo mejor —aseguró Dmitry.

Ella sonrió, pero no era difícil vislumbrar cierta ironía tras su expresión imperturbable. Mathieu recordó de pronto el tipo de películas con las que Katrina había alcanzado la fama. Era actriz porno.

—Somos unos privilegiados. La señorita Bergman va a poner en escena una de sus *performances* esta misma noche en Lumière. Le prometí que le haría compañía, pero tengo que hacer algunas llamadas. Asuntos que no pueden esperar. ¿Lo harías por mí, Girard? No te importa, ¿verdad, querida?

—Por supuesto que no. Será interesante. Prometo no aburrirlo —dijo Katrina, y alzó el brazo para retirarse el cabello del rostro con un movimiento aparentemente casual, pero que permitió que el pronunciado escote en uve de su vestido dejara a la vista que no usaba sujetador ni lo necesitaba.

—Todo arreglado entonces —dijo Dmitry con la vista puesta justo donde Katrina quería.

—¿Y qué pasa con tu seguridad? —preguntó Mathieu.

—*Da… Da…* Eso. No te preocupes. No iré a ninguna parte. Estaré aquí mismo haciendo unas llamadas. Y, si todo sale como espero, pronto tendremos resultados. He avanzado mucho estos días. Por cierto, tienes que contarme dónde has estado. Te he echado de menos.

A veces Mathieu dudaba de si Dmitry se burlaba de él. Otras estaba seguro.

—Yo también he pensado mucho en ti.

Dmitry se quedó desconcertado, pero enseguida recuperó la sorna.

—Katrina se va a llevar una idea equivocada de nuestra relación. No te dejes engañar, querida, Girard oculta mucho más de lo que muestra.

—Yo diría que muestra más que suficiente —replicó Katrina con su acento más turbador.

Dmitry se giró hacia él y le dirigió una sonrisa. Decía: «no te puedes quejar de cómo te trato».

—Os veo esta noche. No me dejes en mal lugar, Girard.

—Hasta la vista —dijo ella con un ronroneo de gatita.

La puerta se cerró y se quedó solo con Katrina.

Entreabrió los labios. Los llevaba pintados en un jugoso tono rojo brillante y la pose era tan sugestiva como estudiada.

—Bien, Mathieu Girard, tendremos que buscar algo con lo que entretenernos.

Mathieu pensó que debía reconocerle algo a Dmitry.

Se esforzaba.

La música era metálica, dura. No se parecía a lo que había esperado, aunque se dijo que lo razonable habría sido esperar cualquier cosa; y desde luego Katrina sabía cómo capturar la atención.

Tenía los ojos vendados, el cabello oscuro suelto y lacio, el cuerpo desnudo; solo las tiras que la sujetaban cubrían estratégicamente algunos lugares. Los hilos subían y bajaban, colgados desde distintos puntos del escenario. Katrina se dejaba manejar como una marioneta, se mostraba cada vez más desmadejada, golpeada por una presencia invisible que la maltrataba. A veces intentaba resistirse, entonces los golpes eran más fuertes, más crueles.

Era un espectáculo oscuro y a juicio de Mathieu no tenía nada de excitante, aunque los cientos de miradas que vigilaban cada movimiento parecían indicar lo contrario.

Katrina le había explicado —sin que hiciese falta que Mathieu preguntase— que ya había superado su fase de intérprete en producciones que incluían escenas de sexo no fingido; y que su intención era demostrar cuánta hipocresía y superficialidad encerraba una sociedad que mercantilizaba y banalizaba el sexo, a la vez que lo mitificaba y le daba un valor muy alejado de la realidad y de lo que debía ser una relación plena, satisfactoria y no destructiva ni degradante para la mujer. Ahora hacía *happenings* conceptuales que reflejaban la manipulación de la que era víctima el cuerpo femenino.

A Mathieu aquel discurso le resultó más bien contradictorio, y contemplar la reacción de quienes observaban le hacía dudar aún más. En cualquier caso, Katrina le había parecido una mujer inteligente, que sabía gestionar su belleza y sus recursos.

Pasaron casi dos horas conversando sobre su trabajo, sobre las diferencias entre las mentalidades europeas y americanas. Katrina, que había nacido en Idaho, prefería Europa y estaba considerando establecerse en París o Berlín. Se lo contó mientras jugaban al póquer. Fue ella quien lo propuso y la que sacó una baraja de cartas del bolso.

Le ganó por dos veces. Cuando le retó a apostar fuerte, Mathieu le dijo que sabía que las cartas estaban marcadas. Ella sonrió y replicó que le gustaría repetir en otra ocasión con una baraja a estrenar.

—Es horrible —murmuró Nadina.

La había visto acercarse. Todo el tiempo estaba pendiente de ella mientras también controlaba a los demás. Dmitry contemplaba el espectáculo con Anelka, que se mostraba aquella noche especialmente cariñosa, Boris los escoltaba. Nadina se mantenía a distancia.

—Es conceptual.

—No sé qué significa conceptual —dijo sin dejar de mirar al frente y, tras una pausa, añadió—: Siento que hayas tenido que hacerlo.

No hicieron falta más aclaraciones. Ambos sabían a qué se refería: tener que dejar su casa, vivir bajo el techo de Dmitry.

—Yo también.

Se quedaron en silencio. La música cambió, se transformó en un golpeteo lento y constante. La luz bajó. Las cuerdas que tiraban de Katrina comenzaron a caer una a una.

—Mi apartamento está más arriba. En el último piso.

—Nadina… —empezó.

—Lo sé. Lo sé —repitió, y sonó a disculpa—. Necesitaba decírtelo.

Desapareció antes de que la sala volviera a iluminarse. En el escenario Katrina seguía deshaciéndose de las amarras, destapaba sus ojos, se liberaba de las cuerdas. Con cada gesto la luz subía y dejaba a la vista un pedazo más de piel. Cuando terminó estaba completamente desnuda.

Aullidos y aplausos sonaron a rabiar. Mathieu no vio el saludo de despedida de Katrina porque estaba observando cómo Nadina salía por una de las puertas laterales.

También Katrina desapareció tras un corto apagón. La luz volvió, igual que la música *dance,* y la gente comenzó a llenar la pista.

Dmitry estaba ocupado con Anelka. Boris no permitía que nadie se le acercara. El ambiente en Lumière era algo más relajado que otros días. Mucha gente abandonó la sala en cuanto terminó la actuación.

Aguantó diez minutos más.

Salió por la misma puerta por la que había desaparecido Nadina. Era un pasillo largo, solo estaban encendidas las luces de emergencia, la música sonaba muy amortiguada. Dudó un poco antes de avanzar por el corredor. Llevaba casi dos meses en Lumière y aún no conocía todos sus rincones. El espacio tenía mucho de laberíntico. Pasillos que se cruzaban, puertas cerradas... Giró a la derecha y se encontró con una vía sin salida.

Retrocedió tras sus pasos. Los puntos de luz estaban a ras de suelo, apenas iluminaban el corredor con una tenue luz anaranjada. Un crujido le alertó. Supo que no estaba solo. Podía haber sido ella, pero de algún modo estuvo seguro de que no era así.

Se volvió justo cuando lo tuvo tras de sí. Lo golpeó contra la pared. Le contuvo con un brazo y con el otro le atenazó el cuello contra la pared. En menos de un par de segundos lo tenía inmovilizado.

—¡Suéltame, joder!

Era Thierry Lestrange.

—¡Que me sueltes!

Lo liberó de golpe. Lestrange se encogió como si esperase otro ataque, pero Mathieu guardó las distancias. Le dejó espacio, pero se quedó lo bastante cerca como para evitar que algún movimiento le tomara por sorpresa.

—¿Qué estás haciendo aquí?

—¿Qué coño estás haciendo tú? —replicó furioso—. ¿Qué crees que haces? ¿Piensas que esto es un juego? ¿Es divertido para ti? ¿Tirarte a la chica de Záitsev mientras está al otro lado de esa puerta?

Mathieu tragó saliva. Había previsto conversaciones parecidas, pero en ninguna de ellas su interlocutor era Thierry Lestrange.

—No es asunto tuyo —le advirtió.

—¿No lo es? Es más asunto mío que tuyo. Me juego mucho en esta mierda. Llevo meses metido hasta el cuello en esto. Levantándome cada mañana pensando si será la última, para que ahora llegues tú y lo estropees porque no sabes tener guardada la polla.

Le rechinaron los dientes. Le caía visceralmente mal Lestrange y no necesitaba que le diera lecciones de moral ni de ninguna otra cosa.

—Te he estado cubriendo con Hardy. Me he callado muchas cosas. No le he dicho nada de vuestras escapadas ni de todas las veces que apestas al perfume de ella, pero no pienso echarlo todo a perder por tu culpa. Te lo advertí el primer día. Mantente alejado de Nadina.

No había mucha luz, pero Lestrange le pareció rastrero, repulsivo como una rata. Dmitry, a pesar de todo lo que les enfrentaba, iba de cara. Boris también dejaba ver una advertencia tras su fachada de calma, pero Lestrange apenas encubría su bajeza, y que fuese el hombre en la sombra de Hardy no mejoraba su opinión sobre él.

—Mantente tú alejado de mí y no te atrevas a acercarte a ella.

—¿A ella? Puedo encontrar a docenas, a cientos como ella. Mejores que ella. Los prostíbulos de París están llenos de mujeres como Nadina. Todas tienen historias tristes, todas te dirán que eres el amor de su vida, cualquiera de ellas dejará que las folles por la mitad de lo que cuesta la habitación de un hotel.

Ya no se contuvo. Le empujó contra la pared. El antebrazo presionándole la garganta. Más, más, un poco más. Lestrange boqueó.

—Cállate.

Le tuvo así lo que se tarda en contar hasta diez. Después le soltó. Se derrumbó, pero el muro impidió que llegara a caer. Tosió antes de escupir un insulto.

—¡Cabrón! ¿Quién mierda crees que eres? Yo hago esto por dinero, pero ¿y tú? ¿No quieres coger a tus terroristas? ¿Qué harás si las armas se os escapan de las manos? ¿Qué cara pondrás si un misil SA-18 estalla en el patio central del Louvre?

Mathieu se arrepintió de haberle soltado tan pronto.

—Si tienes información y la estás ocultando…

—¡No tengo información, pero soy importante! Me necesitáis. No lo olvides.

—Haz lo que tengas que hacer, pero no te metas en mi terreno —le advirtió con voz fría.

Dio un paso atrás. Le dejó vía libre. Estaba deseando que se marchara. Ya había tenido más que suficiente de Thierry Lestrange.

—Sois tal para cual. Záitsev es un fantoche que se cree más listo de lo que es en realidad y tú estás a su altura. No la jodas más o le diré a tu jefe a lo que se dedica su agente del GIGN.

Se colocó la chaqueta y se largó. Mathieu lo vio abrir otra de las puertas. La música sonó más fuerte y volvió a bajar de volumen cuando Lestrange cerró.

Echó la cabeza hacia atrás y cogió aire.

Odiaba aquello.

Era consciente de que el mundo no era blanco ni negro, sino que se movía dentro de una amplia gama de grises. Sin embargo, había cuestiones en las que no era difícil tomar partido: un padre que amenaza a sus hijos con un cuchillo para obligar a su esposa a volver con él, un adolescente que se encierra en su cuarto y dispara con un fusil a todo el que pasa por debajo de su ventana, un hombre dispuesto a explotar un cinturón bomba.

Se había enfrentado a situaciones parecidas. Nunca se había arrepentido de la decisión que tomó.

Ahora ya no estaba seguro de nada.

Pensó que debía regresar al club. También tenía claro el orden lógico a seguir. Terminar con aquel asunto. Aclarar las cosas con Nadina. Decidir si tenían futuro juntos o aquello solo era un espejismo.

Las palabras de Lestrange escocían. Más de lo que habría querido.

Por uno de los corredores adyacentes vio la luz verde que señalizaba una salida de emergencia. No dudó. Necesitaba aire fresco. No quería respirar la atmósfera viciada del club.

Fue a salir a los pies del puente de Alejandro III.

Las farolas, la brisa de la noche de verano, un grupo de chicas que pasó riendo por la acera. La ciudad serena, resplandeciente y bella. Le hizo bien. Le calmó. París parecía afirmar que no importaba cuántos quisieran dañarla. Había sobrevivido a muchas amenazas. Resistiría una más.

Cruzó el puente. Bajó las escaleras que conducían al muelle. Ella se giró en cuanto le oyó llegar. No hablaron. La besó y resistió la tentación de empujarla con violencia contra la pared, de ser duro e injusto con ella. Lo que hizo fue dejar que Nadina le devolviera los besos, le tomara las manos, le entregara su cuerpo. Funcionó. No tuvo la menor duda de que hacía lo correcto.

Quizá no lo sensato.

No, puede que no, pero nunca había pretendido que lo suyo fuera la sensatez. Lo suyo, y también lo de Nadina, era el riesgo, el vértigo. La atracción del vacío.

—Recuerdo cuando nos alistamos en la *Spetsnaz*. Teníamos un sargento, un tío de la vieja guardia, uno de esos que todavía llevan en la cartera el retrato de Stalin. Nos pilló echando un trago en la garita de vigilancia.

—Y riéndonos —dijo Dmitry.

—Y riendo —repitió Vaclav—, y eso fue lo que más le molestó. Joder, estábamos a veinte grados bajo cero, ¿quién podía aguantar sin un poco de vodka? Nos hizo doblar la guardia. Nos tuvo toda la noche firmes al raso. Se nos congelaron los huevos. Cuando terminó el castigo, se acercó y dijo: «¿Ya se os han quitado las ganas de reír?». Entonces Dima empezó a soltar la carcajada en la cara del sargento, primero bajito y después más alto, y yo pensé: «¿pero qué hace este gilipollas?».

Todos en la mesa rieron. Dmitry tomó el vaso y lo levantó a la salud de Vaclav.

—Intenté contenerme, pero el sargento seguía gritando, se puso rojo, y ya no aguanté más. Empecé a reír como un loco, y Dima decía…

—No te rías, Vaclav.

Vaclav coreó la frase de Dmitry con carcajadas y golpes en la mesa. Se le saltaban las lágrimas.

—Nos tuvieron una semana arrestados —dijo cuando logró contenerse.

—Eran buenos tiempos —dijo nostálgico Dmitry dando un trago a su vodka.

—Eran tiempos de mierda —dijo Anelka—. No volvería a Moscú por nada del mundo. Ya pasé bastante frío, gracias.

—Nosotros queremos ir en septiembre. Mi hermana sale de cuentas a finales de agosto, pero serán solo un par de semanas —dijo Sonja, la mujer de Vaclav, una rubia despampanante y nada discreta en su forma de vestir—. ¿Y a ti, Nadina? ¿Te gustaría volver?

Esbozó una sonrisa. Estaba muy bonita esa noche. Relajada, riendo las bromas, disfrutando de la velada.

—Me gusta París. Estoy bien aquí.

Cambió una mirada fugaz con Mathieu. Los dos la apartaron casi al instante y volvieron el rostro en direcciones opuestas.

—París es un buen lugar. Nadie puede negarlo. Y me caen bien los franceses. Van a lo suyo y no se meten en tus asuntos —dijo Vaclav.

Se encontraban en el ático del edificio. París ponía el decorado, y la noche, cálida y sin estrellas, el techo. Solo el emplazamiento ya era un lujo, pero Mathieu debía reconocer que la cena no era lo que había esperado. Cuando Dmitry se empeñó en que estuviese presente, imaginó alguna nueva demostración de exceso y riqueza. En cambio, había resultado ser una reunión de amigos en la que el único que estaba de más era él.

—Brindemos —dijo Dmitry—. Por Francia y los franceses.

Sirvieron otra ronda. Todos los vasos se llenaron, excepto el de Mathieu, que recibió otra mirada burlona de Dmitry. Estaba siendo una cena difícil. Toda la semana había sido complicada. Esperando avances que no llegaban, improvisando reuniones, y recibiendo noticias de nuevos actos de violencia individuales que inmediatamente eran reivindicados por los extremistas. Una iglesia asaltada en Normandía, un sacerdote muerto y un herido grave, dos terroristas abatidos por la policía.

Solo el jueves tuvieron algo en firme. Fadi envió un mensaje a través de los contactos de Dmitry. Había acuerdo. Solo quedaban por fijar las condiciones de la entrega. Hardy dio el visto bueno a la operación y pasaron toda una tarde planificando los pasos a seguir. El lugar en el que se realizaría el encuentro, las condiciones, los argumentos que debían utilizar.

No tendrían cobertura. Estarían solos. Así evitarían filtraciones o que se detectase al equipo de seguimiento. Hasta el momento de entregar las armas —entrega que, por supuesto, no se llevaría a cabo bajo ninguna circunstancia— no contarían con refuerzos.

Cuando estuvieron de vuelta en Lumière, Dmitry decidió que debían celebrarlo. Por si no tenían otra ocasión, añadió. Mathieu no le había encontrado la gracia.

La mirada de Nadina volvió a rozarle. Lo sintió casi como algo físico. También eso había sido duro. Estar tan cerca y mantener las distancias. Tener que ocultarse cuando ya no resistían más.

Toda una semana de nervios de punta y besos a escondidas, de caricias furtivas, mientras la tensión entre Dmitry y él crecía, y una y otra vez sentía la tentación de echarlo todo a rodar, poner las cartas boca arriba y atenerse a las consecuencias, pero Nadina le besaba y decía: «Espera. Espera. Solo un poco más».

Y Mathieu había esperado, pero cada día resultaba más duro.

—¿Qué crees que diría ahora aquel sargento, Dima? Mira todo lo que has conseguido. Este lugar, los coches, la gente famosa haciendo cola en tu puerta… El chico de Krasnodar que no quería conducir un tractor. Míralo ahora.

—Nunca sabes hasta dónde llegarás si no empiezas a caminar —respondió Dmitry.

—Recuerdo cuando llamaste a mi puerta una noche de noviembre. Pensé que te buscaba la policía.

—Me buscaba la policía. No lo dije para no preocuparte.

Todos volvieron a reír. Eran diez alrededor de la mesa. Además de Vaclav y Sonja, también se encontraba presente Lestrange y otros hombres de confianza de Dmitry.

—Y tu pequeña estaba tan delgada y pálida, solo huesos y piel —continuó Vaclav.

—Te dije que era una chica bonita, pero tú solo te fijas en lo que hay aquí arriba —dijo Sonja señalando a su más que vistoso escote y provocando más risas.

—No era mi tipo, pero recuerdo que la vi tan flaca que le dije a Sonja que le pusiera algo de comer, aunque eran las dos de la madrugada. Y cuando nos quedamos solos Dima me dijo: «Voy a ganar dinero, Vaclav. Voy a conseguir todo lo que se pueda comprar y se lo voy a dar».

Sonja dejó escapar un suspiro, Anelka puso una sonrisa tan amplia como forzada y Nadina bajó el rostro y hundió la mirada en el plato vacío.

Dmitry apoyó la mano en el muslo de Nadina. Llevaba uno de sus vestidos cortos, así que la piel quedaba al descubierto.

—Es lo mejor que tengo. Es quien hace que lo demás valga la pena.

Sonaron murmullos femeninos de arrobo y exclamaciones masculinas de aprobación. Nadina levantó la vista del plato. Los ojos le brillaban.

—*Ya tebya lyublyu* —dijo Dmitry.

«Te quiero».

Nadina no contestó, pero no se apartó cuando Dmitry se acercó y la besó despacio, sin retirar la mano de su muslo.

Sonja rompió a aplaudir y Vaclav golpeó con el vaso en la mesa y jaleó el beso. La expresión de Anelka era tan triste que parecía a punto de echarse a llorar.

Mathieu también lo vio —el beso leve, la mano de Dmitry, aquel contacto íntimo y cálido—, pero no oyó nada. Cuanto podía escuchar era la presión con la que la sangre zumbaba en sus oídos.

Fueron solo unos pocos segundos. Cuando se separaron, ella lucía una sonrisa temblorosa y él estaba serio.

—Oh, mírala. Se ve tan emocionada… —dijo Sonja—. ¿Cuándo nos daréis una alegría? Deberías comprarle un anillo, Dmitry.

Su voz fue baja, suave.

—¿Te gustaría un anillo, Nadezhna?

Nadina se levantó, pronunció algunas palabras inconexas.

—Perdonad… Estoy… No me encuentro bien.

Parecía a punto de salir corriendo, pero Dmitry lo impidió. La sujetó por la mano que apoyaba en la mesa.

—Quédate. Solo un poco más. Por favor.

Vaciló, pero acabó sentándose, apagada y sin rastro de sonrisa. Solo el gesto ausente y vacío.

Se hizo un silencio, que Vaclav rompió contando más anécdotas de sus tiempos de soldados. Al rato ya estaban riendo otra vez.

Anelka, que no participaba en la conversación, llenó su copa y aprovechó para susurrar algo a Mathieu.

—Coge aire y suéltalo. Parece que te vas a partir.

Era justo como se sentía. Tan tenso que habría podido quebrarse.

La noche todavía se alargó más. Se sirvieron muchas más rondas. Comieron *blinis* salados y *priániks* dulces. Cantaron canciones rusas y recordaron películas de las que Mathieu jamás había oído hablar. Nadina estaba, pero era como si no estuviera. Cuando se marchó algunos minutos más tarde, nadie intentó detenerla.

Mathieu también fue de los primeros en dejar la mesa y regresar a su apartamento, un par de plantas más abajo. No había encendido el climatizador y las habitaciones cerradas guardaban el calor del día. Abrió las ventanas para que entrase el aire más fresco de la noche. Se dio una ducha. Se acostó. Desde la cama revuelta oyó risas y retazos de conversaciones en ruso perdiéndose escaleras abajo. Después nada. El edificio se quedó en completo silencio.

Trató de vaciar la mente, dejarla en blanco y descansar. Al día siguiente necesitaría estar en pleno uso de facultades, pero por más que lo intentaba no podía dormir. Se sentía en una trampa, rodeado y vigilado a cada paso.

También Nadina debía sentirse así.

Quería ir a buscarla. Lo deseaba más que ninguna otra cosa. Luego recordaba las manos de Dmitry sobre ella, el beso, sus palabras:

«*Ya tebya lyublyu*».

¿Y si se presentaba en su apartamento y se encontraba con la evidencia de que lo había entendido todo mal? Que era él quien se había interpuesto, quien se había creído mejor, que se había equivocado al pensar que podía ayudarla, que lo que tenían era especial.

«¿Tú también lo sientes?».

Sí. Lo sentía. Reconocía la sensación en la piel y el vacío en la boca del estómago con la misma claridad que identificaba su perfume.

Y recordaba más cosas.

Nadina a punto de hacer que se estrellasen, pisando el acelerador del Jaguar: «¿Crees que me importa este coche? ¿Que me importa el dinero?», y también deshaciéndose en sus brazos, gimiendo, suplicando: «No me sueltes, Mathieu».

No soportaba el tacto caliente de las sábanas. Se levantó y fue hacia la ventana. Apenas se movía una brizna de aire. La noche era calurosa y pesada. Unos cuantos coches circulaban aprisa por la avenida, pero el puente de Alejandro III se veía vacío. No había nadie caminando bajo sus farolas. Ninguna chica de pelo corto rubio apoyada en la balaustrada.

No valía para eso. Para dar vueltas y vueltas y no tomar una resolución. Se apartó de la ventana, se vistió, salió del apartamento y subió las escaleras a oscuras y evitando hacer ruido hasta llegar al último piso.

Dio un par de golpes en la puerta. Solo quería aclarar las cosas. Si se encontraba con Dmitry lo aceptaría, encajaría sus burlas, su sonrisa de vencedor y cualquier otra reacción. No sería peor que la certeza de saberse estúpido, de haberse enamorado de quien no debía.

Podía asumir los errores, pero no negar la evidencia. No

quería hacerlo. Desde el principio había comprendido que Nadina era el tipo de riesgo que no sería capaz de eludir.

Abrió muy pronto. Solo llevaba una camiseta. Los restos del rímel alrededor de los ojos porque no se había desmaquillado antes de acostarse, y el pelo corto despeinado y revuelto en todas las direcciones.

Tan sola, perdida en su camiseta demasiado ancha, tan emocionada al verlo que le hizo sentir miserable por haber dudado de ella.

—No podía dormir. Tenía que verte.

—Te estaba esperando. Todo el tiempo.

Ya no aguardaron más, se besaron con ansiedad de fiebre, sin precauciones ni reservas, sin margen de seguridad, sin red.

Y aunque no se trataba de eso, no quería que todo se redujera a eso, tampoco pudo evitarlo. Le quitó la camiseta, la desnudó entera. La reclamó con su cuerpo y toda su voluntad.

—Mi amor —gimió Nadina.

Y ya no pudo callarlo porque las palabras le quemaban y no aguantaba más sin pronunciarlas.

—Te quiero. Te quiero para mí.

Fue tan doloroso como liberador decirlo en voz alta, reconocer la exigencia y entregarse a la necesidad que sentía de ella. No quería luchar ni resistir. Lo que deseaba, lo único que pedía, era ser correspondido.

Nadina sollozó. A veces dudaba de sí misma y era con razón. Lo que tenía, lo que merecía, lo que se había buscado. Quizá no fuera justo, pero ya no le importaba. Deseaba ser feliz, creer que tenía derecho a serlo.

—Yo también. Solo te quiero a ti. Es la verdad. Te lo prometo. No me dejes, por favor.

La verdad y todo lo que Mathieu deseaba escuchar.

—No te dejaré. Nunca. Nunca —repitió a la vez que llenaba de besos su cara, su cuello, la piel tersa de sus senos, y cada gemido de Nadina lo trastornaba un poco más.

Ella también lo besó y se abrazó a él con necesidad, con

ansia. Pero cuando la impaciencia por tenerla se hizo casi insoportable, Nadina se apartó. Se soltó de sus brazos y retrocedió hasta dar contra el apoyo de la pared más cercana. Lo miró desde allí, desnuda, aparentemente frágil y, sin embargo, ejercía sobre Mathieu una extraña fuerza.

Cayó sobre ella con el corazón desbocado, la cubrió con su cuerpo y sintió a través de la ropa cada milímetro de la desnudez de Nadina.

Y ardía. Mathieu se sentía al límite. Allí era donde ella le conducía.

Sin embargo, dejó que le desvistiese, que le acariciase de aquel modo, tan lento y provocador que enloquecía, que sus dedos jugasen con él y lo sublevasen. Aguantó hasta que ya no pudo más.

Tomó las manos de Nadina y las sujetó contra la pared. Y entonces fue ella quien suplicó.

—Dilo, Mathieu, dilo otra vez.

El pulso rápido. Sus grandes ojos anhelantes y oscuros. La respiración sofocada y las mismas ganas de dejarse arrastrar, de caer.

—Te amo. —La soltó de las manos, rodeó su cintura y la atrajo contra sí. Nadina gimió alto cuando entró en ella—. Te quiero. Te necesito. Cuidaré de ti. Solo dime qué quieres de mí.

La sintió temblar en sus brazos. Los dos conducidos por el mismo sentimiento.

—Tú. Tú eres lo que quiero.

Lo repitió una vez más mientras la sostenía, sus rostros muy juntos, sus cuerpos tan unidos que eran uno solo. Lo siguió murmurando cuando el placer los tensó y estremeció a un tiempo. Lo susurró en su oído mientras la mecía despacio porque no quería resignarse a desprenderse de ella y lo afirmó de nuevo cuando ya solo se abrazaban quietos, relajados, aún de pie contra la pared, sin querer escuchar otra cosa que el latido del otro.

Solo que el de Nadina se resistía a calmarse. Todavía se abrazaba a él con fuerza y hundía el rostro contra el hombro de Mathieu.

—¿Estás bien? —preguntó preocupado.

Ella asintió rápido, apretándose más a él.

—Estaba asustada. Mucho. Creí que me odiarías.

No habría podido odiarla, pero tuvo que decirlo. Igual que había dicho que haría cualquier cosa por ella. Porque ambas cosas eran ciertas.

—Es una tortura, Nadina. No lo soporto. No soporto que te toque.

Pareció encogerse, disminuir bajo su cuerpo, pero no evitó su mirada.

—Lo sé. También a mí me duele.

—¿Y entonces por qué? ¿Por qué no acabar con esto de una vez?

—No me hagas repetirlo, por favor —rogó en voz baja—. Ya lo has visto. Todo lo que hace, lo de esta noche, Dima cree… Él piensa…

No se decidía a seguir, así que fue Mathieu quien terminó la frase.

—Te quiere.

Frunció los labios, los ojos le brillaron.

—Hablaré con él. En cuanto terminéis con ese asunto de las armas. Sé que será pronto. No necesito que me digas cuándo. Sabré que ha ocurrido y lo solucionaré. De veras que lo haré.

Pero eso no le dejó más tranquilo.

—¿Y crees que lo aceptará? ¿Así? ¿Sin más?

Nadina dudó, aunque no quiso reconocerlo.

—Tendrá que aceptarlo. No te preocupes por eso, pero… Mathieu…

Se quedó callada. Lo miró intranquila.

—Di.

—Cuando estéis solos… Tienes que tener cuidado.

No pudo ocultar la preocupación. También Mathieu lo vio y a pesar de todo sonrió, más con los ojos que con la boca. A

Nadina le gustaba mucho esa sonrisa, incluso aunque supiera que era su forma de decir: «lo tengo controlado, nena», aunque él no usase esas palabras ni la llamase jamás de ese modo.

—Siempre tengo cuidado.

—No te creo.

Entonces Mathieu sonrió de verdad, aunque fue muy corto.

—No te preocupes. Sé cuidar de mí mismo. Dime que tú también lo harás.

—Lo haré.

—¿Seguro?

—Seguro. Prometido.

Levantó la mano y puso cara de niña buena.

Le hizo reír. Luego se puso serio de nuevo y la besó dulce y despacio. Cuando se separaron, Nadina se mordió el labio antes de dejar escapar el aire.

Volvió a estrecharla contra sí y apoyó su frente contra la de ella.

—No voy a ser capaz de dormir. Me ahoga este sitio.

Ella asintió.

—Conozco la sensación.

Mathieu no necesitó más.

—Vámonos.

—¿Cómo? —preguntó Nadina sin entender.

—Solo dos o tres horas. Estaremos de vuelta antes de que se haga de día.

—Pero ¿adónde?

—A cualquier sitio. Estamos en París. Cualquier lugar estará bien.

Nadina sonrió.

—¿En tu moto?

—¿Dónde si no? —Sonrió también Mathieu, conspirador.

La risa de Nadina sonó alta y clara. Se tapó la boca con la mano para disimularla.

—Me gustaría.

—Pues entonces vamos.

Apenas se entretuvieron lo que tardó él en vestirse y Nadina en escoger un vestido. Bajaron cogidos de la mano y procurando no hacer ruido. Consiguieron que la puerta del portal no golpeara al salir. Lo que no pudieron evitar fue que el motor de la Yamaha resonase por toda la avenida y tardase en fundirse hasta desaparecer en el murmullo nocturno de París.

Era lo de menos. Dmitry tampoco podía dormir y los habría visto exactamente igual desde su terraza con vistas a todo el Quai d'Orsay, aunque se hubiesen alejado en el más total y absoluto silencio.

CAPÍTULO 36

—Gira a la derecha y ve despacio. Ya estamos llegando.

El sol del mediodía calentaba con fuerza incluso a pesar de los cristales tintados y el aire acondicionado del Mercedes. Dmitry conducía, el gesto serio y las gafas de sol escondiéndole los ojos. Mathieu ocupaba el asiento del copiloto. No había dormido, pero se sentía despejado y en alerta. Atrás iban Boris y Fadi. Este último daba las indicaciones. Le habían recogido en Aubervilliers, aunque estuvo a punto de echarse atrás ante la presencia de un tercer desconocido. Dmitry había sacado a relucir todo su histrionismo interpretativo. Le había enseñado la herida de su abdomen, la costura enrojecida de la mano de Mathieu, le preguntó a Fadi que dónde estaban sus cicatrices.

—Esto es una guerra y nadie puede ganarla solo.

Tenía poder de convicción. Fadi terminó por aceptar. Solo había exigido que Boris se quedara esperando en el coche.

Y que le enseñara el AK-47.

En aquel momento reposaba en el maletero del coche. En su embalaje original y con un juego de cargadores. Los ojos de Fadi se abrieron deslumbrados. Trató de tocarlo, pero Dmitry no le dejó. «Después», había dicho.

Fadi los había llevado hasta un polígono industrial medio abandonado. Los carteles de *Se vende, Se alquila,* colgaban de las fachadas de viejas naves de ladrillo. Las vidrieras de los ventanales estaban sucias y muchas de ellas rotas. Las malas hierbas crecían sin control en las aceras. Los cartones y la basura se amontonaban en las esquinas que nadie limpiaba. Solo alguna que otra empresa resistía precaria y valiente sabiendo de antemano que la batalla estaba perdida.

—Para aquí.

Dmitry detuvo el coche. Estaban en una calle lateral, alejada de la avenida principal. Todas las puertas se veían cerradas a cal y canto. Era domingo y el polígono estaba aún más muerto que de ordinario.

Bajaron del coche. Fadi sacó unas llaves del bolsillo. No vestía chilaba, como el día de la mezquita, sino pantalón de chándal, camiseta de algodón con publicidad de una empresa de reformas y unas zapatillas de deporte gastadas. Con aquella ropa y los brazos al descubierto se apreciaba aún más su delgadez.

—Entrad —dijo abriendo la puerta de chapa—. Él no.

Boris puso mala cara, pero accedió tras un gesto de Dmitry y se quedó junto al Mercedes.

Era una nave pequeña. Había un par de furgonetas rotuladas con el mismo logo de la camiseta de Fadi. Hormigoneras usadas, andamios, puntales y planchas de encofrar. También radiales, taladros percutores, compresores, restos de material de obra… El almacén de una empresa de construcción.

—Es de un amigo —explicó Fadi—. A veces le ayudo.

—Es bueno tener las manos ocupadas —dijo Dmitry—. Ahuyenta las malas ideas.

No solo las manos, también los brazos de Fadi se veían encallecidos, endurecidos y no por el trabajo. Las venas ausentes, encogidas hasta desaparecer tras la piel. Las huellas de la adicción a la heroína. No había marcas de pinchazos, pero la desintoxicación aún debía de ser reciente.

La desconfianza de Mathieu aumentó. Fadi era una pieza débil y de poco peso, alguien de quien se podía prescindir. No creía que ningún líder ni siquiera un reclutador de potenciales seguidores del DAESH se arriesgase a presentarse en un pequeño y obsoleto polígono industrial del norte de París.

—¿Vendrán pronto? Nuestros hermanos, me refiero.

—Sí, muy pronto. Todo está listo. Apenas tendremos que esperar.

Abrió una puerta y accedieron a una pequeña oficina. Abundaban las carpetas apiladas sobre las estanterías metálicas, los albaranes y los catálogos comerciales. En el escritorio una planta languidecía por culpa del polvo y la escasez de riego. Fadi encendió el ordenador. La pantalla se iluminó y el sistema operativo comenzó a cargarse.

—Me aseguraron que funcionaría.

Fue decepcionante.

No era complicado ni siquiera sofisticado. El ordenador tenía instalado un programa de control remoto. Cualquiera podía descargarlo de internet. Bastaba con intercambiar una clave y el invitado tomaba el control del anfitrión. Podía estar en cualquier lugar del mundo, no dejaría rastros ni habría pistas. Si por cualquier fallo en la seguridad el dueño del ordenador resultaba incriminado, se vería envuelto en algo con lo que no tenía la menor relación.

—Les he explicado que eres creyente y has combatido —dijo Fadi dirigiéndose a Mathieu—. Saud dijo que eso les hizo aceptar.

Una ventana de vídeo chat se abrió en la pantalla. No había ningún interlocutor frente a la cámara, pero era visible el interior de una tienda de campaña. Un Kalashnikov destacaba en primer plano al lado de un ejemplar del Corán y el fondo lo ocupaba la bandera con el emblema del Estado Islámico.

—Yo traduciré para ti —precisó Fadi refiriéndose a Dmitry—. Con la ayuda de *Allah* espero no cometer ningún error.

Se notaba su nerviosismo. Incluso Mathieu, a pesar del fiasco de la reunión a través de videoconferencia, se sintió en tensión. Se encontraban en un cuarto cerrado y libre de peligro, con absoluta probabilidad a miles de kilómetros de su interlocutor, pero ninguno de ellos podía evitar la aprensión.

La cámara de seguridad del techo giró en ángulo y los enfocó.

Un hombre apareció cubriendo el campo de visión. La cabeza cubierta y las vestiduras similares a las que usaban los salafistas. Aparentaba unos sesenta años, aunque las profundas arrugas que surcaban la frente y la barba larga y gris podían hacer que pareciese mayor de lo que era.

Mathieu le reconoció. Su rostro había salido en los periódicos, en las noticias, lo había visto en los ficheros de perseguidos por actividades terroristas. Los encabezaba.

Su nombre era Hassam al-Fayad.

Al-Fayad lideraba una de las facciones que se habían hecho con el poder en el norte de Siria. En el territorio bajo su control regía la *Sharia,* se practicaban ejecuciones públicas, lapidaciones y degüellos. Se grababan con teléfonos móviles y se subían a la red, se usaban para captar nuevos adeptos. Ese era el hombre que se encontraba al otro lado de la pantalla.

—*Allah akbar.*

—Mis saludos —dijo Dmitry—. Le agradezco que nos honre con su confianza.

Fadi tradujo del francés, despacio y con cierta dificultad.

Al-Fayad respondió en un árabe cortante y agresivo que Fadi reprodujo en voz baja y con un tono más neutro.

—Confiamos en *Allah.* Esperamos que los fieles vivan según sus mandatos y que los idólatras respeten su palabra. Hemos hecho nuestra parte. El cargamento salió hace dos días y estará listo para ser entregado en Baku tan pronto como nos aseguremos de que se cumple lo acordado.

—Se cumplirá. Y confío en que esto sea el principio de una larga cooperación.

Al-Fayad cabeceó aprobador.

—Francia debe ser castigada. Sus aviones han matado desde el aire a miles de inocentes y justos. Responderemos con la misma moneda y no cesaremos hasta alcanzar la victoria. Necesitamos armas y tenemos muchos más campos de amapolas esperando ser cortadas. Pagaremos con justicia.

Mathieu se tomó muy en serio la amenaza y se preguntó si Hardy sabría que el pago se efectuaría a cambio de pasta de opio procedente de las montañas de Afganistán. Lo más probable era que sí, aunque prefiriera hacer como que lo ignoraba.

—Yo también quiero que este sea un trato justo —dijo Dmitry ganando progresivamente en aplomo. Había que reconocer que actuaba bien. Mostraba el punto exacto de interés y avaricia, como si solo negociase un acuerdo comercial—. El barco llegará a Le Havre en dos días. Corre de mi cuenta sacar los contenedores del puerto y pasar la aduana. La mercancía viaja camuflada entre material siderúrgico, así que usaremos un tráiler para transportarla. Haremos el intercambio en las viejas terminales de carga del puerto, nadie las usa ya. Es justo lo que necesitamos. Será el nueve de agosto, a las doce del mediodía y en esta posición.

Las coordenadas GPS aparecieron en el cuadro de texto después de que Dmitry las teclease. No necesitó consultar ningún apunte, las había memorizado.

—Habrá un hombre de nuestra confianza en ese lugar y a esa hora —respondió al-Fayad—. Se encargará de comprobar el material. Estaremos aguardando su confirmación. Entonces y solo entonces tendrá su droga.

—Me parece correcto.

—Usted deberá estar allí. No habrá intercambio si se presenta cualquier otro. Usted solo.

—¿Yo solo? —protestó Dmitry—. Eso no es razonable. ¿Su hombre irá solo? Dos hombres suyos. Dos hombres míos. Es lo justo.

Al-Fayad guardó silencio. La cámara giró ligeramente. Apuntó hacia Mathieu.

—Dicen que has prestado la *baya'a.*

Tenía esa clase de mirada: inquisitiva, intimidante. Mathieu hizo lo que al-Fayad esperaba, pronunció las palabras con las que declaraba adhesión y lealtad al Estado Islámico. No era una gran prueba, sin embargo, se mostró complacido cuando le oyó recitarlas en árabe.

—Puedes acompañarlo. Solo vosotros dos. Nadie más. Si hay algún extraño, no habrá acuerdo. Si intentáis engañarnos, no hallaréis paz ni lugar donde esconderos. Si mentís, os mataremos como a perros. Vuestra sangre regará la tierra hasta que no quede una gota en vuestro cuerpo. ¿Habéis comprendido?

Mathieu respondió por los dos. Corto y sin vacilar.

—*Na'm*.

—¿Me dais vuestra palabra? ¿Sois hombres leales?

—Claro que lo somos, joder.

Fadi tradujo omitiendo la salida de tono de Dmitry.

—No hacemos tratos con hombres inicuos. ¿Habéis oído hablar de Radovan Modric?

El nombre sonó claro. Ni siquiera Dmitry necesitó ayuda para entenderlo.

—Modric tenía negocios con los *sheiks* de Yemen. Sin embargo, abusó de un niño, un inocente. La prensa occidental dijo que era sirio.

La noticia se filtró a los pocos días, pero pasó casi desapercibida. Las víctimas de los atentados de Niza y las declaraciones del presidente Hollande anunciando el recrudecimiento de los ataques en Siria ocuparon todos los titulares.

—El niño y sus padres sufrieron el castigo por abandonar a los suyos. Pero *Allah* es justo. Modric también lo recibirá. Recordadlo. Recordad lo que les ocurre a los impíos. Cumplid vuestra palabra y obtendréis recompensa. Traicionadnos y recaerá sobre vosotros la furia de mil tormentas. No lo olvidéis. Está escrito.

Antes de que Fadi terminara de traducir, un vídeo pregrabado sustituyó a al-Fayad. El mensaje era idéntico al que usaba el Estado Islámico en todos sus comunicados, salmos de victoria y sacrificio. Las imágenes eran de campos de entrenamiento, ejecuciones de hileras de musulmanes no leales ametrallados por tiradores de rostro cubierto. Explosiones, fuego y escombros. Cuando acabó, recomenzó de nuevo desde el principio.

Dmitry se volvió hacia Fadi.

—¿Podemos apagarlo? Ya he tenido suficiente.

—Ellos lo harán. Me dijeron que no tocara nada.

El ordenador se desconectó al cabo de unos segundos. Los tres se quedaron en silencio, pero los ojos de Fadi tenían otra luz. Parecía un hombre nuevo, un hombre con un propósito y una meta claros.

—¿Y ahora me darás el AK-47?

Mathieu taladró a Dmitry con la mirada. «Ni se te ocurra», dijo sin palabras, «no lo hagas, ni siquiera lo pienses».

Dmitry apartó el rostro, murmuró algo en ruso, ignoró a Mathieu y le estrechó un hombro a Fadi.

—Por supuesto, vamos a por él.

—Tócala. Suave, ¿verdad? Igual que los muslos de una mujer.

Fadi rio. Estaban junto al maletero. Boris le animaba a acariciar el arma, pero sin dejar que la sacara del embalaje. Mathieu y Dmitry se quedaron a un lado. Fadi estaba demasiado entusiasmado para prestarles atención y lejos para oír la conversación.

—No puedes dejar que se la quede —siseó Mathieu.

—Cállate —dijo Dmitry—. Pensaremos algo. Deja que juegue un rato con ella. Ya se nos ocurrirá alguna idea.

—¿Qué idea?

—¿No podéis vigilarle con un dron?

—¿Lo dices en serio? ¿Quieres que un dron le siga las veinticuatro horas del día? ¿También cuando suba al metro o entre a un centro comercial? ¿Que le espere en el portal de su edificio?

—Pues entonces un localizador GPS. Joder, pensad vosotros algo. Yo he cumplido con mi parte —dijo Dmitry más alto—. Tengo otros problemas ahora. ¿No has oído al *ayatollah*?

—No es un *ayatollah*, es un *sheik*, un jeque.

—Lo que sea —respondió con dureza apartando la mirada—. No va a poner las cosas fáciles.

Sería absurdo negarlo. Cuando se descubriese que todo había

sido una encerrona, Dmitry quedaría expuesto. Era un personaje público, con un negocio abierto en la mejor zona de París. Mathieu, incluso a pesar de haberse mostrado a cara descubierta, era solo un rostro más. Dmitry, en cambio, sería un objetivo fácil.

—Sabías a lo que te exponías —le advirtió.

—Sí, lo sabía, pero no siempre puedes calcularlo todo.

Se había quitado las gafas de sol y tenía la mirada perdida en algún punto más allá de las naves de ladrillo, pero se volvió y lo miró de frente y a la cara.

—Me gustaba mi vida. Era una buena vida. Hasta que apareciste en ella.

Podía haber respondido que no lo había pedido, pero habría sido hipócrita. Mathieu no lamentaba haber tomado la decisión de aceptar aquel trabajo.

Porque entonces no habría conocido a Nadina.

No dijo nada de aquello, pero sí fue sincero.

—Aún estás a tiempo de dar marcha atrás. Dile a Fadi que has cambiado de idea, que avise a al-Fayad de que no hay trato. Yo me encargaré de explicárselo a Hardy. Entrega las armas a las autoridades y mantente al margen.

Dmitry sonrió como si hubiese una trampa oculta tras sus palabras y no tuviese intención de caer en ella.

—No. De ninguna manera. Lo haremos. Estaremos el martes en Le Havre, tú y yo, y cuidarás de mí. Lo prometiste.

Había sospecha y cierta ironía en su expresión. Mathieu se mantuvo imperturbable.

—Así es.

Dmitry sacó las gafas de sol del bolsillo de su chaqueta y volvió a ponérselas.

—Muy convincente. Aunque lo sería más si no acabase de oírte jurar lealtad a los guerreros de *Allah*.

Mathieu apretó la mandíbula ante aquel golpe bajo. No importaban las palabras mientras no se traicionase a sí mismo. Podía jurar lealtad a cualquier cosa si era necesario para defender sus convicciones.

—¿Cómo va eso? —preguntó Dmitry acercándose al coche para no dar a Mathieu la oportunidad de responder—. ¿Listo para combatir?

Fadi se giró con el AK-47 en las manos.

—Espero que no esté cargada —dijo deteniéndose en seco.

Boris le enseñó los cargadores. Dmitry volvió a relajarse.

—Lo estoy. Estoy listo y haré que os sintáis orgullosos. Hoy mismo. Por favor, reza por mí —añadió dirigiéndose a Mathieu.

Mathieu pensó en posibles interpretaciones distintas a la obvia. No se le ocurrió ninguna.

—¿Hoy mismo?

Fadi asintió y miró a su alrededor antes de continuar. La calle estaba desierta. Lo único que turbaba la paz del polígono eran las bolsas de plástico que el viento arrastraba por las aceras.

—No debería decirlo, pero vosotros sois de fiar. Me habéis ayudado y apoyáis nuestra causa. Ayudadme también con esto: dos hermanos van a asaltar esta tarde la sinagoga de Vincennes. Tomarán como rehén al rabino y lo ejecutarán para que sirva de ejemplo a los demás. Les dije que quería unirme a ellos, pero respondieron que no estaba preparado. Les dije que se equivocaban, que conseguiría un arma, un arma de verdad. Dijeron que entonces sería bienvenido. Enseñadme a utilizarla y os lo agradeceré esta noche desde *al Yanna*.

El silencio se hizo tan opresivo como el calor. Fadi tenía el AK-47 en las manos y en la mirada un brillo febril, el brillo de quien ve ya a su alcance el paraíso prometido: *al Yanna*. El jardín.

Mathieu preguntó. Despacio y con calma.

—¿Es seguro? ¿No se echarán atrás?

—Seguro. Responderemos a la llamada. Combatidlos en sus casas, en los lugares donde se divierten, en sus iglesias, en sus calles. Combatid allá donde se encuentren —recitó Fadi.

—¿Pero no ibas a viajar a Siria? —clamó Mathieu. La calma se le agotó de golpe. No tenía ni idea de cuál sería el mejor modo de actuar. Nunca se había visto en una situación parecida. Mathieu solía ver las amenazas a través de la mira del fusil. Fadi le parecía demasiado joven, demasiado confundido, cegado por las consignas y fácil de manipular—. Allí te necesitan. Podrás matar a más enemigos. ¿Un rabino? ¿Vas a desperdiciar todas esas balas en un solo hombre? Además, ¿confías en tus amigos? ¿Confías por completo?

—¿Qué quieres decir? Son hermanos fieles.

—Es posible, pero ¿y si se echan atrás? ¿Y si quieren tu fusil?

Fadi abrazó con más fuerza el AK-47.

—¿Quieres decir que me lo quitarían? ¿Que no podría dispararlo?

—Es una posibilidad. No deberías arriesgarte. Confía en mí. Serás más útil en Alepo o en Palmira.

—Pero tendría que esperar más…

—No mucho más. Puede arreglarse.

—Lo arreglaremos —se animó a intervenir Dmitry.

—Pero quiero disparar, quiero aprender a usarlo —protestó.

—Boris te enseñará. ¿Por qué no vais dentro? Es arriesgado quedarse aquí —sugirió Dmitry—. Podrían vernos

—Tienes razón —dijo Fadi intranquilo de repente. Miró a ambos lados de la calle—. Vayamos dentro.

Tan pronto como Fadi y Boris cruzaron la puerta, Mathieu sacó el móvil. No tuvo tiempo de marcar. Dmitry le sujetó por la muñeca para impedírselo.

—¿Qué vas a hacer? Hablemos antes. ¡Piénsalo!

—¡Qué hay que pensar! Voy a avisar. Ahora. No sabemos cuándo piensan asaltar la sinagoga. No me arriesgaré a que sea demasiado tarde.

—¡No puedes! ¿No lo entiendes? Fadi no es muy listo, pero no será tan estúpido que no sea capaz de atar cabos. Si la policía interviene, sospechará de nosotros y se lo contará a su *sheik*. ¡Estropearás la operación! Todo el trabajo de estos meses.

¡Harás que me haya arriesgado, que nos hayamos arriesgado por nada! ¡Por un rabino que quizá tenga ya ochenta años!

Dmitry tenía la habilidad de hacerle hervir la sangre. Si lo que pretendía era calmarle, consiguió todo lo contrario.

—Me da igual que tenga ochenta años, como si tiene cien. No voy a quedarme de brazos cruzados. Lee en mis labios. No voy a hacerlo. ¡Y ahora suelta y deja que haga esa llamada!

—¡Joder! —gritó Dmitry liberándole a la vez que lo empujaba y ponía distancia entre los dos—. ¿Y qué pasa con las células durmientes? ¿No has oído mencionar a Saud? ¡Saud es el objetivo! Si no lo detenemos, será solo cuestión de tiempo que se hagan con otra partida de armas. ¿Y qué pasa conmigo? ¡Me dejas vendido!

No era una decisión fácil. También en la montaña podía suceder que no hubiera ningún camino posible, ningún agarre firme, ninguna salida excepto dar marcha atrás. Había que aceptarlo. La diferencia era que aquí no cabía retroceder.

—No voy a quedarme esperando a oírlo en las noticias —dijo despacio y con calma, pero con firmeza—. Hablaré con Amalvy. Le diré que rodeen el edificio, pero que digan que es a causa de una fuga de gas, un incendio, cualquier cosa. No sospecharán.

Dmitry soltó un taco en ruso. Mathieu le dio tiempo. No necesitaba que estuviese de acuerdo, iba a hacerlo con o sin él, pero prefería que entrara en razón.

—Está bien. Tú ganas. Espero que no tengamos que arrepentirnos.

No aguardó más. Marcó el número de Amalvy. Confiaba más en él que en Hardy. Respondió al segundo toque.

—Diga.

—Tenemos una emergencia.

Le explicó la situación. Amalvy escuchaba y de vez en cuando pedía que fuera más despacio o que explicara algún detalle. Estaba repitiendo el lugar y lo importante que era evitar sospechas cuando Dmitry se giró. Se quedó inmóvil y miró más allá de su espalda.

—Girard.

Mathieu interrumpió la conversación, se volvió y miró en la misma dirección. Fadi estaba unos cuantos metros detrás de él, en un callejón separado por una alambrada metálica. Una salida lateral lo comunicaba con la nave y bastaba con ver su cara para saber que había escuchado suficiente. Boris apareció tras él con el AK-47.

—¡Cógelo! —gritó Dmitry.

Tardó en reaccionar. Fadi echó a correr a una velocidad que el pesado cuerpo de Boris jamás podría alcanzar.

Mathieu soltó el móvil. Fue hacia la valla, dio un salto y se colgó del enrejado. Ascendió tirando de los brazos y se descolgó del otro lado. Corrió tras Fadi. El callejón estaba lleno de chatarra, de bidones vacíos, contenedores de obra y otros obstáculos que saltar y sortear. Pronto sobrepasó a Boris que desistió jadeante.

Fadi le llevaba ventaja, corría por el pasillo que hacía de cortafuegos entre las naves a la velocidad punta que solo proporcionan la desesperación y el miedo.

Mathieu mantenía un ritmo constante. Controlaba la respiración y los movimientos. Sabía que le alcanzaría, que era solo cuestión de tiempo y resistencia y tenía ambas cosas.

Fadi giró por un desvío lateral. Mathieu apretó la velocidad. No podía permitirse perderlo de vista ni siquiera un par de minutos. Si tenía tiempo de usar el móvil, todo se arruinaría.

Lo vio al doblar la esquina, trepando por una escalera de incendios. La calle se cortaba y no había salida. Estaba a punto de llegar al tejado cuando le alcanzó y le agarró por el tobillo. Fadi trató de liberarse a patadas. Mathieu le cogió del otro pie, tiró de él y saltó hacia atrás arrastrándolo consigo.

Cayeron rodando. Mathieu aguantó bien el golpe. Fadi cayó sobre su brazo derecho. Gritó con desgarro.

—¡No te muevas! ¡No te muevas y no te haré daño!

Fadi comenzó a llorar. En parte de dolor, en parte de rabia.

—¡Me engañaste! ¡Mentiroso! ¡Traidor! —le escupió—. Pagarás por ello. ¡Arderás en el infierno!

Se arrastró por el suelo, se puso de rodillas y comenzó a rezar. A voces. La cabeza elevada hacia el cielo y las palmas de las manos hacia arriba.

—¡No tengo miedo! Estoy listo para morir. Moriré por la fe.

—¡Cállate! —gritó Mathieu. No sirvió de nada. Siguió repitiendo una y otra vez las mismas frases. Todas decían lo mismo: martirio y muerte—. ¡Nadie va a morir! ¡Nadie! ¿Me oyes?

Dmitry apareció, sudando por el calor y la carrera con la chaqueta puesta, jadeando. Aflojó al ver que ya estaba controlada la situación. Fadi no reaccionó, continuó con los rezos y los lamentos.

—Podéis matarme, pero no podréis impedir que haya más muertes. ¡No podréis!

Dmitry cogió aliento. Miró a Mathieu. Su expresión fue extraña. Lúgubre. Luego apoyó la mano sobre el hombro de Fadi.

—Siempre hay más muertes.

No pudo detenerlo. Ocurrió en lo que dura un parpadeo. Dmitry sujetó con ambas manos la cabeza de Fadi y la giró con violencia. Le rompió el cuello. Un chasquido seco y el cuerpo desplomándose fue suficiente para comprender que era demasiado tarde.

—No me mires así —dijo—. Había que hacerlo.

La ira se le agolpó en la cabeza. No solo por lo que acababa de ocurrir, fue por todo. Todos los agravios, los desplantes, todo el resentimiento. Sus manos, esas mismas manos que acababan de partir el cuello de Fadi, sobre Nadina. Todo se le juntó.

El derechazo alcanzó a Dmitry de lleno en la mandíbula. El impacto le echó hacia atrás, pero no le derribó. Mathieu se lanzó en plancha sobre él antes de darle ocasión de contraatacar. Cayeron rodando al suelo. La respuesta de Dmitry llegó en forma de mazazo en el plexo solar. Le cerró los pulmones. La falta de aire no le impidió pensar. Sujetó la mano derecha de

Dmitry antes de que tuviese tiempo de coger la Griazev que llevaba oculta bajo la chaqueta, a la vez que intentaba alcanzar su SIG-Sauer y sacarla de la funda junto a la cadera. Pero alguien se lo impidió.

—Las manos quietas, amigo.

Boris empujó el cañón contra la nuca.

—Y ahora dejad de actuar igual que niños.

Tuvo que apartar las manos y retirarlas del cuerpo. Boris tiró de él y lo separó de Dmitry.

—¿Qué coño te pasa? —gritó Mathieu.

Dmitry estaba sangrando. Tenía el labio partido y la mejilla comenzaba a amoratarse, la camisa por fuera del pantalón, y estaba al menos tan furioso o más que Mathieu.

—¡¡¿Qué coño te pasa a ti?!!

—¡Le tenía controlado, maldita sea! ¡No tenías que matarle!

—¡Lo habría contado! ¡Lo habría estropeado todo! ¡No había otra salida! Joder, ¿no le has oído? ¡Quería morir! Era un puto drogadicto y ahora estaba empeñado en ser un mártir. Algunos están decididos a morir y nada de lo que hagas puede impedirlo. ¡Deberías saberlo! Pero eres tan idiota que crees que puedes salvarlos. Te equivocas. ¡No puedes! ¡Acéptalo!

Ni siquiera le escuchó. Ni siquiera le importaba de qué estaba hablando.

—No eres distinto a ellos. No eres más que un asesino y te aseguro que vas a pagar por esto.

Dmitry soltó una risa sarcástica e incrédula.

—¿Un asesino? Soy un soldado, ¿quién mierda eres tú? ¿Nunca has matado a nadie, agente de las fuerzas especiales?

No respondió. No iba a rebajarse a su nivel. Pero Dmitry no necesitó oír la respuesta.

—Sí, lo has hecho, y sé lo que estás pensado, piensas que tus muertes son mejores que las mías. Pues escucha esto, te guste o no, había que hacerlo. Y otra gente se salvará y será gracias a mí. Y ahora échate a un lado y deja que me ocupe —dijo mordiendo las palabras—. Boris, llama a Vaclav, dile que se encargue de que parezca una sobredosis, dejadle dinero en los bolsillos. Si preguntan por él y lo descubren, pensarán que había ido a gastar lo que acababa de ganar.

Le asqueó. Volvieron a entrarle ganas de golpearlo.

—No voy a cubrirte. No voy a ser parte de esto.

—Ya. Se lo contarás a tu jefe. Díselo, explícaselo todo. Quizá incluso pueda ocuparse de evitar la autopsia. Hay muchos *yonkies* últimamente. La heroína vuelve a estar de moda.

Tenía el pómulo cada vez más hinchado y el labio le sangraba, pero había recuperado el control. Por mucho que lo aborreciese, sabía que Dmitry tenía razón. Hardy se encargaría de taparlo, al menos hasta la entrega de armas, y seguramente también después.

—Admítelo. Era necesario.

El cadáver de Fadi se interponía entre ellos. El cuello doblado en un ángulo imposible.

Le dio la espalda y comenzó a caminar. Regresaría a París a pie antes que volver en el mismo coche que Dmitry.

—¡Admítelo, joder! ¡Había que hacerlo!

Ni aunque su vida dependiera de ello.

—¿Entonces su recomendación es...?

Mathieu contestó con voz firme. Amalvy, Hardy y otro alto funcionario, asesor del ministro de Interior, escucharon atentos.

—Que se suspenda la operación, que asaltemos el barco antes de que amarre en el puerto y evitemos cualquier posibilidad de que el cargamento caiga en manos de los terroristas.

—No comprendo —dijo Hardy—. Las armas estarán bajo vigilancia desde el mismo momento en que toquen suelo francés. Estableceremos un dispositivo de absoluta seguridad. No habrá forma de que escapen a nuestro control. No entiendo cuál es el problema.

—El problema es que no podemos confiar en Záitsev. Eso fue lo que especificó cuando me asignaron la misión. Vigílelo y díganos si es de fiar. He pasado estos últimos meses con él, he vivido bajo el mismo techo, y mi respuesta es no, no creo que debamos confiar en él ni creo en su sinceridad. No me fío de él. Estoy seguro de que trama algo.

Se había expresado con convicción. Había tratado de ser imparcial, dejar a un lado lo personal y olvidar la pelea, incluso el cuerpo roto y sin vida de Fadi. Se decía que estaba siendo honesto. No creía que fuese buena idea confiar en Dmitry. Le conocía lo suficiente para saber que siempre tenía un plan B.

No sabía cómo lo haría, pero sospechaba que encontraría el modo de salir bien librado. No iba a sacrificarse por nada ni por nadie.

—¿Y por qué este cambio repentino? Hemos intercambiado opiniones con frecuencia. ¿A qué viene este arrepentimiento de última hora? —dijo Hardy como si fuera la primera vez que oía las reservas de Mathieu.

—Desde el principio le advertí que no podía garantizar que no pretendiera engañarnos —replicó en tensión.

—Exacto. Dijo que no podía garantizar su sinceridad, ¿y ahora tiene la certeza de que está mintiendo?

Jugaba con sus palabras y le gustaba tan poco como cuando Dmitry jugaba con él.

—No tengo la certeza. Me basta con la duda razonable. No le va nada en esto. Lo hizo por eludir la cárcel. No tiene escrúpulos. ¡Asesinó a sangre fría a un hombre delante de mí! —añadió sin poder mantener la calma por más tiempo.

—Un peligroso extremista que planeaba atacar una sinagoga —dijo Hardy con frialdad.

—Un hombre desarmado y detenido que podía haber testificado y aportado datos a la investigación —dijo Mathieu sin ceder un ápice ni bajar el tono.

La policía se había encargado de proteger al rabino. Entraron al edificio vestidos como sanitarios y le sacaron simulando un infarto. Agentes de paisano vigilaron las inmediaciones, pero no detectaron nada sospechoso. Ahora Mathieu añadía a las otras dudas, las de si aquel ataque se había evitado o los extremistas solo habrían cambiado de objetivo.

—Cuando la operación termine se realizará una investigación y me encargaré de que el caso sea estudiado y juzgado, pero mientras llega ese momento, le recuerdo que se trata de información reservada y no puede ser admitida en los tribunales ordinarios.

Amalvy y el otro funcionario guardaron un incómodo silencio. La catalogación como secreto de Estado era una de las prerrogativas de Hardy. Pero saber que tenía la capacidad de encubrir el crimen no lo hacía más fácil de aceptar.

—Mi recomendación —continuó Hardy— es que sigamos con el plan previsto.

El representante del ministerio del Interior tomó por primera vez la palabra.

—Es grave este asunto. No deberíamos desestimar la opinión del agente Girard. Puede que sea buena idea suspender la operación y abordar el barco.

Hardy saltó como un resorte.

—¿Y dejar escapar la ocasión de cortar la cabeza a la hidra? Piénsenlo. Podemos estar ante la oportunidad de apresar al cerebro de los atentados de noviembre en París, de la masacre de Niza. No es la primera vez que nuestros informes señalan a Saud como principal instigador. ¿Lo dejamos pasar? ¿Va a asumir esa decisión?

—No estamos seguros de que se trate de un único responsable ni de que vaya a acudir a recoger las armas. Puede que Saud sea un nombre clave. Un falso señuelo —sugirió Amalvy.

—¡Ahora tenemos la ocasión de averiguarlo! Pero si asaltamos el barco lo sabrán. Perderemos la oportunidad. Se filtrará. Ya ha pasado otras veces.

Todos callaron. Las miradas de Hardy y Amalvy se volvieron hacia el asesor del ministro.

—¿Qué opina usted, agente? ¿Cree que merece la pena correr el riesgo?

No era una pregunta de cortesía. Valoraba su opinión.

—Yo no esperaría. Supongamos que Záitsev nos está engañando, que las armas no viajan realmente en ese barco y hay otro punto de entrega, que esto no es más que una pantalla para encubrir la verdadera operación. Estaríamos perdiendo un tiempo irrecuperable.

—Eso es ridículo —protestó Hardy.

Era solo una suposición, pero tampoco tenía ninguna prueba de lo contrario, solo la palabra de Dmitry. Era posible que la preocupación por las amenazas de al-Fayad fuese fingida, tan solo una de sus puestas en escena. Se le daba bien actuar.

—Si existe una sola probabilidad de que las armas caigan en manos de los terroristas, deberíamos proceder de inmediato a la intervención —dijo el asesor—. Y cuando digo de inmediato me refiero a hoy mismo.

—No hay ninguna probabilidad y tengo pruebas que lo avalan.

—Señores, señores. Mantengamos la calma…

Todos hablaban a la vez, excepto Mathieu, que se encerró en su negativa. Unos golpes en la puerta interrumpieron la discusión. El secretario de Hardy entró en la sala y cruzó unas cuantas palabras con él en baja voz.

—Dígale que pase. Esperaba que no fuera necesario recurrir a esto —explicó Hardy—, pero dadas las circunstancias, considero que debemos tener toda la información.

Mathieu visualizó al protagonista de aquella visita sorpresa. Aguardó la sonrisa segura y la actitud ganadora de Dmitry. Lo dio por hecho y trató de dominar la oleada de inmediato rechazo que lo dominó. Apenas se sentía capaz de estar con él en la misma habitación.

Pero se equivocó.

—Señores, les presento a Thierry Lestrange. Usted ya le conoce, ¿no es cierto, agente Girard?

La seguridad de Mathieu perdió pie. Igual que en una ascensión, cuando la roca en la que te asientas se desmorona y te quedas colgando de la cuerda. Así se sintió.

—Le conozco.

Lestrange sonrió y lo hizo con rencor.

—El señor Lestrange ha prestado servicios al DGSE y a Francia. Gracias a su colaboración desmantelamos una red de narcotráfico y los responsables fueron detenidos. Conoce bien a Záitsev y ha trabajado desde el inicio en la operación.

—Bienvenido —dijo el asesor—. El agente Girard nos explicaba que teme que Záitsev no esté siendo leal. Díganos, ¿cuál es su opinión? ¿Cree que intenta engañarnos?

—Nunca se puede descartar nada con Záitsev —dijo Lestrange disfrutando del protagonismo—. Es astuto, pero se ha quedado sin opciones. Está cogido entre la espada y la pared. Es calculador, pero siempre calcula que saldrá bien librado. Diría que hasta ahora no ha caído en la cuenta de la gravedad del asunto. Está preocupado y teme las represalias de los yihadistas. Pero ¿qué hombre con sentido común no lo haría? —preguntó con una risita sardónica.

—No es un perfil tranquilizador —dijo el asesor.

—Pero lo que debe importarnos es que Dmitry ha cumplido su parte del acuerdo. Consiguió hacerse con las armas y negociar un punto de entrega. El trabajo ya está hecho y todo el recorrido del cargamento está trazado desde que salió de Odessa. De hecho, puedo indicarles dónde se encuentra ahora mismo.

Lestrange dejó su móvil sobre la mesa, abrió una *app* y una señal parpadeante apareció en medio de un mapa. Marcaba una posición en pleno Océano Atlántico. Una línea discontinua serpenteaba sobre la pantalla mostrando la ruta que había seguido el mercante.

—La carga está controlada en todo momento. No hay posibilidad de que haya sido transportada a otro barco en alta mar ni de que perdamos el rastro al llegar a tierra. Záitsev lo exigió y yo tengo el acceso.

El asesor pareció impresionado, pero Mathieu desconfiaba por principio de las apariencias.

—Podría ser cualquier cosa. Podría no ser nada.

Lestrange lo miró vagamente amenazador.

—¿Estás diciendo que miento?

—Estoy diciendo que esa señal y ese mapa no significan nada para mí.

Hardy se apresuró a intervenir.

—Tengo más informes que avalan las palabras del señor Lestrange. Son confidenciales, pero puedo facilitárselos en privado —dijo volviéndose hacia los otros hombres y excluyendo tácitamente a Mathieu.

—Demos por hecho que las armas están en el barco —continuó el asesor—. ¿Sigue opinando que debemos actuar ya, agente?

—Sí, sin duda —dijo Mathieu ignorando la mirada rencorosa y burlona de Lestrange.

—¿Y usted? —preguntó dirigiéndose a Amalvy.

—Confío en el criterio del agente Girard. Si piensa que debemos asaltar el barco, mi recomendación es que lo hagamos.

Hardy volvió a protestar, pero Lestrange impuso su voz por encima de las otras.

—Comprendo que sientan más simpatía hacia el agente que hacia mí, aunque solo hace tres meses que se incorporó a la operación y yo llevo más de un año colaborando con la gendarmería, pero deberían saber que nuestro joven amigo no es imparcial.

Mathieu lo había sabido desde que vio a Lestrange. Sin embargo, se resistía a admitirlo; que, si había tenido alguna oportunidad, ya la había perdido.

—¿A qué se refiere? —preguntó Amalvy.

—No tiene nada que ver —empezó Mathieu con voz dura—. Y él tampoco me inspira confianza, es la mano derecha de Záitsev. Podrían estar actuando de común acuerdo.

—Increíble —apostilló Hardy.

—Por favor, dejen que se explique —solicitó el asesor, deteniendo a ambos con un gesto y cediendo la palabra a Lestrange.

—Yo le advertí —dijo torciendo la sonrisa—, es un asunto tan viejo como el mundo. No quise informar porque todos hemos sido jóvenes y pensé que entraría en razón. Me equivoqué. El agente Girard se está dejando llevar por razones personales.

—No es así —dijo Mathieu evitando mirar a la cara a Lestrange para no perder del todo los nervios—. Lo está tergiversando.

—Guarde silencio —dijo grave el asesor.

—El agente mantiene una relación íntima con Nadina Nagareva. Ella y Záitsev son pareja desde antes incluso de que se estableciesen en Francia. Se trata de una joven peculiar e inestable. Le gusta llamar la atención y que todos estén pendientes de ella. Algo así ya ha ocurrido otras veces, hombres con los que se entretiene por un tiempo. Záitsev lo consiente porque sabe que no durarán…

—No hables así de ella —dijo apretando los puños. La sangre agolpándose y el deseo de defenderla tan abrumador que le presionaba el pecho y le hacía difícil respirar.

—Es solo la verdad —dijo Lestrange en tono inocente—. Diría que eso enturbia su juicio. He visto a Dmitry antes de venir. No tenía buen aspecto. ¿De veras ha sido por ese fanático? ¿No ha influido la declaración de amor de la otra noche? Parecías tenso mientras se besaban.

—No tuvo nada que ver —dijo, las palabras bajas y mordientes—. Nada en absoluto. Lo mató. Le rompió el cuello delante de mí. A sangre fría y sin dudar. Solo porque podía hacerlo…

—¡Agente Girard! —le interrumpió Amalvy.

Lestrange le lanzó una sonrisa desde el otro lado de la mesa. Mathieu tuvo que hacer un esfuerzo para no levantarse y borrársela.

—Agente Girard, abandone la sala y espere fuera —dijo Amalvy cortante.

—Señor… —dijo Mathieu recurriendo a toda su olvidada capacidad de autocontrol para dominarse y hablar con calma.

—Es una orden.

Las miradas convergieron sobre él. Mathieu soportó el juicio de aquellos hombres, pero no pudo ignorar su derrota.

—Como quieran.

Salió del despacho. Cruzó las oficinas contiguas y fue a parar a un pasillo largo y vacío. Todo el muro frontal era una pared de vidrio con vistas al paisaje urbano de París. Atardecía y el sol daba de lleno, cargaba el aire haciéndolo pesado. Mathieu se tomó unos segundos. Había demasiada luz en aquel pasillo. Cerró los ojos y presionó con los dedos los arcos bajo las cejas en un vano intento por descargar la tensión. No funcionó.

Se dijo que no. No había hecho mal. No se había equivocado. No había tomado la decisión incorrecta. No había sido por las manos de Dmitry sobre ella. No solo por eso. No solo.

Permaneció en pie, la cabeza baja, la mano derecha contra el cristal, contemplando la panorámica de París y defendiéndose frente a sí mismo y ante la multitud de ideas que lo asaltaban. Dmitry, al-Fayad, Fadi, Lestrange, las armas… Nadina. Habría querido alejarla de todo. Mantenerse ambos en un espacio aparte donde el dolor y la confusión no tuviesen cabida. Pero no había otro mundo, ni quedaba en este, lugar alguno en el que ocultarse.

Allí lo encontró Amalvy, quince minutos después.

—Seguiremos el plan trazado. He propuesto apartarlo de la operación, pero Hardy y ese tal Lestrange dicen que Záitsev no lo aceptaría, que lo considera algo personal. No me importa ninguno de ellos. Dígame que no está en condiciones de afrontarlo y lo relevaré.

Mathieu alzó el rostro. La expresión de Amalvy era inescrutable. No sabía si lo entendería, si le parecería bien o mal, pero no titubeó.

—Lo afrontaré. Estaré junto a Záitsev en la entrega y haré cuanto pueda por que la operación sea un éxito.

Aguantó el tipo mientras Amalvy reflexionaba.

—Espero que sepa lo que está haciendo, por el bien de todos. Hardy acaba de hablar por teléfono con Záitsev. No habrá más reuniones ni más contactos hasta la fecha fijada para la operación. Un helicóptero les trasladará a Le Havre. Hasta entonces manténgase lejos de ese club y evite cualquier posibilidad de enfrentamientos. ¿Ha comprendido?

Asintió con un gesto. Amalvy suavizó el tono.

—Está bien. Ya hablaremos cuando todo haya pasado. Ahora vaya a casa y descanse.

El cansancio se le echó encima de golpe. Llevaba treinta y seis horas sin dormir. Eso también influía en su estado de ánimo. Dejó a Amalvy y se dirigió hacia la salida, pero se dio la vuelta a los pocos pasos. Necesitaba decírselo. Necesitaba que creyese en él.

—No lo hice porque tuviera celos. No fue esa la razón, y ella no es como dice Lestrange. No me gusta cómo la trata. Me preocupa que esté cerca de él. Dmitry es peligroso.

Amalvy asintió.

—Le creo. Tampoco usted debería olvidarlo —dijo con seriedad.

Mathieu no contestó. Abandonó el edificio. Nada más salir se encontró con una furgoneta blindada de la policía y con un grupo de agentes equipados con rifles de asalto y escudos antibalas. No había ninguna amenaza visible. Era solo por prevención.

El sol ya estaba bajo, pero el asfalto guardaba el calor del día de agosto. El ambiente era opresivo a pesar de la amplia explanada abierta ante él. Los grandes edificios grises a sus espaldas haciendo de pantalla, el espacio vacío, deshabitado. La ciudad a aquellas horas y en ese entorno parecía carecer de alma. Nada que ver con el Quai d'Orsay o con el puente de Alejandro III.

Se sintió al límite de su capacidad de resistencia.

Necesitaba dormir, pero sobre todo necesitaba a Nadina.

El día había sido sofocante. La brisa de la noche era un respiro, pero estaba demasiado inquieta para disfrutarlo. Dejó la terraza, volvió al interior del apartamento y miró la hora. Las dos y media.

La vista se le quedó fija en el reloj. Era un objeto barato y nada original, el típico *souvenir* para turistas con la torre Eiffel acoplada a la esfera. Se acercó y pasó un dedo por el borde metálico. Luego lo separó como si quemase.

Aquel reloj fue un obsequio de Dmitry. Llevaban solo un par de semanas instalados en París, aún no vivían en el Quai d'Orsay, sino en un piso del extrarradio. Dmitry andaba ocupado con Vaclav, haciendo contactos y cerrando negocios. Ella se quedaba todo el día encerrada entre las cuatro paredes del apartamento.

Una tarde Dmitry regresó con el reloj envuelto en papel de regalo. Como ni siquiera lo echó una ojeada, él lo desenvolvió, lo sacó de la caja y lo puso al lado del televisor. Era lo único que hacía: ver la programación. Noticias, anuncios, películas, concursos… No entendía ni una sola palabra, pero escuchaba como si aguardase una revelación.

Dmitry se interpuso entre ella y el televisor y lo apagó.

—«¿Por qué no sales nunca? ¿Por qué te quedas aquí? Es un buen lugar. Es París. Te gustará. No puede no gustarte».

No respondió. En cuanto se dio la vuelta, volvió a encender el televisor. Pero al día siguiente, tan pronto como Dmitry salió, cogió la puerta y se marchó. Sin dinero, sin móvil, sin nada.

Estuvo dos días fuera. Se coló en el metro y nadie se lo impidió ni le llamó la atención. Caminó por las calles, vio los jardines, los museos, los palacios. Llegó hasta los pies de la torre Eiffel y rodeó las filas de turistas que hacían cola para subir hasta arriba del todo. Cuando se cansaba se sentaba en cualquier banco, y cuando le entró hambre, cogió comida de los puestos callejeros aprovechando que los dueños no miraban. Cuando oscureció y comenzó a hacer frío, se metió en una estación de tren y pasó allí la noche.

Tenía razón Dmitry. París era un buen lugar. No había edificios destruidos. No vio tanques ni explosiones. Encontró mendigos y alcohólicos, prostitutas y drogadictos, pero no la molestaron. Se cruzó con mujeres con velo, paseaban solas o conversaban con alguna amiga, y no parecían tener miedo a que las golpearan, las violaran o les raparan al cero la cabeza.

Estuvo a punto de no regresar. A punto. Vivir en la calle, sentarse en medio de un parque y dejar que la lluvia de otoño le calara hasta los huesos.

Pero no lo hizo. Regresó. Dmitry la esperaba, frenético. La abrazó con fuerza. La comió a besos.

—«No me abandones. Dame tiempo. Solo te pido eso. Un poco más de tiempo».

Y se lo dio. Siete años.

Miró a su alrededor. Llevaba días pensando en qué se llevaría. Al final había decidido que nada. Lo dejaría todo atrás, incluso los vestidos que más le gustaban. Los que habrían sido también los favoritos de Milena. Por primera vez en mucho tiempo, se sentía en paz respecto a aquello. Seguía pensando que su hermana habría estado muy enfadada, más que eso, furiosa. No le cabía ninguna duda, también ella lo habría estado en su lugar; si las cosas hubiesen ocurrido al revés.

Pero tal vez, con el paso del tiempo, habrían ido olvidando, se habrían perdonado la una a la otra. Prefería creerlo y empezar de cero. Con Mathieu.

Volvió a pasar una mirada nerviosa por el apartamento. No echaría de menos sus cosas, pero le hacía sentir mal presentarse así en su vida, esperando que se ocupara por completo de ella. Era reconocer lo desvalida que seguía estando, lo absolutamente nada que poseía, pero también cambiaría eso. Buscaría un trabajo. Ya no era la misma que llegó a París hacía siete años, la chica de Grozni, ni siquiera la persona que era antes de que Mathieu la encontrara. Ahora sabía lo que quería hacer con su vida.

Le quería a él.

Y él la quería. La noche anterior la había amado contra aquella misma pared y se lo había dicho.

«Te amo. Te quiero. Te necesito».

El pecho se le llenó con aquel sentimiento. Mathieu era bueno, honesto, no estaba manchado, y pese a todo la quería. Nadina deseaba merecer su amor, ser mejor por él y también por sí misma. Se le ocurriría algo que supiera hacer bien. Solo tenía que averiguar qué.

Y explicárselo a Dmitry.

La sensación cálida perdió fuerza. No llegó a apagarse, pero se empequeñeció, se quedó concentrada, refugiada en su interior.

Estaba preocupada. Durante toda la semana Dima había actuado como si nada hubiese cambiado. «¿Te gustaría un anillo, Nadezhna?». No se daba por vencido. Nunca lo hacía. Su indiferencia era fingida. Por eso no le había dado su número de teléfono a Mathieu. Imaginaba a Dmitry comprobando sus llamadas, revisando sus mensajes en cuanto olvidara el móvil en un descuido, y era muy descuidada. Sí, lo imaginaba perfectamente.

Volvió a mirar la hora. Las tres menos cuarto. ¿Por qué no habría regresado aún? Había esperado en Lumière que Mathieu apareciese, pero solo había visto a Boris. Le preguntó cómo había ido todo y contestó con una de sus grandes sonrisas: «Bien, muy bien. Ningún problema».

Quizá había salido de París o estaba cansado y decidió dormir. Su escapada había terminado a las seis de la mañana. Recorrieron en la Yamaha la orilla del Sena. Se abrazó a su cuerpo, mientras el motor zumbaba y los puentes se abrían solo para ellos. Se besaron en el portal con las primeras luces del día y ni siquiera se le ocurrió que estuvieran haciendo algo mal. No podía ser. No podía estar mal.

Sonó un golpe. El hilo de sus pensamientos se cortó. Prestó atención. Dos más, cortos y suaves.

Se le aceleró el pulso. La prudencia y la lógica se le olvidaron. Corrió hacia la puerta y abrió con la felicidad reflejada en el rostro, en la sonrisa, en la mirada.

Todo se le congeló.

—¿Puedo pasar?

La mano se le quedó aferrada al pomo. Dmitry tenía el labio hinchado y roto, la mejilla amoratada, los nudillos enrojecidos y una expresión tan oscura y acosada que la atemorizó.

¿Por qué había abierto? ¿Por qué había sido estúpida? Se merecía todo lo que le pasaba. Trató de pensar rápido, de ordenar ideas. No estaba preparada, aún no.

—¿Qué ha ocurrido? —dijo para ganar tiempo, pensando en si Mathieu estaría bien y en por qué estaba allí Dmitry y no él. Una parte de ella, una frágil y negativa, quiso culparle, pero la acalló sin dejar que se impusiera.

—No ha sido nada. Parece peor de lo que es. ¿Puedo pasar? —repitió en un susurro bajo y suplicante que Nadina conocía demasiado bien.

—Estoy cansada. Iba a acostarme.

—Has abierto deprisa —replicó más seco.

Nadina calló ante el reproche. Se apartó y le franqueó el paso.

—Entra.

—Gracias —murmuró. Pasó y se acomodó en el sofá, como

si estuviera en su casa y, después de todo, así era, se la había dado él—. ¿Tienes algo de beber? Me vendría bien un trago.

Nadina sacó una botella y un vaso y lo llenó hasta la mitad de vodka. Iba a cerrarla, pero cambió de idea y vertió un poco en otro vaso. Se lo bebió de un trago y sin respirar.

—¿Cómo ha sido?

—Las cosas se complicaron esta mañana. Tuve que hacer algo que no quería. Tomar una decisión. Trajo consecuencias.

Asintió aprisa. Cuando Dmitry no quería contarle algo, no trataba de entrar en detalles. Era mejor no saber y solo una cosa le interesaba.

—¿Mathieu está bien?

Dmitry probó el vodka. Un sorbo corto.

—Sí, perfectamente. No sufrió el menor daño.

No supo si creerle.

—¿Estás seguro?

La miró con seriedad. A Nadina no le importó que viera lo preocupada, lo asustada que estaba. No habría podido disimularlo.

—Está bien. Créeme.

Conocía todas las mentiras de Dmitry, también su lado más sincero, por eso la inquietud menguó un poco.

—¿Te duele?

—Apenas.

Y Nadina intuyó que esa respuesta sí era falsa.

Se quedaron en silencio. Él sentado. Ella en pie junto al sofá. Era como cuando encuentras un animal herido. Quieres ayudarle, pero no te decides a acercarte a él porque sabes que, si lo haces, te lastimará.

—¿Cuándo terminaréis con esto? ¿Cuándo detendrán a los terroristas?

Tardó en contestar. Le daba la espalda. Los músculos en tensión se marcaban y tiraban de las costuras de una de sus camisas caras.

—Es posible que no sea así de fácil.

Sonó vagamente amenazador. A pesar de su deseo de no saber, Nadina no pudo dejarlo pasar.

—¿Por qué? ¿Qué ha ocurrido?

—Porque he apostado alto y puede salirme caro. Pero no voy a renunciar —dijo encarándola—. No soy de los que se esconden. Tú me conoces.

—Sí, te conozco —musitó en un tono que impregnó de tristeza el silencio que siguió a continuación.

—Intenté que esto fuera distinto —dijo Dmitry—. Cuando me di cuenta de que la policía andaba detrás de mí, pude largarme, subir a un avión, pero me quedé. ¿Sabes por qué?

Ella negó con un gesto.

—Porque pensé que no querrías dejar París, que no querrías dejar este lugar. Así que los convencí de que podía ser útil y me lancé de cabeza. Les di lo que querían, pero no a costa de nada. Siempre hay costes. No es como ellos dicen, no hay una decisión correcta y otra equivocada, todo lo que tienes es lo malo y lo peor.

Nadina le oía justificarse y ni siquiera estaba segura de a qué se estaba refiriendo. Saltaba de una cosa a otra, daba rodeos.

—No quería que ocurriera así. Me daba lástima ese chico. He visto a montones como él. Son carne de cañón.

—¿Qué has hecho, Dima? —dijo notando cómo el miedo se materializaba alrededor de su piel. Era una presencia sólida y cada vez más pesada.

—Y uno esperaría encontrar cierta lealtad, una mínima comprensión —continuó sin escucharla—, pero todo lo que recibes es desprecio y traición.

Seguía sentado, los brazos sobre las piernas abiertas, la espalda combada y la cabeza baja. Ella estaba en pie, pero a pesar de la supuesta ventaja, se sentía muy pequeña frente a él, en inferioridad de condiciones. No solo esa vez, siempre, incluso cuando aseguraba que la amaba.

La voz se le quebró en la garganta.

—No pretendía traicionarte.

Dmitry ladeó la cabeza y rio.

—¿Tú, Nadezhna? No hablaba de ti. ¿Cómo podrías traicionarme? Nunca me quisiste realmente. Nunca me perdonaste.

—No es verdad. —Tuvo que detenerse. Las palabras le salían rotas, entrecortadas—. Sí te quise, pero he cambiado, Dima, y ya no me importa lo que ocurrió en Grozni. No fue culpa tuya ni mía tampoco. No dependía solo de nosotros. Tenía que pasar. Da igual lo que hubiésemos hecho.

Dmitry la miró como si no la conociera.

—¿Da igual? ¿De veras lo piensas? ¿Cuándo lo has descubierto? ¿Te lo ha dicho Girard? ¿Te sientes mejor porque te ha dado su bendición? ¿Está bien si lo dice él, pero no era lo bastante bueno cuando lo decía yo?

Nadina negó, muchas veces, muy rápido, trató de explicarse.

—No ha sido porque él lo dijera. Soy yo. He cambiado.

—Has cambiado. Él llegó y tú pusiste un cerrojo en la puerta. Me echaste como a un perro.

—Le quiero, Dima.

Le tembló la voz al decirlo, pero se sintió liberada, descargada de un peso. Dmitry miró hacia el suelo. El rostro le quedaba de perfil y el moratón púrpura destacaba en su mejilla.

—Le quieres. Cualquiera lo entendería. Es noble, una buena persona. Eso fue lo que dijiste.

—Te salvó la vida.

Dmitry sacudió la cabeza, negando.

—La salvó, sí, la salvó. Él nunca haría nada reprochable. Los demás no estamos a su altura moral —dijo sarcástico—. Me he arriesgado, he hecho cosas terribles por ti, te saqué de aquel infierno, traté de hacerte feliz, pero nada era suficiente. Dime, Nadina, ¿si me mata uno de esos talibanes, llorarás al menos o te alegrarás de haberte librado de mí?

—No quiero que mueras, no quiero que nadie muera. —Sus ojos oscuros vidriados, su rostro más infantil que nunca por efecto de las lágrimas.

—Escuché algo muy parecido esta mañana. —Y añadió sombrío—: No terminó bien.

—Deja que me vaya, Dima —suplicó y aunque no tenía modo de saberlo, su expresión era la misma que cuando tenía dieciséis años y le rogó que la dejase volver a su casa—. Por favor.

Tocó con los dedos su hombro. Otras veces se habían herido y luego se ofrecían consuelo. Se tenían el uno al otro, pero ella empezó a alejarse. No había sido solo por Mathieu. Era que ya no lo soportaba más. Tenía razón Dmitry. Si se hubiese marchado, no le habría acompañado. No habría dejado París.

—No —negó él y sujetó la mano contra su hombro—. No puedo. No quiero perderte.

—Dima —pronunció su nombre alarmada, y antes de que pudiese reaccionar o liberarse, él la tenía sujeta, los brazos rodeándole la cintura y la cabeza contra su estómago. El diafragma se le contrajo y le dificultó respirar.

—Te quiero, Nadezhna, te quiero como ni él ni nadie te querrá. Te conozco mejor, te amo como eres. No me importa que la *Spetsnaz* bombardeara aquel edificio ni que tu hermana muriera, porque si no, no te habría conocido. Aunque pudiera retroceder en el tiempo dejaría que sucediera de nuevo.

—No digas eso —balbució Nadina sintiéndose de vuelta a la pesadilla. Era imposible huir. Estaba siempre presente entre los dos. Un día y otro. No terminaba nunca.

—Es la verdad. Sabes que es cierto. —Hundió el rostro en su pecho sin soltarla, besándola con prisas, subiéndole el vestido y quitándoselo, mientras ella trataba de liberarse y era tan inútil como luchar contra un muro de piedra—. Vuelve a mí, Nadina. Eres mi vida, mi amor.

Sus manos la apretaban demasiado. Su ansiedad la bloqueaba. Se sintió caer a toda velocidad y sabía por experiencia que no había nada abajo que frenara la caída. El pánico lo precipitó todo. Le faltaba el aire. Se ahogaba. Se hundía en un abismo negro. Trató de salir a flote, pedir auxilio, pero no lo consiguió.

La nada. El vacío. La oscuridad.

La luz y el oxígeno regresaron a la vez, en un fogonazo. Solo un instante, pero nítido, deslumbrante. Alguna vez, en el pasado, llegó a pensar que sería bueno quedarse allí, en aquel punto en el que no existían el miedo ni el dolor.

—Perdóname. Perdona. Lo siento. —Dmitry le palpaba el rostro, le buscaba el pulso, la apretaba entre sus brazos y repetía las mismas palabras—. No lo haré más. No quería hacerte daño. Nunca quise hacerte daño.

Tosió varias veces. La opresión pasó y pudo respirar hondo. Lo hizo hasta llenar los pulmones. Una vez y otra. Era tan valioso, tan precioso. Tan fácil que todo desapareciera en un solo segundo. No podía permitirse malgastar ni un solo instante.

—Perdóname —volvió a implorar él—, por favor.

Nadina sabía por qué Dmitry recurría tan a menudo a las gafas de sol, incluso de noche. No siempre conseguía fingir, no todo el tiempo podía evitar quedar al descubierto. Miró en su corazón y trató de ser sincera, limpiar de una vez las heridas y cerrarlas.

La voz le salió en un hilo quebradizo y delgado.

—Te perdono. No solo esto. Todo.

Dmitry le besó las mejillas, le acarició el pelo, la abrazó contra su pecho.

—Mi pequeña, mi amor… Te quiero tanto.

Ella tragó saliva y cogió otra bocanada de aire.

—También yo a ti.

—Tendremos doce francotiradores apostados. Los contenedores nos servirán de parapeto aquí, aquí, aquí y aquí —dijo Bélanger señalando diversos puntos sobre una fotografía aérea del muelle de almacenaje del puerto de Le Havre—. Esta zona está abandonada desde que se abrieron las nuevas instalaciones, no esperamos encontrar trabajadores ni personal del puerto. Habrá un total de cuatro equipos camuflados y listos para intervenir, y un satélite vigilará desde el aire. Controla el perímetro del muelle desde que establecimos las coordenadas. No habrá sorpresas. El helicóptero que nos transportará a Le Havre está aguardándonos en la sede del GIGN de París —dijo dirigiéndose a Mathieu—. Saldremos a las seis de la madrugada.

—¿Záitsev viajará con nosotros?

—No —intervino Hardy—, viajará por sus propios medios. La reunión se producirá en el puerto. Lo hemos acordado así. Es lo mejor, dadas las circunstancias.

El reproche de Hardy era patente, pero Mathieu lo dejó pasar. No era momento de discusiones. Era el primer interesado en que todo estuviese bajo control.

—¿Qué medidas de seguridad habrá en el puerto?

—Las mismas que en el muelle. Francotiradores y grupos de asalto —dijo Bélanger cambiando la imagen del muelle de carga a una general del puerto.

Mathieu observó el diagrama con las posiciones. Muchos hombres armados y todos apuntando al mismo lugar.

—Somos conscientes de que su situación es la más vulnerable —dijo Hardy—, pero estarán cubiertos en todo momento. Tanto usted como Záitsev. Nos ocuparemos de que así sea.

—¿Igual que con Modric? —preguntó.

—Eso es diferente —se quejó Hardy—. No sea injusto. Aún no sabemos cómo ha ocurrido, pero lo averiguaremos.

La noticia había saltado a primera hora. Los guardias encontraron a Modric ahorcado en su celda de máxima seguridad de la prisión de Fresnes. La amenaza de al-Fayad era demasiado reciente para pensar en una simple coincidencia.

—Puede que sí, pero Modric seguirá muerto para cuando lo averigüen.

—No sé nada de Modric, mi responsabilidad con él terminó cuando lo entregamos a los agentes judiciales, pero respondo por el operativo de Le Havre —dijo Bélanger—. Hemos cubierto todos los flancos y el protocolo se ha desarrollado en la más estricta confidencialidad. Ni siquiera los hombres que participarán en la operación lo saben aún, excepto nosotros dos. No habrá filtraciones ni puntos grises. No por nuestra parte.

Bélanger iba al grano y hablaba con franqueza. Le inspiraba confianza. Se alegraba de que estuviera al mando.

—Todo claro, entonces —dijo Hardy levantándose de la mesa—. Tengo que atender otros asuntos. Les deseo todo el éxito y les recuerdo que Francia confía en ustedes. Buena suerte.

Les estrechó la mano y abandonó con rapidez el despacho. No es que Mathieu esperase mucho de Hardy, pero había visto despedidas más entusiastas hacia compañeros que se iban de fin de semana a la Provenza.

Bélanger no se reprimió.

—Jodidos burócratas.

Mathieu sonrió de lado, pero ni eso logró que perdiera su aire de buen chico.

—Ahora hablemos claro. Te cubriremos, pero aun así estarás expuesto. Usa el chaleco, mantén tu arma a mano y si ves cualquier movimiento, cualquier gesto extraño, no lo dudes y úsala. ¿De acuerdo?

—De acuerdo.

—¿Es de fiar ese Záitsev?

No necesitó pensarlo.

—No.

—Lo tendremos en cuenta. No te preocupes más de lo razonable. Te vi en Marsella. Lo harás bien.

—No estoy preocupado.

Fue el turno de sonreír de Bélanger.

—Tengo una reunión con el teniente coronel Amalvy en el cuartel del GIGN para ultimar detalles —dijo consultando el reloj—. ¿Te unes a nosotros?

Le tentó la idea. No por Amalvy, la relación con su superior no pasaba por el mejor momento, pero sí por Jean, por Philip, por Ledoux… Recuperar la sensación de normalidad que su vida había perdido en los últimos meses. Pero por eso, porque su vida había cambiado, no podía dejar París sin hacer algo antes.

—Iré más tarde. Cenaré con vosotros. Diles que me guarden un sitio en la mesa.

—No hay problema —dijo estrechándole la mano—. Nos vemos esta noche.

Tomaron rumbos distintos. Mathieu fue caminando hasta el aparcamiento. La reunión con Hardy había sido el final de un día largo. Comenzó con la noticia de la muerte de Modric y siguió con las reuniones de trabajo con especialistas en terrorismo yihadista y otros expertos en sistemas de captación del ISIS. Revisaron docenas de fichas y le mostraron a los principales candidatos a ser Saud. A diferencia de Bélanger, insistieron en la importancia de apresarle vivo. No sería fácil. Los fundamentalistas preferían inmolarse antes que dejarse coger y, cuando lograban detenerlos, se negaban a declarar o se limitaban a recitar las doctrinas aprendidas.

Mathieu había escuchado las explicaciones. Memorizó rostros y datos sin cuestionar si sería o no útil. En cuestión de dieciséis horas se encontraría cara a cara con los enviados de al-Fayad y tendría a su diestra a Dmitry. No le faltarían los motivos que requiriesen de su atención. Tenía que estar centrado.

Pero eso sería al día siguiente.

Arrancó la Yamaha y enfiló hacia el Quai d'Orsay.

Abrió el portal con la llave que le había dado Boris. Pasó de largo por la puerta de su apartamento, miró la de Dmitry y, aunque no se detuvo, advirtió que no se oía ruido ni señal alguna de que hubiese alguien dentro. Llamó a la de Nadina. Primero con un par de golpes, luego pronunció su nombre.

No hubo respuesta.

Regresó escaleras abajo. Era pronto para que Lumière estuviese abierto, pero el vigilante de seguridad le abrió sin problemas.

La sala se encontraba vacía, sin embargo, las luces estaban encendidas. Era un lugar extraño aquel. Mathieu había tenido ocasión de observarlo durante todas aquellas semanas. Ofrecía cada vez un aspecto, una cara. Cuando creías que ya lo conocías, volvía a sorprenderte. Esa tarde tenía la apariencia de un teatro listo para poner en escena la última función.

Se dirigió a la pista central. Le costó verla. Estaba sentada inmóvil en uno de los sofás, como si también formase parte del decorado.

—Le dije que volverías, pero no quiso escucharme.

Tenía en la mano un vaso largo con la bebida a medias y vestía uno de sus conjuntos estilosos que complementaba con sus inevitables sandalias de tacón de finísima aguja.

—¿Hablas de Nadina?

Anelka inclinó el vaso hacia él.

—¿De quién si no?

—¿Dónde está?

—Ya te lo he dicho. Se ha ido.

—¿Dónde ha ido?

—No me lo ha querido decir.

—Pero ¿por qué? ¿Ha ocurrido algo?

—No lo sé. No quiso contarme nada.

La cara de Anelka era inexpresiva, pero Mathieu habría podido asegurar que no se sentía feliz.

—¿Y Dmitry? ¿Dónde está él?

—También se fue.

Anelka seguía inalterable, pero la calma de Mathieu se estaba evaporando por momentos.

—¿Se marcharon juntos?

—Creo que no, pero tampoco podría asegurarlo.

Las ideas brotaron en simultáneos y distintos rumbos. Mathieu las frenó en seco. Prefería actuar.

—Si la ves, dile que he estado aquí.

—Lo haré, pero no me dio la impresión de que pensara volver pronto.

No sabía si pretendía hacerse la interesante, pero no estaba dispuesto a perder más tiempo. Ya se iba cuando ella volvió a llamar su atención.

—No eres solo vigilante de seguridad, eres policía, ¿verdad? —Mathieu no contestó y Anelka se conformó con su silencio—. No tienes que reconocerlo. No soy tan estúpida como todos creen.

No se habían tratado mucho y la primera impresión que tuvo de ella no fue la mejor, pero Anelka siempre había sido amable con él.

—Nunca pensé que fueras estúpida.

—Entonces habrás pensado cosas peores —dijo irónica—. Da igual. No se trata de eso. Es Dmitry. Estuve con él. Nadina ya se había marchado y yo intenté… —Anelka hizo un gesto con la mano desechando la idea—. Vi en la habitación una bolsa de viaje, iba a preguntarle, pero le llamaron por teléfono, comenzaron a hablar en ruso. Se fue a otro cuarto para que no escuchase la conversación y entonces miré lo que llevaba en la bolsa —explicó sin tratar de excusar su intromisión—. Era dinero, nada de ropa ni ningún otro objeto, solo dinero. Mucho. Todo en billetes grandes. Euros y dólares y un pasaporte falso.

La frialdad de Anelka cayó. Las manos que sujetaban el vaso temblaron.

—¿Por qué me lo cuentas?

Se encogió de hombros.

—Tú sabes por qué. Espero que tengas suerte, pero Math…

—¿Qué?

—No hagas como yo. No te hagas demasiadas ilusiones.

La amargura de Anelka hizo que quisiera alejarse. Le agradecía que hubiera sido sincera con él, pero ahora necesitaba más que nunca saber dónde estaba Nadina.

—Gracias.

Anelka estiró los labios a modo de despedida en una sonrisa que no llegó a serlo.

Salió de Lumière. Eran las ocho y media. El sol se ponía en el Quai d'Orsay y teñía de naranja la perspectiva del río y los puentes.

El camino hacia Montreuil lo hizo sobrepasando con creces el límite de velocidad.

Dejó la moto en el garaje y subió en el ascensor. Se detuvo en el sexto piso porque una pareja con un carrito de bebé quería bajar. Cuando comprobaron que subía dieron marcha atrás entre excusas. Mathieu respondió que no importaba, salió del ascensor y subió los otros dos pisos corriendo por las escaleras.

Así que se la encontró de frente. Sentada en el último peldaño.

—Estabas aquí.

Un jersey blanco de cuello de cisne con la manga corta, una falda lápiz de color marrón que le llegaba a la altura de las rodillas, el pelo cortado a trasquilones y una expresión aliviada y a la vez desvalida que le conmovió.

Se puso en pie de un salto y se echó a sus brazos. Él la estrechó contra sí y la besó despacio y dulce. Había estado tan preocupado que tenía que refrenarse. No quería descargar en ella las dudas, la angustia y la impotencia de los dos últimos días.

Pero a pesar de la suavidad de Mathieu y del arrebato inicial de Nadina, ella se apartó enseguida. Esbozó una sonrisa y puso distancia entre los dos.

—¿Cuánto tiempo llevas esperando?

—No tanto. Una hora. Quizá dos.

—Espera. Abriré.

Le cedió el paso. Nadina entró al apartamento, pero se quedó cerca de la puerta, casi en el umbral.

—¿Qué te has hecho en el pelo? —dijo pasándole la mano y revolviéndoselo. Parecía que le hubieran dejado las tijeras a alguien que la odiaba. Estaba cortado desigual y a trozos.

—Me miré en el espejo y decidí que quería un cambio. ¿Estoy muy horrible?

—No estás horrible. Estás preciosa.

Fue el tono, la calidez con la que lo dijo, más que las palabras. El rostro de Nadina se iluminó. A Mathieu le gustaba de todas maneras, pero, cuando sonreía, la quería tanto que dolía.

Aunque duró poco. La sonrisa desapareció en un segundo.

—He dejado a Dmitry. Esta mañana.

Quizá para ella hubiese sido difícil, pero para él fue un verdadero alivio, una inmensa alegría. Volvió a besarla y ya no pudo impedir hacerlo más fuerte, pero Nadina le paró de nuevo. No correspondió. Le rechazó.

No lo comprendió.

—¿Qué?

Ella titubeó.

—No voy a quedarme. He venido a explicártelo. He pensado… He estado pensando…

—Dilo, ¿qué es lo que ocurre?

—He pensado que sería mejor pasar algún tiempo sola. Mejor… —Nadina se detuvo. Le costó terminar la frase—. Mejor para los dos.

Él se apartó y se cruzó de brazos. Fue la reacción instintiva al darse cuenta de que no quería que la abrazara.

—Si es lo que quieres.

—Por un tiempo.

—¿Y dónde estarás?

Empezó a titubear otra vez.

—Con una amiga. Es algo provisional, hasta que me establezca. Va a ayudarme a encontrar un trabajo.

—¿Qué amiga?

—Se llama Dasha. No la conoces.

—Quizá sea porque nunca me has hablado de ella.

Nadina apretó los labios. Su rostro adoptó su aspecto más inseguro. Mathieu tuvo la certeza de que mentía.

—Estaré bien. Serán solo unos días. Necesito poner algo de distancia. Todo ha sido muy rápido. Pero no cambiará nada. Te quiero. Me crees, ¿verdad?

Ya no sabía qué creer y qué no. No entendía qué había cambiado ni por qué justo en aquel momento.

—¿Qué está pasando, Nadina? ¿Es Dmitry? ¿Te ha amenazado? ¿Te ha presionado de algún modo? Puedes contármelo, sea lo que sea.

—No —negó rápido—. No tiene nada que ver con él. Soy yo. Tengo que hacer esto sola. No puedo… No puedo venir aquí y pretender que te ocupes de mí. Ya ocurrió y no funcionó. No quiero que vuelva a pasar lo mismo.

Le dolió la comparación, pero por eso tuvo que reconocer que tenía parte de razón, que lo correcto era aceptarlo y confiar en ella.

—Está bien. Lo haremos como tú quieras.

Su angustia se suavizó. Sonrió, pero siguió pareciendo desamparada y le inspiraba tanto afán de protegerla que no pudo evitar volver a besarla. Una caricia corta y leve, solo en los labios. Y ella ya no lo rechazó.

Se quedaron muy cerca, los ojos bajos, el soplo del aliento quemando en la piel.

—Mathieu…

—¿Sí?

—¿Qué va a pasar mañana?

Rompió la magia. Mathieu se echó atrás. Se puso a la defensiva.

—¿Por qué lo preguntas?

—Estoy preocupada.

Y él se cerró en banda.

—No podemos hablar de eso.

—¿No puedes anularlo?

—¿Anularlo?

—Hacer que no suceda. La reunión, el encuentro, lo que sea que penséis hacer.

Ya no tuvo ninguna duda. Algo iba mal y debía averiguar qué era.

—No, no puedo. ¿Qué es lo que sabes, Nadina? ¿Qué es lo que no me estás contando?

Se puso más nerviosa. Ahora se daba cuenta de que lo había estado todo el tiempo y apenas había conseguido ocultarlo.

—Nada, pero tengo miedo. No vayas a ese lugar. No dejes que Dmitry lo haga. Intenté convencerle, pero no quiso escucharme. Habla con tus jefes. Diles que lo suspendan. A ti te harán caso.

Hablaba muy rápido, atropellada. Mathieu respondió despacio, remarcando una a una las palabras.

—No funciona así. No me harán caso a no ser que les dé una razón, que les explique por qué deberían suspenderlo.

—No sé nada. Te lo prometo. Pero estoy asustada. Si no puedes evitar que suceda, quédate al margen. Deja que se encargue Dmitry.

—Tampoco puedo hacer eso.

Estaba a punto de echarse a llorar. Mathieu sentía su paciencia próxima al límite, pero la quería. Odiaba verla asustada.

—No quiero que te pase nada malo. No lo soportaría. Ya no.

Se ablandó. Se rindió a ella otra vez.

—Ven aquí.

La abrazó con calidez y ternura, con suavidad. Nadina también cedió, apoyó la cabeza en su hombro y se dejó querer. Él seguía preocupado, pero por un momento echó lo demás a un lado para pensar solo en su tacto, en su perfume, en el aleteo rápido del corazón de Nadina pulsándole contra el pecho. Lo olvidó todo, la estrechó aún más, su brazo rodeándole la cintura y su mano atrayéndola hacia él por el cuello.

Fue tan evidente que no habría podido no notarlo. Se puso rígida, se soltó y retrocedió un paso.

—Estoy cansada. Ha sido un día muy largo. Es mejor que me vaya.

Mathieu cogió aire y lo soltó antes de hablar. Puso su mejor esfuerzo en hacerlo despacio y no asustarla más, en dejar para después los reproches que comenzaba a hacerse a sí mismo. Debió darse cuenta. No tenía que haberse conformado con su palabra.

—Nadina, dime qué está pasando.

—Nada. Es solo que no me encuentro bien.

—¿No te encuentras bien? ¿Y por eso no puedes dejar que te toque?

—No es eso, de verdad.

—Si no pasa nada, ¿por qué estás a punto de salir corriendo? ¿Por qué llevas ese jersey? ¿Por qué te tapas el cuello si estamos en agosto?

—No lo pensé. Fue lo primero que cogí.

Era tan evidente que mentía, tan obvio su miedo.

—Entonces ¿por qué no dejas que lo vea?

Nadina retrocedió hasta que su espalda tropezó con la puerta.

—Fue un accidente. Fue sin querer.

—Déjame verlo.

—No.

Parecía un animal acorralado, pero a Mathieu la sangre le hervía. Negras ideas se le amontonaban unas encima de otras, y todas incluían causarle dolor a Dmitry. Mucho dolor.

Se dominó a duras penas, porque no quería alterarla más y porque necesitaba comprobarlo, verlo con sus propios ojos y no solo suponerlo.

—Por favor, deja que lo vea —rogó con el tono más bajo, más suave que fue capaz de encontrar.

Nadina tenía la espalda contra la puerta. No podía retroceder más. Se quedó quieta mientras Mathieu le bajaba el borde del jersey. Las marcas aparecieron lívidas, inconfundibles. Las huellas que dejan los dedos al presionar con fuerza la piel. Las señales comunes y reconocibles en aquellos que han sido objeto de un intento de estrangulamiento.

—Cabrón, bastardo, hijo de puta… —No sirvió de nada el autocontrol, no hubo manera de recurrir a la calma. Si hubiese tenido delante a Dmitry le habría golpeado hasta desangrarse los nudillos, hasta que suplicase perdón, habría hecho que se arrastrase por el suelo y no volviese a levantarse—. Va a pagar por esto. Lo va a lamentar mientras viva.

—¡No! —Las pupilas dilatadas por el miedo. La boca temblando—. No puedes hacerlo. Déjalo estar. Ya no importa. Se acabó.

—¿Se acabó? ¿Cómo que se acabó? Te ha agredido. Podría haberte matado, ¿y quieres que no haga nada? ¿Que lo deje pasar? ¿Cuántas veces ha sucedido antes? ¿Por qué no confiaste en mí? ¿Por qué mentiste cuando te pregunté? ¡Por qué le sigues protegiendo!

Se echó a llorar. Se tapó la cara con las manos. Mathieu sabía que la estaba asustando. Una voz razonable le decía que antes que ninguna otra cosa debía ofrecerle consuelo y apoyo y no someterla a un interrogatorio, pero en aquel momento era incapaz de atender a razones.

—¡No fue así! —gimió destapándose el rostro—. No quería hacerme daño. No era él, era yo. Yo se lo pedía. Yo le decía que lo hiciese.

Mathieu se quedó de piedra. Se preguntó si había escuchado do bien.

—¿Tú se lo pedías?

—Al principio, cuando estábamos en Grozni —explicó entre sollozos—. Dmitry decía que me quería, que haría todo lo que yo quisiera, y le pedí que lo hiciera. Me odiaba, le odiaba a él, nos hacíamos daño los dos. Era una… locura. Todo allí era una locura.

Apenas podía ponerlo en palabras. Ocurrió cuando solo pensaba en morir. Luego pasó más veces. Ella se quedaba en el borde y él la rescataba. No es que lo hicieran muy a menudo. Nadina sabía que también a Dmitry le hacía sentir mal aquel juego absurdo y peligroso.

Por eso, entre otras cosas, lo hacía. Formaba parte de su autodestructivo plan de venganza. Con el tiempo, todo fue pasando: el rencor, los planes sin sentido. Quedó la culpa, la comprensión que se ofrecían el uno al otro, pero igual que llegó a experimentar cierta adicción, cierta atracción por el peligro, después le sucedió la intolerancia. Apenas podía soportar que Dmitry la tocara.

Pero no era fácil explicarlo ni Mathieu estaba por la labor de escuchar.

—¿Cuándo? ¿Cuándo se lo pedías?

Nadina no respondió. Él insistió ignorando su gesto de temor.

—¿Cuando tenías sexo con él? ¿Era entonces cuando se lo pedías?

Asintió despacio. Los hombros encogidos contra el cuerpo. Las manos temblando.

—A veces… —dijo con un hilo de voz.

—¿Le pedías que te ahogase mientras hacíais el amor? —dijo Mathieu más fuerte, alzando el tono y pronunciando aquella palabra como si careciera por completo de sentido—. ¿Me estás diciendo que ayer le pediste que lo hiciera?

—No —negó muy nerviosa—. No fue así. Ya no. No quería, Mathieu. Te quiero a ti.

Todas las veces que la había tenido en sus brazos. Los límites que ella le empujaba a cruzar. Cuando le había suplicado que no la soltase.

«No me sueltes, Mathieu. No me sueltes».

Respiró hondo. Se obligó a hablar despacio.

—¿Te obligó? ¿Te forzó a que lo hicieras?

—No. Sí. —Tenía la cara llena de lágrimas—. No lo sé.

Le estaba haciendo daño aquello. No podía ser razonable ni imparcial, no podía aceptar términos medios.

—Perdóname, por favor —siguió ella—. No pasó nada. No fue nada. Se acabó. Te quiero. Ya no soy así. No quiero ser así nunca más.

Trató de acercarse a él, intentó tocarle, pero Mathieu se apartó. La rechazó.

—No.

—Mathieu… —rogó, pero no sirvió de nada. Le dio la espalda.

—Tengo que pensarlo. Tengo que estar solo. Quédate si quieres y cierra cuando te vayas.

—¿Dónde vas? No me dejes sola. Deja que vaya contigo.

No contestó. Bajó aprisa las escaleras. Ella le siguió, pero solo cuatro o cinco alturas. Cada vez le sacaba más distancia. Cuando comprendió que no le alcanzaría, que no la esperaba, se detuvo y le llamó una última vez a la desesperada.

—¡Por favor, Mathieu! ¡Por favor, no me dejes!

No quiso escuchar. Bajó al garaje y cogió la Yamaha. Apenas esperó a que la puerta se elevase para cruzarla a toda velocidad. Salió a la avenida con el motor atronando. Comenzó a sobrepasar coches. Algunos hicieron sonar el claxon tras él. Mathieu casi no los veía ni prestaba atención. Conducía en modo automático cediendo el control a los reflejos y las reacciones aprendidas. Quería vaciar la mente, dejarla en blanco, pero no funcionaba. Una y otra vez la imagen que trataba por todos los medios de rechazar se presentaba: el cuerpo desnudo de ella —que había tenido tantas veces ya en sus brazos, que había sostenido y estrechado mientras la amaba— y Dmitry detrás ahogándola, asfixiándola.

No miró el indicador de velocidad. Si lo hubiera hecho, habría visto la facilidad con la que se desplazaba la aguja. Ciento cincuenta, ciento ochenta…

Los semáforos estaban en verde. Apenas había tráfico. No fue culpa suya. Fue el otro coche el que no lo vio y se saltó la señal de «Stop», pero ¿importaba?

Era un Renault Megane gris. Tuvo que hacer una maniobra brusca para esquivarle. Lo consiguió, pero la moto derrapó, se inclinó en un ángulo peligrosamente cercano a la calzada. Consiguió controlarla. Conservar el equilibrio para que no le arrastrara por el asfalto. Sabía que no conseguiría enderezarla, pero confiaba en mantenerla así el tiempo suficiente para que decreciera la velocidad.

Los árboles, los coches aparcados y las luces de los comercios pasaron ante sus ojos en una película a cámara lenta. A la vez calculaba los riesgos: la mejor forma de caer, de reducir daños. No podía permitir que ocurriera. Tenía demasiadas cuentas pendientes. Presentarse a tiempo en el cuartel del GIGN. Viajar a Le Havre. Impedir que Dmitry se saliera con la suya. Volver, dominar la rabia, escuchar a Nadina, darle la oportunidad de explicarse. Debió dejar que se explicara.

No sintió pánico, sino una incomprensible seguridad. No sería esa vez. No sería así.

Impactó contra los contenedores de reciclaje y salió despedido, y su último pensamiento fue que bien podía equivocarse.

«Ya. Ya está bien. Basta. Suficiente».

Se limpió las lágrimas y se levantó de las escaleras. Se dijo que ya no tenía dieciséis años, no iba a solucionar nada llorando. Regresó escalones arriba. La puerta del apartamento estaba abierta.

—«Quédate si quieres, pero cierra cuando te vayas».

Mathieu no iba a volver y si lo hacía no querría encontrarla allí. El estómago se le contrajo. Había vuelto a hacerlo todo mal. Lo había estropeado aún más. Ahora la odiaría. Lo había visto en sus ojos. No la perdonaría. No querría volver a tocarla. No escucharía que no llegó a haber sexo, tampoco entendería que hubiesen pasado la noche entera juntos, el brazo de Dmitry rodeándola e impidiendo que se apartara de él o se soltara. Nunca sería capaz de explicárselo.

Miró el apartamento vacío. Las fotografías, los libros, los paisajes de montaña. Durante aquellas semanas había alimentado la idea de formar parte de su vida. Había creído que podía cambiar, quería intentarlo, pero no bastaba con desear algo para que ocurriera. Lo sabía de sobra.

El álbum de fotos que le enseñó el primer día se encontraba aún sobre uno de los estantes. Lo abrió por una hoja cualquiera. Mathieu estaba solo en la cima de una montaña y no miraba a la cámara, sino a algún punto del horizonte.

Acarició la imagen y se echó otra vez a llorar. Estuvo a punto de sacarla del álbum y llevársela. Luego pensó que eso era robar y, aunque nunca le había importado tomar lo que no era suyo cuando lo necesitó, no quiso que él la recordara también de ese modo. Así que solo la memorizó, como hizo con todas las otras cosas que había perdido. Guardó el álbum, se secó las lágrimas, cerró la puerta y se marchó.

Todo el rato iba luchando consigo misma. La parte en la que se decía que aún podía tener una oportunidad, que podía arreglarse. No ocurriría nada irreparable en Le Havre, Dmitry comprendería que habían terminado, Mathieu regresaría y le dejaría mostrarle que ya no quería ser más esa Nadina. La que se dejaba asfixiar, la que cerraba los ojos cuando conducía, la que no sabía cuidar de sí misma.

La otra parte no decía nada, solo reía. Se burlaba de sus esperanzas con una risa histérica. A carcajadas.

Salió al portal. Empezó a caminar aprisa, con la cabeza alta y limpiándose a manotazos las lágrimas. Seguiría adelante. Había pasado la noche en vela. Mientras Dmitry dormía y la abrazaba impidiendo que se alejase de él, estuvo pensando. La misma idea una y otra vez. En cuanto se hiciese de día, en cuanto se quedase sola, se marcharía.

Él despertó temprano. Ella no se movió. Dmitry apartó el brazo con el que la había retenido durante toda la noche. Ella no movió un músculo mientras le oyó caminar por la habitación. En cuanto se quedó sola, se levantó, se miró en el espejo y vio las marcas.

Cogió las tijeras y empezó a cortarse el pelo, sin razonar, sin pensar. Luego vio el estropicio y se arrepintió, pero también se sintió algo mejor. Lista para cualquier cosa. Se vistió, recogió todo el dinero que pudo encontrar, algunas sortijas, cosas pequeñas que podría vender, algo de ropa. Solo se lo contó a Anelka.

Salió de Lumière deprisa y sin mirar atrás y lo primero que hizo fue buscar alojamiento en un hotel modesto y lejos del centro. El dinero no le duraría más de tres o cuatro días. También tenía una tarjeta de crédito, pero era de Dmitry. No la utilizaría a no ser que no tuviera más remedio. Tendría que encontrar rápido un trabajo.

Haría eso. Buscaría un modo de ganarse la vida y encontraría un apartamento pequeño solo para ella. Compraría cortinas de colores, pondría una alfombra en el suelo en la que estar descalza en invierno y lo llenaría todo de cojines. Entonces quizá podría regresar junto a Mathieu y pedirle otra oportunidad.

Se echó a llorar otra vez y otra vez se calmó. Volvería al hotel y lo haría en autobús. No podía permitirse un taxi, tendría que estirar el dinero. Razonar en orden, preocuparse por los asuntos prácticos, la ayudaba. Le hacía sentir que conservaba algo de control sobre su vida.

Aún no era tarde. Las once y media o quizá las doce. No tenía batería en el móvil, así que lo había dejado en el hotel. No se extrañó al oír pasos rápidos tras ella. Era París. Siempre había gente en la calle.

Aminoró la marcha para que el desconocido le sobrepasase. No le gustaba que la siguiesen, pero no ocurrió. Los pasos también se detuvieron.

Entonces el miedo, que nunca andaba muy lejos, retornó.

Su perseguidor la llamó por su nombre.

—Nadina.

Se dio la vuelta despacio, reuniendo todo su valor y determinación. No iba a dejarse convencer. Ya no.

—¿Qué haces aquí?

—Vine a buscarte —dijo Boris—. Tienes que volver conmigo. Es mejor para ti, más seguro.

—No quiero estar segura, quiero estar sola. Vete.

Ella avanzó un paso y él se lo cerró. Nadina sabía que intentar apartar a Boris sería como querer mover una pared de ladrillos empujando con la mano. Imposible.

—Lo siento, *malenkaya*.

La cogió por la fuerza y le puso la mano en la boca para impedir que se oyeran sus protestas. Nadina se revolvió, pataleó en el aire, trató de chillar, pero él la metió en la parte de atrás del coche, cerró antes de que ella pudiera incorporarse y echó los seguros. Nadina gritó y golpeó en el cristal, pero el sonido llegaba muy amortiguado.

Boris miró a ambos lados de la calle en busca de posibles testigos. Era agosto. La mitad de los vecinos de Montreuil habían huido al mar o la montaña. No había nadie a la vista. Cogió el teléfono y envió un mensaje.

*Hecho.*


—Está inconsciente, pero el pulso es estable. No tiene hemorragias externas ni cortes, pero podría sufrir lesiones internas o daños medulares. Traed la camilla. Le inmovilizaremos y le llevaremos al hospital.

Escuchaba hablar a los sanitarios. Sentía el trajín de hombres, carreras y luces a su alrededor, pero era como si le ocurriera a algún otro, como si no guardase relación con él. Trató de luchar contra la pesadez de la inconsciencia, pero era más fuerte que su voluntad. Todo se difuminaba, desaparecía. Luego, de pronto, como si se tratase de una alerta programada, escuchó el aviso. Le Havre. La misión. Dmitry.

Dmitry.

Se despertó de golpe, se incorporó gritando.

—¡No!

Una mujer con bata blanca y expresión grave y un hombre joven, también uniformado, corrieron hacia él y le sujetaron.

—Tranquilo. Todo está bien —dijo la mujer—. Soy la doctora Delphy. Tuvo un accidente de tráfico. Debe permanecer en reposo y procurar no hacer movimientos bruscos. ¿Recuerda su nombre?

Se recostó de nuevo en la camilla. La cabeza se le fue como si estuviera en un bote salvavidas en medio de un mar revuelto.

—Despacio, despacio —dijo la doctora.

—Girard, Mathieu Girard.

—Bien, Mathieu, ¿cómo se encuentra?

—Mareado.

—Ha sufrido un traumatismo craneal. El casco evitó buena parte del daño, pero debemos asegurarnos de que no hay lesiones. Haremos algunas pruebas. Siga mis indicaciones.

Obedeció las instrucciones de la doctora, mientras trataba de poner calma en aquel temporal. No era la primera vez que recibía un golpe tan fuerte que le hacía perder la consciencia. Aunque sí la primera que acababa en un hospital.

Sus reflejos respondieron a los estímulos. La cabeza se le fue asentando. Los acontecimientos volvieron a su memoria igual que una película rebobinada. Los sanitarios subiéndole a la ambulancia. El impacto contra el contenedor. El coche apareciendo de improviso. La carrera. Nadina rogándole que no se fuese. Contándole lo que Dmitry le hacía.

«Yo se lo pedía».

—¿Se encuentra bien?

—Sí, no ha sido nada —dijo abriendo los ojos y soltando los puños.

La doctora apagó la pequeña linterna con la que le examinaba las pupilas.

—Aparentemente está todo en orden. Realizaremos un TAC si la sensación de mareo persiste y deberá permanecer en observación durante veinticuatro horas.

—¿Qué hora es?

La doctora alzó la vista de las anotaciones que estaba registrando en la *tablet.*

—¿Tiene prisa?

Mathieu dejó el rostro neutro.

—No, en absoluto.

—Faltan diez minutos para las cinco de la madrugada. Volveré a reconocerlo dentro de una hora. Sus efectos personales están en esa bolsa. También su móvil, pero, si necesita algo o desea que nos pongamos en contacto con un familiar, dígaselo a Didier y él se ocupará —dijo señalando al enfermero.

—Gracias, doctora.

La doctora Delphy, treinta y siete años y una jornada de guardia de veinticuatro horas, de las que aún le quedaban veinte por delante, lo miró con severidad.

—Agradézcamelo conduciendo con más precaución. Ha tenido mucha suerte.

—Lo sé. No volverá a ocurrir.

La doctora suavizó su aire censor.

—La policía vendrá a hacerle algunas preguntas. Están esperando fuera.

—Hablaré con ellos. Dígales que entren, por favor.

En cuanto la doctora y el enfermero salieron consultó su móvil. Tenía una docena de llamadas perdidas y mensajes. Amalvy, Bélanger, Jean… Por una vez se alegró de no tener el número de Nadina. Era mejor así. Mejor no pensar más en ella.

Se guardó el móvil en el bolsillo trasero del pantalón y echó de menos el arma reglamentaria. Debían tenerla los policías. Justo en aquel momento aparecieron en la habitación.

Mathieu se identificó. Los agentes lo comprobaron y le devolvieron el arma. Cuando les preguntó si podían llevarle al cuartel general del GIGN por una cuestión de seguridad nacional, contestaron que estaban a su disposición.

Llegó al cuartel a las seis de la madrugada menos dieciocho minutos y, tal y como estaba previsto, a las seis en punto subió junto con Bélanger al helicóptero que les transportaría a Le Havre.

Desde el aire vio salir el sol. El astro tímido se convirtió en cuestión de minutos en una esfera deslumbrante.

Había tenido mejores comienzos de día.

—¿Todo en orden? —preguntó Bélanger. No hubo tiempo para explicaciones antes de partir.

La sensación de pesadez en la cabeza, el dolor de las contusiones, las otras heridas… Todo iba quedando en segundo plano por efecto de la determinación y la adrenalina.

—Todo bajo control.

No permitiría que fuera de otro modo.

CAPÍTULO 43

El viento era tan fuerte en Le Havre que el helicóptero se tambaleó antes de tocar tierra. Bélanger y Mathieu bajaron del aparato y atravesaron a pie la pista. El día había amanecido claro, pero el azul del cielo tenía un tono más frío que en París. El mar estaba gris y revuelto.

Los esperaba un coche sin distintivos que los trasladó a la nave escogida como base de operaciones. Los hombres estaban preparados y aguardando órdenes. Bélanger tomó el mando. Se estrecharon manos, se repitieron instrucciones, se asignaron tareas y se repartieron responsabilidades. A las doce estaba fijado el encuentro con los emisarios de al-Fayad, a las ocho y media todos los agentes estaban ya en sus puestos, tanto en la zona portuaria como en la de almacenaje. Salieron ocultos en camiones de transporte ordinario y se distribuyeron y camuflaron de forma que pasaran desapercibidos a los ojos de cualquier observador. El muelle de carga estaba fuera de uso desde hacía años, pero aún conservaba sin desmantelar almacenes y otras infraestructuras. Torres de contenedores apilados, depósitos de mercancías oxidadas con destino el desguace o embarcaciones varadas a la espera de una reparación que ya no llegaría.

Mathieu tuvo que conformarse con estudiar las vistas aéreas. En cambio, vio al carguero entrar en la dársena. El nombre aparecía escrito en caracteres cirílicos. Un nombre de mujer: *Erena*.

Dmitry apareció en cuanto comenzaron las tareas de descarga. Debía llevar algún tiempo esperando. Solo había decidido que aquel era el momento oportuno para dejarse ver.

Las gafas de sol, la chaqueta abierta y una de sus camisas de rayas, como si aquello fuera solo otra reunión de negocios.

El resentimiento brotó puro. Tardó una décima en contenerlo. Solo contenerlo, no aplacarlo.

Cuando estuvo más cerca, se hicieron visibles las secuelas de la pelea. El corte, la lividez en la mejilla. Lo único que Mathieu lamentó fue no haber golpeado más fuerte.

—Todos puntuales. ¿Listo para el gran final?

—Lo estoy —dijo con frialdad—, ¿y tú?

—También —respondió más tenso.

No evitó enfrentarlo y si se trataba de un duelo de miradas, ganó Mathieu. Dmitry la apartó, incluso a pesar de la ventaja que le daban las gafas de sol.

En el carguero continuaban las labores de desestiba. Una grúa manipulaba el contenedor. Debía bajarlo del mercante y depositarlo en un tráiler. El conductor era otro agente del GIGN, esperaba junto a ellos en el muelle y se encargaría de trasladar el camión y la mercancía al muelle de almacenaje.

Los rodeaban y observaban docenas de agentes, quizá también al-Fayad tendría sus propios observadores, pero en apariencia no había nada fuera de lo corriente en el puerto de Le Havre. La vigilancia era un elemento invisible pero presente, igual que la electricidad estática que carga el aire antes de una tormenta.

El mercante se encontraba atracado en una de las áreas secundarias, alejado de la zona de tránsito de los grandes petroleros y los enormes cargueros procedentes de Asia, moles flotantes que transportaban cientos de contenedores. En comparación, el *Erena* se veía insignificante y su carga, pequeña y anodina.

Mathieu consideró la posibilidad de que todo fuese un farol, que no hubiese armas —no en Le Havre ni en aquel carguero—, que cuando abriesen el contenedor solo encontrasen material siderúrgico, tal como declaraba la hoja de importación, y Dmitry jugase con todos ellos: el DGSE, los yihadistas, sus socios rusos… Cada uno perdía una parte de la apuesta y él se quedaba con el dinero, las armas, la pasta de opio… *Hat-trick*.

Mathieu lo observó de través. Vigilaba los movimientos de la grúa como lo haría un padre atento con el hijo que da los primeros pasos.

Encajaría con la bolsa llena de dinero que vio Anelka. Dmitry se retiraría tras la jugada, desaparecería del tablero y conservaría las armas. Algunas fichas caerían, pero podría ganarse el favor de al-Fayad más adelante o encontrar otro comprador.

No lo dio por sentado ni lo descartó. Tampoco le preocupaba si se acercaba a la verdad o se trataba de un tiro errado. No cambiaba nada ni influía en el objetivo que se había trazado: controlar el cargamento, detener a los terroristas, cubrir y vigilar de cerca a Dmitry. Además, Mathieu se proponía evitar que escapase.

No había hablado del dinero a Amalvy ni trató de comunicárselo a Hardy. Sabía que no serviría de nada. No le habrían escuchado. Tendría que hacer aquello solo.

—Estás muy callado hoy, Girard. ¿No hay nada que quieras compartir?

Y no pararía hasta llevarle ante un juez, hasta que acabase en prisión, hasta que pagase por sus actos. Por todos.

—No te inquietes. Acabará pronto y estarás protegido. Te cubriré.

Se lo tomó mal, que después de todo, era lo que pretendía.

—¿Te parezco inquieto?

—Diría que sí.

—Te equivocas.

Sonó amenazante. Mathieu continuó impasible y el amago de conversación acabó ahí.

Las tareas de descarga finalizaron. El agente cruzó un gesto con ellos. Subió al camión, arrancó y se dirigió hacia la zona de aduanas.

Dmitry y Mathieu se quedaron solos en la dársena.

—¿Vamos? —preguntó Mathieu.

—Vamos. Recogeremos el coche.

Cruzaron a pie más zonas de carga y dejaron atrás naves de distribución y oficinas portuarias. Mathieu supo exactamente cuándo salieron del área cubierta y segura, aunque seguían estando dentro del espacio abierto al público en general. Máquinas transportadoras y furgones de reparto iban y venían ajetreados. Luego Dmitry le llevó a un recinto vallado delimitado por carteles de acceso restringido.

Sin refuerzos, sin cobertura. Sabía lo que debía hacer. Sacar la SIG-Sauer de la funda, quitarle el seguro y mantenerla a su diestra.

No lo hizo, aunque las palmas de las manos le cosquillearon de ganas.

—¿Preparado?

Estaban frente a un local con el cierre de chapa echado.

—¿Qué hay ahí?

—Mi coche. Lo recogeremos e iremos al muelle.

Era el juego de Dmitry y, si quería jugar, tenía que aceptar las reglas.

—Está bien. Abre.

—¿Seguro? Hace unos días me dijiste que aún estaba a tiempo de echarme atrás. Te devuelvo la oferta.

Su tono era sardónico. Ahora era él quien pretendía ponerle nervioso.

—Abre de una vez.

—Como quieras.

Alzó el cierre de un tirón, lo sujetó para que entrara y luego lo dejó caer de golpe con un ruido fuerte y molesto. Era un pequeño taller mecánico. Olía a gasoil y a grasa. El Mercedes estaba dentro.

—Espera aquí. Solucionaré algo antes.

Abrió la puerta del acompañante. Había alguien en el asiento, Mathieu apenas tuvo tiempo de ver la mirada espantada, ni de oír las súplicas acalladas por el recorte de cinta americana. Solo oyó la detonación amortiguada por el silenciador, antes de que la cabeza de Thierry Lestrange cayese a plomo sobre el salpicadero del coche.

Entonces sí buscó su arma, pero no tuvo tiempo material de hacerse con ella cuando Dmitry ya le apuntaba.

—No. No lo intentes. No se te ocurra moverte.

Otra voz le advirtió desde atrás a la vez que le clavaba el cañón en la nuca.

—Despacio, amigo. Las manos quietas si sabes qué conviene.

Golpear a Boris con el codo para desviar el disparo, coger la SIG-Sauer, confiar en que Dmitry fallara el tiro. Usar el arma contra ellos.

Más que improbable, imposible. Tampoco tuvo tiempo de intentarlo. Boris le arrebató la pistola y retrocedió a una distancia segura.

—¿Qué me dices, Girard? ¿Quién está preocupado ahora?

Quería saltar sobre él y borrarle la sonrisa. Se contuvo porque además de que nunca olvidaba del todo el sentido común, se dijo que tendría otra oportunidad. Seguro. Solo tenía que aguardar a que llegara.

—¿Por qué le has matado? ¡Era tu socio!

—Mi socio, el de tu amigo Hardy… Anoche tuvimos una conversación. ¿Puedes creer que hasta hace un rato todavía seguía negándolo? Me di cuenta hace meses, en cuanto la policía empezó a meter la nariz en mis asuntos, pero pensé que tal vez le habían presionado, ya sabes lo insistentes que son. Decidí que era mejor hacer como si no me enterase de nada y vigilarle de cerca. Esperé que recapacitara y recobrara el buen juicio, pero no ocurrió. Lestrange pensaba que era estúpido y odio que me tomen por estúpido. —Dmitry lo miró malévolo—. Sé sincero, Girard, ¿qué opinión tienes de mí?

Estaba disfrutando con aquello. Mathieu se dijo que cuanto más le siguiese la corriente, más fácil sería que bajase la guardia.

—¿Si no te gusta la respuesta también me dispararás?

—Sería sencillo. Basta con apretar el gatillo. —Dmitry alzó más la pistola, le apuntó justo a la altura de los ojos. Mathieu no movió un músculo—. ¿No vas a echarme en cara que me salvaste la vida? ¿No? Claro que no. Solo era tu trabajo… —Su expresión era oscura y la mirada gélida, pero de pronto aflojó la tensión y bajó la mano que sostenía el arma—. Tranquilo. Relájate. No voy a disparar. No si no me obligas.

No le creyó. Nunca se había fiado de él y no iba a comenzar a hacerlo. Mathieu sabía lo poco que le costaba matar; no había vacilado con Fadi ni con Lestrange, pero trató de ganar tiempo.

—¿Entonces qué pretendes? Deja que adivine. Quieres mostrarme lo idiotas que hemos sido al confiar en ti. Lo tenías todo calculado. Engañaste a la policía, usaste a Lestrange como señuelo y le hiciste creer que controlaba la situación cuando en realidad eras tú quien le controlabas. La jugada perfecta. Tú ganas. Te marchas, te quedas las armas y el dinero y abandonas la operación.

Dmitry chasqueó la lengua y le apuntó otra vez con el arma siguiendo el movimiento solo aparentemente casual de su mano.

—Me gusta ese final. Me llevo las armas, el dinero… Te olvidas de algo —dijo con seriedad, mirándole desafiante a los ojos—. Me quedo con la chica. —Mathieu se tensó. Estuvo a punto de saltar sobre él sin importarle la pistola. Correr cualquier riesgo, pero Dmitry volvió a cambiar de humor—. ¡No entiendes nada! —gritó—. Yo no soy el traidor, no fui yo el que jugó sucio, ¡fue Lestrange! Me vendió a la policía, a pesar de todas las veces que le salvé el culo, quería librarse de mí, quedarse con mi negocio y con el club. ¡Trató de desviar la partida y revenderla! ¡Fui yo quien lo impedí!

Nunca le inspiró la más mínima confianza Lestrange, pero no por ello iba a creer a Dmitry.

—¿Entonces por qué no avisaste? ¿Por qué no se lo dijiste a Hardy?

—Contárselo a la policía y dejar que ellos se ocupen. Eso es lo que habrías hecho tú. No, no es mi estilo. Y tampoco me fío de tus policías. ¿Quieres saber quién utilizó al niño para capturar a Modric? Fue él. ¡Lestrange lo hizo y le pasó el soplo a Hardy! Lo descubrí en cuanto empecé a atar cabos. ¿Sigues creyendo que debería haberme dirigido a ellos? Pues te diré algo, no me arrepiento.

Boris se mantenía a un lado, inmóvil y silencioso, como si estuviese de guardia de Lumière. Y tanto si su intención era matarlo como si no, no comprendía por qué Dmitry tenía tanto interés en justificarse.

Debió leer sus pensamientos.

—No te cabe en la cabeza, ¿verdad? Te lo dije cuando nos conocimos. Iba a hacer algo bueno esta vez. Iba a ser el héroe. Quería mostrárselo a todos, mostrárselo a ella, pero llegaste tú y lo estropeaste.

Entonces sí comprendió, el fondo de todo, la razón última. Y si Nadina era el principal motivo por el que odiaba a Dmitry, también era justo que sucediese a la inversa. Se detestaban mutuamente. Y fue entonces cuando le asaltó la certeza. Si Dmitry iba a marcharse, si tenía pensado huir y abandonar Francia, no lo haría sin ella. Le había advertido hacía un momento, se quedaba el dinero, las armas y la chica.

—¿Dónde está? ¿Dónde está Nadina?

No le sostuvo la mirada. Le ignoró. Habló más para sí mismo que para Mathieu.

—Nunca le haría daño. Solo traté de protegerla, todas las veces.

Mathieu se alarmó. Más que cuando Dmitry disparó a Lestrange y luego le apuntó a la cabeza.

—¿Qué has hecho con ella?

Lo miró y le respondió con absoluta calma.

—Está aquí, en Le Havre.

—Cabrón…

Se abalanzó sobre él. Dmitry no disparó, pero tampoco se dejó sorprender. Le golpeó en la boca del estómago. Dolió. Le hizo doblarse en dos.

—Ya basta. No me obligues. —Amartilló el arma y apoyó el cañón contra su frente—. No me obligues a disparar.

—Desgraciado hijo de puta…

—¡Tenía que asegurarme de que estaba a salvo! —gritó—. ¡Tenía que protegerla!

—¡Es de ti de quien necesita que la protejan!

Fue como si le hubiese golpeado. Dmitry echó la cabeza hacia atrás y casi le pareció ver cómo se tambaleaba. No tardó en recuperarse.

—Está bien. Suficiente. Terminemos con esto —dijo apartando el arma—. Se acabó la conversación. Tengo que cerrar un negocio y tú también estás invitado a la fiesta.

Boris aún le apuntaba. Le señaló con la pistola la puerta trasera del coche. Dmitry se sentó al volante. El cuerpo sin vida de Lestrange estaba a su derecha. La cabeza del ex-socio de Dmitry era un amasijo de sangre y materia gris que ensuciaba el salpicadero del Mercedes. Él tuvo que montar atrás, acompañado por Boris.

—Algo más, Girard —dijo Dmitry arrancando el motor y mirándole por el espejo retrovisor—. Te libero de tu promesa. No hace falta que cuides de mí. Solo preocúpate de salvarte a ti mismo.

Una vez, en la montaña, en plena ascensión, le sorprendió una tormenta. Le faltaba poco para hacer cima, así que decidió seguir adelante. Había avanzado solo unos cuantos metros cuando uno de los anclajes se desprendió. Todo estaba mojado y resbaladizo. Trató de aferrarse a la roca, pero el saliente se desmenuzó, perdió el equilibrio y cayó. Un segundo anclaje cedió. Se precipitó varios metros más. Se quedó colgando de la cuerda, suspendido sobre la nada, todo el peso confiado a un único punto y a más de quinientos metros de caída vertical hasta el suelo.

Estaba solo, sus compañeros de escalada se echaron atrás a última hora, pero él no había querido renunciar.

Tenía diecinueve años y por unos segundos no hizo nada, se quedó mirando el vacío, pensando en lo sencillo, lo fácil, lo rápido que sería caer.

Luego reaccionó.

Trepó por la soga hasta alcanzar el anclaje, aseguró el siguiente, fijó uno más. Así hasta la cima mientras la lluvia arreciaba y lo hacía todo más difícil. Entonces, y solo entonces, miró otra vez hacia abajo.

Nunca lo contó, a nadie, pero jamás lo olvidó: el instante de vértigo, la fuerza con la que le atrajo el vacío.

Mientras caminaba por el asfalto del muelle de carga de Le Havre al sol del mediodía de agosto, reconoció otra vez la sensación.

Boris se había quedado en el coche. El cadáver de Lestrange les había acompañado durante el trayecto, igual que el hedor de la sangre vertida en el espacio limitado del Mercedes. Dmitry caminaba a su derecha. Había recuperado las gafas de aviador con los cristales polarizados en azul. También tenía una Griazev del calibre 45 y todas las balas de la SIG-Sauer de Mathieu. Boris le había devuelto la pistola descargada y, antes de despedirse, le había asegurado que la vida era una putada, pero que le había gustado conocerle porque era un gran tipo.

También se había quedado con el chaleco antibalas. Nada personal, dijo, pero así se lo pensaría dos veces antes de hacer una tontería.

El camión estaba estacionado a unas cuantas decenas de metros. Doce o más hombres apuntaban con rifles de asalto en su dirección. Si les hacía una seña, si se detenía o se dirigía hacia ellos, Bélanger le cubriría, suspendería la operación para protegerle. Pero cuando vio aproximarse un Nissan Qashqai blanco, Mathieu asumió que no iba a hacerlo, no iba a pedir ayuda, arriesgaría hasta el final.

—Ahí los tienes. Tus terroristas.

El coche se detuvo. Dos hombres bajaron. Llevaban cazadoras a pesar del calor. Unos treinta años, el cabello corto y oscuro, la cara afeitada. Mathieu no pudo relacionarlos con ninguna de las imágenes que le habían mostrado.

Evitó mirar en derredor para buscar los signos que delataran la presencia de los francotiradores. Se encontraban en una explanada abierta, aunque sabía que había al menos un tirador y más hombres ocultos en la torre de contenedores más cercana, a pocos metros de donde estaba aparcado el Nissan.

—¿Eres Dmitry?

—¿Tú eres Saud?

—Soy Ziad y él es Abdeslam, Saud no ha podido venir, pero cerraremos el negocio en su lugar. Queremos ver la mercancía. Abre el contenedor.

—¿Ahora? —dijo Dmitry.

—¿Tienes algo mejor que hacer?

Incluso Mathieu se solidarizó con él.

—Muéstraselo.

Las gafas ocultaron la mirada que le dirigió Dmitry, pero seguro que no era amistosa. Fue a la parte de atrás del camión y descorrió los pasadores. El portón se resistió, pero acabó cediendo. Aparecieron docenas de cajas con embalajes de madera. Dmitry señaló una de ellas, más grande que el resto.

—¿Quieres echar un vistazo?

Ziad hizo un gesto a su compañero. Abdeslam subió al camión, cogió una palanqueta y abrió la tapa.

Desde abajo Mathieu no pudo ver el contenido, pero sí la mirada codiciosa del hombre.

—Es lo que esperábamos.

—Está bien —dijo Ziad. Abdeslam saltó del camión y volvió a cerrar la puerta—. Cumpliremos nuestra parte del trato. Daré la orden para que la carga de Baku sea entregada.

Sacó un móvil. Era la señal convenida. Cuando finalizara la llamada, comenzaría la intervención. Mathieu advirtió la tensión de Dmitry. Ofrecerían resistencia. Las cazadoras posiblemente ocultaban rifles cortos de asalto. Tendría que confiar en que los tiradores del GIGN fuesen más rápidos.

No tuvo miedo. Se sintió más alerta, más consciente… Más vivo.

Quería seguir viviendo.

—*Laqad hana alwaqt.* —«Ha llegado la hora», dijo Ziad a quien estuviese al otro lado de la línea. Luego los miró y repitió una de las frases de al-Fayad—: Pagaremos con justicia.

Entonces se produjo la explosión.

No fue un simple estallido. Fueron kilos y kilos de explosivos. El Nissan Qashqai estalló en pedazos. El estruendo fue atronador. La onda expansiva le arrastró, le golpeó contra el camión. Los restos de metralla impactaron contra su cuerpo, le cortaron la piel. Se quedó aturdido. No oía ni sentía nada.

La tentación de dejarse caer.

No duró mucho. Enseguida, además del pitido incesante en los oídos, escuchó los gritos, las voces pidiendo ayuda, las ráfagas de disparos.

Y reaccionó.

Se incorporó tambaleante. Todo estaba lleno de humo. El aire olía a gasolina quemada. Del Nissan solo quedaban algunos restos humeantes. Más coches llegaron, tan rápidos que las ruedas chirriaron sobre el asfalto. Las ventanillas bajadas, las UZI escupiendo balas. Ziad y Abdeslam tampoco habían venido solos.

Era una emboscada. El DGSE había creído que los yihadistas caerían en su trampa y los cazados habían sido ellos.

El muelle de carga se convirtió en una locura de disparos cruzados. Los francotiradores tuvieron que modificar sus objetivos. Las balas rebotaban en los contenedores metálicos y volvían perdidas. Grupos de agentes trataban de interceptar los coches y abatir a sus ocupantes antes de que pudieran acercarse al camión.

Entonces Mathieu vio cómo Ziad estaba a punto de subir a la cabina.

No lo pensó. Olvidó que no llevaba chaleco, que estaba desarmado, que Ziad portaba un rifle corto de asalto. Tampoco calibró si otros agentes tenían mejor posición táctica.

Se abalanzó sobre él cuando ya tenía el pie en la escalerilla.

Ziad no perdió el equilibrio y le apuntó con el rifle. Mathieu le hizo soltarlo de un rodillazo. El arma cayó a poca distancia. Lucharon cuerpo a cuerpo y acabaron en el suelo. Mathieu quedó abajo y Ziad se creyó con la ventaja. Sonrió. Entonces Mathieu le golpeó, un único impacto fuerte y seco en la parte inferior de la barbilla. Fue suficiente. La opresión brusca de las vértebras hizo que perdiera el conocimiento. Cayó de bruces y sin sentido.

Apenas tuvo tiempo de quitárselo de encima.

—Estás muerto.

Abdeslam le apuntaba con un Kalashnikov. Hubo un disparo, pero no fue Mathieu quien lo recibió. Detrás del cadáver de

Abdeslam un agente del GIGN le hizo un gesto con la mano cerrada y el pulgar hacia arriba.

No tuvo tiempo de agradecérselo. La lluvia de balas continuaba. Cogió el fusil de Ziad, se arrastró y buscó refugio detrás de las ruedas del camión.

Los grupos de refuerzo comenzaron a llegar. El inconfundible sonido del rotor de un helicóptero también se aproximó. Pasado el primer momento de caos, la información empezó a fluir. Llegaba desde el aire a los auriculares de cada agente, sincronizada y organizada. Las ráfagas se hicieron más cortas y certeras. Se inició una caza al hombre. Mathieu cubrió su posición con el fusil de Ziad.

Los coches humeaban en medio de la explanada. Tenían las ruedas estalladas, los cristales hechos añicos, pero algunos de los atacantes habían conseguido encontrar refugio tras unas viejas torres de refrigeración. Resistían y replicaban con nuevos disparos.

El fusil dejó de responder. Las balas se habían terminado. Mathieu soltó el arma y se obligó a respirar despacio. Le faltaba el aire. Se giró con dificultad y reconoció los daños. El pecho le dolía, le sangraba el antebrazo derecho. Cuando miró hacia abajo, vio que tenía un pedazo de acero clavado en el muslo. Se pasó la lengua por los labios. Ni siquiera lo había notado. Lo arrancó y el dolor llegó como si hubiese abierto la tapa que lo contenía.

Aún no había tenido tiempo de pensar ni de preocuparse por cuántos agentes habrían resultado heridos o incluso muertos por la explosión del coche bomba o los disparos. Solo ahora comenzaba a darse cuenta de la gravedad de lo ocurrido. Tampoco había podido decidir a quién le correspondía la responsabilidad.

Pero fue entonces cuando vio a Dmitry, refugiado contra una hilera de bloques de hormigón.

Los separaban más de cincuenta metros, aún continuaba el fuego cruzado y el aire seguía negándose a entrar con normalidad en sus pulmones, pero, cuando sus miradas se encontraron y Dmitry se incorporó y trató de huir, Mathieu abandonó el refugio seguro del camión y corrió tras él.

Atravesó el campo abierto pese a los disparos. Los pulmones le ardían, el músculo lacerado protestó, pero se olvidó de la fatiga, el corte y el dolor. Lo ignoró todo. Corrió hasta llegar al límite de sus fuerzas y no cejó hasta que le tuvo a su alcance, se abalanzó sobre él y lo derribó.

—¡Bastardo!

Dmitry maldijo en ruso y trató de deshacerse de él y alcanzar el arma. Mathieu fue más rápido, le apresó el brazo y lo retorció. Mantuvieron un pulso. También Dmitry contratacó, su puño izquierdo contra la parte baja de su mandíbula. Un gemido de dolor se escapó por entre los dientes apretados de Dmitry, tampoco Mathieu podría aguantar mucho más. No vaciló. Soltó de golpe y antes de que pudiera recobrarse de la sorpresa, utilizó toda la fuerza que acababa de liberar para empujar su cabeza contra el asfalto. Sonó con un crujido seco y luego nada. Dmitry se quedó noqueado.

Apenas se permitió un respiro. Cogió la Griazev y comprobó que estaba cargada. Quedaba una única bala. Suficiente.

Dmitry comenzó a reaccionar.

—¡Lo sabías, maldito hijo de puta! ¡Lo tenías todo pensado! —dijo clavándole el cañón entre ceja y ceja.

Hizo un mínimo amago de resistencia, los músculos se le tensaron como un animal que se prepara para saltar, pero desistió. Cerró los ojos y dejó caer la cabeza.

—Dispara. Dispara si eso es lo que crees.

Mathieu esperó un nuevo truco y quitó el seguro. Sonó definitivo. Dmitry abrió los ojos y gritó:

—¡Dispara de una puta vez, joder!

Jadeó con la pistola aun apuntando a la cabeza. Estaba agotado. También Dmitry tenía mal aspecto. La chaqueta rota, la camisa ensangrentada, nuevas magulladuras le marcaban el rostro. Mathieu cogió aire y volvió a poner el seguro. Lo había deseado. Por un momento, había pensado en hacerlo. Pero no ocurriría. No dejaría que aquello le persiguiese toda la vida.

—No voy a matarte. Voy a arrestarte. Quedas detenido —dijo mordiendo las palabras.

Dmitry se echó a reír. Una risa cansada y descreída.

—Eres increíble, Girard.

—Pero antes dime qué has hecho con Nadina o te aseguró que preferirás que use esa bala.

La risa se le cortó de raíz. Su mirada se hizo transparente, la voz cansada.

—Ya te lo he dicho. No le hice nada. La dejé aquí en Le Havre, en un hotel cerca del puerto. Le dije que cuando esto terminase me marcharía, me iría de Francia. Le pedí que viniese conmigo, la dejé elegir.

—¿En qué hotel? —insistió. ¿Cómo iba a creer que la había dejado libre después de llevarla a la fuerza a Le Havre?

—¿Qué importa en qué hotel? —gritó Dmitry—. ¡Ya no está! La dejé elegir y se fue. ¡Se fue, maldita sea! Y si no me crees, dispara ya de una vez.

No disparó. Pero le golpeó con el codo en la mandíbula con todas sus fuerzas. La cabeza de Dmitry volvió a chocar contra el suelo, la herida del labio se abrió y la sangre manó en un hilo; pero esta vez no le noqueó. Dmitry se lo tomó bien, incluso rio, aunque sin ganas.

—Pegas como una niña, Girard.

Se oyó ruido de carreras a sus espaldas.

—¡Agente localizado!

Eran más compañeros. Informaron de la situación por el comunicador interno. Apuntaron a Dmitry con sus armas.

—Puedes soltarle, nosotros nos ocupamos.

Mathieu se apartó. De golpe se le echaron encima los efectos del agotamiento y la tensión. El suelo perdió consistencia. Se tambaleó. Uno de los agentes esposaba a Dmitry, el otro se fijó en él.

—¿Te encuentras bien? Estás sangrando. No te muevas. Avisaremos a un médico. Deben estar a punto de llegar.

—Estoy bien —dijo, aunque se sentía mareado y seguía costándole respirar—. Iré con vosotros.

No iba a perder de vista a Dmitry.

En la explanada y en todo el muelle de carga, los agentes del GIGN controlaban ya la situación. Los soldados del ISIS estaban muertos o heridos graves. Los coches tenían tantos disparos que parecían un colador. También Boris apareció esposado y acompañado por dos agentes. Tenía una herida de bala en el brazo y había recibido varias más que el chaleco amortiguó. La policía había disparado al Mercedes cuando intentaba acercarse a Dmitry. El cadáver de Lestrange había aparecido en medio del asfalto y también recibió disparos, aunque eso ya no suponía una diferencia para él.

Desde la zona del puerto comenzaron a sonar las sirenas. Mathieu reconoció a Bélanger. Se había quitado el casco y el pasamontañas y desde el centro de la explanada daba órdenes y fijaba prioridades. Había establecido un cordón de agentes alrededor del camión y no permitía que nadie se acercara. Cuando vio a Dmitry con las muñecas esposadas, cruzó un gesto de reconocimiento con Mathieu. Bélanger tampoco iba a olvidar así como así lo ocurrido aquella mañana en Le Havre.

—No fui yo —repitió Dmitry—. No sabía nada de esto. Tuvo que ser Lestrange. Debió advertirles.

—Calla y reza por que Nadina aparezca o te juro que te buscaré y ya no tendrás que repetirme que dispare.

—Haz lo que quieras, pégame o apúntame otra vez con esa pistola. No cambiará nada. No puedo hacer que aparezca o desaparezca a mi voluntad. Nunca pude. Quizá tú tengas más suerte. —Lo miró amargo y herido—. Lestrange tenía razón. Soy un estúpido. Debí matarte cuando tuve la oportunidad.

Los agentes lo empujaron y lo metieron en un furgón. Un oficial comenzó a hacerle preguntas que él respondió en ruso, como si de repente hubiese olvidado el francés. Pero por una vez, en lugar de desconfiar de sus intenciones, Mathieu dudó de su pretensión de indiferencia. Quizá, después de todo, había estado equivocado. Quizá Dmitry poseía cierto sentido de la ética, cierta moralidad particular. Tal vez había sido un error creer que no tenía escrúpulos y, en el fondo, debía reconocer que se negaba a admitir que hubiese hecho daño a Nadina.

Podía haberle disparado, igual que disparó a Lestrange, desaparecer con el dinero y, sin embargo, había acudido a su cita en el muelle de carga de Le Havre.

Y había entregado las armas. Dos especialistas examinaban el contenedor del *Erena* y entre otro armamento pesado descubrieron dos lanzamisiles antiaéreos de última generación, tan letales que no había forma de frenarlos una vez disparados y tan fáciles de usar que podían ser manipulados por un único hombre.

La noticia comenzó a correr. De la alarma se pasó a la euforia. Bélanger hablaba por teléfono. Se coordinaba la versión que se iba a ofrecer a la prensa. Lo que había estado a punto de ser una catástrofe se convirtió en un rotundo éxito. Las bajas entre los agentes del GIGN eran las menos y solo unos pocos hombres presentaban heridas de gravedad.

—Necesitará cirugía —dijo un paramédico mientras le aplicaba un vendaje de compresión en el muslo—. Y la contusión en el costado también tiene mala pinta. Será mejor que te hagan una radiografía para descartar una costilla rota.

—Iré en cuanto pueda.

—Tiene que ser ahora.

El puerto entero estaba siendo registrado. Se revisaban las grabaciones del satélite y se analizaban los movimientos de los vehículos de los terroristas. Se aseguraban de que ninguno hubiese escapado. Otro grupo ya había registrado el taller y no encontraron nada. Mathieu había incluido la descripción de Nadina e insistió en que podía encontrarse en peligro, y no solo pensaba en Dmitry, también le preocupaba al-Fayad.

La policía mantenía a raya a los periodistas y al resto de curiosos. Solo echó un vistazo fugaz antes de bajar el rostro. Había docenas, armados con cámaras y móviles. Luego lo levantó y miró más despacio.

Una chica rubia, de pelo muy corto, con un jersey claro y una falda marrón. Aparecía y desaparecía apretujada entre la multitud e intentaba abrirse paso.

Se arrancó las vías y se puso en pie. La pierna le dolió como si se la desgarrasen en dos.

—¿Qué haces? ¿Dónde crees que vas? ¡Agentes, este hombre está herido, tiene que ir a un hospital!

El médico le cogió por un brazo. Mathieu se volvió, amenazador.

—No me pongas las manos encima.

—Tú mismo —dijo soltándole y alzando las manos—, pero no hace falta que seas tan capullo.

Dos policías se acercaron.

—Tranquilízate, todo está controlado. Deja que hagan su trabajo.

Los detuvo con un gesto de la mano.

—Estoy bien. Solo será un momento.

Los policías dudaron, pero acabaron cedieron. El médico sacudió la cabeza y fue a atender a algún otro herido más receptivo.

Mathieu cogió aire con dificultad, ignoró el dolor de la pierna y se acercó a las vallas cojeando. Los policías le ayudaron abriéndole espacio. Buscó entre los periodistas, que lo acosaron a preguntas que no respondió, mientras los policías recordaban a la prensa que estaba absolutamente prohibido hacer fotos a los agentes de los cuerpos de seguridad.

No sirvió de nada. No la encontró. Nadina ya había desaparecido.

Fue como si se la hubiese tragado la tierra. La policía reconstruyó los pasos de Dmitry en Le Havre. Llegó de madrugada al hotel Vent d'Ouest acompañado por una joven rubia con el pelo corto y desigual. Discutían, pero el recepcionista no entendió una palabra porque lo hacían en ruso. No, no le dio la impresión de que la retuviese contra su voluntad. Aunque sí notó que estaba alterada y él trataba de calmarla.

Mathieu fue al hotel en cuanto salió del hospital —no tenía una costilla rota, fueron dos—. El recepcionista le dejó ver la habitación. No tenía nada de especial. Solo una cama con el edredón blanco y una manta a cuadros.

Esa misma noche hubo un ataque suicida en Lumière, un hombre hizo detonar un cinturón de explosivos. Apenas hubo víctimas porque los de seguridad —Moulian, entre otros— le impidieron el paso. Se inmoló en la puerta, en pleno Quai d'Orsay.

Oficialmente no había relación entre los dos atentados, más allá de la ola generalizada de ataques, y el incidente de Lumière pasó casi desapercibido en comparación con la cobertura que dieron los medios al enfrentamiento campal de Le Havre.

Todos los integristas fueron abatidos. Sus fichas policiales se hicieron públicas. Varios habían estado en Siria o en campos de entrenamiento del ISIS, pero de otros no constaba su radicalización. La operación se vendió como un éxito de los servicios de inteligencia. Habían logrado interceptar una partida letal de armas y neutralizar a la célula yihadista que pretendía herir de muerte el corazón de Francia.

En la única ocasión en la que Mathieu vio a Hardy lo encontró más que satisfecho a pesar de la consternación que expresó ante Amalvy por el riesgo que corrieron sus hombres. El nombre de Dmitry no apareció en la prensa. Según Hardy, estaba recluido en régimen de internamiento especial, separado del resto de presos, en tanto se esclarecía su responsabilidad en lo sucedido. Los tribunales ordinarios estaban fuera de la investigación. Todo lo relacionado con Dmitry y la operación de Le Havre se clasificó como secreto de Estado. Mathieu prestó declaración ante una comisión interna del DGSE. Les dijo cuanto sabía, la versión de Dmitry incluida. Ellos se limitaron a escuchar.

Había tenido tiempo de reflexionar. Carecía de pruebas, pero sospechaba que el ataque sorpresa no lo había sido tanto para Hardy, que posiblemente conocía el doble juego de Lestrange, y había utilizado a Dmitry —igual que le había utilizado a él— para apuntarse un éxito personal y contrarrestar la idea, más que extendida tras los atentados de París y Niza, de que el Estado era incapaz de combatir a los terroristas.

Se lo contó a Amalvy. El teniente coronel guardó silencio, luego le dio las gracias. Señaló que ellos, el GIGN, como cuerpo de las fuerzas de seguridad, se limitaban a hacer el trabajo que tenían encomendado: evitar daños y salvaguardar vidas. Añadió que Mathieu había hecho bien el suyo y que sería una grave pérdida para el cuerpo que lo abandonase.

No negó que lo había pensado. Pero, cuando las costillas soldaron y tuvo el alta médica, regresó a los entrenamientos.

Septiembre terminaba. La espiral de ataques atribuidos al DAESH había amainado y Mathieu pronto se encontró sumergido de nuevo en la rutina. Horarios establecidos, carreras y ejercicios de simulación, prácticas de tiro e intervenciones para detener a delincuentes comunes que apenas ocupaban espacio en las noticias.

No había vuelto a tener noticias de Nadina.

La gendarmería investigó la desaparición. Buscaron movimientos en tarjetas de crédito, rastrearon su móvil, contrastaron bases de datos... Encontraron una pista en París. Se había registrado en un hotel la víspera del ataque de Le Havre. La policía lo comprobó. Solo había estado alojada un día. Dejó algunas de sus pertenencias en la habitación. La camarera las encontró y las llevó a recepción: su móvil, una bolsa de viaje con ropa, algo de dinero...

Lumière había cerrado tras el atentado. El edificio contiguo se quedó vacío y los bancos iniciaron los trámites para recuperar la propiedad. Dio con Anelka porque en la portada de una revista la señalaban como la nueva novia de un conocido futbolista. Cuando fue a verla no se alegró especialmente. Dijo que no quería volver a oír hablar de Nadina ni de Dmitry, que era muy feliz con Michel y que estaban pensando en casarse. Cuando Mathieu arqueó las cejas, le replicó que las ilusiones eran libres. Cuando ya se marchaba, Anelka le recordó que le había advertido, pero en el último momento añadió que no se preocupase, que estaba segura de que Nadina se encontraba bien y que, si quería regresar, lo haría.

Eso mismo pensaba él.

Después de los días de ansiedad y de revolver cielo y tierra para encontrarla, de la preocupación, del sentimiento de culpa cuando recordaba el miedo dibujado en su rostro, cuando pensaba en él bajando las escaleras y ella llamándolo: «Por favor, Mathieu, por favor», después de todo eso, apareció el resentimiento.

La había visto en el puerto de Le Havre. Era ella. Estaba seguro. Se encontraba bien. Estaba a salvo. Podía haberle enviado una nota, ir al apartamento de Montreuil, aunque fuera para decir adiós. Había tenido docenas de llamadas y visitas, más cuando supieron lo de las fracturas: familia, amigos, compañeros... Incluso Catherine dejó un par de mensajes en el contestador que borró sin escuchar.

Pero Nadina no.

Se concentró en el trabajo. Corrió más aprisa, entrenó más duro, aceptó más turnos dobles. Cuando se acostaba y cerraba los ojos caía rendido. Nunca tardaba demasiado en dormirse, pero justo cuando la vigilia estaba a punto de dejar paso al sueño, su recuerdo aparecía y creía presentir su cuerpo; invisible en la oscuridad, pero tan real que, si extendía la mano, podía acariciarlo y escuchar sus gemidos, el acento eslavo y la calidez con la que pronunciaba su nombre.

«Mathieu».

En octubre tuvo una semana libre. Se fue al macizo de Écrins. Ascendió el Sialouze. No miró abajo ni una vez, pero tampoco fue capaz de quitársela de la cabeza.

«¿No te asusta la altura? No creo que yo pudiera».

Se debatía entre la imposibilidad de olvidarla y el rencor por que ella lo hubiera hecho. Dolía. Se obligó a dejar de esperar que apareciera, trató de impedir que su corazón se contrajera con más fuerza cada vez que doblaba el último tramo de escaleras esperando verla sentada en el rellano.

Hasta que ocurrió aquel otro incidente.

Era primeros de noviembre. Una salida despertó la atención de los medios. Un hombre relacionado con la extrema derecha asaltó una casa de acogida de refugiados en Saint Denis. Iba armado con un subfusil, varias pistolas y cuchillos de caza. Tenía una granada. Había niños entre los rehenes.

Esperaron mientras los negociadores trataban de convencerle para que se entregase. Había recibido formación militar —durante algún tiempo formó parte de la Legión Francesa— y se había atrincherado en una zona de difícil acceso. No podían asaltar la casa de acogida sin poner en riesgo las vidas de los rehenes.

Tres horas después la intervención finalizaba con éxito. Un agente del GIGN consiguió introducirse por los conductos de ventilación y hacer un único disparo mortal antes de que el secuestrador tuviera tiempo de hacer estallar la granada.

Aquel día Mathieu se limitó a aguardar junto con los demás. Y, cuando ya iban a subir al furgón para regresar al cuartel, volvió a ocurrir.

Estaba con otros compañeros. Llevaba el uniforme y nada distinguía a los unos de los otros, pero entre la multitud congregada más allá de las vallas, vio a alguien que alzaba la cabeza tratando de ver.

Los policías hicieron que la gente se retirara para que salieran los furgones y el rostro desapareció entre el gentío.

Fue solo un instante. En el mismo momento en que dejó de verla dudó de que hubiera ocurrido, de que fuese Nadina.

Pero desde aquel día, cada vez que hacían una salida, no podía evitar mirar una y otra vez hacia la gente que aguardaba a que todo saliera bien, que hubiera un final feliz, que ganaran los buenos.

No la vio más, pero aquello supuso un cambio. Ya no trató de luchar contra su recuerdo. No intentó convencerse de que debía olvidarla. Sabía que no ocurriría. Se reconcilió con su memoria y cada vez que evocaba su sonrisa, su rostro iluminado y feliz, sus risas pequeñas, su modo de besarle, su lado más vulnerable, su oscuridad, ya no lo rechazaba.

Por eso comenzó a frecuentar los alrededores del puente de Alejandro III en lugar de evitarlo, como había hecho hasta entonces.

Pasaba casi todos los días. Lo cruzaba con la Yamaha antes de comenzar la jornada o cuando regresaba al apartamento. Corría a lo largo del Quai si tenía la mañana libre o hacía el camino a pie si debía hacer alguna gestión en el centro.

Aquella tarde solo estaba allí por el puro deseo de estar. Era finales de noviembre. Atardecía y el cielo de París tenía una luz bella y fría. Había una luminosidad especial desde el Quai y la Torre Eiffel hacía de contrapunto. La gente pasaba abrigada, charlando de sus cosas. El fin de semana terminaba y el puente con más encanto de todo París estaba muy concurrido. Turistas, parejas o simplemente gente de paso.

Y una chica con un abrigo tres cuartos oscuro, botas negras, medias a cuadros y una boina de punto gris que le daba un aspecto muy parisino. Estaba cambiada, pero la reconoció al primer vistazo.

Se detuvo a pocos pasos de donde estaba apoyada mirando la corriente. Nadina tardó un poco en darse cuenta, en sentirse observada. Se giró, se quedó parada, con la boca abierta, y tampoco él se sintió capaz de decir nada.

—Mathieu…

Estaba bien. Perfectamente, de hecho. Quizá incluso hubiese vuelto con Dmitry. Había movido todos los hilos posibles para averiguar qué había sido de él. A través de un contacto del ministerio del Interior consiguió que extraoficialmente admitiese que ya no estaba en prisión, aunque no le reveló su paradero. Era información clasificada.

Quizá —no era descabellado pensarlo— había llegado a un acuerdo con Hardy y disfrutaba de una nueva identidad y otra casa que compartir con ella en la orilla izquierda del Sena. Los razonamientos se desmandaron. Mathieu se obligó a detenerlos, a aislar el daño que causaban. No era cosa suya lo que hiciera con su vida. Nadina había decidido apartarse. Él tenía que aceptarlo y conformarse con saber que se encontraba sana y salva.

Así que recurrió a todo su dominio para dirigirse a ella como si solo fuese una amiga, alguien conocido, pero no tanto en verdad; como si no hubiese desesperado por encontrarla cada vez que cruzaba aquel puente.

—Pasaba por aquí y creí verte. ¿Cómo estás?

—Bien, muy bien —dijo nerviosa—. ¿Y tú?

—Bien también. —Pero no fue capaz de decirlo y mirarla a la vez, y volvió la cabeza hacia el río.

Se hizo un silencio. Ella parecía aturdida.

—Escuché las noticias. Tuvo que ser… —se atragantó, luego encontró la palabra— terrible.

—Lo fue.

De nuevo enmudecieron. A veces te empeñas en algo y es un error. Te das cuenta tarde de que debiste dejarlo correr. Pero por más que sepas que no debes, no puedes evitar seguir adelante.

—Estás preciosa.

El pelo aún corto pero un poco más largo, el flequillo escapándosele por debajo de la boina gris, los labios rosas sin necesidad de carmín. Su permanente expresión de desconcierto, de no estar segura de haber hallado su lugar.

—Gracias. —Y su rostro se iluminó con felicidad infantil, como cada vez que recibía un cumplido.

Pero duró tan poco que Mathieu pensó si debía despedirse, si había estado equivocado en todo —en todo menos en lo que ella le hacía sentir—, si tal vez ni siquiera era Nadina la chica que vio entre la multitud.

Ella lo advirtió. Supo que se iría. Y estaba tan nerviosa, tan aterrada por no poder impedirlo, tuvo tanto miedo de decir las palabras equivocadas, de estropearlo todo una vez más. Apenas tenía con lo que defenderse. Lo intentó a la desesperada.

—Encontré un trabajo —dijo adelantándose, antes de que pudiera decir adiós—. En una tienda *vintage*. Venden ropa de temporadas pasadas, cosas bonitas, algunas de marca y otras no. Es un buen trabajo. Es aquí cerca, quizás algún día quieras pasar a verlo.

En las Galerías Montpensier, junto al Palais Royal. Tenían muchas clientas rusas. Buscaban a alguien que hablase el idioma y encajase con el estilo del local. Encajó. Disfrutaba como una niña abriendo cajas y descubriendo prendas que parecían sacadas de algún baúl. Tuvo suerte, al menos con eso. Después de que Boris la llevase a la fuerza a Le Havre, después de gritarle a Dmitry, presa de un ataque de nervios. Cuando él dijo que solo pretendía que estuviera a salvo y ella contestó que le daba igual estar a salvo, pero que ya no quería, no soportaba estar cerca de él. Cuando Dmitry calló y dijo que estaba bien, pero que entonces dejase de actuar como una estúpida y cogiese algo de dinero.

Tenía una bolsa llena de billetes.

Cogió solo un poco. Lo usó para volver a París. Encontró el trabajo. No tocó el resto. Aún estaba guardado en un sobre.

Esa parte no había sido tan difícil.

Pero ahora Mathieu, la miraba serio, arrugaba la frente y tenía aquella expresión dolida que Nadina habría dado cualquier cosa por borrar.

—¿Has estado todo este tiempo en París?

Ella dudó. Trató de pensar una mentira. Algo creíble. Convincente. No se le ocurrió. Así que solo asintió.

—¿Por qué, Nadina? ¿Por qué desapareciste? ¿Por qué no me diste una explicación?

Se quedó muda y quieta. Muy pálida. El frío resaltaba sus rasgos. Luego reunió valor.

—Porque creía que no querrías volver a verme. —Le temblaron los labios, pero logró contenerse y no echarse a llorar.

Tan conmovedora. Mathieu bajó el rostro luchando consigo mismo. Las ganas de abrazarla, de no dejarla escapar. Las veces que le había remordido la preocupación, la ausencia…

—Y porque tenía que hacerlo —añadió, y era cierto, de veras lo necesitaba—. Estar sola y salir adelante por mí misma.

Mathieu preguntó frío, neutral.

—¿Estabas en Saint Denis?

Volvió a asentir despacio.

—¿Y en el puerto de Le Havre? —insistió tratando de contenerse.

—También.

Mathieu agitó la cabeza de pura frustración.

—Lo siento —dijo Nadina. Y aún sentía más no haber tenido valor para hablar con él. Ni en Saint Denis, ni en Le Havre, ni todas las noches que fue a Montreuil y aguardó allí hasta que la luz de su ventana se apagaba.

Pero no se atrevió a hablarle de eso. Estaba bien. Estaba

mejor. Pero todavía hacía cosas de las que no se enorgullecía. Como esperar a verlo salir de su apartamento una semana después de lo de Le Havre escondida en otro portal.

—Estaba preocupado por ti —dijo Mathieu exasperado—. No sabía qué pensar. No sabía si te había sucedido algo o si… si habrías vuelto con Dmitry.

Ella se mordió los labios.

—No lo haría, de verdad. Ya no. No he vuelto a saber más de él.

Parecía preocupada, así que se lo dijo.

—Está bien. Hasta donde yo sé, se encuentra bien.

Ella lo agradeció con una mirada de reconocimiento, pero enseguida retornó el gesto apesadumbrado.

—Lo siento, sé que hice mal, que debía disculparme y explicarte, pero pensé… pensé…

Se detuvo y él tuvo que insistir.

—¿Qué pensaste?

Nadina reunió valor.

—Pensé que, si de verdad querías verme, lo harías. Me encontrarías.

Y por eso iba al puente. Todos los días, cuando salía del trabajo, y también aquella tarde, aunque era su día libre.

Mathieu bajó la cabeza. Nadina esperó. El ceño fruncido. El cuello del abrigo alzado. Le quería tanto que se le formaba un agujero entre el pecho y el estómago con solo mirarlo.

Hasta que él lo reconoció.

—Quería verte.

Y ella añadió con la voz tomada por la emoción y los nervios.

—Me encontraste.

Había mucha gente paseando y haciéndose fotos en el puente, pero era como si no existiera nada más. No para ellos. Mathieu dejó de pensar. Se rindió.

—Está bien. Empecemos de nuevo. Soy Mathieu, ¿y tú?

Y le tendió la mano. Nadina se quedó desconcertada. Los

ojos de Mathieu mostraban aún aquella expresión grave, pero en la boca tenía un principio de sonrisa.

Ella rio un poco. Sacó la mano del abrigo y se la estrechó. Un apretón pequeño, solo la punta de los dedos, pero igual se estremeció al contacto.

—Mi nombre es Nadezhna, pero no me gusta demasiado. Prefiero Nadina.

—Nadina… Suena bien. —Y el corazón le golpeó con la misma fuerza que la primera vez que la vio—. ¿Te apetece dar un paseo?

Los ojos le brillaron.

—¿En moto?

Mathieu rio y ella lo hizo también. Luego él se quedó más serio.

—Había pensado empezar caminando.

Nadina aceptó con rapidez.

—Caminar está bien.

Se apartaron al mismo tiempo del pretil y avanzaron despacio y juntos por el puente, bajo las farolas que acababan de encenderse, con el cielo matizándose en añil y rosa y el aire frío cortándoles el rostro.

Se detuvieron al llegar al extremo para contemplar la ciudad. Había pocas vistas más bellas, ni en París ni en ningún otro rincón del mundo. Entonces Nadina le llamó.

—Mathieu…

Él se volvió y la miró con aquel gesto serio que ella adoraba.

—¿Sí?

—Te he echado muchísimo de menos. Todos los días. A todas las horas.

Y él sintió tantísimas ganas de besarla.

—También yo. No podía dejar de pensar en ti. No quería hacerlo.

Y pareció tan feliz que Mathieu ya no trató de ser razonable. Tuvo que besarla.

Nadina se quedó quieta. Todos los músculos de Mathieu

se tensaron porque, si le rechazaba, si se apartaba, no podría garantizar su propia cordura. Pero entonces le devolvió el beso. Tan dulce su boca, tan frío su rostro, tan cálido el modo en que lo acogió… Se besaron una eternidad. Una y otra vez. El pulso cada vez más acelerado, las respiraciones más y más agitadas. Luego se detuvieron, tratando de poner un poco de calma en aquel arrebato. Los rostros bajos y los corazones a cien.

—Mathieu…

—¿Qué?

—¿Te gustaría ver mi casa?

—Dime dónde está.

Estaba en Montparnasse. Tenía una única pieza, las paredes pintadas cada una de un color y un sofá que se convertía en cama. Era pequeño, pero les sobró espacio. Hicieron el amor con tal desesperación que dolió. Luego volvieron a hacerlo y fue tan dulce que se les olvidó respirar. No, no pudieron ir despacio, amaban la velocidad y también se amaban el uno al otro.

Cuando de madrugada Nadina se quedó dormida, refugiada contra su cuerpo, él le cubrió la espalda con la manta y tuvo la certeza de que haría cualquier cosa con tal de protegerla.

Cuando apenas amanecía, ella despertó y estaba tan emocionada por haberlo recuperado y a la vez tan aterrada ante la posibilidad de perderlo que, por un instante, se sintió de nuevo al borde del precipicio.

Entonces, aún en sueños, Mathieu acercó su rostro al de ella y murmuró algo que Nadina no entendió, pero fue suficiente. El oxígeno volvió a entrar en sus pulmones y el pulso regresó a la normalidad.

—Te quiero, Mathieu. Te quiero muchísimo. Más de lo que nunca te pueda llegar a explicar —susurró antes de volver a quedarse dormida entre sus brazos.

Él la estrechó con cuidado para no despertarla. La sensación amenazando con desbordarse en el pecho.

No necesitaba que se lo explicara. También él la amaba así.

Nadina se detuvo. Quedaban solo unas cuantas decenas de metros para completar la ascensión. Arriba estaban el mirador y el refugio, pero antes de hacer un último esfuerzo necesitaba recuperar el aliento.

—¿Estás bien? —preguntó Mathieu. La pendiente en el último tramo había sido criminal—. Podemos ir más despacio. No es una competición.

Le preocupaba que se forzara demasiado. Era solo la cuarta ruta que emprendían juntos, pero Nadina se había enamorado de la montaña con la fe de los recién convertidos. La ascensión al refugio de Argentière, en el valle de Chamonix, no era de especial dificultad, pero habían superado un desnivel de novecientos metros en cuatro horas. Se merecían un respiro.

—Estoy bien. Venga, sigamos.

Echó a andar a zancadas decididas, sorteando los accidentes del terreno y usando las rocas más grandes como apoyo para repartir el esfuerzo. Era senderismo, no escalada. Solo se necesitaba un buen calzado y ganas de subir. Pero cada vez que Nadina resbalaba con la gravilla, el corazón de Mathieu amenazaba con síntomas de infarto. Ni hablar de pensar en escalada vertical.

Le señaló un repecho en el que la nieve se acumulaba.

—Lo tienes. Está justo ahí detrás.

Ella sonrió y siguió subiendo, concentrada solo en el siguiente paso, y sabiendo que la meta ya estaba cerca.

Mathieu había dudado toda la semana. Le preocupaba haberse precipitado al elegir Argentière. Estaba considerablemente más alto y el recorrido era más accidentado que cualquiera de las otras rutas que ya habían acometido. También era mucho más bello.

Por fin llegaron al repecho y accedieron a la pista que conducía al mirador.

Entonces supo que no se había equivocado.

—Es… —no le salió la palabra. No en francés y ni siquiera estaba segura de que hubiera una en ruso que le hiciera justicia— *porazitelnyy.*

—Sobrecogedor —tradujo él.

Ella asintió. Esa era la palabra.

El glaciar dominaba el valle y el fondo lo ponían los Alpes. Los picos estaban cubiertos de nieve y ríos de hielo se deslizaban por las morrenas. Las nubes se abrazaban a las agujas de roca y se negaban a desprenderse de ellas.

Era tal y como decía Nadina. En Argentière el cielo y la tierra poseían ese valor absoluto que hace que lo demás parezca pequeño, insignificante frente a lo abrumador de tanta belleza.

—¿Te gusta? —preguntó Mathieu con suavidad.

Ella asintió incapaz de hablar. Era tan perfecto que le hacía sentir ganas de llorar. Aunque no de tristeza. No era esa clase de lágrimas.

Un golpe de viento los sacudió. Nadina se estremeció. Durante la ascensión no había sentido frío, pero en el mirador las rachas de viento eran fuertes y gélidas. Mathieu lo notó, le cubrió la espalda y pasó los brazos por delante de su cuerpo para protegerla de aquel aire cortante.

—¿Mejor?

Se volvió y alzó el rostro para que la besara.

—Mucho mejor.

Tenía la cara helada, pero por debajo del anorak, Mathieu sintió su calor.

Iban a pasar la noche en el glaciar. El cielo se cuajaba de estrellas en Chamonix. Cortaba la respiración mirarlas. Quería que Nadina lo viera. De madrugada haría aún más frío, pero en el refugio las llamas ardían sin interrupción. Estarían aguardándoles a la vuelta.

La estrechó con más calidez. Había esperado todo el día para decírselo. Si aquel no era el momento, jamás lo sería.

—Feliz cumpleaños.

Se giró. Abrió la boca, sorprendida, los ojos le brillaron. Mathieu dudó. Tal vez, después de todo, debió callar.

—Lo sabías. —Y la sonrisa y el gesto emocionado regresaron a un tiempo.

—Lo recordaba.

—Y no me dijiste nada.

—Era una sorpresa. Pensé que te gustaría más que una tarta.

Desde mediados de abril había estado distraída —más de lo habitual—, pensativa, ausente. Cuando se daba cuenta de que la observaba, improvisaba una sonrisa y se acercaba a él lo justo para que no tuviera más remedio que besarla.

Quería decirle que no tenía por qué sonreír si no le apetecía, y que también estaba bien si a veces estaba triste. Quería que supiera que la amaba igual y había pensado que Argentière era el lugar ideal para hacerlo.

—Te quiero. No me importa si prefieres no celebrarlo y si necesitas estar sola también lo entenderé, pero haré todo lo posible para que no ocurra.

Nadina buscó refugio al frío pegándose más a él.

—No quiero estar sola nunca más. Quiero que estemos juntos.

—Estaremos juntos —dijo confortándola, frotándole los brazos para que entrara en calor—. Tanto tiempo que te aburrirás de mí.

—No me aburriré de ti y tampoco contigo —rio y señaló el paisaje, la ascensión—. Esto es… emocionante.

—¿Más que el viaje desde París a Saboya en moto? —bromeó. En realidad, era fácil emocionarla. Disfrutaba de cada nueva experiencia con un entusiasmo genuino y contagioso.

—Aún más. ¿Sabes? Esta semana hablamos de eso en el grupo. De crear recuerdos nuevos.

En los últimos meses, Nadina había empezado a colaborar con una asociación que prestaba apoyo a refugiados. Veía tantas cosas horribles en la televisión… Sabía lo que era vivir en un campamento con solo un plástico sobre tu cabeza y el barro en los pies, ver tu casa destruida hasta los cimientos. Sabía lo que era perderlo todo. Quería hacer algo más que horrorizarse.

Los jueves tenía el día libre, así que solía pasar a echar una mano, aunque en realidad, eran ellos los que la ayudaban. Hombres, mujeres o niños, todos tenían historias terribles a sus espaldas. Algunos se libraban de ellas como si mudasen de piel. Algo viejo que ya no necesitaban. A otros les costaba más desprenderse de ellas.

—¿Para olvidar los tristes?

Nadina negó. No pretendía olvidar. Se sentía en paz respecto al pasado. Asumía sus errores. Estaba decidida a no repetirlos.

—No estaría bien olvidar. Aún los echo de menos, a Milena, a mi familia. Pero ahora sé que así es como debe ser, y sé que tengo que seguir adelante. Antes era peor. Era como si este no fuera mi lugar, como si no tuviera que estar… aquí —dijo haciendo un gesto con la cabeza que abarcaba todo el entorno—. Pero ya no lo creo. Quiero esto, lo que tengo ahora y quiero ser como tú.

—¿Como yo? —repitió él sin entender.

—Alguien a quien merece la pena amar y en quien puedes confiar.

Fuerte, valiente, comprometida, leal, capaz de cuidar de sí misma. Así quería ser. No necesitaba que la rescatase. Ya lo había hecho.

El corazón de Mathieu latió más fuerte. La amaba como era y deseaba ser así para ella más que ninguna otra cosa. La besó mientras un viento cortante volvía a zarandearlos.

Se quedaron allí un buen rato, abrazados, desafiando el frío, compartiendo el silencio.

No por mucho tiempo.

—Mathieu.

—¿Sí?

—¿Cómo dijiste que se llama esa montaña? —dijo señalando el gran macizo blanco que dominaba el paisaje.

—Es el Mont Blanc.

Cubierto aún por completo por la nieve, a pesar de que ya estaban a finales de abril. Impresionante y escarpado.

—¿Y se puede escalar?

—Hay varias rutas para subir a la cima.

—¿Tú lo has hecho?

—Un par de veces —dijo midiendo las palabras—, pero es difícil. Hay que prepararse a conciencia. Incluso para escaladores expertos puede ser peligroso.

Ella puso esa cara, mitad inocente, mitad traviesa.

—¿Lo dices para desanimarme?

Le hizo reír. La abrazó más fuerte. Ella volvió a recostarse contra él, pero sin perder de vista la montaña.

—Mathieu… —insistió.

—¿Qué?

—Prométeme que subiremos juntos.

Tardó en contestar. Aquel último año también le había cambiado. Seguía creyendo en lo que hacía, no pensaba dejar su trabajo, pero había adquirido un punto más de prudencia o quizá era solo que había descubierto lo que era el temor a perder lo que amas.

Pero no estaba dispuesto a vivir con miedo. Quería vivir a secas, con todas las consecuencias, una vida entera junto a ella.

—Lo prometo.

Y nunca más volver a incumplir una promesa.

375

*Berlín, enero de 2017*

Solo eran las cuatro y cuarto y ya había anochecido. La temperatura era de tres grados bajo cero y en algunas zonas poco transitadas quedaban restos de nieve helada. La Breitscheidplatz bullía de berlineses esperando el autobús para regresar a sus casas o haciendo compras de última hora en el Europa Center o de camino al KaDeWe o a cualquier otro de los grandes almacenes que llenaban de brillantes luces la avenida Kurfürstendamm. También Hardy había aprovechado el tiempo para comprar un regalo a su nieta: unas zapatillas de deporte. Su hija le había dado la descripción completa, el color, el modelo y la talla. Al día siguiente era su cumpleaños y no había tenido tiempo de hacerse con ellas en París. Así que iba cargado con una bolsa con el logo de una conocida marca. Por suerte no llevaba equipaje. Había salido de madrugada del aeropuerto Charles de Gaulle y regresaba aquella misma noche a París.

Se acercó a la parada de taxis y esperó su turno. Un hombre alto, los rasgos duros, los ojos azul claro y el cabello rubio oscuro rapado al uno, se acercó y se colocó tras él.

—¿No podíamos haber quedado de día?

Llevaba un anorak grueso y acolchado, las manos en los bolsillos y los brazos pegados al cuerpo.

—No tenía otra hora libre. Ha sido una jornada agitada. Pensaba que los rusos estaban acostumbrados al frío.

—Yo no —dijo Dmitry de mal humor.

—Siento oírlo. Es cuestión de acostumbrarse.

—¿Hasta cuándo?

—¿Cómo dice?

—Hasta cuándo va a durar esto. Cuánto tiempo más tendré que quedarme en Berlín, de cuántos nuevos encargos tengo que ocuparme.

—Señor Lébedev —dijo llamándole por el nombre que constaba en el pasaporte que él mismo le había proporcionado—, creo que no ha meditado lo suficiente sobre esto. Usted ya no decide sobre su tiempo. No debe preocuparle si permanecerá en Berlín seis meses más o dos años o tal vez tenga que desplazarse a Ankara la semana que viene. Su tiempo ya no le pertenece. Ahora está bajo nuestra protección, pero, si la abandona, no podré garantizar nada. Estará a su suerte. Quizá alguien se sienta tentado de usarle como moneda de cambio, entregarle a al-Fayad como contrapartida a la liberación de algún periodista.

Dmitry soltó un exabrupto en ruso.

—Hice todo lo que me pidió, conseguí las armas, le seguí el juego a Lestrange y dejé que creyera que no sabía lo que tramaba porque eso fue lo que me ordenó. Me jugué la piel en ese maldito infierno de Le Havre. Lo he perdido todo, mi negocio, los contactos, el edificio del Quai d'Orsay, Lumière, ¡todo por lo que trabajé durante años! ¿Aún no es suficiente?

—Su negocio era ilícito —aseveró Hardy.

—¿Y esto no?

—No es comparable. Esto es un mal menor que evitará otro más grave. Estoy seguro de que puede entenderlo. ¿Cree que le he citado aquí por casualidad?

Dmitry no respondió. Frente a ellos la iglesia Memorial Kaiser Wilhelm mostraba impávida sus muros agujerados por los bombardeos de la II Guerra Mundial. La víspera de Navidad el perfil carcomido de la torre había ocupado todos los titulares cuando un camión irrumpió en la plaza y arrolló a los viandantes. Grandes bloques de hormigón bloqueaban el acceso a la acera desde la calzada y en una esquina velas y ramos de flores recordaban a quienes habían perdido la vida en el ataque contra el mercadillo navideño de la Breitscheidplatz.

—La policía italiana nos ha facilitado los datos que encontraron en el móvil del atacante. Dimos con un nombre y un número.

—¿Solo uno? —dijo sarcástico Dmitry.

—Solo uno que nos interese —respondió serio Hardy—: Saud.

Ahogó una maldición.

—Hay miles de Saud. ¿Pretende perseguirlos a todos?

—No. Solo al que hizo la llamada veinte minutos antes de que Amri robara el camión.

Dmitry apartó el rostro y volvió a maldecir en ruso.

—¡Lo intenté, maldita sea! Casi lo tenía. Estuvimos cerca.

—Intentarlo no es suficiente. ¿Quiere recuperar su tiempo? Hágalo, entréguenos a Saud y entonces hablaremos. —Se volvió hacia la fila de coches que aguardaban junto a la acera—. Ya está ahí mi taxi. Le dejo. Disfrute de su estancia en Berlín.

No iba a hacerlo. No quería darle el gusto a aquel bastardo aprovechado y ventajista. Hardy le tenía bien cogido con su fría calma y su apariencia inofensiva, su forma de presionar, de cerrar todas las salidas hasta que no te dejaba otra opción que preguntar qué era lo que esperaba que hicieras.

—¡Hardy!

El subsecretario del DGSE se volvió hacia él.

—¿Está ella bien? Nadina. ¿Se encuentra bien? —aclaró, aunque estaba seguro de que sabía a quién se refería.

No se hizo de rogar ni pretendió fingir que lo ignoraba.

—Está perfectamente. De hecho, diría que mejor que nunca.

Fue cruel. Al margen del cargo que desempeñaba, Hardy disfrutaba con su papel de manipulador en la sombra, facilitando o escatimando la información a su conveniencia. Dmitry sabía que era un error humillarse más ante él, pero las palabras brotaron sin pensar.

—¿Está con Girard?

Hardy se le quedó mirando. Le pidió al taxista que esperara y se acercó.

—Señor Lébedev, ¿recuerda lo que hablamos? Acerca de retornar a suelo francés.

—Perfectamente.

—¿Y qué piensa hacer al respecto?

Había una advertencia tras la fachada inexpresiva de Hardy, pero no fue esa la razón por la que cedió.

—Descuide. No pienso volver a pisar jamás París.

Hardy asintió.

—No esperaba otra cosa de alguien inteligente y tan hábil a la hora de salvaguardar la propia vida. Valoro ambas cualidades. —Le tendió la mano para despedirse. Dmitry hizo lo mismo. Fue un apretón corto—. Ha sido un placer volver a verlo. Espero que lo repitamos pronto —dijo antes de subir al taxi y cerrar la puerta.

El coche arrancó. Cuando se alejó, Dmitry abrió la mano y leyó la nota que le había entregado Hardy. Era una única línea.

*Rigaer, 44*

Lo apretó con fuerza en el puño durante algunos segundos. Luego lo abrió. Dejó que cayera al suelo y lo pisasen los cientos de viandantes que caminaban aprisa por la Breitscheidplatz.

Se subió al vehículo que ocupó el siguiente lugar libre.

—*Wo bringe ich?* —preguntó el taxista turco.

—Rigaer, 44 —dijo con pésimo acento, pero el conductor asintió y se incorporó al saturado tráfico de la Kurfürstendamm.

Durante el trayecto se dedicó a observar la ciudad a través de la ventanilla. Calles frías, luces congeladas, nuevas construcciones de hormigón y cristal. Al cabo de un rato cruzaron al antiguo sector oriental. Algunos edificios conservaban una estética que le era familiar y bien reconocible. Lo odiaba.

Odiaba Berlín.

Había odiado cada segundo desde que bajó del avión, pero Hardy no tenía de qué preocuparse. No regresaría a París. No necesitaba comprobar que era otro el que la hacía feliz.

El coche se detuvo. Pagó al taxista y se bajó. El único negocio abierto era un pequeño locutorio telefónico desde el que también se podían enviar divisas.

No eran más que las cinco y media. La noche se había apoderado de Berlín y prometía ser gélida. Su apartamento, en el barrio de Kreuzberg, era una porquería, pero había dejado encendida la calefacción. No veía el momento de estar de vuelta.

No tuvo que esperar mucho más. El hombre que atendía

el mostrador recibió una llamada. En cuanto acabó la conversación, apagó las luces y echó el cierre. Al salir miró a ambos lados de la calle. Dmitry apretó con más fuerza y de forma instintiva la Griazev, pero el hombre no advirtió su presencia. Un Volkswagen se detuvo frente al pequeño locutorio. El hombre subió al coche. Dmitry se fijó en la matrícula. Tenía buena memoria para los números. No necesitaba anotarlo.

El coche arrancó y él se marchó en busca de la estación de U-Bahn más cercana. Regresaría al día siguiente, pero no en taxi. Quizá podría hacer que pareciese un atraco. Otro comerciante que perdía la vida por culpa de unos pocos euros.

Prefería no pensar demasiado en ello, considerarlo solo como algo necesario. Era lo que debía hacer si quería seguir viviendo y, por mucho que lo odiase, no iba a darse por vencido ni a pasar el resto de su vida huyendo, esperando a que llegase el golpe final.

Nadina le habría mirado a los ojos y le habría preguntado:

—«¿Qué has hecho, Dima? ¿Qué es lo que estás haciendo?».

Solo había algo bueno en todo aquello. Jamás lo sabría.

AGRADECIMIENTOS

No siempre estás segura de cuándo nace una historia, pero recuerdo bien cuándo surgió esta. Fue durante los atentados de noviembre de 2015 en París. En las noticias un agente de los grupos de intervención se apostaba junto a una puerta y su compañero le cubría desde el suelo. No pude evitar pensar qué clase de hombre era ese que arriesgaba su vida para proteger la de los demás, y así llegó Mathieu y con él, Nadina.

Era su historia la que quería contar, algo que podía haber ocurrido, aunque nunca llegó a suceder. En cambio, lo que sí ocurrió fue que la realidad se me echó encima. Nunca antes había escrito una historia en tiempo real y cuando se produjo el atentado del Paseo de los Ingleses de Niza, pensé que debía ser honesta y no pasarlo por alto, pese a que me aterraba que pudiera parecer que frivolizaba o lo usaba de forma gratuita. No era mi intención y por eso, antes que nada, quiero expresar mi solidaridad con las víctimas de los atentados yihadistas tanto en Europa como en Oriente Medio y en todos otros aquellos lugares donde se convive a diario con la tragedia; con los refugiados y con quienes ni siquiera tienen la oportunidad de huir de la guerra. Creo que hablo por todos si expreso la necesidad de comenzar a construir cuanto antes una sociedad más inclusiva, más comprometida, más justa, libre del terror y la intolerancia y que no mire para otro lado cuando los problemas no le toquen de cerca. Gracias a los que trabajan a diario por ello y nos inspiran con su valor y su ejemplo.

Y a todos los que me habéis ayudado a que esta novela fuese posible. A Lidia, que creyó en Nadina y en Mathieu cuando solo eran una pareja conduciendo de noche y aprisa por una avenida de París, que me animó a apostar por ellos y además es referencia y motivación. A Elisa, porque siempre está de mi parte y sé que puedo contar con ella para conseguir lo mejor, a Ada por corregirme y hacerlo con una sonrisa, a Mónica por hacer posible esa portada y a todo el equipo de HarperCollins por hacerme sentir afortunada de formar parte del barco. A Nabil por revisarme las expresiones en árabe, a Antonio por comprobar las rusas y a Sara Lectora por aparecer justo cuando comenzaba a desesperar. A mi familia siempre. Y sobre todo a vosotros que leéis y hacéis que tengan sentido las horas empleadas, los desvelos y las dudas.

Eso me recuerda algo. Nunca hasta ahora me había pasado que uno de los personajes no principales me abdujese hasta el punto de tener que contar su historia, pero esta vez ha sucedido y habrá novela para Dmitry. Porque todos podemos hacerlo mejor, también Dima, y yo os aseguro que no voy a dejar de intentarlo.

Os espero en la próxima.

9 788849 170889 6